프라이드 그린 토마토

프라이드 그린 토마토

패니 플래그 장편소설 | 김후자 옮김

Fried Green Tomatoes
at the Whistle Stop Cafe

민음사

토미 톰슨에게

나는 이곳 로즈 테라스 요양원에 앉아 있는지도 모른다.
하지만 마음속에서는 휘슬스톱 카페로 건너가
풋토마토 튀김을 먹고 있다.

— 1988년 6월, 클리오 스레드굿 부인

| 차 례 |

1929년 6월 12일

카페 개업

휘슬스톱 카페가 지난주에 개업했습니다. 제가 일하는 우체
국 바로 옆 건물이지요. 카페 주인인 이지 스레드굿과 루스 제이
미슨의 말로는 장사가 잘되고 있다고 합니다. 이지가 말하기를,
자신은 요리를 하지 않으니 그녀를 아는 사람들은 혹여 음식에 독
이 들어 있지 않을까 염려하지 않아도 된다고 하네요. 모든 요리
는 두 흑인 여자, 십시와 온젤이 전담하고 바비큐는 온젤의 남편
인 빅 조지가 합니다.

아직 다녀가지 않은 분을 위해 알려 드리자면, 아침 시간은
5시 30분부터 7시 30분까지이며 계란, 옥수수 죽, 비스킷, 베이컨,
소시지, 붉은 그레이비 소스*를 곁들인 햄, 그리고 커피를 25센트
에 드실 수 있습니다.

점심과 저녁도 드실 수 있습니다. 닭튀김, 포크찹과 그레이비 소스, 네시, 튀고기와 딤플링,** 또는 바비큐 한 접시, 고객이 선택 하는 야채 세 가지, 비스킷이나 옥수수빵, 그리고 음료와 디저트를 35센트에 제공합니다.

야채는 크림 옥수수, 풋토마토 튀김, 오크라 튀김, 케일이나 순무 잎사귀, 동부콩, 시럽을 입힌 고구마, 흰 강낭콩이나 리마콩이 준비되어 있습니다.

디저트로는 파이가 나옵니다.

얼마 전 저의 또 다른 반쪽 월버와 함께 거기에서 저녁을 먹었는데 음식 맛이 얼마나 좋았던지 월버가 다시는 집에서 식사할 수 없을 것 같다고 말하더군요. 하. 하. 정말 그랬으면 좋겠습니다. 그 뚱보를 위해 늘 분주하게 음식을 만드는데도 아직 그 배를 충분히 채울 수 없거든요.

그나저나 이지가 전하기를 자기네 암탉 중 한 마리가 10달러 짜리 지폐가 들어 있는 달걀 하나를 낳았다고 하는군요.

닷 윔스

---

*   고기 육즙에 밀가루 등을 넣어 만든 소스.
** 고기 요리에 넣은 새알심 또는 경단.

로즈 테라스 요양원

앨라배마주 버밍햄 올드몽고메리 하이웨이

1985년 12월 15일

에벌린 카우치는 남편 에드와 함께 로즈 테라스 요양원에 와 있었다. 남편의 어머니는 최근 마지못해 요양원에 들어갔다. 에벌린은 그 두 사람을 피해 건물 뒤편의 방문객 휴게실로 들어섰다. 거기서라면 조용하고 편안하게 막대 사탕을 먹을 수 있었다. 그런데 자리에 앉자마자 곁에 있던 노부인이 이야기를 시작했다.

"나한테 한번 물어봐요. 아무개가 몇 년도에 결혼했는지…… 그 사람이 누구와 결혼했는지…… 아니면 신부의 어머니가 어떤 옷을 입었는지. 그럼 열 개 중 아홉 개는 알려 줄게요. 하지만 내 인생으로 말할 것 같으면, 내가 언제 이렇게 늙어 버렸는지는 말해 줄 수가 없군요. 세월이 내 위로 미끄러져 지나갔다고나 할까요. 늙었다는 걸 처음으로 실감한 게 올해 6월, 그러니까 담낭 때문에 병원에 입원했을 때였어요. 그 사람들이 그걸 아직 보관하고 있는지 아니면 벌써 내다 버렸는지야…… 모를 일이지만요. 땅딸

막한 간호사가 나에게 관장제 하나를 더 주었지요. 병원 사람들은 그길 어지간히 좋아하나 보더라고요. 아무튼 그때 내 팔에 붙인 흰 밴드에 이렇게 씌어 있더군요. **클리오 스레드굿 부인…… 86세.** 그 상황을 좀 생각해 봐요!

집으로 돌아가서 친구인 오티스 부인에게 내가 그랬어요. 이제 우리에게 남은 일이라곤 멍하니 앉아서 죽을 준비를 하는 것밖에 없는 것 같다고……. 그 친구는 **저편으로 건너간다는** 표현이 더 낫지 않냐고 하더군요. 딱한 사람 같으니. 차마 말할 수가 없었어요. 뭐라 부르건 우린 모두 죽게 된다고, 어차피 다 같은 것이라고…….

재미있는 게, 어렸을 때는 그렇게 시간이 안 가는 것 같더니 스무 살이 넘으면서부터는 멤피스행 급행열차라도 탄 것처럼 빨리 지나가더라는 거예요. 내 경우도 분명 그랬지요. 어린아이였는가 싶었는데 어느 날 보니 가슴이 부풀고 은밀한 곳에 털이 자란 어른이 되어 있더군요. 많은 것을 놓쳐 버렸지요. 하지만 그때는 별로 똑똑하지 못했어요. 학교에서나 이런저런 일에서나…….

오티스 부인과 나는 휘슬스톱 출신이랍니다. 작은 마을이에요. 여기서 약 16킬로미터쯤 떨어졌고 근처에 기차역이 있어요……. 30여 년 가까이 그곳에 살았던 친구인데, 남편이 죽고 나니 아들과 사위가 그 친구에게 요양원에 들어가라고 성화를 부리더래요. 나한테는 자기들 어머니와 함께 있어 달라고 부탁했고요. 그래서 한동안 같이 지내겠노라고 했어요. 친구는 아직 그 사실을 몰라요. 하지만 그 친구가 요양원에서 잘 적응하게 되면 나는 곧장 집으로 돌아갈 생각이에요.

이곳도 그리 나쁘진 않아요. 저번엔 우리들 모두 외투에 달 크리스마스 장식 꽃을 받았어요. 내 것엔 작고 반짝이는 빨간 크리스마스 방울들이 달려 있었고 오티스 부인 것에는 산타클로스 얼굴이 붙어 있었지요.

하지만 고양이를 포기해야 하는 건 슬펐어요. 여기서는 고양이를 키우지 못하게 해요. 녀석이 보고 싶군요. 난 평생 고양이를 한두 마리씩 키우며 살았는데 지금은 옆집 사는 아이에게 주고 없어요. 그 아이는 내 제라늄 화분도 돌보고 있지요. 앞 베란다에 제라늄이 가득 심긴 화분 네 개가 있거든요.

내 친구 오티스 부인은 이제 겨우 일흔여덟 살인데 참 좋은 사람이에요. 신경은 좀 날카롭지만요. 내 담석들을 침대 곁 유리병에 넣어 두었더니 보이지 않게 치워 달라고 하더군요. 그것들을 보면 우울해진다나요. 오티스 부인은 체구가 작아요. 그런데 보다시피 나는 이렇게 체격이 크지요. 뼈대도 굵고 모든 게 다 크답니다.

하지만 운전은 한 번도 안 해 봤어요…… 평생을 옴짝도 못하고 묶여 지냈던 거지요. 늘 집 근처에서만 뱅뱅 돌았어요. 언제나 누군가가 와서 가게나 병원이나 교회에 데려다 주길 기다려야 했답니다. 몇 년 전까지는 버밍햄까지 가는 전차가 있어서 그걸 타곤 했는데 이젠 그것도 오래전에 운행이 중단됐지요. 과거로 돌아갈 수 있다면, 그래서 그때와는 다르게 해 보고 싶은 게 있다면 딱하나, 운전면허를 따는 거예요.

집을 떠나 있을 때 그리워지는 게 뭔지 생각해 보면 재미있지 않나요. 나는 커피 향하고…… 아침에 맡는 베이컨 굽는 냄새가 그리워요. 여기에선 음식 만드는 냄새를 하나도 맡을 수 없어요. 튀긴 음식도 먹을 수 없고. 이곳에선 뭐든 삶아 버려요. 소금 한 알갱이도 넣지 않고서! 나 같으면 삶은 음식을 돈 주고 사 먹진 않을 텐데, 그렇지 않아요?"

노부인은 대답을 기다리지 않고 말을 이었다.

"……저녁에 크래커와 버터밀크, 아니면 버터밀크와 옥수수
빵 먹는 걸 참 좋아했어요. 그것들을 한꺼번에 컵에 넣고 으깨서
숟가락으로 떠먹었지요. 하지만 사람들이 보는 데서는 집에서처
럼 먹을 수 없잖아요……. 그렇지 않겠어요? 그리고…… **나무도** 그
립군요.

우리 집은 거실 하나에 침실 하나, 부엌 한 칸밖에 없는 기찻
길 옆 판잣집이었어요. 안쪽 벽이 소나무로 된 나무집 말이에요.
딱 내가 좋아하는 그런 집이었지요. 회벽은 좋아하지 않아요. 회
벽은…… 글쎄, 차갑고 휑하잖아요.

여기 올 때 집에 있던 그림 하나를 가져왔는데, 성과 푸른 비
눗방울을 배경으로 여자아이가 그네를 타는 그림이에요. 내 방에
걸 생각이었는데 이곳 간호사 말이 아이가 상반신을 내놓고 있어
서 걸어 두기 곤란하다고 하더군요. 그 그림을 50년 동안 갖고 있
었지만 나는 아이가 옷을 입지 않고 있다는 것조차 몰랐는데 말이
죠. 혹시 해서 하는 얘긴데, 여기 있는 남자 노인들도 아이가 웃통
을 벗고 있다는 것을 알아차릴 만큼 눈이 좋지는 않을 거예요. 하
지만 이곳은 종교적으로 엄격한 감리교 요양원이라서 그 그림은
내 담석들과 함께 벽장 안에 넣어 두었답니다.

집에 갔으면 좋겠어요……. 뭐, 집 안은 엉망이지만. 한동안은
비질조차 할 수 없었거든요. 찌르레기 몇 마리가 시끄럽게 싸워
대기에 밖으로 나가서 빗자루를 던졌더니 그만 나뭇가지에 걸리
고 말았지 뭐예요. 집에 돌아가면 누군가에게 내려 달라고 해야겠
어요.

그건 그렇고, 저번 날 밤에 교회에서 열린 크리스마스 다과회가 끝난 뒤 오티스 부인 아들이 우리를 집으로 데려갔어요. 철로를 건너 차를 몰았는데, 카페가 있던 자리를 지나 1번가 쪽으로 올라가다가 스레드굿네 집이 있던 곳을 지나갔지요. 물론, 그 집은 온통 판자가 덧대진 채로 쓰러져 가고 있었지만, 길을 따라 내려가다가 자동차 불빛이 창문에 언뜻 닿았을 때 보니 마치 70여 년 전의 그 수많았던 밤들을 간직하고 있는 것처럼 보였답니다. 창문마다 불이 환히 켜지고 웃음소리와 소란스러움이 가득하던 곳이었지요. 사람들의 웃음소리, 그리고 에시 루가 응접실에서 요란하게 두들기던 피아노 소리가 들렸어요. 「버팔로의 아가씨여, 오늘밤 나오지 않을 건가요」나 「커다란 얼음 사탕 산」 같은 것들요. 에시 루가 노래를 부를라치면 멀구슬나무에 올라앉아 개처럼 길게 울부짖던 이지 스레드굿의 모습도 눈에 선했어요. 암소도 춤출 수 있고 에시 루도 노래할 수 있다는 게 이지가 늘 하던 말이었죠. 아마 그 집 앞을 지나친 데다가 향수가 더해져서 내 마음이 그때로 돌아갔지 싶어요…….

그때 일들이 마치 어제 있었던 일처럼 기억나네요. 스레드굿네 집안일 중 내가 기억하지 못하는 것은 없을 거라고 생각해요. 그렇고말고요. 난 태어날 때부터 바로 그 옆집에서 살았을 뿐 아니라 그 집 아들 중 하나와 결혼까지 했으니까요.

아홉 남매였는데, 세 딸 에시 루와 쌍둥이들이 내 또래여서 나는 그 집에서 살다시피 했고 같이 밤샘 파티도 하면서 어울려 놀았지요. 어머니는 내가 네 살 때 폐병으로 돌아가셨는데, 아버지마저 내시빌에서 돌아가시고 나서는 아예 그 집에서 살게 되었답니다…….”

《윔스 통신》

앨라배마주 휘슬스톱 주간 소식지

1929년 10월 8일

휘슬스톱 주택가에 운석 낙하

1번가 401번지에 사는 비디 루이스 오티스 부인이 목요일 밤 집에 1킬로그램짜리 운석이 떨어졌다고 알려 왔습니다. 운석은 지붕을 뚫고 당시 부인이 듣고 있던 라디오에 떨어졌는데 간발의 차이로 부인을 비껴갔다고 합니다. 오티스 부인의 말에 의하면 개가 의자에 앉아 있었기 때문에 자신은 소파에 앉아 있었으며, 막 「플라이슈만의 이스트 시간」을 트는 순간 그 일이 일어났다는군요. 그 사고로 지붕에 구멍이 네 개 뚫리고 라디오는 반쯤 부서졌다고 합니다.

버사와 해럴드 빅은 이웃들이 모두 참석한 가운데 집 앞마당 잔디밭에서 결혼기념일 행사를 가졌습니다.

그리고 L & N 철도사 이사인 얼 애드콕 씨께 축하 인사를 드립니다. 애드콕 씨는 방금 엘크스 자연보호협회 회장에 임명되셨답니다.

바비큐 거리가 있으면 카페로 보내 달라고 이지가 전하는군요. 빅 조지가 여러분을 대신해서 그 일을 해 줄 거라고요. 조리 가격은 닭이 10센트, 그리고 돼지는 크기에 따라 값이 매겨진다고 합니다.

닷 윔스

로즈 테라스 요양원

셀라배내주 미밍햄 오드몽고메리 하이웨이

1985년 12월 15일

한 시간이 흘렀지만 스레드굿 부인의 이야기는 끝날 줄을 몰랐다. 에벌린 카우치는 이미 초콜릿바 세 개를 다 먹고 두 번째 버터스틱 과자 봉지를 뜯는 중이었다. 그녀는 곁에 앉은 노부인이 입을 다무는 순간이 과연 오기는 할지 궁금했다.

"스레드굿 가의 집이 그렇게 황폐해진 건 정말 가슴 아픈 일이에요. 수많은 일들이 있었고, 많은 아기들이 태어났고, 우리가 수없이 행복한 시간을 보냈던 곳인데. 굉장히 큰 흰색 이층집이었어요……. 널찍한 현관이 있고, 침실에는 장미꽃 무늬 벽지가 발려 있어서 밤에 불을 켜면 얼마나 예뻤는지 몰라요.

철도가 집 뒤뜰을 가로질렀는데 여름밤이면 그 근방을 반딧불과, 선로를 따라 멋대로 자란 인동 덩굴 향기가 채웠지요. 뒤뜰에는 무화과나무와 사과나무들이 있었는데 아빠는 엄마를 위해 등나무 덩굴로 뒤덮인 하얀 정자를 지으셨어요. 정말 아름다운 정자였는데……. 그리고 집 뒤쪽으로는 자그마한 분홍색 장미들이 지천으로 자라났죠. 아, 댁도 그 모습을 봤어야 하는데. 엄마와 아빠는 나를 친자식처럼 키웠고, 난 스레드굿 가 사람들을 모두 좋아했어요. 버디를 특히 좋아했죠. 하지만 결혼은 버디의 형인 지압사 클리오와 했어요. 나중에 내 허리가 안 좋다는 걸 알게 되었을 때 그이 덕을 많이 봤답니다.

이 정도면 내가 평생 동안 이지 그리고 스레드굿 가 사람들과 얼마나 가까이 지내 왔는지 알겠죠? 정말이지 영화보다 더 흥미진진한 삶이었어요……. 그렇고말고요. 하지만 당시에 나는 늘 남의 뒤나 따라다니는 그런 사람이었어요. 믿거나 말거나, 쉰 살이 될 때까지만 해도 거의 말을 하지 않고 지냈는데 쉰 살이 넘으니 말이 멈춰지지가 않더군요. 한번은 클리오가 그러더라고요. 참, 내 이름을 버지니아지만 우리 가족은 나를 니니*라고 불렀다오. '니니, 당신이 하는 말이라곤 늘 이지가 이렇게 말했고 이지가 저렇게 말했고 하는 얘기밖에 없는데, 하루 종일 카페 주위를 어슬렁거리는 것 말고는 뭐 할 만한 일이 없는 거요?'

난 한참 동안 심각하게 생각한 뒤에 이렇게 말했어요. '음, 없어요…….' 어떤 식으로든 클리오를 기운 빠지게 하고 싶지는 않았지만, 그건 사실이었어요.

31년 전 2월 마지막 날에 클리오를 땅에 묻었는데, 그때 내가 한 말에 기분이 상했을까 가끔 궁금해지기도 해요. 아마 그렇지는 않았을 거라 생각해요. 그이도 우리만큼이나 이지를 사랑했고, 이지의 행동을 보며 웃곤 했으니까. 이지는 그이의 말괄량이 여동생

* ninny. '바보', '멍청이'라는 뜻.

이었어요. 루스와 함께 휘슬스톱 카페의 주인이기도 했고요.

　이지는 사람들을 웃기려고 온갖 엉뚱한 짓을 다 했어요. 한번은 침례교회 헌금함에 포커 놀이에서 쓰는 칩을 넣기도 했답니다. 정말 괴짜였지요."

　에벌린은 음식을 먹다 말고 처음으로 사람 좋아 보이는 그 노부인을 흘깃 쳐다보았다. 빛바랜 푸른색 꽃무늬 옷을 입었고, 은백색 머리에는 손가락으로 눌러 만든 웨이브가 있었다. 노부인은 그 순간에도 말을 쉬지 않았다.

　"누구는 루스를 만난 날부터 시작됐다고 생각하지만 나는 1919년 4월 1일 일요일 저녁에 시작됐다고 생각해요. 리오나가 존 저스티스와 결혼한 바로 그해 말이에요. 4월 1일이었다는 건 분명히 말할 수 있지요. 그날 저녁 이지가 식탁으로 와서 모두에게 자그마한 흰 상자를 보여 주었거든요. 상자 안에는 솜뭉치 위에 사람 손가락 하나가 놓여 있었는데 그걸 뒤뜰에서 발견했다는 거예요. 나중에 알고 보니 그건 상자 바닥 구멍에 집어넣은 이지의 손가락이었답니다. 만우절이었거든요!

　모두 재미있어했는데 리오나만 예외였어요. 리오나는 맏딸이자 가장 예쁜 딸이었는데, 아빠가 버릇을 버려 놔서……. 하긴 아빠뿐 아니라 모두가 그랬지요.

　당시 열 살인가 열한 살인가 그랬던 이지에게는 흰색 오건디 천으로 만든 새 드레스가 있었어요. 그걸 입으면 모두 너무 예쁘다고 말하곤 했지요. 어느 날 즐거운 시간을 보내며 막 블루베리 칵테일을 마시려는 순간 갑자기 이지가 벌떡 일어서더니 큰 소리로 선언하더군요……. '죽을 때까지 드레스는 더 이상 입지 않을 거야!' 그렇게 말하고는 위층으로 씩씩하게 올라가더니 버디의 낡은 바지와 셔츠를 입었어요. 난 지금까지도 이지가 왜 그랬는지 도무지 모른답니다. 영문을 모르긴 다른 사람들도 마찬가지였죠.

하지만 이지가 허튼소리를 하는 애가 아니라는 걸 잘 아는 리오나는 울부짖기 시작했어요. '아빠, 이지가 제 결혼식을 망치려고 저래요. 뻔하다고요!'

하지만 아빠는 이렇게 말씀하셨죠. '어이구, 예쁜 우리 딸, 그럴 리가 있겠니. 넌 앨라배마주에서 가장 아름다운 신부가 될 거다.'

아빠는 큼직한 팔자수염을 기르셨더랬는데…… 우리들을 바라보시며 이렇게 말씀하셨어요. '그렇지 않니, 얘들아?' ……그래서 리오나의 기분을 풀어 주고 입도 막으려고 우리는 모두 저마다 한마디씩 했지요. 버디만 빼고요. 버디는 킥킥대며 앉아만 있었죠. 이지는 버디의 애완동물이나 마찬가지였으니 뭘 하든 그에겐 괜찮았던 거죠.

어쨌거나 리오나가 칵테일을 비우고 있기에 이제 진정되었구나 하고 생각하는데 갑자기 비명을 지르더군요. 그 소리가 얼마나 컸는지 부엌에 있던 십시가 놀라서 들고 있던 걸 떨어뜨렸을 정도였어요. '아빠, 만약에 우리 중 누가 죽기라도 하면 어쩌죠?'

'……음, 그건 상상일 뿐이야. 그렇잖니?'

우리는 모두 엄마를 쳐다보았어요. 엄마는 식탁에 포크를 내려놓으며 말씀하셨죠. '자, 얘들아. 그때가 오면 너희 여동생은 양보를 해서 결혼식에 어울리는 옷을 입을 거야. 고집이 세긴 하지만 사리를 분간하지 못하는 아이는 아니거든.'

그러고 나서 2주 뒤 엄마가 결혼식 옷을 만드는 침모인 아이다 심스에게 하시는 얘길 들었어요. 이지가 입을 옷으로 녹색 벨벳 슈트와 나비넥타이가 필요하다고 하시더군요.

아이다는 이해하려는 듯이 엄마를 쳐다보며 말했어요. '슈트요?'……그러자 엄마가 말씀하셨죠. '아, 알아요, 아이다, 알아요. 결혼식에 좀 더 어울리는 옷을 입히려고 무던히 애를 써 봤는데 그 애에겐 나름의 생각이 있더군요.'

이지는 정말 그렇게 입었어요. 그 나이에 말이에요. 내 생각에 이지는 버디처럼 되고 싶었던 것 같아요……. 정말 말썽꾸러기들이었다니까요!"

노부인은 웃고 나서 말을 이었다.

"그들은 한때 쿠키라는 이름의 너구리를 키웠어요. 난 너구리가 크래커를 물에 담가 씻으려고 하는 모습을 몇 시간씩이나 앉아서 지켜보곤 했답니다. 그들은 자그마한 물통을 뒤뜰에 놓고서 너구리에게 소다 크래커를 주곤 했어요. 너구리는 크래커를 하나씩 물에 집어넣었는데 그럴 때마다 크래커가 사라져 버리니 대체 무슨 일이 일인가 하여 정신을 차리지 못했어요. 매번 자기 빈손을 쳐다보며 몹시 놀라곤 했죠. 크래커가 어디로 가 버리는지 알 도리가 없었으니까요. 그 너구리는 사는 동안 수많은 시간을 크래커를 물에 씻으며 보냈어요. 쿠키도 씻었는데, 하지만 더 우스웠던 건…… 언젠가 아이스크림콘을 씻었던 일이죠.

이런, 그 너구리 생각은 그만하는 게 낫겠네요. 누가 보면 내가 휴게실 저쪽의 필빔 부인처럼 미쳤다고 생각할 거예요. 딱하게도 필빔 부인은 자기가 지금 알래스카행 사랑의 유람선에 타고 있다고 생각한답니다. 이곳에 있는 사람들 중에는 자기가 누구인지조차 모르는 사람이 아주 많아요."

에벌린의 남편 에드가 라운지 입구로 와서 신호를 보냈다. 에벌린은 먹던 사탕을 껍질에 싸서 가방 안에 넣고 일어섰다.

"죄송하지만, 저 사람이 제 남편이에요. 갈 준비가 됐나 보네요."

스레드굿 부인은 놀라 고개를 들고 말했다.

"그래요? 꼭 가야 하나요?"

"네, 그게 좋을 것 같아요. 저 사람이 출발할 준비를 마쳤거든요."

"그렇군요. 얘기하는 동안 즐거웠다오……. 이름이 어떻게 되지요?"

"에벌린이에요."

"그래요, 다음에 와서도 날 만나 주겠어요? 댁하고 얘기하는 게 즐겁군요. 그럼 잘 가요."

에벌린을 배웅하고 난 스레드굿 부인은 또 다른 방문객을 기다렸다.

1929년 10월 15일

운석의 소유권

베스타 애드콕 부인과 그 아들 얼 주니어는 본인들이 운석의 정당한 주인이라고 주장하고 있습니다. 애드콕 부인의 말에 따르면 운석이 떨어진 그 집은 오티스네가 그들에게서 임차한 것이므로 그 집도 운석도 그들 것이라는 것입니다.

비디 루이스 오티스 부인은 이에 대해 이의를 제기했습니다. 본인 라디오에 떨어졌기 때문에 운석은 본인 소유라는 게 부인의 주장입니다. 그녀의 남편이자, 당시 야간 근무조여서 집에 없었던 남부 철도사의 보조 차장 로이는, 1833년 어느 날 밤 1만 개 운석이 떨어졌던 것과 비교하면 이번 일은 별난 일이 아니며, 게다가 이번에 떨어진 것은 단 한 개뿐이니 그렇게 소란을 피울 필요가 없다고 말했습니다.

비디는 어쨌든 자기가 운석을 기념품으로 간직하고 싶다고 말했습니다.

그나저나 이건 단지 저만의 생각일까요? 아니면 요즘 들어 살기가 더욱 힘들어진 걸까요? 저의 또 다른 반쪽이 전하기를 지난 주에 처음 보는 노숙자 다섯이 카페에 먹을 것을 얻으러 새로 나타났다고 합니다.

닷 윕스

아이오와주 대븐포트

노숙자 캠프

1929년 10월 15일

나직이 타는 불 주위로 다섯 남자가 웅크리고 앉아 있었다. 양철 깡통에 끓인 묽은 커피를 마시는 그들의 얼굴 위로 오렌지 빛과 검은 그림자가 일렁거렸다. 짐 스모키 필립스, 엘모 잉키 윌리엄스, 보위빌 제이크, 크랙샷 새킷, 그리고 채터누가 레드 바커, 그해 미국 전역을 떠도는 것으로 추산되던 약 20만 명의 남자들과 소년들 중 다섯이었다.

스모키 필립스가 고개를 들었다. 하지만 아무런 말도 하지 않았다. 다른 사람들도 마찬가지였다. 그들은 지치고 피곤한 상태였다. 살을 에는 밤공기는 음산하고 무자비한 겨울의 시작을 알리고 있었다. 스모키는 자신이 곧 남쪽을 향해 출발하리라는 것을 알았다. 수년 동안 그래 왔던 것처럼 거대한 기러기 떼와 함께.

스모키는 테네시주의 스모키 산맥을 등진 마을에서 어느 몹시 추운 날 아침에 태어났다. 대를 이어 밀주 제조업을 하던 그의 아버지는 자기 일을 몹시 사랑했으며 '괜찮은 여자', 다시 말해 소나무숲 자유의지 침례교회 주위를 맴도는 게 일과인 평범한 시골 소녀와 결혼했다.

스모키는 어린 시절 대부분을 몇 시간씩 딱딱한 나무 의자에 앉아서 보냈다. 여동생 버니스와 함께 하루 종일 노래를 부르고 발을 씻으면서.

그의 어머니는 이따금 예배 시간에 일어서서 알아들을 수 없는 말을 중얼거리는 여자들 중 한 사람이었다. 어머니가 날이 갈수록 성령 충만해지자 아버지의 신앙은 점점 더 약해졌으며, 마침내 교회에 가는 걸 완전히 그만두고 말았다. 그는 자식들에게 말했다.

"아버지는 하나님을 믿는다. 하지만 그것을 증명하기 위해 미쳐야 한다고까지 생각하지는 않아."

그러다 스모키가 여덟 살이 되던 해 봄, 상황은 더욱 악화되었다. 어머니가 주님의 말씀을 빌려 자기 남편이 악한 사람이며 귀신에 들렸다고 주장하고는 아버지를 세무서 직원들에게 넘긴 것이다.

스모키는 증류소를 나와 오솔길을 내려오던 그날의 아버지를 기억했다. 아버지의 등엔 총이 겨누어져 있었다. 아버지는 당신이 지나가자 그 곁에서 어쩔 줄 몰라 하는 어머니를 바라보며 말했다.

"이 여자야, 당신이 무슨 짓을 했는지 모르지? 당신은 스스로 밥줄을 끊은 거라고."

그것이 스모키가 본 아버지의 마지막 모습이었다.

아버지가 떠난 후 어머니는 더욱 극단적이 되어서 산간 오지의 광신도들인 뱀 조련사 패거리들과 어울렸다. 어느 날 밤 붉은 얼굴에 산발을 한 설교사가 한 시간 동안 열광적으로 설교를 하고 성경을 두드리면서 그곳에 있는 맨발의 신도들을 완전히 흥분시켜 놓았다. 신도들은 모두 찬송가를 부르며 발을 굴러 댔다. 그때 설교사가 갑자기 감자 자루로 다가가 거대한 방울뱀 두 마리를 꺼내더니 허공에 대고 휘두르기 시작했다. 무아경에 빠진 것이었다.

스모키는 앉은자리에 얼어붙은 채 여동생의 손을 꼭 쥐었다. 설교사는 춤을 추고 돌아다니면서 신도들에게 뱀을 집어 올리고 아브라함에 대한 믿음으로 영혼을 정화시키라고 소리를 질렀다. 그러자 어머니가 달려들어 뱀 한 마리를 낚아채더니 얼굴에 바짝 갖다 대고 쳐다보았다. 그러고는 뱀의 노란 눈을 뚫어지게 쳐다보며 알아들을 수 없는 말을 중얼거리기 시작했다. 방에 있던 사람들 모두 몸을 흔들며 신음 소리를 냈다. 어머니가 뱀을 들고 방을 돌기 시작하자 사람들은 마루에 쓰러져 몸을 부들부들 떨고 비명을 지르며 제단 아래와 통로 주위를 굴렀다. 말 그대로 광란의 도가니였다. 그러는 동안에도 어머니는 "호사…… 헬람나…… 헤사미아……." 하고 중얼거렸다.

스모키가 상황을 파악하기도 전에 여동생 버니스가 그를 뿌리치고 어머니에게 달려가 옷자락을 끌어당겼다.

"엄마, 이러지 마세요!"

정신이 나간 어머니는 광기 어린 눈으로 힐끗 자식을 쳐다보았다. 그 순간 방울뱀이 불쑥 뻗어 나와 어머니의 옆얼굴을 내리쳤다. 어머니는 깜짝 놀라 뱀을 돌아보았고 뱀은 다시 한 번 어머니를 쳤다. 이번에는 더 빠르고 센 일격이었다. 뱀은 어머니의 목을 치면서 이빨로 경정맥을 물었다. 어머니는 독이 오른 뱀을 쿵 소리가 나도록 내던졌다. 그러자 뱀은 오만한 몸짓으로 통로를 따라 내려가 이윽고 사라졌다.

어머니는 놀란 얼굴로 죽음 같은 정적이 흐르는 방 안을 둘러보았다. 눈빛이 번들거렸다. 그러더니 스르르 마룻바닥에 무너졌고 1분도 지나지 않아 숨을 거두었다.

그때 그의 삼촌이 스모키를 문밖으로 끌어냈다. 버니스는 이웃집으로 가서 그들과 살았고 스모키는 삼촌네 집에 머물렀다. 열세 살이 되자 그는 정처 없이 선로를 따라 길을 떠났고 다시는 고향에 돌아가지 않았다.

스모키의 유일한 소지품은 여동생과 함께 찍은 사진이었다. 그는 가끔 그 사진을 꺼내서 보곤 했다. 빛바랜 사진 속에는 입술과 볼에 연분홍 칠을 한 그들 오누이가 있었다. 앞머리를 단발로 가지런히 자르고, 분홍 리본을 머리에 두르고, 작은 진주 목걸이를 한 통통한 여자아이. 그리고 갈색 머리를 매끄럽게 손질한 그가 바로 뒤에서 동생과 뺨을 맞대고 앉아 있었다.

가끔 버니스가 어떻게 지내는지 궁금하기도 했다. 그럴 때면 그는 경제적으로 여유가 생기면 동생을 찾겠노라 다짐했다.

스무 살 무렵 조지아주 어디쯤에선가 철도 감시원이 그를 차가운 누런 강물 속으로 차 버렸는데 그때 그 사진을 잃어버렸다. 이제 동생 생각은 거의 하지 않게 되었다. 기차를 타고 어딘가로 가다가 밤중에 스모키 산맥을 통과할 때 빼고는…….

오늘 아침 스모키 필립스는 조지아를 출발하여 플로리다로 가는 혼잡한 기차 안에 있었다. 이틀째 아무것도 먹지 못했던 그는 친구 엘모 윌리엄스의 말을 떠올렸다. 버밍햄에서 멀지 않은 곳에 언제든 한두 끼 정도는 제공해 주는, 두 여자가 운영하는 어떤 곳이 있다는 말을 들었던 것이다. 그 길을 가던 도중에 화차 벽

면에 쓰인 그 카페 이름을 본 적이 있던 터라 '앨라배마주 휘슬스톱'이라는 표지판을 보는 순간 그는 훌쩍 뛰어내렸다.

엘모가 말한 대로 그곳은 철길 건너편에 있었다. 휘슬스톱 카페라는 문구가 쓰인 코카콜라 간판 아래 녹색과 흰색의 차일이 드리워진 자그마한 녹색 건물이었다. 그는 뒤쪽으로 돌아가서 덧문이 달린 문을 두드렸다. 몸집이 자그마한 흑인 여자가 닭고기를 튀기고 풋토마토를 썰며 분주하게 움직이고 있었다. 그녀는 스모키를 힐끗 쳐다보고는 소리쳤다.

"이지 아씨!"

곧 예쁘고 키가 크며 곱슬 금발에 주근깨가 있는 한 여자가 문으로 다가왔다. 깨끗한 흰 셔츠에 남자 바지 차림이었는데 20대 초반쯤 되어 보였다.

스모키는 모자를 벗어 들고 말했다.

"죄송합니다만 혹시 제가 할 만한 허드렛일 같은 거라도 있을까 해서 왔습니다. 요즘 제 형편이 말이 아니라서 말입니다."

낡아빠진 더러운 외투와 해진 갈색 셔츠, 가죽이 갈라지고 끈도 없는 신발을 신은 남자를 본 이지는 그 말이 거짓이 아님을 알았다.

그녀는 문을 열어 주며 말했다.

"들어와요, 친구. 찾아보면 뭔가 할 만한 일이 있을 거예요."

이지는 그에게 이름을 물었다.

"스모킵니다."

그녀는 카운터 뒤편에 있던 여자에게로 얼굴을 돌렸다. 몇 달만에 구경하는 깨끗하고 말끔한 여자가 거기에 있었다. 평생 보아온 여자들 중 가장 예뻤다. 여자는 물방울무늬가 있는 스위스 오건디 드레스를 입고 적갈색 머리를 뒤로 당겨서 붉은 리본으로 묶고 있었다.

"루스, 이 사람은 스모킨데 우리를 위해 뭔가 일을 해 주겠대요."

루스는 웃으며 스모키를 바라보았다.

"그거 잘됐네요. 만나서 반가워요."

이지가 남자 화장실을 가리키며 말했다.

"저기서 몸부터 개운하게 한 다음 뭘 좀 먹는 게 좋겠네요."

"그러겠습니다."

욕실은 큼직했고 천장에 전구가 매달려 있었다. 불을 켜자 모퉁이에 매 발톱 모양의 발이 달리고 검정 고무 배수구 마개가 체인에 연결되어 있는 대형 욕조가 눈에 들어왔다. 세면대 위에는 면도기와 면도용 비누 접시가 솔과 함께 준비되어 있었다.

거울을 들여다보던 스모키는 그들이 자신의 지저분한 몰골을 보았을 것을 생각하며 부끄러움을 느꼈다. 그러나 지금으로서는 그가 비누와 만날 수 있는 시간은 아주 잠시뿐이었다. 그는 커다란 갈색 비누로 얼굴과 손에 찌든 때와 석탄 검댕을 힘껏 닦아 냈다. 24시간 동안 술을 한 모금도 마시지 않았던 터라 손이 심하게 떨려서 말끔하게 면도를 할 수는 없었지만 가능한 한 최선을 다했다. 싱크대 위 선반에서 찾아낸 올드 스파이스 면도용 로션을 듬뿍 바르고 에이스 빗으로 머리를 빗은 다음 그는 다시 카페로 나왔다.

이지와 루스가 식탁에 자리를 마련하고 그를 기다리고 있었다. 그는 닭튀김과 동부콩, 순무 잎사귀, 풋토마토 튀김, 옥수수빵, 아이스티를 앞에 두고 앉았다.

포크를 집어 들고 식사를 시작했다. 여전히 손이 떨려서 음식을 입까지 가져갈 수 없었다. 차가 쏟아졌고 셔츠가 젖어 엉망이 되었다.

그들이 보고 있지 않기만을 바라고 있는데 아니나 다를까 금발 여자가 말했다.

"스모키, 같이 나가요. 산책 좀 하게."

이제 쫓겨나는구나 싶어 스모키는 모자를 집어 들고 냅킨으로 입을 닦았다.

"알겠습니다."

그녀는 카페 뒤쪽 공터로 스모키를 데려갔다.

"좀 불안해 보이네요?"

"음식을 흘려서 죄송합니다. 맹세컨대 솔직히 말씀드리자면…… 저기…… 당장 떠나겠습니다. 어쨌든 감사했습니다."

이지는 앞치마 주머니에서 작은 올드 조 위스키 병을 꺼내 그에게 건넸다.

그는 진심을 다해 감사를 표했다.

"주님의 가호가 있으시기를……."

그들은 헛간 곁의 통나무 위에 앉았다.

스모키가 신경을 안정시키는 동안 이지가 말을 걸었다.

"저기 저쪽에 넓은 공터가 보이죠?"

스모키가 둘러보며 대답했다.

"보입니다."

"몇 년 전만 해도 저곳은 휘슬스톱에서 가장 아름다운 조그만 호수였어요. 여름이면 우리는 거기서 수영도 하고 고기도 잡았죠. 하려고만 하면 뱃놀이도 할 수 있었고요."

이지는 쓸쓸하게 고개를 저었다.

"그때가 그리워요. 정말 그리워요."

스모키는 아무것도 없는 빈 땅을 바라보았다.

"어떻게 됐기에……. 호수가 다 말라 버렸나요?"

이지가 스모키의 담배에 불을 붙여 주었다.

"그게 아니에요. 더 안 좋은 일이 있었어요. 11월 어느 날 커다란 오리 떼가 날아왔는데, 아마 40마리도 넘었을 거예요, 호수 한가운데에 내려앉았죠. 그날 오후, 오리들이 앉아 있는 동안 희한한 일이 일어났어요. 기온이 갑자기 뚝 떨어지면서 호수가 바위처럼 꽁꽁 얼어 버린 거예요. 3초나 걸렸을까. 1초, 2초, 3초, 딱 그렇게요."

스모키가 놀라며 말했다.

"설마! 그럴 리가요."

"그랬어요."

"그래서 오리들이 얼어 죽은 거로군요."

"오, 절대 아니에요. 오리들이 얼음을 매단 채 날아가 버렸죠. 그 호수는 지금도 조지아주 어딘가에 있어요."

고개를 돌려 이지를 쳐다보고서야 스모키는 그녀가 자신을 놀리고 있다는 걸 깨달았다. 그가 웃음을 터뜨렸다. 너무 심하게 웃느라 기침이 터져서 그녀가 등을 두드려 주어야 했다.

카페로 돌아온 후에도 스모키는 눈가를 훔쳤다. 카페에는 저녁 식사가 그를 기다리고 있었다. 아직 따뜻했다. 누군가 그를 위해 음식을 오븐에 넣어 두었던 것이다.

아, 떠돌던 나의 소년은 오늘 밤 어디에 있는가

어머니의 자랑이었던 그 소년……
아, 그 소년은 침대에 누워
넥타이를 세고 있네
그러지 않을 땐
장난감 자동차를 이리저리 굴리지
아, 나의 소년은 오늘 밤 어디에 있는가?

1929년 10월 22일

운석, 카페에 전시하기로 결정

비디 루이스 오티스 부인은 지난주에 집 지붕을 뚫고 떨어진 운석을 카페에 갖다 놓겠다고 말했습니다. 그렇게 해야 운석에 대한 전화 문의가 그칠 것 같아서라고 합니다. 자신은 바쁘게 돌아다녀야 하기 때문이라는군요. 회색 돌덩이에 불과하지만 그래도 운석을 보고 싶은 사람이 있다면 언제든 볼 수 있을 거라고 말했습니다.

이지는 운석을 카페 카운터에 놓아둘 테니 누구든 보고 싶을 때 와서 보라고 말했습니다.

유감스럽게도 이번 주에는 다른 새 소식이 없네요. 하지만 저는 제 또 다른 반쪽 윌버가 감기에 걸리는 바람에 일주일 내내 시중을 들어야 했답니다.

앓아누운 남자보다 더 나쁜 상황이 있을까요?

우리의 친애하는 베시 빅 힐미니, 비시외 시어머니께서 어제 98세를 일기로 별세하셨다는 소식에 안타까움을 전합니다.

닷 윔스

로즈 테라스 요양원

앨라배마주 버밍햄 올드몽고메리 하이웨이

1985년 12월 22일

다음 주 일요일, 에벌린이 방문객 휴게실에 들어서니 스레드굿 부인이 지난번 그 의자에 앉아 지난번에 입었던 그 옷을 입고서 그녀를 기다리고 있었다.

스레드굿 부인은 종달새처럼 명랑하게, 마치 그동안 시간의 공백이 전혀 없었다는 듯이 스레드굿 가 이야기를 이어 나갔다. 에벌린에게는 선택의 여지가 없었다. 그녀는 가지고 간 아몬드 막대 사탕 껍질을 벗겨 들고 줄곧 자리에 앉아 있었다.

"앞마당에는 굉장히 큰 멀구슬나무가 있었어요. 지금도 기억나는데, 우리는 1년 내내 그 조그마한 멀구슬나무 열매를 땄고, 크리스마스 때는 나무 꼭대기까지 온통 빙빙 돌려 줄을 매달곤 했지요. 엄마는 우리에게 늘 멀구슬나무 열매를 코 속에 집어넣지 말라고 주의를 주셨는데 아니나 다를까 이지가 맨 처음 한 짓이 그거였어요. 걸음마를 배우기가 무섭게 마당으로 나가 콧구멍은 물론 귓속에도 멀구슬나무 열매를 집어넣었지요. 덕분에 하들리 의사 선생님께서 불려 오셨고요. 의사 선생님께서 엄마에게 말씀하셨어요. '스레드굿 부인, 골치 좀 아프시겠습니다.'

정말이지 버디는 그런 말 듣는 걸 아주 좋아했어요. 매사 그런 식으로 이지를 부추겼지요. 하지만 그건 대가족에서는 흔히 있는 일이잖아요. 저마다 자기 취향이 있으니까. 이지의 진짜 이름은 이모진이었는데 버디가 이지라고 부르기 시작했어요. 이지가 태어났을 때 버디는 여덟 살이었는데, 버디는 마치 인형을 갖고 다니듯 어디에나 이지를 데리고 다녔답니다. 좀 자라서 걸을 수 있게 되자 이지는 나무로 깎아 만든 수탉을 끌면서 새끼 오리처럼 아장아장 버디의 뒤를 따라다니곤 했어요.

버디에겐 백만 불짜리 개성이 있었어요. 그 까만 눈과 하얀 이로 누구든 금세 매혹시켜 버렸죠. 휘슬스톱의 소녀들 중에는 그 시기가 언제였든 버디와 사랑에 빠지지 않은 아이는 없었어요.

다들 열여섯 살 생일 파티는 잊지 못한다고 하는데, 정말 그래요. 지금도 기억나네요. 꼭대기를 회전목마로 장식한 분홍색과 흰색이 섞인 케이크, 엄마가 크리스털 펀치 볼에 담아 놓은 연두색 펀치 그리고 마당에 온통 걸려 있던 종이 등. 하지만 내 마음속에 가장 강하게 남아 있는 건 포도나무 정자 뒤에서 내 입술을 훔친 버디 스레드굿이랍니다. 아, 버디가 그랬어요! 하지만 나는 그저 버디가 키스했던 많은 여자들 중 하나였을 뿐이었지요…….

이지는 밤낮없이 버디의 연애편지 심부름을 하느라 바빴어요. 우리는 이지를 큐피드라고 부르기까지 했답니다. 이지는 짧은 금발 고수머리에 눈은 푸른색이었고 주근깨가 있었어요. 엄마 쪽을 닮았지요. 엄마의 처녀 적 이름은 앨리스 리 클라우드였어요.

엄마는 늘 이렇게 말씀하셨답니다. '결혼하기 전에 난 구름이었단다.' 정말 좋은 분이셨죠. 가족들 대부분이 푸른 눈이었는데 버디와 가엾은 에시 루만 예외였어요. 에시는 한쪽 눈은 갈색이고 다른 한쪽은 푸른색이었거든요. 엄마는 에시에게 음악에 재능이 너무 많아서 그런 거라고 하셨어요. 엄마는 무엇에서건 좋은 면을 보셨거든요. 한번은 이지와 버디가 삭웰 노인의 커다란 수박 네 통을 훔쳐서 그걸 엄마의 검은딸기 밭에 숨겨 두었더랬어요. 그런데 다음 날 아침 그 수박을 발견한 엄마는 그것들이 밤새 자란 거라고 굳게 믿으셨죠. 클리오 말로는 수박이 잘 자라지 않아 해마다 엄마가 실망하셨다는군요. 그러니 아무도 감히 그 수박들이 훔친 거라는 말을 엄마에게 할 수 없었답니다.

엄마는 침례교도였고 아빠는 감리교도였어요. 아빠는 물속에 잠기는 게 아주 싫다고 하셨지요. 그래서 일요일이면 아빠는 제1 감리교회가 있는 왼쪽으로 출발하고 나머지 식구들은 침례교회가 있는 오른쪽으로 출발했답니다. 버디는 가끔 아빠와 함께 가기도 했는데 그것마저도 얼마 안 가서 그만두었어요. 침례교회 여자애들이 더 예쁘다나요.

스레드굿 가에는 객식구가 끊이지 않았어요. 어느 해 여름 덩치 큰 침례교 전도사가 읍내에서 열린 야외 집회에 참석하느라 머문 적이 있었죠. 그가 외출하고 없을 때 쌍둥이들이 그의 방에 들어가 그 사람의 바지를 입고 놀았어요. 팻시 루스가 한쪽 다리, 밀드레드가 다른 쪽 다리를 꿰고는 재미있는 시간을 보냈죠. 그러다가 전도사가 계단을 올라오는 소리를 듣고는…… 겁을 잔뜩 먹은 거예요. 밀드레드는 이쪽 방향으로 발을 빼고 팻시 루스는 저쪽 방향으로 발을 빼다가 바지가 딱 두 쪽으로 갈라져 버리고 말았답니다. 엄마는 아빠가 쌍둥이에게 매를 대지 않은 이유는 단 하나, 그 전도사가 침례교파였기 때문이었다고 하셨지요. 하지만 교회가 끝난 뒤에는 일요일 저녁 식사를 하기 위해 모두 다시 집에 모였기 때문에 그 일로 인해 심각한 문제가 일어나지는 않았어요.

아빠는 부자가 아니었는데 당시 우리 눈에는 부자로 보였지요. 읍내에 가게 하나를 가지고 있을 뿐이었는데 말이에요. 필요한 것은 뭐든지 거기서 얻을 수 있었어요. 내셔널 빨래판이나 구두끈을 살 수도 있었고, 코르셋이나 큰 통에서 막 꺼낸 피클도 살 수 있었지요.

버디는 잡화 코너에서 일하곤 했어요. 버디가 만들었던 것 같은 딸기 아이스크림 소다가 있다면 난 중국산 차 전부하고도 바꾸겠어요. 휘슬스톱 사람들 모두가 그 가게와 거래했죠. 그 때문에 가게가 문을 닫았을 때 우린 정말 놀랐답니다.

클리오 말로는 가게가 망한 이유는 아빠가 백인이든 흑인이든 누구에게도 '안 돼.'라는 말을 하지 못해서였기 때문이라더군요. 사람들이 뭘 원하든 혹은 뭘 필요로 하든 아빠는 그걸 그냥 자루에 담아서 외상으로 가져가게 했거든요. 클리오는 아빠의 재산이 종이봉투의 형상으로 아빠를 버려둔 채 문밖으로 걸어 나갔다고 했어요. 하지만 스레드굿 가 사람들 중에는 누구에게든 '안 돼.'라고 말할 수 있는 사람이 없었지요. 누가 달라고만 하면 입고 있던 셔츠도 벗어 주었을 거예요. 클리오도 별반 나은 건 없었지요. 클리오와 나도 사치스러운 물건은 거의 가져 보지 못했지만 좋으신 주님 덕분에 필요한 건 무엇이든 가질 수 있었답니다. 나는 가난한 사람들은 좋은 사람들이라고 믿어요. 비열한 사람들만 빼고 말이죠…… 그런 사람들은 부자가 되어도 여전히 비열하겠죠. 이곳 로즈 테라스에서 살고 있는 사람들은 대부분 가난해요. 대부분이 그저 노령연금을 받거나 저소득층 의료 보장 제도로 살아가는 사람들이죠."

스레드굿 부인은 에벌린 쪽으로 몸을 돌리며 말했다.

"가장 믿을 수 있고 요긴한 게 그 의료 보장 제도예요. 그것도 없으면 병이 났을 때 어쩌겠어요. 이곳에도 부자는 좀 있어요. 몇 주 전에 베스타 애드콕 부인이 들어왔는데, 휘슬스톱에 있을 때 알고 지내던 새가슴의 자그마한 여자예요. 여우 모피에 다이아몬드 반지를 하고 다니더더군요. 부자 축에 들죠. 그런데 내 눈에는 부자들이 행복해 보이지가 않아요. 이런 얘기를 하기는 좀 그렇지만, 그 사람들은 자식들이 잘 찾아오지 않더군요.

오티스 부인의 아들 내외인 노리스와 프랜시스는 눈이 오나 비가 오나 매주 찾아온답니다. 내가 일요일마다 여기 휴게실에 나와 있는 이유가 바로 그들만의 시간을 갖게 해 주기 위해서예요……. 아, 하지만 찾아올 사람을 기다리는 여기 사람들을 보면 보는 사람들도 마음이 많이 아플 거예요. 그들은 토요일이면 정성 들여 머리를 손질하고 일요일 아침엔 옷을 잘 차려입고 준비를 하지요. 그렇게 준비를 했는데도 아무도 찾아오지 않아요. 그럴 땐 나도 참 속이 상하는데, 누구도 어쩔 도리가 없잖아요? 자식들이 있다고 해도 찾아와 줄 사람이 있을 거라는 보장은 없는 거죠……. 그렇고말고요."

《웜스 통신》

엘리베미주 휘슬스톱 주간 스서지

1930년 7월 12일

급속도로 성장하는 휘슬스톱

줄리언의 아내 오팔 스레드굿이 제가 근무하는 우체국에서
두 집 건너에 있는 건물을 임차해 미용실을 개업했습니다. 지금까
지는 자기 집 부엌에서 사람들 머리를 만져 왔는데 줄리언이 그만
두라고 했답니다. 하루 종일 수많은 여자들이 뒷문으로 드나드는
바람에 암탉들이 알을 낳지 못하게 되었기 때문이라는군요.

오팔의 말에 의하면 샴푸와 세팅은 50센트, 파마는 1달러 50센
트로 가격은 전과 같다고 합니다.

저는 우리의 번화가에 새로운 업종이 들어선 걸 기쁘게 생각
합니다. 생각해 보세요. 이젠 한 구역 안에서 편지를 부치고, 식사
를 하고, 머리 만지는 일을 모두 할 수 있게 되지 않았나요. 이젠
극장만 생기면 됩니다. 그렇게 되면 우리들 누구도 다시는 버밍햄

까지 가지 않아도 될 거예요.

　로이 글래스 부부는 집 뒤뜰에서 연례 가족 모임을 가졌습니다. 글래스 가 사람들 전부가 전국 각지에서 모여들었는데, 월마의 말에 따르면 케이크 맛이 보기보다 좋았다고 합니다.

　한편 저의 반쪽이 일전에 낚시질을 하다가 낚싯바늘에 손가락을 찔렸습니다. 그래서 저는 그이를 또 집에 모셔 두고 있답니다. 웬수가 따로 없지요.

　　　　　　　　　　　　　　　　　　　닷 윔스

휘슬스톱 카페

앨라배마주 휘슬스톱

1931년 11월 18일

시애틀에서 플로리다에 이르기까지, 이제 카페 이름은 수백 칸의 화차 벽에 쓰였다. 스플린터 벨리 존스의 말에 의하면 캐나다에서도 카페 이름을 볼 수 있다고 했다.

그해에는 사정이 특히 좋지 않았다. 밤이면 휘슬스톱 주변 숲이 온통 노숙자 캠프에서 새어 나오는 빛들로 깜박거렸고, 그곳 사람들 중 이지와 루스로부터 한두 번이라도 식사를 제공받지 않은 사람은 없었다.

이지의 오빠인 클리오는 그 점을 걱정했다. 아내 니니와 어린 아들 앨버트를 데리러 카페에 와 있던 클리오가 커피와 땅콩을 먹으며 말했다.

"이지, 내 말 좀 들어 봐. 네 집 문 앞에 나타나는 사람들을 모두 먹일 필요는 없어. 너는 장사하는 사람이야. 줄리언 형이 그러는데 요전 날 여기 와 보니 일곱 명이 식사를 하고 있었다더라. 그

부랑자들을 굶기느니 차라리 루스 모자를 내보낼 것처럼 보이더라던데."

이지는 그런 생각을 간단히 무시해 버렸다.

"오빠, 줄리언 오빠가 뭘 알겠어? 올케 언니가 미용실을 하지 않았으면 굶어 죽었을 위인인데. 그런 오빠 말에 뭐 하러 귀를 기울이냐고."

그 점에 대해서는 클리오도 이지의 말에 동의하지 않을 수 없었다.

"뭐, 그 문제는 줄리언 형만 그렇게 생각하는 게 아니야. 나도 네가 걱정이야."

"알아."

"그래, 나는 그저 네가 좀 더 영리하게 처신했으면 해서 하는 말이야. 바보처럼 돈 벌 기회를 놓쳐 버리지 말라고."

이지는 그를 쳐다보며 빙긋이 웃었다.

"오빠, 이 동네 사람들 반수가 5년 동안 오빠에게 돈을 지불하지 않았다는 거 다 알아. 오빠가 그 사람들을 문전박대하는 건 본 적이 없고."

평소에 조용하던 니니가 갑자기 큰 소리로 말했다.

"그건 맞는 말이에요, 여보."

이지가 일어나 클리오의 목을 움켜잡으며 장난스럽게 말했다.

"이봐, 돌팔이 아저씨. 아저씨는 이제까지 단 한 번도 배고픈 사람을 문간에서 쫓아낸 적이 없었잖아."

"전혀 그럴 필요가 없었지. 다들 이곳으로 오면 되었으니까."

클리오가 목소리를 가다듬으며 말했다.

"네 일에 간섭하려는 건 아니야. 다만 네가 조금씩이라도 저축을 하는지 알고 싶을 뿐이야."

"뭐 때문에 그래? 잘 들어. 돈은 오빠를 주일 거야. 오빠두 알잖
아. 바로 오늘, 어떤 사람이 여기 와서 자기 삼촌 얘길 해 주었어.
켄터키주의 조폐국에 다니던 분이었대. 정부에서 발행하는 돈을
만드는 곳인데, 보수가 좋았대. 아주 잘나갔는데 어느 날 레버를
잘못 당기는 바람에 300킬로그램에 달하는, 10센트짜리 동전 더
미에 깔려 죽었다는 거야."

니니가 몸서리를 치며 말했다.

"세상에나, 너무 끔찍해."

클리오는 마치 미친 사람을 보듯 아내를 쳐다보았다.

"맙소사. 당신은 이 괴짜가 하는 얘기를 다 믿는구먼."

"뭐, 있을 수 있는 일이잖아요? 그런데 그 사람은 정말 동전에
깔려서 죽었대?"

"그랬대요. 10센트짜리로 300킬로그램이었다던가 25센트짜
리로 130킬로그램이었다던가, 아무튼 그랬어요. 정확한 건 잊어
버렸지만 어쨌든 그 사람이 죽은 건 확실해요."

클리오는 이지를 향해 고개를 저었으나 웃지 않을 수 없었다.

로즈 테라스 요양원

앨라배마주 버밍햄 올드몽고메리 하이웨이

1986년 1월 29일

요양원을 방문하는 매주 일요일, 에드 카우치와 그의 어머니는 작고 답답한 방에 멀거니 앉아 오후 내내 텔레비전을 보곤 했다. 오늘 에벌린은 그곳에서 당장 나오지 않으면 소리를 지를 것만 같은 기분이 들었다. 그녀는 복도에 있는 화장실에 가겠다는 구실로 밖으로 나왔다. 실은 차에 가서 앉아 있을 생각이었는데 에드가 차 열쇠를 갖고 있다는 사실을 잊고 있었던 것이다. 그래서 다시 방으로 돌아가다가…… 휴게실에 있던 스레드굿 부인과 마주쳤다. 스레드굿 부인이 전날 저녁 식사 시간에 있었던 이야기를 하는 동안 에벌린은 스노볼 코코넛 과자 통의 포장을 뜯었다.

"그 여자가 거기에, 식탁 맨 상석에 앉아 있었어요……. 잔뜩 우쭐대면서 말이지요."

"누가요?"

"애드콕 부인요."

"애드콕 부인요?"

"그래요, 애드콕 부인! 기억할 거예요. 여우 모피를 입는다던 그 애드콕 부인!"

에벌린은 잠시 기억을 더듬었다.

"아, 그 부유하다는 부인 말씀이시군요."

"맞아요. 애드콕 부인, 다이아몬드 반지를 낀 여자."

"맞아요."

에벌린은 포장을 뜯은 과자 통을 그녀에게 건넸다.

"아유, 고마워요. 나도 스노볼을 아주 좋아해요."

스레드굿 부인이 과자를 한 입 베어 물고 나서 말했다.

"에벌린, 이거 코카콜라에 적셔 먹고 싶지 않아요? 내 방에 동전이 좀 있는데, 원한다면 시원한 음료수 하나 가져다줄게요. 자동판매기가 복도에 있거든요."

"아니에요. 전 괜찮은데, 드시고 싶으세요?"

"아, 아니에요. 평소에는 그렇게 하는데 오늘은 속이 좀 더부룩해서 그냥 물이나 마셨으면 좋겠어요. 괜찮다면."

에벌린은 밖으로 나가 조그마한 원추형 종이컵 두 잔에 차가운 물을 담아 가지고 돌아왔다.

"이렇게 고마울 데가."

"애드콕 부인은요?"

스레드굿 부인이 에벌린을 쳐다보며 말했다.

"애드콕 부인? 그 사람을 알아요?"

"아뇨. 저는 모르죠. 무슨 일인가로 우쭐대고 있었다고 방금 말씀하셨잖아요."

"아, 맞아요. 내 정신 좀 보게. 어젯밤 저녁 먹는 자리에서 애드콕 부인이 그랬어요. 자기 집에 있는 것은 모두가 다 진짜 골동품이라고…… 50년이 넘은 것들이라고…… 자기 물건들은 죄다 큰돈이 되는 것들이라고. 그래서 오티스 부인에게 그랬어요. '난 별 가치도 없이 인생을 출발했지만 이제는 값을 매길 수 없을 만큼 아주 귀중한 골동품이 됐잖아. 시장에 내놓으면 아마 한 재산 될 거야.'라고요."

스레드굿 부인은 자신의 발상이 재미있었던 듯 웃다가 잠시 생각에 잠겼다.

"그 많던 사기 접시들, 또 우리가 갖고 놀던 작은 염소 수레는 어찌 되었는지 궁금하네요. 토요일이면 아빠가 딸들을 위해 만들어 주신 그 염소 수레를 타곤 했는데, 우리는 그게 파리로 여행 가는 것보다 더 좋다고 생각했죠. 그 염소가 아직까지 살아 있다고 해도 나는 놀라지 않을 거예요. 이름이 해리였는데…… 염소 해리! 녀석은 아무거나 막 먹었답니다."

스레드굿 부인은 웃으며 말을 이었다.

"한번은 이지가 리오나의 데오도란트를 먹었는데 녀석이 그걸 아이스크림 먹듯이 핥아 먹더라니까요…….

우리는 별의별 놀이를 다 하고 놀았답니다. 스레드굿 가 사람들만큼 변장 놀이를 좋아한 사람들은 없었을 거예요. 어느 해던가, 엄마는 네 딸에게 카드 패에 나오는 각기 다른 네 종류의 옷을 만들어 입혀서 교회에서 주최하는 콘테스트에 내보냈어요. 나는 클럽, 쌍둥이들은 하트와 다이아몬드, 에시 루는 스페이드 의상을 입었고 우리 이지는 카드의 조커처럼 우리 뒤에 붙어 다녔답니다. 우리가 1등 상을 받았죠!

어느 해였던가, 7월 4일도 기억나는군요. 딸들은 모두 성조기

무늬가 있는 옷을 입고 종이 왕관을 썼지요. 우리는 뒤뜰에 나가 집에서 만드는 아이스크림을 넣으며 불꽃놀이가 시작되기를 기다렸어요. 그때 버디가 리오나의 세일러복 모양 블라우스를 차려입고, 머리에는 큼직한 나비넥타이를 두르고서 뒤편 계단으로 내려오더니 새침떼기처럼 굴기 시작했어요. 리오나 흉내를 냈던 거죠. 상상이 되나요? 거기에다가 에드워드인가 줄리언인가 아무튼 남자 형제들 중 하나가 축음기를 가지고 내려와서 크게 틀었어요. 거기에서 「아라비아의 추장」이 연주되는 동안 버디는 온 마당을 휘젓고 다니며 벨리 댄스를 추었답니다. 우리는 두고두고 그 얘기를 하며 웃었어요. 나중에 버디는 리오나에게 사과했지요. 버디는 무슨 짓을 하든 절대 미워할 수 없는 사람이었어요.

날이 어두워지고 나면 아빠는 불꽃놀이 하는 사람들을 돈 주고 불러서 마을 사람들이 모두 볼 수 있도록 쇼를 벌이곤 했어요……. 트라우트빌에 사는 흑인들도 다들 구경하러 왔지요. 얼마나 장관이었던지! 불꽃이 터져 올라 하늘이 밝은 빛으로 가득 차면, 사내아이들도 따라서 미친 듯이 폭죽을 터뜨리곤 했어요. 그러다가 그 모든 것이 끝나면 응접실에 돌아와 앉아서 에시 루가 두드려 대는 피아노 소리를 들었죠. 「흉내지빠귀새의 노래를 들어라」, 「놀라」 혹은 당시에 유행하던 노래들을 연주했는데…… 그러는 동안 이지는 나무에 올라앉아서 에시를 향해 고래고래 소리를 질러 댔어요.

이지는 늘 오버올을 입고 맨발로 다녔던 것 같아요. 좋은 옷도 모조리 망쳐 버리곤 했죠. 나무 타기를 좋아하고, 버디나 다른 남자 형제들하고 사냥을 다니거나 낚시하는 걸 좋아했거든요. 버디는 이지가 사내아이들 못지않게 총을 잘 쏜다고 했어요. 작고 예쁜 아이였죠. 버디가 머리를 짧게 잘라 버렸을 때만 빼고요. 그때 이지를 봤더라면 틀림없이 사내아이인 줄 알았을 거예요.

하지만 스레드굿 가의 딸들은 모두 예뻤어요. 노력 없이 거저 얻어진 건 아니었지만요. 특히나 리오나 같은 경우가 그랬지요. 리오나는 딸들 중 허영심이 제일 강한 데다 유머 감각도 없었거 든요.

내 모습은 그다지 볼품이 없었어요. 키도 너무 컸고요. 그래서 조금이라도 작게 보이려고 몸을 구부정하게 웅크리곤 했는데 그럴 때면 엄마가 말씀하셨죠. '니니, 주님께서는 널 천국에 더 가까이 두시려고 그렇게 키를 크게 만드셨단다……' 하지만 지금의 나는 그때만큼 크지 않아요. 늙으면 몸이 오그라든답니다.

머리라는 게 참 재미있지 않아요? 많은 사람들이 머리카락에 집착하지요. 물론, 그건 지극히 자연스러운 일이라고 생각해요. 성경에도 머리에 관한 이야기가 많이 나오잖아요. 삼손, 시바의 여인 그리고 머리카락으로 예수님의 발을 씻겨 드린 여자들……. 참 이상하죠. 흑인들은 직모를 원하고 우리는 늘 곱슬머리를 원하잖아요. 나는 한때 갈색 머리였는데 지금은 실크 앤드 실버 15번을 쓴답니다……. 16번도 써 봤지만 머리 색이 너무 진해서 염색한 게 너무 표가 나더군요.

당시에 나는 머리를 틀어 올려 묶고서 일을 봤지요. 리오나는 안 그랬고요. 그녀의 머리는 이지와의 사이에서 늘 하나의 급소였어요. 이지가 아홉 살인가 열 살 때였는데, 트라우트빌에 가서 그곳 아이들과 놀다가 머릿니를 옮아 왔어요. 그래서 우리는 모두 유황과 석유와 돼지기름을 섞은 액체로 머리를 감아야 했답니다. 내 평생 그렇게 시끄러운 고함 소리는 두 번 다시 들은 적이 없어요. 모르는 사람이 들었으면 아마 화형이라도 당하는 줄 알았을 거예요. 그 일 뒤로 리오나는 이지와 말도 하지 않으려 했지요.

그러던 참에 학교에서 돌아온 버디가 좀 기가 죽어 있는 이지를 보았어요. 그날 밤 그는 참가해야 할 축구 시합이 있었는데 집을 나서며 말했죠. '가자, 우리 예쁜 동생.' 그러고는 이지를 데려가서 벤치에 남아 있는 선수들과 함께 앉아 있게 해 주었답니다. 버디는 그런 사람이었어요…….

리오나는 결혼하고 난 후에도 이지를 진심으로 용서하지 않았지 싶어요. 죽는 그날까지 외모에 대한 허영심이 대단했거든요. 언제인가 분노와 증오가 주름살을 유발한다는《맥콜》의 기사를 읽었던가 봐요. 늘상 이지에게 죽여 버리겠다고 협박했는데 그 뒤로는 협박을 하면서도 애써 미소를 짓더군요.

당연한 일이었지만, 리오나는 대단히 돈이 많은 남편을 얻었고 결혼식은 호화스러웠어요. 그녀는 이지가 자기 결혼식을 망쳐 버릴까 봐 두려워했는데 그럴 필요는 없었죠. 이지는 신랑네 가족들과 그날 대부분을 보내면서 그들을 매료시켜 버렸거든요. 날이 저물 즈음에는 그들이 이지를 대단한 존재라고 생각하게 되었답니다. 어린 나이에도 스레드굿 가만의 매력을 지니고 있었던 거지요. 그래도 버디 스레드굿만 한 매력을 가진 사람은 세상에 없었어요."

스레드굿 부인은 잠시 말을 멈추고 물을 한 모금 마시며 생각에 잠겼다.

"있잖아요, 이 코코넛 케이크를 보니 그 끔찍한 날의 소풍이 떠오르는군요. 클리오와 약혼한 때니까 내가 아마 열일곱 살이었을 거예요. 7월의 어느 토요일 오후였는데 우리는 각자 먹을 것을 준비해 가는 교회 소풍에서 즐거운 시간을 보냈지요. 안달루시아 침례교회 소속 젊은이들 일행이 기차를 타고 왔고, 엄마와 십시는 그날의 행사를 위해 코코넛 케이크를 열 개쯤 구웠어요. 남자애들은 여름용 흰색 정장을 입었는데 클리오는 아빠 가게에서 새 밀짚모자를 가져왔더랬어요. 그런데 무슨 이유였는지, 버디가 클리오를 구슬려 그걸 쓰고 있었어요.

소풍이 끝나고 에시 루와 나는 케이크 접시들을 가지고 집으로 돌아왔고 남자애들은 늘 그랬듯이 안달루시아에서 온 일행을 배웅하려고 기차역으로 갔죠. 그 사고가 일어났을 때 엄마는 뒤뜰에서 무화과 열매를 따고 계셨고 나도 엄마랑 같이 있었어요…….

시동 거는 소리가 들리고 기차가 막 움직이기 시작했을 때 기적이 울렸어요. 그러고는 기차가 날카롭게 끼익 소리를 내며 멈추는 소리가 들려왔고 동시에 여자애들의 비명 소리도 들렸어요.

나는 엄마를 쳐다보았어요. 엄마가 갑자기 가슴을 움켜쥐더니 무릎을 꿇고 쓰러지며 소리쳤지요. '안 돼, 우리 아이는 안 돼! 오, 하나님, 우리 아이는 안 돼요!'

아빠는 가게에서 그 소란스러운 소리를 듣고 역으로 뛰어가셨어요. 엄마와 함께 현관에 나가 있으려니 남자들이 걸어오더군요. 에드워드가 밀짚모자를 들고 오는 것을 본 순간 알았어요. 그 사고의 주인공이 버디였다는 것을.

버디는 그날 예쁜 마리 밀러하고 장난을 치고 있었는데 기차가 움직이기 시작하자 철길에 올라서서 모자에 손을 살짝 대며 마리에게 재빨리 미소를 지어 보였죠. 바로 그때 기적이 울렸어요. 사람들 말로는 뒤에서 다가오는 기차 소리도 듣지 못했다고 하더군요. 아, 나는 지금까지도 클리오가 그 밀짚모자를 빌려 주지 않았더라면 얼마나 좋았을까 하고 생각한답니다."

스레드굿 부인은 머리를 흔들었다.

"절대 모를 거예요. 그 일로 우리 모두가 죽은 거나 마찬가지였다는 것을. 하지만 그 사실을 가장 받아들이지 못한 사람은 이지였어요. 이지는 당시 열두 살인가 열세 살인가 그랬는데 그 일이 있던 시간에 트라우트빌에서 놀고 있었죠. 클리오가 가서 데려왔어요.

그처럼 심하게 상처 받은 사람은 두 번 다시 볼 수 없을 거예요. 버디를 따라 죽어 버리는 게 아닐까 싶을 정도였으니까요. 지켜보는 사람의 마음도 찢어질 듯 아팠답니다. 이지는 장례식 날을 피해 도망쳤어요. 견딜 수가 없었던 거죠. 다시 집에 돌아와서도 말없이 위층에 올라가 버디의 방에 몇 시간씩 앉아 있었어요. 어둠 속에서 꼿꼿한 자세로 말이죠.

그러다가 더 이상 집에 있는 게 견딜 수 없어지자 곧바로 집을 나가 트라우트빌의 십시한테 가서는 거기서 함께 지내고 싶다고 했죠……. 하지만 절대로 울지는 않았어요. 너무 아파서 울 수도 없었던 거죠……. 가슴은 무너질 수도 있지만 심장은 여전히 뛰는 것과 같다고나 할까요.

엄마는 이지가 병이라도 날까 봐 걱정하셨지만, 아빠는 그냥저 하고 싶은 대로 하게 두라고 하셨어요. 말할 것도 없이, 그 사건 이후로 이지는 예전과 전혀 딴판이 되었죠. 루스를 만나기 전까지는요. 그러다가 루스를 만나고부터 예전의 모습으로 돌아오기 시작했답니다. 하지만 나는 이지가 버디 문제를 진정으로 극복하지 못했다는 것을 알아요. 우리 모두가 그랬으니까요.

그렇지만 나는 슬픔에 잠겨 살고 싶지는 않아요. 그건 옳은 일이 아닐 테니까요. 이지가 루스를 만난 것처럼, 하나님이 한쪽 문을 닫으실 때는 반드시 다른 쪽 문을 열어 두신답니다. 나는 그분이 그해 여름 우리에게 루스를 보내 머물게 하신 데에는 필시 어떤 까닭이 있다고 믿거든요……. '주께서 우리를 바라보심을, 나 또한 지켜보심을 안다네.'"*

---

* 가스펠 「주께서 우리를 바라보시네」의 가사.

《윔스 통신》

앨라배마주 휘슬스톱 주간 소식지

1931년 12월 1일

휘슬스톱의 라디오 스타

할리우드도 우리의 상대는 못 됩니다. 침례교회의 오르간 연주자이자 '유쾌한 미녀 4중창단'의 반주자인 우리의 에시 루 라임웨이의 연주를 이달부터 매일 아침 6시 30분에 들으실 수 있게 되었습니다. 에시가 스탠리 찰스 오르간과 피아노 회사의 광고를 W. A. P. I. 라디오의 「왕 비스킷 시간」이 나올 때 연주한다고 합니다. 찰스 씨가 "기억해 주세요, 여러분. 당신의 오르간과 피아노를 크리스마스 때까지 확보해 드리겠습니다."라고 말하는 동안 배경에 깔리는 「징글벨」을 연주하는 사람이 바로 에시 루입니다. 그러니 꼭 들어 보시기 바랍니다.

에시의 말에 의하면 스탠리 찰스 씨는 올해 오르간과 피아노의 재고가 아주 많아서 조속히 판매해야 한다고 합니다. 거기 가서 에시의 이름을 대면 스탠리 씨가 할인을 해 줄 거라고도 했습니다. 가게는 버밍햄 중심가의 전차 정거장 오른편, 거스 핫도그 가게 건너편에 있습니다.

오팔 미용실 간판의 O 자가 떨어졌는데 하마터면 그게 비디 루이스 오티스 부인의 머리 위에 떨어질 뻔했다는군요. 오팔은 "오티스 부인이 다치지 않아서 기쁩니다. 하지만 오티스 부인의 이름도 O 자로 시작되는 것을 보면 우연의 일치만은 아닌 것 같아요."라고 말했습니다. 줄리언이 이번 주 중으로 간판을 고치겠다고 했지만 비디는 그래도 이제부터는 뒷문으로 들어가겠다고 했답니다.

닷 웜스

추신 — 오팔의 전언에 따르면, 진짜 사람 모발로 만든 곱슬 머리 부분 가발을 들여놓기로 방금 계약을 했다고 합니다. 그러니 머리숱을 보완하실 필요가 있으신 분은 미용실을 찾아 달라는군요.

로즈서클 212번지

앨라배마주 버밍햄

1986년 1월 5일

에벌린 카우치는 바느질 방에 틀어박힌 채 탁자를 응시하며 배스킨라빈스 초콜릿칩 아이스크림을 두 통째 먹고 있었다. 탁자 위에는 어느 날 갑작스레 기분이 내켜 사 온 뒤로 손도 대지 않고 놓아둔 버터릭 바느질 본들이 잔뜩 쌓여 있었다. 에드는 자기 동굴 속에서 축구 경기를 보느라 정신이 없었다. 그녀에겐 잘된 일이었다. 요즘 들어 그는 에벌린이 살찌는 음식을 먹는 걸 볼 때마다 놀라는 시늉을 하며 "다이어트하느라 먹는 거야?"라고 말했기 때문이다.

에벌린은 배스킨라빈스 가게 점원에게 거짓말을 해 왔다. 손자를 위한 파티에 쓸 아이스크림이라고. 손자는 있지도 않았다.

마흔여덟 살인 에벌린은 살아오던 중 어디쯤에선가 길을 잃고 말았다.

모든 것이 너무도 빨리 변했다. '아들은 남편을 위해, 딸은 자신을 위해' 두 명의 필수 자녀를 키우는 동안 세상은 생경한 곳으로 변했다. 도무지 알 수 없는 곳으로.

농담은 갈수록 알아듣기가 힘들었다. 사람들 모두 너무도 천박해 보였고 상스러운 말을 들으면 아직도 깜짝깜짝 놀랐다. 그 나이가 되도록 그녀는 한 번도 f로 시작하는 욕을 해 본 적이 없었다. 영화도 주로 옛날 영화나 「루시 쇼」 재방송을 보았다. 베트남 전쟁이 한창일 때는 에드가 하는 말을 그대로 믿었다. 그 전쟁이 꼭 필요한 좋은 전쟁이며, 그 전쟁에 반대하는 사람은 공산주의자라는 말을. 그러나 그로부터 한참 뒤, 마침내 그것이 에드의 말처럼 그렇게 좋은 전쟁이 아니었을지도 모른다는 생각을 하게 되었다. 그때쯤 제인 폰다는 이미 자신이 개발한 체조 교실을 열고 있었고 에벌린의 생각 따위에 관심을 갖는 사람은 아무도 없었다. 에벌린은 아직도 제인 폰다에 대한 감정이 좋지 않으며, 자유자재로 움직이는 말라빠진 그녀의 다리를 멈춰 세우고 싶었다.

에벌린도 시대에 적응하고자 노력하지 않은 것은 아니었다. 그녀는 아들을 감수성이 풍부한 아이로 키우려고 애써 왔다. 하지만 에드는 그러면 아이가 이상하게 될 거라며 겁을 주었다. 그녀는 자신의 주장을 접었고 아이와의 관계는 멀어졌다. 이제는 아들이 낯선 사람처럼 느껴지기까지 했다.

아이들은 둘 다 그녀를 앞질러 나아갔다. 딸 재니스는 열다섯 나이에 지금의 에벌린이 아는 것보다 섹스에 대해 더 많은 것을 알았다. 뭔가가 잘못되어 가고 있었다.

에벌린이 고등학교에 다닐 때는 모든 것이 아주 단순했다. 착한 여학생과 나쁜 여학생이 있었으며 누가 누군지 다들 알았다. 누구든 어떤 그룹에 속하거나 아니거나 둘 중 하나였다. 에벌린은 잘나가는 서클에 속했다. 치어리더였던 것이다. 그녀는 학교 밴드부에서 활동하는 아이늘, 괴상한 바지를 입은 님자애들, 속이 비치는 나일론 블라우스에 발찌를 차고 그 남자애들과 사귀는 여자애들은 이름조차도 몰랐다. 그녀가 속한 그룹의 아이들은 짧게 깎아 올린 머리에 단추 달린 무명 셔츠 그리고 말끔하게 다림질한 남성용 카키색 바지를 입고 다녔다. 그녀와 그녀의 여자 친구들도 여학생 클럽 등의 모임에서 켄트 담배를 피우기는 했다. 밤샘 파티에서는 맥주도 한 잔씩 마셨을 것이다. 하지만 그게 전부였다. 목 아래로는 어떤 스킨십도 없었다.

훗날 그녀는 딸을 데리고 피임 기구를 시술해 주러 가면서 자신이 바보 같다는 생각을 했다. 자신은 결혼 첫날밤까지 기다렸다. 그런데 얼마나 놀랐던가. 그처럼 아플 것이라는 말은 누구도 해 주지 않았다. 그녀는 아직도 섹스를 즐기지 못했다. 긴장을 풀려는 순간이면 매번 '나쁜 여자'의 이미지가 불쑥불쑥 떠올랐던 것이다.

에벌린은 '착한 여자'였다. 항상 숙녀처럼 행동했으며, 목소리를 높이는 법도 없었고, 누구에게든 무엇이나 다 양보했다. 어디에선가 그것에 대한 보답, 즉 상이 주어질 것이라고 생각하면서. 그런데 어느 날 딸이 그녀에게 남편 아닌 다른 사람과 섹스를 해 본 적이 있느냐고 물었다. "에구, 그건 있을 수 없는 일이야."라고 답하자, 딸은 이렇게 말했다. "어휴, 엄만 정말 바보야. 그럼 엄마는 아빠가 잘하는지 못하는지도 모른다는 거 아냐. 말도 안 돼."

사실이었다. 그녀는 알지 못했다.

그러니 길게 보면 착한 여자였건 아니건 그건 중요한 게 아니었다. 고등학교에서 소위 '놀던' 아이들도 그녀가 예상했던 것처럼 뒷골목에서 치욕스럽게 살다가 인생을 마감하지는 않았다. 그저 다른 사람들처럼 행복하게 혹은 불행하게 결혼 생활을 영위했던 것이다. 그러므로 순결을 지키고자 했던 그 모든 몸부림, 성관계에 대한 공포, 몸짓을 통해 남자를 극단의 격정으로 몰아가는 것에 대한 두려움, 그리고 임신이라는 가장 궁극적인 공포, 그 모든 에너지 소모는 부질없는 것이었다. 이제 영화배우들은 혼외정사로 아이들을 갖고, 그 아이들에게 달빛이니 햇살이니 하는 이름을 지어 주고 있었다.

그렇다면 조신하게 처신한 것에 대한 보답은 무엇이었을까? 에벌린은 술에 취한 여자보다 더한 꼴불견은 없다는 말을 늘 들으며 살아왔다. 따라서 자신에게는 위스키 칵테일 한 잔 이상을 허용해 본 적이 없었다.

한번은 딸이 마리화나가 든 담배 한 모금을 준 적이 있었다. 그러나 카운터 위의 찜질 팩들이 모두 그녀를 향해 걸어오기 시작하는 걸 본 뒤로는 겁이 나서 다시는 입에 대지 않았다. 마약은 그것으로 끝이었다.

에벌린은 자신이 어느 그룹에 속하는지 궁금했다. 내게 어울리는 곳은 어디일까…….

10여 년 전 에드가 보험회사에서 같이 근무하는 여자에게 한눈을 팔았을 때 에벌린은 '완벽한 여성'이라는 모임에 참석했다. 결혼 생활을 지키기 위해서였다. 에드를 끔찍이 사랑한다고는 할 수 없었지만, 잃고 싶지 않을 만큼은 사랑했다. 게다가 달리 할 수 있는 일도 없었다. 그 단체는, 여자는 남자를 행복하게 해 주는 일에 모든 삶을 바쳐야 완전한 행복을 찾을 수 있다고 믿었다.

그 모임의 주최자는 우리들 세상 밖의 저 매우 행복해 보이는 부자들과 성공한 직장 여성들도 사실은 몹시 외롭고 비참하며 기독교를 믿는 행복한 ♀리들을 남몰래 질투하고 있다고 일러 주었다.

바버라 월터스가 에드 카우치를 위해 모든 것을 포기하고 싶어 한다고 상상하는 건 무리였다. 하지만 에벌린은 최선을 다했다. 비록 신앙심이 깊지는 않았지만, 자신이 담당하는 천덕꾸러기 역할을 성경이 지지해 준다고 생각하니 위안이 되었다. 사도 바울도 여자에게 남자의 권위를 침범하지 말고 조용히 지내라고 하지 않았던가.

그래서 바른 길을 가고 있기를 희망하며 에벌린은 **완전한 행복에 이르는 10단계**라는 사다리를 오르기 시작했다. 1단계를 시도하면서 그녀는 알몸에 비닐 랩을 감고 현관에서 에드를 맞았다. 하지만 에드는 기겁을 했다. 황급히 집 안으로 뛰어 들어가서 쾅 소리가 나도록 문을 닫았던 것이다. "맙소사, 에벌린! 내가 아니고 신문 배달하는 소년이었더라면 어쩔 뻔했어! 정신이 나간 거야?"

당연히 2단계인 '창녀처럼 차려입고 사무실로 찾아가기'는 시도조차 하지 않았다.

그러나 얼마 안 있어 모임을 이끌던 네이딘 펑거헛이 이혼을 했고, 그래서 일을 해야만 했기에 모임은 흐지부지 끝나고 말았다. 그러던 중 에드는 그 여자와 관계를 끝냈고 가정은 안정을 찾았다.

그 후로도 에벌린은 여성 커뮤니티 센터를 기웃거리며 거기에 소속되어 보고자 했다. 그들이 지지하는 것들이 마음에 들었다. 하지만 속으로는 그들이 립스틱도 좀 바르고 다리에 면도도 했으면 싶었다. 그 방에서 제대로 화장을 한 여자는 그녀뿐이었다. 팬티스타킹도 신고 귀고리도 했다. 그래도 그곳의 일원이 되고 싶었다. 그러나 다음 주에 모두 거울을 가져와서 각자의 성기를 자세히 살펴보자는 제안이 나온 뒤로는 두 번 다시 가지 않았다.

에드는 그런 여자들은 욕구불만이 가득하고 너무 못생겨서 남자도 얻지 못하는 노처녀 집단일 뿐이라고 말했다. 그리고 에벌린은 주방 기구 파는 회사에서 여는 요리 파티에 참석하자니 따분하고, 자신의 성기를 들여다보자니 겁이 나는, 그런 유의 여자에 속했다.

에드와 함께 열세 번째 고등학교 동창회에 갔던 날 밤, 에벌린은 내심 터놓고 얘기를 나눌 만한 사람을 만나기를 바랐다. 그러나 그곳에 온 여자들 역시 혼란 속에 있기는 마찬가지였다. 그들은 안 그러면 자신이 사라져 버리기라도 할 것처럼 남편과 마실 것에 필사적으로 매달렸다. 그들 세대는 담장 위에 서서 어느 쪽으로 뛰어내릴지를 모르는 사람들 같았다.

동창회에서 돌아온 날이면 에벌린은 몇 시간이고 앉아서 학창 시절 사진을 들여다보곤 했다. 그러다가 차를 몰고 나가기 전에 살던 곳들을 돌고 또 돌았다.

에드는 전혀 도움이 되지 않았다. 요즘 들어서는 점점 그의 아버지처럼 행동하기 시작했다. 가장이란 모름지기 그래야 한다는 양. 해가 갈수록 폐쇄적으로 변하더니 토요일이면 혼자서 주택 개량 센터 주변을 오랫동안 배회하며 뭔가를 찾아 헤맸다. 그러나 그게 뭔지는 자신도 몰랐다. 그는 다른 남자들처럼 축구 경기를 보고 사냥과 낚시를 했으나, 그녀는 남편 역시 그저 어떤 역할을 연기하고 있는 건 아닌가 하는 의구심이 들기 시작했다.

에벌린은 빈 아이스크림 통을 들여다보며 해맑게 웃던 학창 시절의 그 소녀는 어디로 가 버린 건지 생각에 잠겼다.

1932년 11월 2일

휘슬스톱 돼지 클럽 결성

앨라배마 개발 사업에 힘입어 지방 돼지 클럽이 결성되었습니다. 그에 대한 정보를 원하시는 분은 버사 빅 부인의 집으로 전화하시면 됩니다. 버사의 말에 의하면 노스캐롤라이나주 키트렐의 줄라 하이트 양은 족보가 있는 순종 중국 돼지를 단 7일 만에 얻었다고 합니다. 원하기만 하면 여러분도 그와 똑같은 것을 얻을 수 있다는군요. 순종 돼지를 소유한다는 건 여러분이나 여러분이 속한 단체를 차별화시키는 표지이며, 여러분을 번영의 길로 이끌어 줄 것이라고 합니다. 평소에는 물론 노년이 닥쳤을 때에도 안정적인 수입의 기반이 되어 줄 것입니다.

이지는 카페에 필코 라디오 신품을 들여놓았다며 「에이머스와 앤디」나 그 밖의 다른 프로그램을 듣고 싶은 분은 누구나 와서 듣는 걸 환영한다고 말했습니다. 별도의 식사 주문은 하지 않아도 된다는군요. 그 라디오는 특히 밤에 소리가 잘 나온다고 합니다.

그런데 시멘트에 찍힌 개 발자국 없애는 법을 아시는 분 계신 가요? 아시는 분은 저에게 전화를 주시거나 지나는 길에 우체국 에 들러서 알려 주시기 바랍니다.

닷 웜스

로즈 테라스 요양원

1986년 1월 12일

에벌린은 가방을 열고 집에서 만들어 기름종이에 싸 온 피멘토 치즈 샌드위치 중 한 개를 스레드굿 부인에게 건넸다.

스레드굿 부인은 매우 기뻐했다.

"오, 고마워요! 난 정말 피멘토 치즈 샌드위치를 좋아한답니다. 실은 색깔이 예쁜 건 다 좋아하지요. 피멘토 치즈 색깔이 예쁘다고 생각하지 않나요? 아주 기분 좋은 색이에요. 빨간 고추도 좋아하고, 설탕에 절인 사과도 좋아했는데 이젠 먹을 수가 없어요. 치아 때문에요. 지금 생각해 보니까 빨간 건 뭐든 다 좋아하는 것 같아요."

스레드굿 부인은 잠시 생각에 잠겼다가 말을 이었다.

"예전에 우리 집에 '언니'라는 이름의 암탉이 있었어요. 뒤뜰에 갈 때마다 난 이렇게 말했죠. '언니야, 내 발가락 쪼지 마. 안 그러면 튀겨서 덤플링으로 만들어 버릴 거야.' 그러면 암탉은 고개를 쳐들고 한편으로 비켜서서 멀찍이 걸어갔어요. 녀석은 나와 내 남동생 앨버트만 빼고는 누구든 다 쪼아 댔답니다. 우리는 녀석을 잡아먹을 수가 없었어요. 대공황 때도 말이죠. 결국 늙어 죽었어요. 하늘나라에 갔을 때, 내가 알던 모든 사람들과 함께 암탉 '언니' 그리고 너구리 '쿠키'도 그곳에 있었으면 좋겠군요.

십시의 고향에 대해서는 아는 게 아무것도 없네요……. 흑인들의 고향은 알 수가 없죠. 십시가 스레드굿 가에서 일하기 시작한 때가 여남은 살 무렵이었답니다. 철길 건너의 흑인 거주 지역인 트라우트빌에서 건너왔다더군요. 와서는 자기 이름이 십시 피베인데 일자리를 찾고 있다고 했고, 엄마는 곧바로 십시를 고용하셨죠. 스레드굿 가의 자녀들은 모두 십시의 도움을 받고 자랐어요.

십시는 비쩍 마른, 자그맣고 재미있는 아이였대요. 흑인들 사이에 옛날부터 내려오는 미신이란 미신은 다 알았다죠. 어머니가 노예였다는데, 십시는 주문을 몹시 무서워했어요……. 트라우트빌에 살던 이웃들은 매일 밤 자기 남편의 신발 속에 노란 마법 가루를 넣어 둔다는 얘기를 엄마에게 들려주기도 했죠. 그러면 남자가 남자 구실을 못 하게 된다나요. 하지만 십시가 가장 끔찍하게 무서워했던 건 짐승의 머리였답니다. 누가 닭이나 생선을 갖다 주거나 혹은 빅 조지가 돼지를 잡아도 정원에 그것들의 머리를 파묻기 전까지는 고기를 만지지도 않고 요리하지도 않으려 했죠. 머리를 묻지 않으면 그 짐승의 영혼이 몸속으로 들어와서 완전히 미쳐 버린다고 했대요. 한번은 아빠가 깜빡 잊고 돼지머리를 고아 치즈 모양으로 만든 걸 집에 가져오셨는데, 그걸 본 십시는 비명을 지르며 집 안으로 뛰어 들어가더니 절대 나오지 않으려 했어요. 결국 그녀의 친구 하나가 주문을 써서 집을 정화시킨 다음에야 나왔죠. 십시가 정원에 묻은 머리만 해도 아마 수백 개는 될 거네요. 하지만 말이죠, 바로 그 때문에 우린 마을에서 가장 큰 토마토와 오크라 그리고 호박을 얻을 수 있었답니다.

그처럼 겁이 많았지만 앨라배마주에서 십시만큼 훌륭한 요리사는 없었지요. 겨우 열한 살이었을 때부터 아주 맛있는 비스킷과 그레이비 소스, 칵테일, 닭튀김, 샐러드를 만들 줄 알았다니까요. 십시가 만드는 덤플링은 어찌나 가벼웠던지 허공에 둥둥 뜨는 걸 입으로 붙잡아야 먹을 수 있을 정도였답니다. 카페에서 썼던 조리법은 모두 다 십시에게서 나온 것이었어요. 이지와 루스의 요리지식들도 모두 십시가 가르쳐 준 것이었죠.

나는 왜 십시가 자식을 갖지 않았는지 모르겠어요. 십시만큼 아기를 좋아하는 사람도 보기 힘들었거든요. 트라우트빌에 사는 흑인 여자들은 외출할 일이 있거나 재미있게 놀 일이 있으면 십시에게 밤새도록 아기를 맡기곤 했답니다. 그녀가 아기를 아주 잘 돌본다는 걸 알았던 거죠. 십시는 어린 아기를 흔들어 주는 것만큼 행복한 일은 없다고 했어요. 때로는 한꺼번에 두 명을 보기도 했는데, 십시는 밤새도록 아기들을 흔들어 주면서 노래를 불러 주었어요. 자기 아이를 갖고 싶다는 생각을 하면서 말이에요.

그러던 11월 어느 날 오후였어요. 추수감사절 무렵이었죠. 엄마 얘기로는 낙엽이 모두 지고 난 뒤 몹시 추웠던 날이라는군요. 십시가 위층에서 잠잘 준비를 하고 있는데 흑인 교회에서 온 친구 하나가 뒷문으로 들어와서 큰 소리로 십시를 불렀대요. 그 친구는 잔뜩 흥분해서 말했죠. 기차역에 버밍햄에서 온 소녀가 있는데 지금 아기를 낳으려 한다고, 기차가 곧 떠날 거니까 서두르라고요.

그 말을 듣자마자 십시는 얇은 옷에 앞치마를 두른 채로 쏜살같이 아래층으로 내려갔어요. 뒷문으로 막 나가는 순간 엄마가 외투를 입고 가라고 소리치자 십시는 이렇게 대답했죠. '시간이 없습니다, 마님. 가서 아기를 데려와야겠어요.' 그러고는 순식간에 사라져 버렸어요. 엄마는 뒷문에 서서 기다리셨는데 오래지 않아 기차가 떠나는 것을 보실 수 있었죠. 이윽고 십시가 입이 귀에 걸리도록 웃으며 돌아왔어요. 찔레 덤불을 헤치고 뛴 탓에 다리는 온통 긁혀 피가 나고 있었고, 팔에는 통통하고 새까만 사내 아기가 '테네시주 멤피스 딕시 호텔'이라고 쓰인 수건에 꼭꼭 싸인 채 안겨 있었죠. 십시 얘기가 아기 어머니는 고향으로 돌아가던 소녀였다고 해요. 남편이 3년째 감옥에 있어 아기를 데리고 갈 용기가 나지 않는다고 말했다는군요.

그러니까 우리는 아기의 진짜 이름은 몰랐죠. 십시는 그냥 아기가 기차에서 왔으니까 풀먼식 열차를 발명한 사람의 이름을 따서 조지 풀먼 피베이라고 부르겠다고 했어요. 하지만 누구였든 간에 진짜 아버지는 틀림없이 체격이 아주 컸을 거예요. 조지가 190센티미터 키에 몸무게가 110킬로그램이나 나갔던 걸 보면 말이죠.

조지가 아직 어린아이였을 때, 아빠는 그를 가게로 데려가서 백정이 되는 법을 가르치셨어요. 조지는 겨우 열 살 무렵부터 돼지를 잡았고 십시는 그런 아들을 아주 자랑스러워했답니다. 친자식도 그렇게 사랑할 수는 없었을 거예요. 십시는 아들을 끌어안으며 말하곤 했어요. '애야, 우리가 피를 나누지 않았다고 해서 네가 내 자식이 아닌 건 아니란다.'

그리고 훗날 빅 조지가 재판을 받게 되었을 때는 말쑥하게 옷을 차려입고 법정에 갔죠. 좋은 날이나 궂은 날이나……. 그때가 아마 아흔 살 무렵이었을 거예요. 흑인들은 나이를 가늠하기가 어렵잖아요.

심시는 늘 흑인들이 부르는 찬송가를 부르며 살았어요……. 「수하물 찻간에서」나 「아침 기차를 타고 고향에 돌아가네」 같은 노래였는데…… 항상 기차와 관련된 노래를 불렀답니다.

죽기 전날 밤에 조지에게 그랬다더군요. 꿈속에서 흰옷을 입은 예수님을 보았다고요. 유령 열차의 차장인 예수님께서 자기에게 다가오시더니 천국으로 데려가시더래요.

심시는 여든 살 넘어서까지 카페에서 요리를 했어요. 그렇듯 많은 사람들이 찾아왔던 이유도 대개는 그녀의 요리 때문이었지, 카페가 근사해서는 분명 아니었죠. 이지와 루스가 살던 당시에 그곳은 그저 횡하니 크기만 한 허름한 방 한 칸에 지나지 않았으니까요. 철길에서 좀 떨어진 곳의 큰길 맞은편에 있었죠. 그 아래쪽에는 닷 윔스가 일하는 우체국이 있었고요.

그들이 카페로 이사 가던 날이 생각나네요. 우리는 모두 그곳에 가서 돕고 있었는데 분주하게 마룻바닥을 청소하던 심시가 「최후의 만찬」 그림을 벽에 걸던 루스를 보았어요. 심시는 청소를 하다 말고 잠시 그림을 살펴보더니 물었어요. '루스 아씨, 식탁에 예수님과 함께 앉아 있는 저 사람은 누구예요?'

늘 친절하려 애쓰는 루스가 대답했죠. '그러니까, 심시, 예수님과 형제들이에요.' 심시가 루스를 돌아보며 말했어요. '어머나, 전 성모님에겐 아들이 하나만 있는 줄 알았어요.' 그러고는 청소를 계속했어요. 우린 우스워서 혼났지 뭐예요. 심시는 그림에 나오는 사람이 누군지 정확하게 알았어요. 그냥 사람들하고 장난치는 걸 좋아했던 거죠.

줄리언과 클리오는 실내에 칸막이 네 개를 설치하고, 카페 뒤에 이지와 루스가 거처할 방을 만들어 주었어요. 카페 벽은 옹이가 많은 조지아주 소나무를 쓰고 마룻바닥은 흔히 볼 수 있는 낡은 목재를 썼더랬죠.

루스는 카페 내부를 치장하고 싶어 했어요. 그래서 달빛 아래 배 한 척이 떠 가는 그림을 걸었는데 이지가 그걸 보자마자 떼어 버리고는 카드 테이블에 개들이 둘러앉아 담배를 피우며 포커를 하는 사진을 걸었죠. 그러고는 그림 밑에 이렇게 썼답니다. **딜 피클 클럽**. 그건 이지와 이지 친구 그레이디 킬고어가 시작했던 미치광이 클럽의 이름이었어요. 그 외에는 개업하던 해에 설치한 크리스마스 장식들과 철도회사 달력 하나가 다였어요. 이지는 그 크리스마스 장식들을 언제까지고 치우지 않았고요. 고작 테이블 네 개와 의자 몇 개뿐이었죠."

스레드굿 부인은 웃으며 말을 이었다.

"도대체 손님을 끌 생각이 있는 건지 없는 건지 의아할 정도였어요. 금전 등록기조차도 없었으니까요. 돈을 그냥 시거 박스에 넣어두고 거스름돈도 각자 알아서 꺼내 가게 했죠. 카운터에는 선반에 감자 칩, 축구공, 머리빗, 씹는담배, 낚시 미끼, 옥수수 속대로 만든 조그만 파이프 따위를 진열해 놓았고요. 이지는 새벽에 가게 문을 열어서는 그녀의 표현을 빌리자면 '마지막 개가 잠잠해질 때'까지 문을 닫지 않았죠.

L&N 철도사의 커다란 조차장이 카페에서 겨우 두 블록 떨어진 곳에 있었기 때문에 흑인이고 백인이고 할 것 없이 철도와 관련된 일을 하는 사람들은 모두 그곳에서 식사를 했답니다. 흑인들은 뒷문 바깥쪽에서 먹었지요. 물론, 많은 사람들이 흑인에게 음

식 파는 것을 달가워하지 않는 바람에 이지가 좀 어려움을 겪긴 했어요. 하지만 이지는 아무도 나에게 무엇은 해도 되고 무엇은 해선 안 된다는 소리는 하지 말라고 했죠. 클리오는 이지에게 홀로 KKK단에 대항하는 거라고 말하면서도 사람들이 이지에게 간섭하는 건 허용하지 않았어요. 이지가 마음이 고운 만큼이나 용감하기도 하다는 사실은 위기의 순간이 왔을 때 드러났답니다……."

휘슬스톱 카페

앨라배마주 휘슬스톱

1933년 3월 22일

이지는 떠돌이 친구 스모키와 별말 없이 커피를 마시고 있었다. 뒤쪽 부엌에서는 십시와 온젤이 풋토마토를 한 솥 가득 튀기며 11시 30분쯤 몰려올 점심 손님 맞을 준비에 분주했다. W. A. P. I. 라디오의 「가스펠의 시간, 요르단의 하늘에 깃든 날개」를 들으며. 그때 오시 스미스가 부엌문을 두드렸다.

십시가 앞치마에 손을 닦으며 카페 안으로 들어왔다.

"이지 아씨. 흑인 아이 하나가 아씨께 꼭 드릴 말씀이 있답니다."

부엌 뒷문으로 간 이지는 오시 스미스를 금방 알아보았다. 조차장에서 일하는 트라우트빌 출신 친구였다.

"안녕, 오시. 잘 지냈어?"

"잘 지냅니다, 이지 아씨."

"내가 뭐 도와줄 일이라도?"

"이지 아씨. 조차장에는 저 같은 아이들이 잔뜩 있는데 두 달 동안 내일같이 바비큐 냄새를 맡고 있어요. 미칠 지경이에요. 그래서 아씨께서 우리한테 바비큐 샌드위치를 좀 파실 수 있는지 여쭤 보려고요. 우리도 돈은 있습니다."

이지는 한숨을 지으며 고개를 저었다.

"사실을 말하자면, 오시, 내 마음 같아서는 너희들을 앞문으로 들여서 테이블에 앉히고 싶지만 너도 알다시피 그럴 수가 없잖아."

"네, 아씨."

"당장이라도 이 카페를 불 질러 버리고 싶어 하는 사람들이 많아. 나도 먹고살아야 하고."

"네, 아씨, 저도 잘 압니다."

"하지만 가서 친구들에게 말했으면 좋겠다. 필요한 것이 있으면 언제든 부엌 뒷문 쪽으로 오라고 말이야."

오시가 싱긋 웃으며 말했다.

"네, 아씨."

"십시한테 원하는 걸 말하면 알아서 해 줄 거야."

"네, 아씨. 고맙습니다, 아씨."

"십시, 바비큐하고, 그 밖에도 원하는 게 있으면 뭐든 다 가져다줘요. 파이도 좀 주고."

십시가 작은 소리로 중얼거렸다.

"KKK단한테 큰 봉변을 당하지 싶네요. 저는 떠날 거예요. 이젠 절 못 보실걸요. 절대로."

그러나 십시는 샌드위치를 만들고 포도 주스와 파이를 꺼내와 냅킨과 함께 종이봉투에 담아서 오시에게 건넸다.

사나흘 뒤에 지방 보안관이자 비상근 철도 감시원인 그레이디 킬고어가 숨을 헐떡이며 카페에 들어섰다. 그는 이지의 오빠 버디의 친구였는데 곰처럼 덩치가 컸다.

그레이디는 늘 하던 대로 모자걸이에 모자를 걸고는 이지에게 중대하게 의논할 일이 있다고 말했다. 이지는 그에게 커피를 가져다주며 테이블에 앉았다. 그레이디는 테이블 위로 몸을 숙이며 유쾌하지 않은 임무를 수행하기 시작했다.

"이봐, 이지. 깜둥이들한테 음식을 팔아선 안 돼. 네가 더 잘 알잖아. 게다가 이 동네에는 네가 하는 일을 언짢게 생각하는 사람들이 꽤 있다고. 아무도 깜둥이들과 한자리에서 밥 먹는 걸 원치 않아. 그건 옳지 않은 일이니 그런 일 해서는 안 된다."

이지는 잠시 생각하다가 고개를 끄덕였다.

"맞아요, 그레이디. 잘 알았어요, 해선 안 될 일이죠."

그레이디는 의자에 등을 기대며 흡족해했다.

이지가 말을 이었다.

"그러게요, 그레이디. 사람들이 하지 말아야 할 일들을 하는 걸 보면 참 재미있죠. 당신을 예로 들자면, 일요일 예배를 마친 뒤에 당신이 강으로 가서 이바 베이츠를 만나서는 안 된다고 생각하는 사람도 많을 거예요. 글래디스는 분명 당신이 그런 짓을 해서는 안 된다고 생각할 거고요."

현직 침례교회 집사이자 글래디스 모츠와 결혼했던 그레이디, 성미 급하기로 소문난 그레이디는 금세 기가 죽었다.

"아니, 이런, 이지, 그게 뭐가 재미있다는 거야."

"난 재미있는데요. 다 큰 어른들이 떼거리로 술에 취해서 머리에 시트를 뒤집어쓰고 다니면서 그게 재미있다고 생각하는 거나 별로 다를 게 없잖아요?"

그레이디는 카운터에 있던 루스를 소리쳐 불렀다.

"루스, 이리 와서 이지 좀 정신 차리게 해 줄래요? 내 말은 도무지 들으려고 하질 않는군요. 나는 그냥 곤란한 일을 당하지 않게 해 주려는 것뿐인데 말입니다. 누구라고 말하지는 않겠지만 적잖은 사람들이 깜둥이들에게 음식 파는 걸 좋아하지 않거든요."

이지는 담배에 불을 붙이며 슬며시 웃었다.

"좋아요, 그레이디. 이건 어때요. 다음에 그 '적잖은 사람들', 즉 잭 버츠, 윌버 윔스, 피트 티드웰 같은 사람들이 이곳에 오면 물어보겠어요. 그 우스꽝스러운 퍼레이드를 벌이며 사방을 휘젓고 돌아다닐 때 거기에 참가하는 당신들이 누구인지 다른 사람들이 알게 되길 원하느냐고 말이죠. 왜들 신발 바꿔 신을 생각은 못 하는지 모르겠어요."

"자, 잠깐만, 이지……."

"젠장, 그레이디. 당신들은 아무도 못 속여요. 나는 어디서든 당신이 신고 있는 그 투박한 300밀리미터짜리 신발을 알아볼 수 있다고요."

그레이디는 자신의 발을 내려다보았다. 이번 싸움은 시작부터 밀리고 있었다.

"아, 이런. 이지, 내가 잘 얘기하지. 아무튼 당신 일은 중단할 거야, 안 할 거야? 루스, 이리로 와서 이 고집쟁이 좀 어떻게 해 봐요."

루스가 테이블로 다가갔다.

"그레이디, 뒷문 바깥에서 샌드위치 좀 파는 게 뭐가 나쁘다는 거예요? 들어와 앉아서 먹는 것도 아닌데."

"그게, 나는 잘 모르겠어요, 루스……. 그 친구들하고 얘기를 해 봐야겠네요."

"그들은 아무도 해치지 않아요, 그레이디."

그레이디는 잠시 생각에 잠겼다.

"음…… 좋아요. 이제 됐어요."

그러고는 이지를 가리키며 말했다.

"하지만 뒷문만 허용해야 한다는 걸 명심해. 알겠지?"

그레이디는 일어나 모자를 쓰고는 다시 이지를 향해 돌아섰다.

"금요일에 포커는 하는 거지?"

"그럼요. 8시예요. 돈이나 많이 가져오세요. 내가 운이 좋을 것 같으니까."

"잭이랑 다른 사람들한테도 그렇게 말할게……. 잘 있어요, 루스."

"잘 가요, 그레이디."

그레이디가 거리로 멀어져 가는 모습을 지켜보면서 이지는 고개를 흔들었다.

"루스도 저 커다란 황소가 강에 내려가서 사흘 동안 잔뜩 취해 어린애처럼 울어 대던 모습을 봤어야 하는데. 자기를 키워 주었던 조라는 흑인 노인이 죽었거든요. 사람들이 머리는 두었다 어디에 쓰는지 당최 모르겠어요. 저 사람들을 봐요. 저들은 흑인 옆에 앉아서 식사하는 걸 무서워해요. 그러면서 암탉 엉덩이에서 갓 나온 계란은 잘도 먹을걸요."

"에구, 이지!"

이지가 소리 내어 웃었다.

"미안해요. 하지만 그런 일들이 가끔은 짜증이 나요."

"알아. 그래도 그렇게 기분이 상해선 안 되지. 사람들은 그렇게 살아가고, 네가 그들을 바꿀 수 있는 것이라고는 아무것도 없으니까. 세상일이란 그런 거야."

이지는 루스를 향해 웃으며 생각했다. '더불어 열을 식힐 수 있는 루스가 없었다면 어쩔 뻔했을까.' 루스도 이지를 보며 웃어 주었다.

그들 두 사람은 어떻게 할지 결정을 내려야 한다는 걸 알았다. 그리고 결정했다. 그다음 날, 바뀐 것은 단 한 가지, 뒷문에 걸린 메뉴판뿐이었다. 모든 메뉴의 가격이 전보다 5센트에서 10센트쯤 내려가 있었다. 그들은 그것이 서로에게 공평하다고 생각했다……

《윔스 통신》

앨라배마주 휘슬스톱 주간 소식지

1933년 4월 6일

카페 메뉴 변경

지난주에 카페 고객들은 메뉴판에서 다음과 같은 메뉴를 보고 깜짝 놀랐다고 합니다. 주머니쥐의 허리 살…… 스컹크의 갈빗살…… 염소 간과 양파…… 식용 개구리 푸딩과 아이스크림을 얹은 칠면조 고기 등의 특선 메뉴 때문이었지요.

멀리 게이트시티에서 일부러 점심을 먹으러 찾아왔던 한 순진한 커플은 메뉴를 읽고 기겁을 해서 도망쳤는데 그때 이지가 문을 열고 "만우절이에요!" 하고 외쳤답니다.

결국 게이트시티에서 온 그 커플은 평소의 메뉴를 주문했고 코코넛 크림 파이는 공짜로 먹었다는군요.

그런데 제 또 다른 반쪽이 얼마 전 자기 사냥개 중 한 마리를 집 안에 들여놓았습니다. 개의 장난감 뼈다귀도 함께 말이지요.

이해가 가실지 모르겠는데, 전 그 뼈다귀에 걸려 넘어져 발가락이 부러졌답니다. 하틀리 선생님께서 붕대로 난난히 싸매 주셨지만 일할 때는 실내화를 신어야 하고 외출할 수도 없고, 새 소식을 얻는 것도 여의치가 않군요. 그러니 혹 새로운 소식이 있으면 곧바로 우체국에 있는 저에게 전해 주시기 바랍니다.

닷 웜스

로즈서클 212번지

앨라배마주 버밍햄

1986년 1월 19일

다시 일요일이 돌아왔다. 에벌린과 에드 카우치는 요양원에 갈 준비를 하고 있었다. 커피포트의 전원을 끄면서 에벌린은 가지 않아도 된다면 얼마나 좋을까 생각했다. 그러나 에드는 어머니와 관련된 문제에서는 몹시 예민했기 때문에 감히 안 가겠다는 말을 할 수 없었다. 가서 그 까다롭고 우는소리 잘 하는 시어머니에게 안부 인사만이라도 해야 했다. 그곳에 가는 건 고문과도 같았다. 병과 소독약과 죽음의 냄새가 끔찍하게 싫었던 것이다. 그 냄새는 그녀의 어머니와 의사들과 병원을 생각나게 했다.

어머니가 돌아가셨을 때 에벌린은 마흔 살이었는데 그 이후로 공포가 시작되었다. 지금은 조간신문을 펼치면 별점도 보기 전에 부고란부터 봤다. 사망자의 나이가 70대나 80대일 경우에는 기분이 괜찮았고 90대일 경우에는 흐뭇했다. 안도 비슷한 감정을 느꼈던 것이다. 하지만 40대나 50대가 죽었다는 기사를 읽고 나면 온종일 마음이 심란했다. 기사 말미에서 가족들이 암 센터에 기부하기로 했다는 글이라도 읽으면 특히 그랬다. 그러나 그녀의 마음을 가장 어지럽게 만드는 것은 사망 원인이 기재되어 있지 않은 경우였다.

갑작스러운 병이란 게 **뭘까?**

돌연사라니, **왜?**

무슨 사고였을까?

에벌린은 모든 것을 자세하고 분명하게 알고 싶었다. 짐작이 아니라. 게다가 가족들이 동물 보호 협회에 기부를 한 경우에는 정말이지 끔찍한 기분이 들었다. 이게 무슨 의미일까? 광견병인가…… 개한테 물렸나…… 고양이열병인가?

하지만 근래에는 거의가 암 협회로 기부가 이루어지고 있었다. 왜 인간은 늙고 쇠약해지고 고통을 느끼는 육체 안에 살아야만 하는 걸까. 책상, 크고 튼튼한 책상 안에서 살아갈 수는 없는 걸까? 아니면 난로 안에서는? 혹은 세탁기 안에서는? 감정을 흔들어 놓는 의사보다는 전기 기사나 배관공 같은 평범한 수리공을 쓰는 편이 훨씬 나을 텐데. 출산의 진통을 겪고 있었을 때 산과 의사인 클라이드 박사는 그녀에게 거짓말을 했다.

"카우치 부인, 아기를 보는 순간 이 고통을 다 잊게 될 겁니다. 그러니 조금만 더 힘을 주세요. 지나고 나면 고통은 기억조차 나지 않을 겁니다. 절 믿으십시오."

천만에! 에벌린은 그 고통을 낱낱이 다 기억했으며, 에드가 아들을 갖자고 고집하지 않았더라면 둘째 아이는 갖지 않았을 것이다……. 다른 거짓말도 드러났다. 둘째를 출산할 때도 첫째 때만큼 아팠던 것이다. 그 고통을 미리 알았기에 어쩌면 더 아팠는지도 모른다. 아홉 달 내내 에드에게 화가 나 있었던 에벌린이었지만, 토미를 낳고 나서는 신에게 감사했다. 어쨌든 자신과 관련된 부분에 한해서만은 할 일을 다 마쳤으니까.

에벌린은 평생 동안 의사를 두려워했다. 그러다가 경계하게 되었다. 하지만 지금은 증오하고 혐오하고 경멸했다. 그 의사가 차트를 들고 오만한 태도로 어머니의 병실에 들어왔던 그날 이후로는…….

나일론 가운에 1~2킬로그램 정도 나가 보이는 신발을 신었던 그 쪼끄마한 깡통 신. 잘난 척하고, 거만하기 이를 데 없고, 주변에는 간호사들이 일본 기생들처럼 살랑거리고. 그는 심지어 어머니의 담당 의사도 아니었다. 그날 아침 그는 다른 의사의 회진을 대신 도는 중이었다. 에벌린은 어머니의 손을 잡고 서 있었다. 병실에 들어온 그는 자신을 소개하지도 않았다.

에벌린은 말했다.

"안녕하세요, 선생님. 제가 딸, 에벌린 카우칩니다."

그는 차트에서 눈을 떼지도 않은 채 큰 소리로 말했다.

"어머니는 급성 폐암입니다. 간장, 췌장, 비장으로 전이되고 있고, 골수로 침투하는 징후도 좀 보이는군요."

바로 그 순간까지도 그녀의 어머니는 자신이 암에 걸렸다는 사실을 몰랐다. 어머니가 몹시 두려워했기에 알리고 싶지 않았던 것이다. 그녀의 얼굴에 나타났던 그 겁에 질린 표정은 평생 잊지 못할 터였다. 측근들과 함께 유유히 복도를 따라 내려가던 그 의사도.

이틀 뒤 어머니는 혼수상태에 빠졌다.

에벌린은 또한, 사랑하는 사람이 저 춥고 햇빛도 안 드는 방에서 죽기를 기다리고 있다는 걸 알면서 다른 대기자들과 마찬가지로 놀라고 당황한 채 수주일을 보냈던, 콘크리트 벽으로 둘러싸인 소독한 회색 중환자 대기실도 잊을 수 없었다.

그 작은 공간에서 어쩌면 인생에서 가장 내밀하고 고통스러운 순간을 공유하면서도 그들은 무엇을 해야 할지, 무슨 말을 해야 좋을지 알지 못하는 완전한 타인이었다. 예의나 격식 같은 것도 없었다. 아무도 그들에게 이런 시련을 맞을 준비를 해 주지 않았다. 그녀와 마찬가지로 두려워하고, 대담해지려 애쓰며, 일상의 잡다한 얘기를 나누고, 큰 충격에 빠져 있으면서도 마치 아무 일도 없는 척하는 딱한 사람들.

어떤 가족은 너무 놀란 나머지, 복도에서 죽어 가는 여자가 자기 어머니라는 사실을 도저히 받아들이지 못했다. 그들은 늘 어머니를 '우리 환자'라고 칭했고 에벌린에게는 '댁의 환자'는 어떠시냐고 물어 왔다. 되도록 진실을 저 멀리 떨어뜨려 놓음으로써 고통을 덜고자 했던 것이다.

그들은 매일같이 대기했다. 기계 장치를 끌지 말지 '결단'하도록 불려 갈 그 끔찍한 순간이 곧 오리라는 걸 그들은 알았다…….

"그것이 최선의 방법입니다."

"본인에게도 그게 좋아요."

"그걸 원하실 겁니다."

"의사 말이 벌써 돌아가셨대요."

"그건 절차상 문제일 뿐이에요."

절차상 문제?

그들이 소리 죽여 주고받던 말들이었다. 그럴 때마다 에벌린이 진정으로 하고 싶었던 건 어머니를 소리쳐 부르는 것뿐이었다.

이 세상에서 그 누구보다 에벌린을 사랑해 주었고 또 사랑해 줄 수 있는 사랑하는 어머니를.

그 토요일, 의사가 대기실에 잠깐 들렀다. 사람들의 눈이 그에게 집중되었고 대화는 중단되었다. 그는 방 안을 둘러보고 나서 말했다.

"카우치 부인, 잠시 제 진료실에서 좀 보실까요?"

떨리는 손과 두근거리는 가슴으로 가방을 챙기자 다른 사람들이 연민의 눈길을 보내왔다. 어떤 여자는 그녀의 팔을 가만히 잡았다. 그러나 그들은 모두 자신들의 순서가 아니라는 사실에 남몰래 안도하고 있었다.

의사가 하는 말을 주의 깊게 듣자니 에벌린은 마치 꿈을 꾸는 것 같은 기분이 들었다. 그가 하는 말을 들으면 모든 것이 아주 단순하고 아주 자연스러운 것 같았다.

"시간을 더 끌어 봐야……."

맞는 말이었다. 에벌린은 허깨비처럼 일어나 집으로 갔다. 이제는 현실을 받아들일 준비가, 어머니를 떠나보낼 준비가 되었다는 생각이 들었다.

그러나 생각이야 어떻든 자기 어머니의 기계 장치를 정말로 꺼 버릴 준비가 된 사람, 마치 불을 끄고 방에서 나가듯 유년 시절의 불을 끄고 떠날 준비가 된 사람은 없는 법이었다.

에벌린은 용감하게 병원으로 돌아가 어머니와 함께 있어 주지 못한 자신을 용서할 수 없었다. 아직까지도 그녀는 죄책감 때문에 비명을 지르며 잠에서 깨어나곤 하지만, 그 일을 만회할 방법은 어디에도 없었다.

에벌린이 의사나 병원과 관련된 것이라면 무엇이든 두려워하게 된 것은 그런 일을 겪었기 때문일 터였다. 그녀는 알지 못했다. 그저 의사에게 간다는 생각만으로도 식은땀이 흐르고 온몸이 사정없이 떨리기 시작한다는 것 외에는. 또한 암이라는 말만 들어도 머리털이 곤두선다는 것 외에는. 이제는 절대로 가슴을 만지지 않았다. 언젠가 멍울 같은 게 느껴져 거의 기절할 뻔한 적이 있었다. 다행히 그것은 세탁 중에 브래지어 속에 들어간 휴지 쪼가리로 밝혀졌다. 그녀는 그것이 터무니없는 두려움에 지나지 않으며, 그녀가 해야 할 것은 건강 검진이라는 사실을 알았다. 매년 검진을 받아야 한다고들 했다. 자신을 위해서가 아니라 아이들을 위해서라도 그래야 한다는 것을 알았지만, 안다고 해서 달라지는 건 없었다. 몇 번 용기를 내어 검진 예약을 했다가도 늘 마지막 순간에 취소하고 말았다.

마지막으로 의사에게 갔던 것은 6년 전이었다. 방광염 때문이었다. 전화상으로 항생제 처방 같은 것을 해 주기를 간절히 바랐는데 의사는 그녀를 병원으로 오게 하더니 골반 검사를 받게 했다. 두 발을 발 받침대에 올려놓고 누워 그녀는 생각했다. '알지도 못하는 남자의 손이 몸속으로 들어오는 걸 허락하고, 그 남자는 마치 주머니를 뒤지듯 그 안에서 뭔가를 찾다니, 이보다 더 끔찍한 일이 있을까.'

의사는 마지막으로 유방암 검사를 한 게 언제냐고 물었다.

"석 달 전에 했어요."

그가 말했다.

"이왕 오셨으니까, 한번 받아 보시는 게 좋을 것 같군요."

그녀는 의사의 관심을 돌려 볼 생각으로 쉬지 않고 떠들기 시작했다. 그러나 얘기 도중에 의사가 말했다.

"이러시는 거, 좋지 않습니다."

검진 결과가 나오기를 기다리는 동안 에벌린은 거의 미칠 것만 같았다. 확실하게 믿지도 않는 신과 흥정도 하고 기도도 하면서 악몽 같은 안개 속을 헤매고 다녔다. 그녀는 다짐했다. 암에 걸린 것만 아니라면 다시는 어떤 일에도 절대 불평하지 않겠노라고. 남은 생은 그저 살아 있음을 기뻐하면서, 불쌍한 사람들을 위해 좋은 일을 하면서, 매주 교회에 나가면서 살겠노라고.

그러나 아무 이상이 없는 데다 상상했던 것처럼 그렇게 빨리 죽지 않을 것임을 알고 난 뒤 에벌린은 다시 예전의 그녀로 돌아갔다. 단, 그 끔찍한 일을 겪고 난 지금은 모든 통증을 암의 증상이라고 확신하게 되었다. 암인지 아닌지 알아보러 병원에 간다면 그것이 사실로 판명될 뿐 아니라 병원에서는 도망칠 틈도 주지 않고 그녀를 입원시키고 심장 절개 수술을 할 게 분명했다. 에벌린은 한쪽 발을 무덤에 걸치고 살기 시작했다. 손바닥을 들여다보면서 생명선이 점점 짧아지고 있다는 상상까지 했다.

검진 결과를 기다리는 고통을 또다시 겪을 수는 없다고 생각한 에벌린은, 뭐가 잘못되었는지 어떤지 궁금해하지 않기로 결론을 내리고는 아무것도 모르다가 갑작스레 죽는 편을 택하기로 했다.

오늘 아침 남편과 함께 요양원으로 차를 몰고 가던 중에 에벌린은 문득 인생이 비참해지고 있다는 생각을 했다. 아침이면 자신을 속였다. 그저 그날그날을 견뎌 내기 위해서였다. 그녀는 자신에게 이렇게 말하곤 했다. '오늘은 근사한 일이 생길 거야. 조금 있으면 전화벨이 울릴 거야, 인생을 바꿔 놓을 좋은 소식이 올지도 몰라. 깜짝 놀랄 편지를 받을 거야……' 그러나 그녀를 찾는 것은 광고 우편물이거나, 잘못 걸린 전화이거나, 뭔가가 필요해서 온 이웃이었다.

마침내 변할 게 아무것도 없음을, 와서 데려가 줄 사람이 어디에도 없음을 깨닫기 시작했을 때, 은근한 초조함과 끔찍한 절망이 밀려왔다. 마치 우물 밑바닥에서 아무도 듣지 못하는 비명을 지르고 있는 듯한 기분이었다.

요즘 들어서는 길고 어두운 밤과 우울한 아침이 끝없이 이어졌다. 좌절감이 커다란 파도처럼 밀려와 덮쳤고, 에벌린은 두려움에 떨었다. 그러나 두려운 것은 죽음이 아니었다. 그녀는 이미 죽음의 시커먼 심연을 들여다보았고, 그 속에 뛰어들고 싶었던 적이 한두 번이 아니었다. 사실대로 말하자면 점점 더 그러한 생각에 이끌리기 시작했다.

스스로 목숨을 끊을 수 있는 방법도 알아 두었다. 총알 한 개면 된다. 차가운 푸른색 마티니같이 매끄럽고 부드러운 총알 한 개면. 일을 실행하기 전에 총은 몇 시간 정도 냉동실에 넣어 둘 생각이었다. 머리에 닿았을 때 싸늘하고 차가운 느낌이 들도록. 뜨겁고 뒤죽박죽이 된 뇌를 관통해 들어가 고통을 영원히 얼려 버리는 얼음처럼 차가운 총알의 감촉을 거의 현실처럼 느낄 수 있었다. 총소리는 마지막으로 듣는 소리가 될 터였다. 그다음은……아무런 소리도 들리지 않겠지. 땅에서 높이 솟아올라 시원한 공기를 가르는 한 마리 새가 들을 수 있는 침묵의 소리 같은 거나 들리려나. 아름답고도 순수한 자유의 하늘 속에서.

아니, 그녀가 두려워한 것은 죽음이 아니었다. 그것은 바로 회색빛 중환자 대기실을 연상시키는 그녀 자신의 삶이었다.

《윔스 통신》

앨라배마주 휘슬스톱 주간 소식지

1934년 5월 16일

뒤쥐에게 물리다

버사 빅이 금요일 밤 새벽 2시경에 화장실에 갔다가 뒤쥐에게 물렸다고 알려 왔습니다. 뒤쥐는 배관을 타고 화장실에 들어왔다고 하는군요. 버사는 뛰어가서 해럴드를 깨웠는데 그녀의 말을 믿지 않던 그가 화장실에 가서 보니 과연 변기 속에서 뒤쥐가 헤엄치고 있더랍니다.

저의 또 다른 반쪽은 뒤쥐가 배관을 타고 올라온 게 틀림없이 홍수 때문일 거라고 말하더군요. 버사는 원인 따위에는 관심이 없다며 앞으로는 어디에서든 앉기 전에 잘 살펴봐야겠다고 했습니다.

해럴드는 그 뒤쥐를 박제로 만들고 있습니다.

이번 달에 전기 요금이 많이 나오신 분 혹시 계신가요? 저희 집은 아주 많이 나왔는데, 그게 좀 이상합니다. 제 또 다른 반쪽은 시동생 앨튼과 함께 낚시를 가느라 일주일간 집을 비웠는데, 늘 불을 켜 놓고 외출하거든요. 비슷한 일을 겪으신 분은 저에게 알려 주시기 바랍니다.

한편, 에시 루가 버밍햄에서 일자리를 얻었습니다. W. A. P. I.의 「프로텍티브 라이프 보험사 라디오 쇼」에서 프로텍티브 라이프 오르간을 연주한다고 하니 기억해 두었다가 들으시기 바랍니다.

닷 윔스

로즈 테라스 요양원

앨라배마주 버밍햄 올드몽고메리 하이웨이

1986년 1월 19일

이번 일요일에는 에벌린이 요양원에 오지 않나 보다 생각한 스레드굿 부인은 보행 보조기와 휠체어들이 세워진 복도를 산책하고 있었다. 부인이 막 모퉁이를 돌아서는데 거기에 에벌린이 있었다. 에벌린은 휠체어 중 하나에 앉아서 눈물을 줄줄 흘리며 막대 사탕을 먹고 있었다. 스레드굿 부인은 그녀에게 다가갔다.

"어머나, 대체 무슨 일이에요?"

에벌린은 스레드굿 부인을 올려다보며 말했다.

"모르겠어요."

그러고는 계속 울면서 사탕을 먹었다.

"자, 자. 가방 챙기고, 나랑 좀 걸어요."

스레드굿 부인은 에벌린의 손을 잡아 일으킨 뒤 이리저리 복도를 걷기 시작했다.

"자, 말해 봐요. 무슨 일이에요? 문제가 뭔데요? 무슨 일로 그렇게 슬퍼하는 거죠?"

에벌린이 말했다.

"모르겠어요."

그러고는 다시 와락 울음을 터뜨렸다.

"저런……. 그렇게 나쁘기만 한 일이 아닐 수도 있어요. 하나씩 하나씩 짚어 보자고요. 괴롭히는 것이 뭔지 말해 봐요."

"그게…… 아이들이 대학을 가기 위해 집을 떠났는데, 그래서인 것 같아요. 제가 아무짝에도 쓸모없는 사람 같은 생각이 드네요."

"충분히 그럴 수 있어요. 다들 그런 일을 겪는답니다."

에벌린이 말을 이었다.

"게다가 도저히 먹는 걸 멈출 수 없을 것 같아요. 노력은 많이 했어요. 아침에 잠에서 깰 때마다 오늘은 다이어트를 하겠다고 결심하죠. 그러고는 매일 그 다짐을 깨뜨려요. 집 안 구석구석에, 심지어 차고에까지 사탕을 숨겨 놓아요. 어찌 된 일인지 저도 모르겠어요."

스레드굿 부인이 말했다.

"저런! 사탕을 먹는다고 그리 해될 건 없어요."

"한 개 정도라면 괜찮겠죠. 예닐곱 개가 아니라면요. 정말로 뚱뚱해져서 아예 포기해 버릴 배짱이라도 있었으면 좋겠어요. 아니면 체중을 줄여서 정말로 날씬해질 만큼 의지력이 있던가요. 저는 그저…… 딱 그 중간에 끼어 있는 기분이에요. 저에겐 여성 해방 운동이 너무 늦게 왔어요……. 결혼을 꼭 해야 되는 건 아니라는 걸 알았을 때는 이미 두 아이의 엄마가 되어 있더라고요. 부인께서는 결혼은 꼭 해야 한다고 생각하실 것 같네요. 제가 뭘 알았겠어요? 이젠 뭔가 바꾸기에는 너무 늦었어요……. 인생이 그냥 제 곁을 스치고 지나가 버린 것만 같아요."

에벌린은 여전히 눈물이 흐르는 얼굴을 스레드굿 부인 쪽으로 돌리며 말했다.

"스레드굿 부인, 전 늙었다고 하기엔 너무 젊고, 젊다고 하기엔 너무 늙었어요. 어느 쪽에도 어울리지가 않죠. 죽어 버리고 싶은데 용기가 없어요."

스레드굿 부인은 기겁을 했다.

"어머나, 에벌린 카우치, 그런 생각은 하지도 마요. 그건 예수님의 옆구리에 칼을 꽂는 짓이나 마찬가지랍니다. 그런 바보 같은 소리가 어디 있어요. 냉정을 되찾고 주님께 가슴을 열어야 해요. 그러면 도와주실 거예요. 한 가지 물어볼게요. 젖가슴이 아픈가요?"

에벌린은 그녀를 쳐다보았다.

"음, 가끔요."

"등하고 다리도 아파요?"

"네. 그걸 어떻게 아세요?"

"뻔하죠, 뭐. 에벌린은 지금 폐경기 증상을 심하게 겪고 있거든요. 그게 다예요. 에벌린에게 필요한 건 호르몬제를 복용하고, 매일 밖에 나가 신선한 공기를 마시며 걷기도 하면서 그 시기를 지나가는 것이랍니다. 내가 바로 그렇게 했거든요. 스테이크를 먹다가도 암소가 가엾다는 생각이 들어 울음을 터뜨리곤 했어요. 늘 상 징징대고, 아무도 날 사랑해 주지 않는다는 생각에 클리오를 미치게 만들었던 것 같아요. 내가 들볶으려 하면 그이는 이렇게 말했죠. '자, 니니, B-12를 맞을 시간이야.' 그러고는 곧장 엉덩이에 B-12 주사를 놓아 주었어요.

나는 매일 니기시 휠긴을 띠괴 걷었어요. 비로 기금 우리가 하고 있는 것처럼 말이죠. 그러다가 오래지 않아 거기서 빠져나왔고 정상으로 돌아왔답니다."

"하지만 전 그걸 겪기에는 너무 젊은걸요. 이제 겨우 마흔여덟이라고요."

"그렇지 않아요. 일찍 겪는 여자들도 아주 많아요. 조지아주에 겨우 서른여섯 살밖에 안 된 여자가 있었는데 어느 날 차를 몰고 군청 청사 계단으로 돌진해 올라갔다는군요. 그녀는 차창을 내리고 주립 경찰에게 자기 어머니의 머리를 내던졌어요. 자기 집 부엌에서 잘라 가져온 것이었죠. 그러고는 소리쳤어요. '자, 당신들이 원하는 것이 여기 있어.' 그런 다음에 곧장 다시 차를 몰고 계단을 내려왔다네요. 자칫하면 조기 폐경이 그런 결과를 불러오기도 한답니다."

"제 문제가 정말 그거라고 생각하세요? 이렇게 안절부절못하는 게 그 탓인가요?"

"틀림없어요. 회전목마를 타는 것보다도 더 고약하죠…… 올라갔다 내려갔다, 내려갔다 올라갔다……. 그리고 몸무게에 관해서라면, 빼려고 애쓰지 않는 게 좋아요. 저기 있는 노인들을 좀 봐요. 거의가 다 뼈만 앙상하잖아요. 아니면 침례교 병원에 가서 암병동을 방문해 보세요. 그곳 사람들은 몸무게가 늘기를 간절히 바랄걸요. 그 딱한 사람들은 체중을 유지하기 위해 안간힘을 쓰죠. 그러니 몸무게 걱정은 접어 두고 건강한 걸 감사하게 생각하도록 해요! 지금 에벌린에게 필요한 건 매일 아침 시편 90편과 더불어 그날의 성경 말씀을 읽는 거예요. 내게 그랬던 것처럼 에벌린에게도 그것이 도움이 될 거예요."

에벌린은 스레드굿 부인에게도 심하게 우울했던 적이 있었느냐고 물었다.

스레드굿 부인은 진솔하게 대답했다.

"아니요, 근래에 그런 적이 있었다고는 말 못하겠어요. 주님의 은총에 감사하기에도 너무 바쁘거든요. 아, 나는 헤아릴 수도 없을 만큼 많은 축복을 받고 있어요. 이런, 오해는 마요. 누구에게나 저마다 슬픔이 있는 법이고, 그중에는 아주 가혹한 슬픔을 간직한 사람도 있으니까."

"하지만 부인께서는 걱정거리 같은 건 한 번도 가져 본 적 없는 사람처럼 아주 행복해 보이시는걸요."

스레드굿 부인은 그 말에 웃음을 터트렸다.

"오 에벌린, 다 묻어 버렸어요. 어떤 상처든 아프긴 매한가지죠. 주님이 나에게 왜 이렇게 많은 슬픔을 주시는 걸까 하고 생각했던 적이 있어요. 하루도 더 견뎌 내지 못할 것 같았던 시절이었죠……. 이 말을 해 주고 싶군요. 슬픔 속에서 살면 안 돼요. 그건 병을 부르는 가장 빠른 방법이랍니다."

에벌린이 말했다.

"맞아요. 부인 말씀이 옳다는 거 알아요. 에드는 저보고 정신과 치료라도 받아야 할 것 같다고 했죠."

"에벌린, 그런 데는 가지 않아도 돼요. 얘기 상대가 필요하거든 그냥 날 보러 와요. 기꺼이 얘기 상대가 되어 줄 테니까. 말동무가 있으면 한결 즐거워질 거예요."

"고맙습니다. 그럴게요."

에벌린은 시계를 들여다보았다.

"이제 그만 가 봐야겠네요. 에드가 화내겠어요."

에빌린은 가방을 열고 조금 전까지만 해도 초콜릿 땅콩 과자가 가득 담겨 있던 티슈로 코를 풀었다.

"아, 기분이 많이 나아졌어요. 정말로요!"

"그렇다니 나도 기뻐요. 에벌린의 신경과민증을 위해 기도할게요. 꼭 교회에 가서 주님께 애원하세요. 무거운 짐을 덜어 주시고 이 힘든 고비를 무사히 넘기게 해 주십사고. 나에게 늘 해 주셨던 것처럼 말이죠."

"고맙습니다……. 그럼 다음 주에 뵐게요."

에벌린은 복도를 따라 내려갔다.

스레드굿 부인이 뒤에서 소리쳤다.

"스트레스태브스 10번도 챙겨 먹도록 해요!"

"10번이란 말씀이죠!"

"맞아요! 10번!"

《윔스 통신》

앨라배마주 휘슬스톱 주간 소식지

1935년 6월 8일

연극 클럽의 성공적인 공연

휘슬스톱 연극 클럽이 금요일 밤 연례 정기 연극 발표회를 가졌습니다. 여자아이들이 참 잘했다는 말을 해 주고 싶군요. 연극 제목은 영국 극작가 윌리엄 셰익스피어의 「햄릿」이었는데, 작년에도 이 작가의 연극을 공연했으니까 휘슬스톱 주민들에게는 낯선 이름이 아니지요.

햄릿 역은 얼 애드콕 주니어가 맡았고 햄릿의 연인 역은 다른 도시 출신으로 이곳을 방문 중이던 하들리 박사의 조카딸 메리 베스가 맡았습니다. 못 보신 분들을 위해 말씀드리자면, 그녀는 마지막에 결국 자살을 하고 맙니다. 목소리가 잘 안 들렸다는 말을 하게 돼서 안타깝지만, 어쨌든 메리는 여행을 다니기엔 너무 어린 것 같더군요.

햄릿의 어머니와 아버지 역은 스크로긴스 목사님과 베스타 애드폭이 연기했습니다. 베스디 애드폭은 연극 클럽의 회장이고 다들 아시다시피 얼 주니어의 친어머니지요.

연극에 필요한 음악은 우리의 에시 루 라임웨이가 제공했는데요, 그 음악으로 인해 칼싸움 장면이 훨씬 생동감 있었습니다.

한편 베스타의 말에 의하면 내년에 상연할 연극은 역사적 내용을 다룬 야외극이 될 거라고 합니다. 자신이 직접 극본을 쓰고 있다는데, 제목은 「휘슬스톱의 역사」라고 하니 해당 자료를 갖고 계신 분은 베스타에게 보내 주시기 바랍니다.

닷 윔스

로즈 테라스 요양원

앨라배마주 버밍햄 올드몽고메리 하이웨이

1986년 1월 26일

에벌린은 시어머니께 문안 인사를 드리러 온 며느리의 도리로 섭섭치 않을 만큼 시간을 보낸 뒤, 친구가 기다리는 휴게실로 향했다.

"아이고, 오늘은 좀 어때요, 에벌린?"

"좋아요. 잘 지내셨죠?"

"그럼요. 내가 전에 말했던 스트레스태브스는 먹어 봤어요?"

"물론이죠."

"효과가 있던가요?"

"그게, 저, 그런 것 같아요."

"그렇다니 다행이네요."

에벌린은 가방을 뒤지기 시작했다.

"오늘은 거기에 뭘 담아 오셨을까?"

"건포도 과자 세 통을 가져왔어요. 찾을 수 있을지 모르겠지만요."

"긴포도 과사라고요? 보나마나 맛있겠네요."

스레드굿 부인은 가방을 뒤지는 에벌린의 모습을 지켜보며 말했다.

"에벌린, 가방 속에 단것을 그렇게 많이 담아 가지고 다니면 개미가 꼬일까 걱정되지 않아요?"

"음, 그건 생각해 본 적이 없네요."

마침내 에벌린은 찾던 물건과 함께 주니어 민트까지 한 통 찾아냈다.

"고마워요, 에벌린. 난 정말 사탕을 좋아해요. 투시 롤도 좋아했는데, 그런 것들은 잘못하면 이를 뽑게 만들잖아요. 비트오허니도 마찬가지고."

지닌이라는 흑인 간호사가 들어왔다. 안정제를 투여하기 위해 더너웨이 씨를 찾았는데, 거기에는 늘 그랬듯이 두 여자만이 앉아 있었다.

지닌이 가고 난 뒤, 스레드굿 부인은 흑인들의 피부색이 얼마나 다양한지에 대해 자신이 보아 온 얘기를 하기 시작했다.

"빅 조지의 아내인 온젤을 예로 들자면…… 피부는 호두나무 색이고 빨간 머리에 주근깨가 있어요. 온젤의 어머니는 딸이 조지하고 결혼할 때 몹시 속상해했답니다. 조지는 피부가 새카맸거든요. 하지만 어쩔 수 없었다는군요. 온젤은 덩치가 큰 흑인을 좋아했는데 조지가 엄청난 거구에다 아주 새카맸거든요. 온젤은 쌍둥이 형제를 낳았는데, 재스퍼는 온젤처럼 피부색이 연했고 아티스는 어찌나 새까만지 잇몸이 푸르스름할 정도였어요. 그녀가 말하기를, 그렇게 까만 아이가 자기 몸에서 나왔다는 사실이 믿어지지 않았다는군요."

"잇몸이 파랬다고요?"

"그랬다니까요. 그보다 더 까만 사람은 다시 볼 수 없을 거예요. 그다음으로 낳은 아이가 윌리 보이였는데 온젤처럼 피부색이 연했고 눈은 초록색이었죠. 그 애의 진짜 이름은 원더풀 카운슬러였어요. 성경에 나오는 이름이죠. 하지만 우리는 윌리 보이라고 불렀답니다."

"원더풀 카운슬러라고요? 전 기억이 안 나는데요. 성경에 나오는 이름 맞나요?"

"그럼요……. 거기에 나와요. 온젤은 우리에게 그 이름이 나오는 대목을 보여 주었죠. '그러므로 이제 그 이름은 탁월한 경륜가*로 불릴 것입니다.' 온젤은 신앙심이 아주 깊은 사람이었어요. 뭔가 좋지 않은 일이 생기면 오로지 사랑하는 예수님만을 생각하고, 그러면 기운이 솟는다고 했지요. 마치 자기가 굽는 버터밀크 비스킷처럼 말이에요. 그다음엔 노티 버드**를 낳았는데 아빠처럼 검은 데다 심한 곱슬머리였어요. 그래도 잇몸이 파랗지는 않았어요……."

"설마 **그** 이름도 성경에 나왔다고 하진 않으시겠죠!"

스레드굿 부인이 웃으며 말했다.

"아, 아니에요. 십시는 그 애가 꼭 비쩍 마른 작은 새 같다고 했어요. 어릴 적에 그 애는 늘 부엌으로 달려가서 제 엄마가 만드는 버터밀크 비스킷 두어 개를 훔쳐다 카페에 숨어서 먹곤 했답니

---

* wonderful counselor. 구약성경 이사야 9장 6절에서 언급된다.
** naughty bird. '버릇없는 새'라는 뜻.

다. 십시가 그 애를 노티 버드라고 부른 것도 그 때문이에요. 지금 생각해 보니 까만 짓은 새처럼 보였던 것 같고요……. 아무튼 흰 가족 안에 새카만 아이가 둘, 연한 색 아이가 둘, 그랬어요.

지금 생각해 보니 청소부와 간호사 몇 명 말고는 여기 로즈 테라스 요양원에 흑인이 하나도 없다는 게 좀 이상하네요……. 흑인 간호사 중 한 사람은 아주 멋쟁이죠. 지닌이라는 간호사인데 귀엽고 당차고 말도 야무지게 하는 아가씨랍니다. 보면 마음에 들 거예요. 뚝심이 센 그녀를 보면 십시가 생각나요.

십시는 죽는 날까지 집에서 혼자 살았어요. 나도 그랬으면 좋으련만, 내 집에서 말이죠. 병원으로 다시 들어가는 건 정말 원치 않는 일이에요. 내 나이가 되면 병원에 입원할 때마다 이제 들어가면 다시 병원 밖으로 나올 수 있을까 하고 생각하게 된답니다. 어쨌든 병원이 안전하다고는 생각하지 않아요.

이웃에 살던 하트먼 부인이 해 준 얘긴데, 애틀랜타의 어느 병원에 사촌이 있었대요. 그 사촌 말에 의하면 그곳 환자 하나가 바람을 쐬러 병실 밖으로 나갔다가 여섯 달 뒤에야 발견됐다더군요. 밖에서 문이 잠기는 바람에 6층 옥상에 갇혔던 거래요. 발견됐을 당시에 그 사람은 환자복 속에 해골만 덩그러니 남아 있었대요. 더너웨이 씨가 그러는데, 수술을 받는 동안 틀니를 유리컵에 넣어 두었는데 글쎄 누가 그걸 훔쳐 갔다네요. 아니, 노인의 틀니를 훔쳐 가는 사람은 대체 어떤 인간일까요?"

"모르겠네요."

에벌린이 말했다.

"그러게 말이에요. 나도 모르겠어요."

앨라배마주 트라우트빌

1917년 6월 2일

방금 낳은 쌍둥이 아들을 십시에게서 넘겨받은 온젤은 자신의 눈을 의심했다. 그녀가 재스퍼라는 이름을 지어 준 첫째는 크림을 얹은 커피색이었고, 아티스라는 이름을 지어 준 둘째는 석탄처럼 까맸던 것이다. 나중에 쌍둥이를 본 빅 조지는 폭소를 터뜨리고 말았다.

아티스의 입 안을 들여다보던 십시가 말했다.

"이것 좀 봐라, 조지. 이 아기는 잇몸이 파랗구나."

그러고는 어찌할 바를 몰라 하며 고개를 저었다.

"하나님, 저희를 도우소서."

그러나 미신을 믿지 않는 빅 조지는 계속 웃기만 했다…….

10년 뒤 빅 조지는 이 일이 그리 재미있는 일만은 아니었다는 생각을 하게 됐다. 아티스가 주머니칼로 재스퍼를 찌르는 사건이 일어났던 것이다. 조지는 아티스를 거의 죽을 만큼 패 주었다. 아티스는 재스퍼의 팔을 다섯 번이나 찔렀고 재스퍼는 그러는 아티스를 마당으로 밀쳐 냈다.

재스퍼는 피가 흐르는 팔을 움켜쥐고 제 어머니를 부르며 카페로 달려갔다. 뒤뜰에서 바비큐 요리를 하고 있던 빅 조지는 재스퍼를 우선 의사에게 데려갔다.

의사 하들리는 상처를 소독하고 붕대를 감아 주었다. 재스퍼가 의사에게 형이 그랬다는 말을 했을 때 빅 조지는 수치심을 느꼈다.

그날 밤, 두 형제는 모두 고통으로 잠을 이루지 못했다. 그들은 잠자리에 누워 창밖의 보름달을 쳐다보며 개구리와 귀뚜라미가 내는 밤의 소리를 듣고 있었다.

아티스는 형을 향해 돌아누웠다. 달빛을 받은 형의 얼굴은 거의 하얗게 보이기까지 했다.

"그러면 안 된다는 건 나도 알았는데……. 하지만 그렇게 하니까 기분이 좋아져서 도무지 멈출 수가 없더라고."

1935년 7월 1일

성경 공부 모임

휘슬스톱 침례교회 성경 공부 여성 모임 회원들은 지난주 수요일 아침에 베스타 애드콕 부인의 집에 모여 성경 공부법과 성경을 더 쉽게 이해할 수 있는 법에 대해 의견을 나눴습니다. 주제는 노아와 방주, 즉 '노아는 두 마리의 뱀을 당장, 그리고 영원히 없애 버릴 기회가 있었는데도 왜 배에 남아 있게 했는가?'였습니다. 그 이유를 아시는 분은 베스타에게 전화 주시기 바랍니다.

토요일, 루스와 이지는 귀여운 아들에게 생일 파티를 열어 주었습니다. 손님들은 모두 케이크와 아이스크림을 먹고 즐겼으며, 안에 사탕알이 가득 담긴 유리 기관차를 선물받았다고 합니다.

이지는 원하는 사람이 있다면 금요일 밤에 또 한 번 영화를 보러 갈 생각이라고 말했습니다.

영화 얘기가 나와서 말인데, 얼마 전 밤 우체국에서 퇴근해 집
에 들이시지 제 또 다른 반쪽이 버민했오료 영하를 부러 가자며
부산을 떨더군요. 요금이 오르기 전에 봐야 한다면서 모자를 집
어 들더니 다짜고짜 저를 이끌고 문을 박차고 나왔습니다. 그러
더니만 극장에 가서 영화를 보는 동안에는 내내 등이 아파 죽겠
다며 불평을 늘어놓더군요. 집에 와서야 알게 되었는데, 급히 서
두르느라 옷걸이가 들어 있는 코트를 그대로 입고 나갔던 거예요.
그래서 제가 다음번에는 돈을 더 내더라도 제대로 보자고 했습니
다. 그이가 좌석에서 뒤척거리는 바람에 영화 감상을 망쳐 버렸거
든요.

어쨌거나 '살짝 중고' 남편을 헐값에 사실 분 안 계신가요?

농담이에요, 윌버.

닷 윔스

로즈 테라스 요양원

앨라배마주 버밍햄 올드몽고메리 하이웨이

1986년 2월 2일

에벌린이 들어서자 친구가 말했다.

"에구, 10분만 일찍 왔더라면 좋았을걸. 내 이웃인 하트먼 부인이 방금 다녀갔거든요. 내게 이걸 가져다주었어요."

스레드굿 부인은 에벌린에게 코커스패니얼 개 모양의 흰색 작은 도기에 심은 시어머니혀* 화초를 보여 주었다.

"오티스 부인에겐 너무너무 예쁜 나리꽃을 가져다주었지요. 에벌린도 만나 보았으면 좋았을 텐데. 그 친구를 보면 금방 좋아하게 될 거예요. 그 친구 딸이 바로 내 제라늄 화분들에 물을 주고 있답니다. 에벌린 이야기도 다 들려주었지요……."

에벌린은 하트먼 부인과 엇갈리게 돼서 안타깝다고 말하고는 아침 일찍 웨이츠 제과점에서 사 두었다 가져온 분홍색 컵케이크

---

* 산세비에리아의 별칭.

를 꺼냈다.

스레드굿 부인은 에빌린의 배려에 고마워하며 컵케이크를 먹었고, 자기 화분을 돌봐 주는 이에 대해 칭찬하기 시작했다.

"난 코커스패니얼을 아주 좋아하는데, 에빌린은 어때요? 코커스패니얼을 보는 건 정말 즐거운 일이지요. 루스와 이지의 아이에게 한 마리 있었는데, 아는 사람을 보기만 하면 마치 몇 년 동안 떨어져 있던 사람을 보기라도 한 양 꼬리를 흔들며 이리저리 날뛰곤 했어요. 모퉁이를 돌아갔다가 나오기만 해도 그랬다니까요. 고양이는 너 따위는 아무래도 상관없다는 듯이 행동하죠. 왜 사람들 중에도 그런 이들이 있잖아요. 달아나고, 사랑을 거부하는 사람 말이에요. 이지도 바로 그런 사람이었고요."

뜻밖의 말이었다.

"그래요?"

에빌린은 그렇게 말하고 컵케이크를 조금 베어 물었다.

"정말 그랬어요. 고등학교에 다닐 때는 모두의 신경을 곤두서게 했죠. 툭하면 학교에 안 가겠다고 했고, 간다 해도 버디가 입던 낡고 볼품없는 오버올만 입으려 했죠. 하지만 이틀에 하루는 줄리언이나 그 친구들과 함께 숲에 가서 사냥을 하거나 낚시를 하며 보냈어요. 그런데도 말이죠, 다들 그녀를 좋아했답니다. 남자든 여자든, 흑인이든 백인이든 간에 모두 이지 주위에 있고 싶어 했어요. 이지에겐 스레드굿 가 특유의 환한 미소가 있었죠. 마음만 먹으면 누구든 웃게 만들 수 있었다니까요! 버디의 매력이 이지에게도 있었던 거지요…….

하지만 이지에게는 야수와 같은 뭔가도 있었어요. 누구든 간에 너무 가깝게 다가오는 걸 허용하지 않았죠. 누군가가 자신을 지나치게 좋아한다고 느끼면 그냥 숲으로 떠나 버렸어요. 많은 사람들에게 상처를 주었죠. 십시 말로는 엄마가 이지를 임신했을 때 날짐승 고기를 먹어서 그렇다더군요. 그래서 그렇게 이교도처럼 행동한다는 거예요!

그런데 루스가 우리와 함께 지내려고 왔을 때 이지는 누구보다 빠르게 변해 버렸어요.

루스는 조지아주 밸도스타 출신인데 그해 여름 엄마가 다니는 교회에 왔죠. 스물한두 살 정도밖에 안 된 나이였을 거예요. 밝은 다갈색 머리에 긴 속눈썹과 갈색 눈을 지닌 처녀였는데 다정다감하고 말씨가 상냥해서 사람들은 그녀를 처음 본 순간부터 사랑에 빠지곤 했지요. 저항할 수 없는 매력의 소유자라고나 할까요. 원래 아름다운 사람이기도 했지만 알아 갈수록 더 예뻐 보이는 그런 사람이었답니다.

집을 떠나 본 적이 한 번도 없던 터라 처음엔 부끄러움을 많이 탔어요. 두렵기도 했을 거고요. 형제자매 하나 없는 무남독녀였다더군요. 루스의 부모님은 아주 늦은 나이에 그녀를 낳으셨대요. 아버지가 그곳 조지아주의 전도사셨다는데 무척 엄격하게 자란 것 같았어요.

그런데 루스를 보자마자 읍내의 남자아이들이 모조리 일요일마다 교회에 나가기 시작했어요. 전에는 절대로 가지 않던 애들까지 말이죠. 루스는 자신이 얼마나 예쁜지 모르는 것 같더군요. 그녀는 누구에게나 친절했고, 우리 이지는 그녀에게 홀딱 반해 버렸어요……. 당시 이지의 나이가 열대여섯 살쯤이었을 거예요.

루스가 그곳에 오고 나서 처음 한 주 동안 이지는 그저 루스가 집에 드나드는 모습을 뚫어지게 쳐다보며 멀구슬나무 주위를 어슬렁거리기만 했어요. 그러더니 차츰 눈에 띄는 행동을 하기 시작하너군요. 나무에 거꾸로 매달리기도 하고, 마당에 축구공을 던지기도 하고, 루스가 교회에서 나와 거리를 가로질러 올 때면 때맞춰 어깨에 커다란 낚싯줄을 메고 집으로 들어오곤 했지요.

줄리언은 이지가 낚시도 하러 가지 않았고 고기들은 강에서 흑인 아이들한테 사 온 거라고 했죠. 그런데 그 말을 루스가 듣는 데서 한 게 실수였어요. 덕분에 그날 밤 줄리언의 신발은 쇠똥 범벅이 되었답니다.

그러던 어느 날 엄마가 루스에게 말씀하셨어요. '우리 막내딸에게 사람답게 자리에 앉아서 저녁을 먹으라고 설득해 주지 않을래?'

밖으로 나간 루스는 나무에 올라 앉아《진정한 탐정》이라는 잡지를 읽고 있던 이지에게 물었어요. 오늘 저녁은 식탁에 와서 먹지 않겠느냐고요. 이지는 루스를 쳐다보지도 않고 생각해 보겠다고 말했어요. 우리가 식탁에 앉아 식전 감사 기도를 드리고 있는데 이지가 집 안에 들어와 위층으로 올라가더라고요. 목욕탕에서 물 트는 소리가 들리는가 싶더니 5분쯤 뒤에는, 우리하고 같이 식사하는 법이 거의 없던 이지가 계단을 내려오고 있었어요.

엄마는 우리를 보시며 나직이 말씀하셨죠. '자, 얘들아, 저 애는 지금 완전히 넋이 나가 있어. 그러니까 이지 보고 웃지 않았으면 좋겠구나. 무슨 말인지 알겠지?'

우리는 그러겠다고 했지요. 이지가 들어왔는데 보아 하니 얼굴은 힘껏 문질러 씻은 것 같았고, 머리는 욕실 장에서 찾아낸 오래된 기름을 발라 매끈하게 빗어 내렸더군요. 우리는 웃지 않으려고 안간힘을 썼지만 이지의 모습은 정말 볼만했답니다. 껍질 콩을 더 먹지 않겠느냐는 루스의 별것 아닌 말에도 귀까지 빨개질 정도로 얼굴을 붉혔어요……. 팻시 루스가 맨 처음 시작했어요. 웃음을 참지 못하고 키득거린 거죠. 밀드레드가 그 뒤를 이었고요. 전에도 얘기했지만, 난 언제나 한 박자 느려서 밀드레드의 뒤를 이었고 그다음은 줄리언이 웃기 시작했어요. 더 이상 참지 못한 줄리언은 맞은편에 앉아 있던 가엾은 에시 루에게 입에 들어 있던 으깬 감자를 죄다 뿜어 버렸죠.

참 안된 일이었지만 그건 여러 사건 가운데 하나에 지나지 않았어요. 엄마가 말씀하셨어요. '너희들, 사과해야 될걸.' 우린 모두 응접실로 뛰어 들어가 바닥에 쓰러져 숨이 넘어가도록 웃었답니다. 팻시 루스는 바지에 오줌까지 싸 버렸죠. 하지만 정말 재미있었던 건, 루스 곁에 앉아 있다는 사실에 말도 못 할 정도로 감격한 이지는 우리가 왜 웃는지조차 눈치 채지 못했다는 거죠. 응접실 곁을 지나가다 우리를 보며 이렇게 말했거든요. '손님도 있는데 잘하는 짓이다.' 우린 물론 다시 쓰러졌고요…….

그 일 뒤로 이지는 얌전한 강아지처럼 굴기 시작했어요. 그해 여름에 루스는 외로웠던 같아요……. 이지는 루스가 즐거워하는 일이라면 무엇이든 해서 그런 루스를 웃게 했죠. 원하는 일을 이지에게 시킬 수 있는 시기는 그때뿐이었다고 엄마가 그러시더군요. 루스에게 부탁만 하면 다 됐으니까요. 엄마는 루스가 부탁하기만 하면 이지는 불구덩이 속에라도 뛰어들 거라고 하셨답니다. 정말이지 그러고도 남았을 거예요! 이지는 버디가 죽은 이후 처음으로 교회에 나가기까지 했으니까요.

루스가 있는 곳에는 어김없이 이지가 있었어요. 서로에게 이끌렸던 거지요. 그들 둘이서 현관 그네에 앉아 키득거리는 소리가

밤새 들리곤 했어요. 십시는 이지가 혼자 있을 때면 이렇게 놀렸죠. '콩깍지가 난난히 썬 거야.'

그해 여름은 정말 멋졌어요. 좀 보수적인 기질이 있던 루스는 처음엔 장난치고 노는 것을 배우다가 조금 더 후에는 에시 루가 피아노를 치면 우리들과 똑같이 노래를 부르며 함께 어울렸답니다.

우린 모두 행복했어요. 그런데 어느 날 저녁 엄마가 저에게 말씀하시더군요. 여름이 끝나면 루스가 고향으로 돌아갈 텐데 그때 무슨 난리가 날지 두렵다고요."

앨라배마주 휘슬스톱

1924년 7월 18일

　루스가 휘슬스톱에 머문 지 두 달째 접어든 토요일이었다. 아침 6시에 누군가 루스의 방 창문을 두드렸다. 루스가 눈을 떠 보니 이지가 멀구슬나무에 앉아 창문을 열어 달라는 신호를 보내고 있었다.

　루스는 잠에서 덜 깬 채로 일어났다.

　"왜 이렇게 일찍 일어났니?"

　"오늘 같이 소풍가겠다고 약속했잖아요."

　"알아. 하지만 이렇게 일찍 가야 되니? 오늘은 토요일이야."

　"어서요. 약속했잖아요. 당장 나오지 않으면 지붕에서 뛰어내려 죽어 버리겠어요. 그럼 어떡할래요?"

　루스가 웃으며 말했다.

　"알았어. 팻시 루스하고 밀드레드 그리고 에시 루는? 그 애들도 같이 가는 거 아니었니?"

　"안 가요."

"같이 가자고 해 봐야 되는 거 아냐?"

"안 돼요. 우리 둘이서만 가요. 보여 주고 싶은 게 있어요."

"이지, 그 애들을 언짢게 하고 싶지 않아."

"에이, 그런 염려는 안 해도 돼요. 가고 싶은 마음도 없을 테니까. 벌써 물어봤는데, 그 바보 같은 남자 친구들이 올지도 모르니 집에 있겠다고 하더라고요."

"정말이야?"

"정말이고말고요."

거짓말이었다.

"니니하고 줄리언은?"

"둘 다 오늘 할 일이 있대요. 어서요, 루스. 십시가 벌써 도시락을 싸 놓았어요. 딱 2인분뿐이에요. 안 가겠다면 난 지붕에서 뛰어내릴 거고, 그럼 내 죽음은 루스의 책임이 되겠죠. 난 죽어서 무덤에 들어갈 테고, 루스는 같이 가 주지 않은 걸 후회하게 될 거예요."

"알았어. 좋아. 그래도 옷 입을 시간은 줘야지."

"서둘러요! 대충 챙겨 입고 빨리 나오세요. 차에서 기다릴게요."

"차 타고 가는 거야?"

"그럼요. 그럼 안 되나요?"

"아냐, 좋아."

이지는 아침 5시에 줄리언의 방에 몰래 들어가 그의 바지 주머니에서 모델 T*의 열쇠를 훔쳐 냈다는 사실은 말하지 않았다.

---

* 포드 사에서 만든 세계 최초의 대량 생산 자동차.

그것이 바로 그가 잠에서 깨기 전에 출발해야 하는 중요한 이유였다.

그들은 이지가 여러 해 전에 발견해 두었던 더블스프링스 호수 근처로 차를 몰았다. 그곳에는 폭포가 있었는데 폭포에서 떨어진 물은 수정같이 맑은 시내가 되어 계란처럼 둥글고 매끄러운 갈색 돌과 회색 돌들 사이로 흘러내렸다. 이지는 담요를 펴고는 차에서 바구니를 꺼내 왔다. 마치 비밀스러운 의식이라도 치르는 것 같았다.

마침내 이지가 말했다.

"내가 뭔가를 보여 준다면 아무에게도 절대로 말하지 않겠다고 맹세할래요?"

"뭘 보여 줄 건데? 그게 뭐지?"

"맹세할 거예요? 말하지 않겠다고?"

"맹세할게. 그게 뭐야?"

"보여 줄게요."

이지는 도시락 바구니에서 빈 유리병을 꺼내 들며 말했다.

"가요."

그들은 숲 속으로 1~2킬로미터쯤 걸어 들어갔다.

이지가 나무 하나를 가리키며 말했다.

"저기 있어요!"

"뭐가 있다는 거야?"

"저기 저 커다란 떡갈나무요."

"아."

그녀는 루스의 손을 잡아끌고 왼편으로 100여 발짝쯤 떨어진 곳에 있는 나무 뒤로 가서 말했다.

"자, 여기 그대로 있어요. 어떤 일이 있어도 움직이지 말고요."

"뭘 할 건데?"

"걱정 말고 그냥 구경만 해요. 알았죠? 그리고 조용히 해야 돼. 뭘 하든 소리를 내선 안 돼요."

이지는 맨발로 떡갈나무를 향해 걷다가 중간쯤에서 루스가 보고 있는지 보려고 뒤를 돌아보았다. 나무에서 열 발짝 정도 떨어진 곳에 이른 그녀는 다시 한 번 루스가 보고 있는지를 확인했다. 그러더니 놀랍기 그지없는 일을 하기 시작했다. 나직이 콧노래를 부르며 살금살금 나무를 타고 올라가더니 나무 중간에 뚫린 구멍 속으로 유리병을 든 손을 집어넣은 것이다.

갑자기 전기톱 돌아가는 소리 같은 것이 들리는가 싶더니 성난 벌 떼들이 구멍에서 떼 지어 나오면서 하늘이 새카매졌다.

순식간에 이지는 머리에서 발끝까지 수천 마리 벌들로 뒤덮였다. 이지는 1분 정도 그 상태로 가만히 있다가 조심스럽게 나무에서 손을 빼내고는 다시 루스가 있는 곳으로 천천히 돌아오기 시작했다. 여전히 콧노래를 부르면서. 루스가 있는 곳까지 왔을 즈음, 벌들은 거의 다 날아가고 없었고 그 새카맣던 물체는 다시 이지가 되어 서 있었다. 자연산 벌꿀이 담긴 병을 들고 입이 귀에 걸리도록 활짝 웃으면서.

이지는 병을 루스에게 주며 말했다.

"이거 받아요. 주고 싶어요."

너무 놀라 얼이 빠져 있던 루스는 기대섰던 나무에서 땅바닥으로 스르르 무너져 내리며 울음을 터뜨렸다.

"죽는 줄 알았잖아! 왜 그런 짓을 했니? 그러다 죽을 수도 있어!"

"저런, 울지 마요. 미안해요. 자요, 벌꿀 좋아하지 않아요? 루스 주려고 딴 건데……. 제발 울지 마요. 난 괜찮아요. 늘 하는 일인걸요, 뭐. 한 번도 벌에 쏘인 적은 없다고요. 정말이에요. 자, 일으켜 줄게요. 꼴이 엉망이 되겠어요."

이지는 바지 주머니에서 낡은 푸른 손수건을 꺼내 루스에게 건네 주었다. 루스는 떨리는 몸을 일으켜 코를 풀고 옷을 털었다.

이지는 루스의 기분을 바꿔 주려 애썼다.

"다른 사람을 위해서는 한 번도 이런 짓을 한 적이 없어요. 루스 외에는 내가 이런 일을 할 수 있다는 걸 아는 사람이 세상에 아무도 없어요. 나는 그저 우리만 아는 비밀을 갖고 싶었어요. 그것뿐이에요."

루스는 아무런 반응도 보이지 않았다.

"미안해요, 루스. 제발 화내지 마요."

"화를 낸다고?"

루스는 이지의 어깨에 팔을 두르며 말했다.

"오, 이지. 너한테 화내는 게 아니야. 만약 너에게 무슨 일이라도 생기면 어떻게 해야 할지 몰라서 그러는 거야. 정말 모르겠어."

이지의 심장은 너무도 세게 뛰어 곧 쓰러질 지경이었다.

닭고기와 감자 샐러드, 비스킷 그리고 벌꿀을 거의 다 먹은 뒤에 루스는 다시 나무에 기대 앉았고 이지는 루스의 무릎을 베고 누웠다.

"있잖아요, 나는 사람을 죽일 수도 있어요. 만약 누가 루스를 해치려 한다면 두 번 생각할 것도 없이 당장 죽여 버릴 거예요."

"오, 이지, 말만 들어도 끔찍해."

"아뇨, 그렇지 않아요. 증오 때문에 사람을 죽이는 것보다는 사랑 때문에 죽이는 편이 낫지 않아요?"

"음, 나는 어떤 이유로도 살인은 안 된다고 생각해."

"좋아요. 그렇다면 내가 죽을래요. 그건 어때요? 사랑을 위해 죽을 수도 있다고는 생각하지 않아요?"

"안 해."

"성경에서는 예수 그리스도가 그랬다고 하는데요."

"그건 달라."

"다르지 않아요. 난 지금 당장이라도 주저 없이 죽을 수 있어요. 그럼 내가 웃는 얼굴로 죽은 유일한 시체가 되겠네요."

"바보 같은 소리 하지 마."

"오늘만 해도 죽을 수 있었잖아요?"

루스는 이지의 손을 잡으며 슬며시 웃었다.

"우리 이지는 꿀벌 조련사야."

"내가요?"

"그래, 너. 그런 사람이 있다는 말은 들었지만 직접 본 것은 오늘이 처음이야."

"서툴렀어요?"

"천만에. 아주 훌륭했어. 그걸 몰랐던 거니?"

"아뇨. 미친 짓이라고 해야 하나? 뭐 그렇게 생각했어요."

"그렇지 않아. 아주 멋진걸."

루스는 허리를 굽혀 이지의 귀에 대고 속삭였다.

"넌 멋진 꿀벌 조련사야, 이지 스레드굿. 그게 바로 너야……."

이지는 루스를 보고 마주 웃으며 그녀의 눈에 비친 맑고 푸른 하늘을 들여다보았다. 여름철 사랑에 빠진 사람이 그렇듯 이지는 마냥 행복했다.

앨라배마주 휘슬스톱

1924년 8월 29일

늘 가까이 있던 사람에게 점차 사랑을 느끼게 될 경우, 대부분의 사람들은 그것이 언제 시작되었는지 정확하게 알지 못한다. 그러나 루스는 그 순간을 놓치지 않았다. 이지가 환하게 웃으며 벌꿀이 든 병을 건네주려 했을 때, 그토록 억제하려 했던 감정들이 홍수처럼 밀려들었다. 이지를 마음속 깊이 사랑하고 있음을 안 것도 바로 그때였다. 그날 울음을 터뜨렸던 것도 바로 그 때문이었다. 이전에는 한 번도 그런 감정을 느껴 본 적이 없었으며 앞으로도 다시는 느낄 수 없을 터였다.

그리고 한 달이 지난 지금, 그녀는 이지를 너무도 사랑하기에 떠나야만 했다. 이지는 사랑에 빠져 있는, 이제 겨우 열여섯 살의 아이였으니 그녀의 말을 이해하지 못할 터였다. 루스는 이지가 그곳에서 같이 살자고 매달리면 어쩌나 싶어 막막했다. 그러나 떠나야 하는 게 현실이었다.

루스는 왜 다른 누구보다도 이지와 함께 있고 싶은지 알 수 없었다. 하지만 그랬다. 그것에 대해 줄곧 기도했고 그것 때문에 흐느껴 울었다. 그러나 집으로 돌아가 약혼자 프랭크 베넷과 결혼해서 현모양처가 되도록 노력하는 것 말고는 답이 없었다. 이지가 뭐라고 하든 간에 이 열병 같은 사랑에서 벗어나 인생을 살아 나갈 생각이었다. 루스는 지금 자신이 할 수 있는 유일한 일을 하는 중이었다.

루스에게서 다음 날 아침에 떠나겠다는 말을 들은 이지는 말 그대로 미쳐 버렸다. 이지는 자기 방에서 집 안 전체에 다 들릴 정도로 큰 소리가 나게 물건들을 부숴 댔다. 루스가 자기 방 침대에 앉아 손을 쥐어짜고 있는데 엄마가 들어왔다.

"루스, 저기 들어가서 말 좀 해 주렴. 그 애는 나도 아빠도 못 들어오게 하는구나. 다른 사람들은 무서워서 못 들어가고. 얘야, 난 저러다 몸이라도 다칠까 봐 겁이 난다."

또 뭔가 부서지는 소리가 들려왔다. 엄마는 루스를 쳐다보며 사정했다.

"오, 루스, 저 애는 꼭 상처 입은 짐승 같구나. 네가 들어가서 좀 진정시킬 수 있는지 알아봐 주지 않겠니?"

니니가 문 앞에 와서 말했다.

"엄마, 에시 루가 그러는데 이젠 램프를 부수고 있대요."

그리고는 루스에게 미안하다는 듯이 말했다.

"떠난다니까 상심이 큰가 봐요."

루스는 무거운 발걸음으로 복도를 따라 걸었다. 줄리언, 밀드레드, 팻시 루스 그리고 에시 루는 모두 각자 방문 뒤에 숨어서 머리만 빼꼼 내민 채 휘둥그레진 눈으로 지나가는 루스를 쳐다보았다.

엄마와 니니는 복도 끝에 서 있었다. 니니는 손가락으로 귀를 막고 있었다.

루스는 가만히 이지의 방문을 두드렸다.

방 안에서 이지가 소리를 질렀다.

"가만히 좀 내버려 둬, 빌어먹을!"

그러고는 무엇을 던졌는지 문에 부딪혀 깨지는 소리가 들렸다.

엄마가 목소리를 가다듬고 나서 부드러운 목소리로 말했다.

"얘들아, 우리는 루스에게 자리를 비켜 주고 응접실에서 기다리는 게 좋겠다."

나머지 여섯 명은 모두 아래층으로 서둘러 내려갔다.

루스는 계속 문을 두드렸다.

"이지, 나야."

"가 버려!"

"너랑 얘기하고 싶어."

"싫어! 혼자 있게 놔둬!"

"제발 이러지 마."

"진심으로 하는 말인데 문에서 썩 꺼져!"

또 무엇인가가 문에 부딪혀 깨졌다.

"나 좀 들어가게 해 줘."

"싫어!"

"제발, 응?"

"싫어!"

"이지, 이 빌어먹을 문 좀 빨리 열어. 나도 진심이야! 내 말 들려?"

잠시 정적이 흘렀다. 천천히 문이 열렸다.

루스는 안으로 들어가 문을 닫았다. 이지는 방에 있는 모든 물건들은 부수고 있었다. 두 번씩 부순 것도 있었다.

"왜 이런 식으로 행동하는 거니? 언젠가는 내가 떠날 거라는 거, 너도 알았잖아."

"그럼 나도 같이 가면 되잖아요."

"말했잖아."

"그럼 그냥 여기 있어요."

"그럴 수 없어."

이지는 있는 힘껏 소리를 질렀다.

"왜 안 돼요?"

"소리 좀 그만 지르면 안 될까? 너 때문에 나와 네 어머니는 너무 난처해. 온 집 안에 네 소리가 다 들린단 말이야."

"상관없어요."

"나는 상관 있어. 왜 이렇게 어린애처럼 구는 거야?"

"사랑하니까, 가는 거 싫으니까!"

"이지, 정신이 나간 거니? 너처럼 다 큰 애가 그렇게 철부지처럼 굴면 사람들이 어떻게 생각하겠어?"

"상관없어!"

루스는 바닥에 떨어진 물건들을 집어 들기 시작했다.

"왜 그 남자와 결혼하려는 거야?"

"말했잖아."

"왜?"

"결혼하고 싶으니까. 그게 이유야."

"그 사람을 사랑하지도 않으면서."

"아냐. 사랑해."

"아니야. 사랑하지 않아. 날 사랑하지……. 알잖아. 다 알면서!"

"이지, 나는 그 사람을 사랑하고, 그 사람하고 결혼할 거야."

그러자 이지는 미친 듯이 고함을 지르며 울기 시작했다.

"거짓말쟁이, 당신을 증오해! 죽어 버렸으면 좋겠어! 살아 있는 동안 다시는 보고 싶지 않아! 당신을 증오해!"

루스는 이지의 어깨를 붙잡고 힘껏 흔들었다. 이지는 눈물범벅이 된 얼굴로 계속 소리를 질러 댔다.

"당신을 증오해! 멍청이, 지옥에나 가 버려!"

루스가 말했다.

"그만해! 내 말 안 들려?"

루스는 엉겁결에 이지의 빰을 힘껏 후려쳤다.

이지는 말문이 막힌 듯 멍하니 루스를 쳐다보았다. 그들은 서로를 쳐다보며 그렇게 망연히 서 있었다. 그 순간, 루스는 이지를 힘껏 끌어안고 싶었다. 하지만 그렇게 하면 절대 떠날 수 없을 터였다.

결국 루스는 일생에서 가장 힘겨운 일을 했다. 말없이 돌아서서 나와 문을 닫았던 것이다.

로즈 테라스 요양원

낼라배바무 버밍햄 올드몽코메디 하이웨이

1986년 2월 9일

에벌린은 집에서 세 블록 떨어진 곳에 있는 타코 벨에서 타코 한 상자를 사 들고 요양원으로 향했다. 스레드굿 부인은 좋아서 어쩔 줄 몰라 했다.

"프랑코아메리칸 스파게티 말고는 이게 처음으로 먹어 보는 외국 음식이에요. 그 스파게티를 좋아하거든요."

스레드굿 부인은 타코를 쳐다보며 말했다.

"이건 크리스털 버거만 하네요?"

에벌린은 루스에 대해 좀 더 알고 싶은 마음에 조바심이 나서 화제를 바꾸려 애썼다.

"스레드굿 부인, 루스는 그해 여름에 휘슬스톱을 떠났나요, 아니면 남아 있었나요?"

"크기가 비스킷만 해요. 다진 양파가 얹어져 있고요."

"네?"

"크리스털 버거 말이에요."

"아, 그렇죠. 양파 다진 게 얹어져 있어요. 그런데 루스는 어떻게 됐나요?"

"누구요?"

"나중에 다시 돌아왔다는 건 아는데, 그해 여름에 고향으로 돌아갔나요?"

"그럼요, 돌아갔어요. 그게, 25센트면 다섯 개를 살 수 있었죠. 지금도 그런가요?"

"아닌 것 같던데요. 루스가 언제 떠났나요?"

"언제냐고요? 아, 가만 있자, 7월인가 8월인가 그랬어요. 아니지, 맞아요, 8월이었어요. 이제 생각나는군요. 그런데 정말 루스 이야기를 듣고 싶은 거예요? 내가 에벌린에게는 말할 틈을 안 주었네요. 나 혼자 계속 떠들어 대느라."

"아니에요, 스레드굿 부인. 괜찮아요. 말씀하세요."

"그 옛날 이야기들을 정말 듣고 싶어요?"

"네."

"음, 8월 말이 되어 갈 무렵, 엄마와 아빠는 루스에게 거기 머무르면서 이지가 고등학교 상급반을 마치도록 도와 달라고 사정했어요. 하지만 루스는 안 된다고 했죠. 그해 겨울에 밸도스타에 있는 남자와 결혼하기로 되어 있다면서 말이에요. 그런데 십시는 엄마와 내게 그러더군요. 루스는 조지아로 돌아가고 싶어 하지 않는다고, 밤새도록 울어서 베개가 흠뻑 젖곤 한다고요.

떠나기 전날 밤에 루스가 이지에게 무슨 말을 했는지는 모르겠는데, 이지가 자기 방으로 들어가고 나서 몇 분 뒤에 마구간의 당나귀가 내는 듯한 소리가 들리더군요. 그런 소리는 생전 처음 들어 봤어요. 이지는 버디의 축구 트로피 중 하나를 창밖으로 던져 박살 내 버렸고 그 외에도 닥치는 대로 다 내던졌어요. 끔찍했죠.

나 같으면 천만금을 준다 해도 그 방 근처에 가지 않았을 거예요……. 다음 날 아침 이지는 작별 인사를 하러 현관에 나오지도 않았죠. 처음엔 버디, 그다음엔 루스, 그걸 받아들일 수 없었던 거죠. 그다음 날 이지는 떠났어요. 다시는 학교에도 가지 않았고요. 1년 더 다녀야 졸업할 수 있었는데 말이에요.

아, 가끔 나타나기는 했어요……. 아빠가 심장발작을 일으켰을 때하고 줄리언이나 다른 여자 형제들이 결혼할 때요.

이지의 행방을 아는 사람은 빅 조지뿐이었는데 그는 이지의 비밀을 철저히 지켜 주었죠. 엄마는 이지가 필요할 때면 빅 조지에게 얘기했고, 그러면 그는 혹시 만나게 되면 말을 전하겠노라고 대답했어요. 하지만 이지는 언제나 그 말을 전해 들었고 그러면 집에 오곤 했답니다.

물론, 이지가 있는 곳에 대해서는 나도 나름대로 짚이는 데가 있었죠……."

웨건휠, 강과 낚시 클럽

앨라배마주 워리어 강, J. 베이츠의 소유

1924년 8월 30일

휘슬스톱에서 남쪽으로 13킬로미터쯤 가다가 강을 끼고 왼쪽으로 꺾어서 3킬로미터를 더 가면 나무에 걸린 표지판을 볼 수 있었다. 총구멍이 숭숭 뚫린 그 표지판에는 "웨건휠 클럽과 캠프"라고 적혀 있고 화살표가 모래 길을 가리키고 있었다.

이지는 여덟 살 때부터 버디와 함께 그곳에 다녔다. 사실, 그곳에 가서 이바에게 버디의 죽음을 알린 것도 이지였다. 버디가 이바를 사랑했다는 것을 알았기 때문이다.

버디는 열일곱 살 때 처음으로 이바를 만났다. 그때 이바는 열아홉 살이었다. 이바가 열두 살 적부터 수많은 남자들과 자고 또 매번 그것을 즐긴다는 것을 알았지만 버디는 개의치 않았다. 휘슬스톱의 침례교 신자인 다른 여자애들과는 전혀 딴판으로, 이바는 자기 몸을 주위에서 흔히 볼 수 있는 물건들만큼이나 가볍게 다뤘다. 버디가 처음 침대로 데려갔을 때 이바는 버디가 남자임을 느끼게 해 주었다.

풍만한 가슴, 눈물 빛이 흐트러진 머리카락 그리고 푸른 사과색 눈. 이바는 항상 알록달록한 구슬 목걸이를 하고 다녔고 낚시하러 갈 때조차도 선명한 붉은색 립스틱을 발랐다. 부끄러움이라는 말도 알지 못했으며, 정말로 남자들의 친구였다. 보통 남자들이 집에 데려가 어머니에게 선보일 만한 여자는 아니었지만 버디는 그렇게 하겠노라 결심했다.

어느 일요일, 버디는 이바를 휘슬스톱으로 데려와 저녁 식사를 같이했으며, 그 뒤로도 여러 번 데려와서 아버지의 가게를 보여 주고 아이스크림 소다도 만들어 주었다. 버디는 위선자가 아니었지만 리오나는 그랬다. 식탁에서 이바를 본 순간 리오나는 거의 기절할 뻔했다. 바보가 아니었던 이바는 나중에 버디에게 말했다. 네가 사는 곳을 구경하는 것도 즐겁지만 강 주변에서 지내는 게 더 좋다고.

읍내의 남자애들은 모두 이바를 두고 농담을 했고 이바의 이름이 오르내릴 때면 으레 상스러운 말들이 오갔다. 하지만 버디가 없는 자리에서만 그랬다. 이바가 마음 내키는 대로 아무하고나 아무 때나 자는 건 사실이었지만, 누가 무슨 생각을 하건 혹은 무슨 말을 하건 간에 그녀가 누구를 사랑한다면 그녀는 온전히 그 사람만의 여자인 것이다. 이바는 버디의 여자였고, 이바 못지않게 여자들에게 집적거리는 걸 좋아했던 버디도 이바의 남자였다. 버디도 이바도 그것을 알았으며 달리 문제를 삼지는 않았다.

다른 사람의 눈을 의식하지 않았기 때문에 이바는 지극히 향락적으로 살 수 있었다. 그것은 아버지 빅 잭 베이츠로부터 물려받은 기질이었다. 이바의 아버지는 부업으로 주류 밀매업을 하는 사람이었는데 체중이 130킬로그램이 넘었고 도락을 즐겼다. 술 마시기를 겨루면 그 지역 내 어느 누구라도 곯아떨어지게 만들 수 있는 대단한 술꾼이었다.

버디가 강에 갈 때면 이지는 자기도 데려가 달라고 졸랐고 버디는 가끔씩 그렇게 했다. '강 클럽과 낚시 캠프'는 그냥 허름한 통나무집이었다. 현관 입구에는 푸른색 전구들이 주렁주렁 매달려 있었고 출입문 옆에는 녹슨 로열 크라운 콜라 광고판과 빛바랜 굿이어 타이어 광고가 삐죽 튀어나와 있었다. 뒤편으로는 현관에 발을 친 오두막집이 옹기종기 들어서 있었다. 그러나 버디를 따라 그곳에 간 이지는 매우 즐거웠다.

주말이면 그곳은 늘 많은 사람들로 붐볐다. 그들은 힐빌리*를 연주하고, 춤을 추고, 밤새도록 마셔 댔다. 이지는 버디 그리고 빅 잭과 함께 앉아서 이바가 춤추는 것을 구경하기도 했다.

한번은 버디가 이바를 가리키며 말했다.

"저걸 좀 봐, 이지. 저게 바로 여자야. 인생을 살 만하게 만드는 게 바로 저런 거지. 저 빨간 머리 여자 말이야."

버디에게 반해 있던 빅 잭은 웃으며 그의 등을 철썩 쳤다.

"자네, 내 딸을 다룰 수 있을 만큼 어른이 다 되었다, 그 말인가?"

"노력하는 중입니다."

버디가 말했다.

"그러다 죽을지도 모르지만 분명히 노력하고 있어요."

오래지 않아 이바가 버디에게 다가오고, 그들 둘은 이바의 오

* 초기 컨트리 음악.

두막으로 건너가곤 했다. 그러면 이지는 빅 잭이 음식 먹는 걸 구경하며 버디를 기다렸다. 어느 밤 빅 그는 스테이크 일곱 개와 으깬 감자 네 그릇을 먹기도 했다.

그러다 얼마간 시간이 지나면 버디와 이바는 다시 밖으로 나왔고, 버디는 이지를 데리고 집으로 돌아갔다. 돌아오는 길에 버디는 늘 이렇게 말했다.

"나는 그 여자를 사랑해, 이지. 그건 의심할 수 없는 사실이야."

이지도 그걸 의심해 본 적은 없었다.

그러나 벌써 9년 전 일이었다. 오늘 이 특별한 날, 이지는 한 어부의 차를 얻어 타고 오다가 표지판이 걸린 나무 옆에서 내렸다. 어제 루스는 조지아로 돌아가기 위해 떠났고, 이지는 더 이상 집에 있는 걸 견딜 수 없었다.

커다란 마차 바퀴 두 개가 놓인 하얀 대문에 이르렀을 때는 이미 날이 저물어 어둑어둑했다. 길을 따라 내려가는데 음악 소리가 들려왔다. 밖에는 차들이 대여섯 대 주차되어 있었고 파란 전구에는 불이 켜져 있었다.

다리가 세 개뿐인 조그마한 개가 이지를 보고 달려와 껑충거렸다. 이바의 개가 분명했다. 그녀는 그 무엇도 쫓아 버리지 못하는 사람이었다. 이바는 늘 떠돌이 고양이 스무 마리 정도는 먹여 살리고 있었다. 그녀는 뒷문을 열고 그들에게 먹이를 던져 주곤 했다. 100킬로미터 안팎에 있는 떠돌이 고양이는 결국 이바 것이 된다고 버디는 말하곤 했다.

한동안 강에 오지 않았는데 모든 것이 그대로인 듯 보였다. 함석 간판은 조금 더 녹이 슬었고, 푸른 전구 몇 개는 불이 들어오지 않았지만 안에서 들려오는 웃음소리는 늘 듣던 그대로였다.

이지가 안으로 들어서자 테이블에 앉아 남자들과 맥주를 마시던 이바가 그녀를 보고 소리를 질렀다.

"어머나 세상에! 이게 누구야!"

분홍색 앙고라 스웨터를 입은 이바는 그에 어울리는 목걸이와 귀고리를 하고 선명하게 붉은 립스틱을 바르고 있었다. 그녀는 부엌에 대고 고함을 질렀다.

"아빠! 이지예요!"

"어서 와, 어서."

이바는 벌떡 일어나 이지를 붙들고는 으스러지게 끌어안았다.

"그동안 어디 있었던 거야? 우리는 개들이 널 잡아먹은 줄 알았지!"

빅 잭이 부엌에서 나왔다. 마지막으로 보았을 때보다 20킬로그램은 더 나가 보였다. "아니, 이게 누구야. 우리 꼬마 아가씨 아냐. 이렇게 보니 반갑구나."

이바는 어깨를 잡은 손을 놓지 않은 채 이지를 쳐다보며 말했다.

"세상에나, 뼈하고 가죽만 남았구나. 우리가 좀 통통하게 만들어 주어야겠는걸. 안 그래요, 아빠?"

이지를 쳐다보던 빅 잭이 말했다.

"젠장, 날마다 조금씩 버디를 닮아 가지만 않는다면 그러지, 뭐. 이지를 좀 봐라, 이바. 그런 것 같지 않니?"

"그러게요!"

이바가 말했다.

그러더니 이지를 테이블 쪽으로 잡아끌었다.

"다들 여기 좀 봐, 내 친구 이지 스레드굿을 소개할게. 버디의 막내 동생이시. 사, 낳아서 뭐라노 톰 바서."

이바가 다시 말을 이었다.

"잠깐, 그런데 술을 마셔도 될 나이가 되긴 한 거니?"

이바는 좋은 쪽으로 생각하기로 했다.

"에이, 아무려면 어때! 술 좀 마신다고 해가 될 건 없지 않겠어?"

그들은 이바의 말에 동의했다.

이지를 만난 흥분이 가라앉자 이바는 곧 뭔가가 잘못되었음을 깨달았다. 잠시 후에 이바가 말했다.

"이봐, 친구들, 잠시 다른 테이블에 가 있어 주면 좋겠는데. 내 친구랑 여기서 얘기 좀 하게 말이야……. 자, 무슨 일이지? 아주 가까운 친구를 잃어버린 것처럼 보이는구나."

이지는 아무 일도 없다고 잡아떼며 마실 것을 더 주문하고 애써 유쾌한 척했다. 그러다가 잔뜩 술에 취해 끝내는 춤을 추며 사방을 돌아다녔고 바보처럼 행동했다. 이바는 말없이 지켜보기만 했다.

빅 잭은 이지를 앉혀 놓고 9시까지 음식을 먹었다. 그러나 10시가 되자 이지는 다시 자리를 박차고 일어나 뛰고 돌아다녔다.

이바는 역시 걱정에 잠겨 있는 아버지를 향해 말했다.

"그냥 혼자 있게 해 주는 게 좋겠어요. 마음껏 하고 싶은 대로 하게요."

다섯 시간 뒤, 이미 방에 있던 사람들을 모두 친구로 만들어 버린 이지는 사람들에게 둘러싸여 재미있는 이야기를 들려주고 있었다. 그때 누군가 잃어버린 사랑에 관한 슬픈 힐빌리를 연주했다. 그러자 이지가 이야기를 하다 말고 테이블에 머리를 묻고 울었다. 역시 상당히 취해서 내내 버디를 생각하고 있던 이바도 이지를 따라 울기 시작했다. 사람들은 그 자리를 떠나 좀 더 즐거운 테이블로 옮겨 갔다.

새벽 3시쯤에 이바가 말했다.

"자, 자!"

그러고는 이지의 팔을 자기 어깨에 걸쳐 올리고 오두막으로 데려가 침대에 눕혔다.

이토록 가슴 아파하는 모습을 보자니 견딜 수가 없었다. 이바는 아직도 울고 있는 이지 곁에 앉았다.

"자, 이지, 네가 누구 때문에 우는지 모르겠지만 그건 중요하지 않아. 곧 괜찮아질 거야. 쉿, 자…… 네겐 사랑해 줄 사람이 필요해. 그럼 돼……. 괜찮아질 거야……. 내가 곁에 있어 줄게……."

그러고는 불을 껐다.

이바는 아는 게 별로 없는 사람이었지만 사랑에 대해서는 잘 알았다.

이지는 그 후 5년간 가끔 강에 내려가곤 했다. 이바는 필요할 때면 언제나 그곳에 있어 주었다. 버디에게 그랬던 것처럼.

《윔스 통신》

앨라배마주 휘슬스톱 주산 소식지

1935년 11월 28일

어려울 때 친구가 진정한 친구

　레일로드 빌이 며칠 전 밤중에 정부의 물자 조달 열차에서 돼지 허벅다리 열일곱 개를 던졌습니다. 트라우트빌에 사는 우리 친구들이 멋진 추수감사절을 보냈을 것 같군요.

　학교에서 상연한 야외극 「휘슬스톱의 역사」는 이 부근에 살았던 인디언들이 용감무쌍한 사람들이었음을 일깨워 주었습니다. 그중에서도 특히 베스타 애드콕이 연기했던 시야카가 추장이 용맹스러웠죠. 그는 이 지역을 다스리던 블랙푸트족 인디언의 추장이었습니다.

　저의 또 다른 반쪽은 자신의 3할은 인디언이라고 주장하는데, 별로 용감하진 않더군요. 농담이었어요, 윌버.

　추신 ─ 무대를 가로질러 달려오던 모형 기차 안에 누가 타고 있었는지 궁금하셨을 분이 계실 텐데요. 그는 다름 아닌 피넛 라임웨이였습니다.

이지가 말하기를, 자신의 집에서 일하는 십시가 정원에 심은 오크라 줄기가 2미터나 자라 그것을 카페에 갖다 놓았다고 합니다.

이곳 분들은 모두 아직도 윌 로저스의 죽음을 가슴 아파합니다. 우리는 모두 그를 매우 사랑했으며 또한 누가 우리의 사랑스러운 '엉터리 박사'의 후임을 맡을지 궁금해하고 있습니다. 얼마나 많은 사람들이 카페에서 그의 라디오 방송을 들으며 행복한 오후를 보냈던가요. 이처럼 힘든 시기에 그는 잠시나마 우리들의 고통을 잊게 해 주고 웃음을 안겨 주었지요. 유가족들에게 심심한 조의를 표합니다. 십시는 직접 만든 호두 파이를 보내겠다고 합니다. 그러니 여러분들도 우체국에 많이 들르셔서 파이와 함께 보낼 카드에 서명해 주시기 바랍니다.

닷 윔스

로즈 테라스 요양원

앨라배마주 버밍햄 올드몽고메리 하이웨이

1986년 2월 16일

에벌린은 나비스코 제과점에서 쿠키 모음 꾸러미를 사 들고 요양원에 갔다. 시어머니의 기분 전환에 도움이 될까 해서였는데 그녀는 됐다며 거들떠보지도 않았다. 결국 에벌린은 그것을 복도에 있던 스레드굿 부인에게 가져갔다. 스레드굿 부인은 아주 즐거워했다.

"난 생강 과자하고 바닐라 웨하스라면 하루 종일이라도 먹을 수 있어요. 에벌린은 어때요?"

에벌린은 곤혹스러웠지만 고개를 끄덕여야만 했다. 쿠키를 먹으며 스레드굿 부인은 바닥을 내려다보았다.

"있잖아요, 에벌린, 난 리놀륨 바닥이 싫어요. 이곳은 바닥이 온통 흉한 회색 리놀륨이거든요. 여기 사는 많은 노인들이 펠트로 만든 슬리퍼를 신고 돌아다니는데 그런 슬리퍼를 신으면 미끄러워서 넘어지고 엉덩이뼈를 부러뜨리기 십상이죠. 양탄자를 깔아 주어야 한다고 생각해요. 우리집 거실에는 손뜨개 양탄자를 깔았답니다. 나는 노리스에게 부탁해서 끈 매는 검정색 단화를 구두가게에 가져가서 바닥에 미끄럼 방지 고무를 대게 했죠. 잠자리에서 일어나 밤에 다시 자러 갈 때까지 그 신발을 벗지 않아요. 엉덩이뼈를 부러뜨리고 싶지 않으니까요. 엉덩이뼈가 부러지면 끝장이잖아요.

여기 노인들은 7시 반이나 8시까지는 침대에 들어요. 나는 그러지 못하겠어요. 애틀랜타행 10시 20분 기차가 지나가기 전에는 잠든 적이 없지요. 8시에 잠자리에 들어서 오티스 부인에게 방해되지 않게 불을 끄지만, 10시 20분 기적 소리를 듣기 전까지는 좀처럼 잠을 이룰 수 없답니다. 그 소리는 읍내 어디서나 들을 수 있어요. 어쩌면 내 생각 속에서만 들리는지도 모르겠지만 아무려면 어때요. 어쨌든 나는 그 소리가 들리기 전엔 잠들지 못한답니다.

내가 기차를 좋아하는 건 참 잘된 일이에요. 휘슬스톱은 철로가 큰 비중을 차지하는 곳이었고, 트라우트빌은 교회라고는 시온산 원시 침례교회밖에 없는 오막살이 동네에 지나지 않았거든요. 십시나 그곳 마을 사람들은 모두 그 교회에 다녔어요.

철로는 우리 집 바로 옆으로 나 있었어요. 낚싯대를 드리우면 닿을 정도로 아주 가까웠죠. 그래서 나는 지난 50년 동안 현관 그네 의자에 앉아 기차가 지나가는 걸 구경했는데, 아무리 보아도 지겹지가 않았어요. 크래커를 물에 씻는 너구리처럼 말이죠. 특히 밤에 보는 게 좋았어요. 내가 제일 좋아하는 건 식당차였답니다. 앉아서 맥주도 마시고 담배도 피울 수 있는 스낵바 말이에요. 하지만 그것도 그 좋은 기차들이 운행을 중단하기 전의 일이죠. 뉴욕발 뉴올리언스행 7시 40분 실버 크레센트호가 딱 저녁 먹을 시간에 지나갔는데, 아, 에벌린도 그걸 보았다면 얼마나 좋았을까요. 빳빳하게 풀을 먹인 흰색 재킷 차림에 검정 가죽 니비넥디이를 맨 흑인 웨이터들, 고급 은 식기들과 은제 커피포트 그리고 테이블마다 아기의 숨결을 지닌 싱싱한 장미 한 송이가 꽂혀 있었죠. 또 갓이 씌워진 작은 램프도 놓여 있었고요.

물론 그 시절 여자들은 자기가 가진 것 중에서 가장 좋은 옷을 차려입고 다녔어요. 모자에 모피까지 말이죠. 푸른색 양복을 입은 남자들은 아주 근사해 보였답니다. 실버 크레센트호에는 창문마다 작고 귀여운 블라인드까지 설치되어 있었어요. 마치 레스토랑에 앉아서 밤을 달리는 것 같았죠. 나는 클리오에게 말하곤 했어요. 먹는 일과 어디론가 떠나는 일을 동시에 한다는 건 참 매력적인 일인 것 같다고 말이에요.

이지는 늘상 얘기했어요. '니니는 오로지 먹기 위해 기차를 타는 것 같아.' ……그것도 맞는 말이었어요. 나는 기차에서 제공하는 그 큼직한 스테이크를 아주 좋아했거든요. 기차에서 먹는 햄과 계란이야말로 최고였어요. 기차가 작은 역들에 멈출 때면 사람들이 신선한 계란과 햄 그리고 송어를 가져와서 기차 요리사에게 팔곤 했죠. 그때는 모든 것이 다 신선했어요.

나는 이제 요리를 별로 하지 않아요……. 아, 가끔 캠벨 토마토 수프 통조림을 데우긴 하죠. 맛있는 음식을 즐기지 않아서는 아니에요. 하지만 요즘에는 그런 걸 찾기가 힘들어요. 한번은 오티스 부인이 우리보고 교회에서 시행하는 '식사 배달 서비스' 프로그램에 등록하라고 했는데, 음식이 너무 형편없어서 중단시켜버렸답니다. 거기서 제공하는 음식도 배식 차에 실려서 오니까 바퀴 위에 있다는 건 같았는데, 기차에서 나오는 식사하고는 비교가 안 됐거든요.

물론 철도 가까이에 살면 나쁜 점도 있죠. 접시는 모조리 금이 갔어요. 대공황기에 다같이 버밍햄에 영화 보러 갔을 때 내가 상품으로 받았던 녹색 접시 세트까지도 다 금이 가 버렸어요. 영화 제목도 기억나요. 케이트 스미스가 나오는 「안녕, 여러분」이었어요.”

스레드굿 부인은 에벌린의 얼굴을 쳐다보며 말을 이었다.

“에벌린은 기억 못 하겠지만 케이트는 ‘남부의 꾀꼬리’로 알려진 사람이었답니다. 사람 좋고 몸집이 큰 아가씨였죠. 대개 뚱뚱한 사람들이 성격이 좋잖아요?”

에벌린은 그 말이 사실이길 바라며 희미하게 웃었다.

“하지만 난 그 무엇하고도 기차를 바꾸지 않았을 거예요. 그 시절에 뭘 할 수 있었겠어요? 아직 텔레비전도 없던 때였는데. 난 사람들이 어디에서 왔다가 어디로 가는 걸까 곰곰 생각하곤 했어요. 어쩌다 몇 달러라도 손에 쥐게 되면 클리오는 나와 우리 아기를 기차에 태워 주었는데 멀리 멤피스까지 갔다 오기도 했답니다. 당시 빅 조지와 온젤의 아들인 재스퍼는 침대도 있는 기차의 급사였는데, 우리를 마치 루마니아의 왕과 왕비처럼 대우해 주었어요. 재스퍼는 침대차 급사 연합 노동 조합의 위원장에 출마하기도 했죠. 재스퍼와 아티스 쌍둥이 형제는 일찌감치 버밍햄으로 건너갔어요……. 아티스는 결국 두세 번 감옥 신세를 졌고요. 아이들이 어떤 모습으로 자랄지 전혀 알 수 없다는 걸 생각하면 참 이상해요……. 루스와 이지의 아이만 봐도 그렇고요. 그런 인생을 살아가자면 누군가의 인생을 망쳐 버릴 수도 있는 법인데, 그 애는 그렇지 않았어요. 사람은 시험을 당해 봐야 진정한 모습을 알 수 있는 것 아니겠어요?”

휘슬스톱 카페

앨라배마주 휘슬스톱

1936년 6월 16일

철로 근처에서 나는 목소리를 듣는 순간 이지는 누군가가 다쳤음을 직감했다. 밖을 내다보니 비디 루이스 오티스가 카페를 향해 달려오고 있었다.

십시와 온젤이 부엌에서 나오는 것과 동시에 비디가 문을 열어젖히며 소리쳤다.

"당신 아이가, 아이가 기차에 치었어요!"

순간, 이지의 심장이 잠시 멎어 버렸다.

십시는 황급히 손으로 입을 가리며 말했다.

"오, 주여!"

이지는 온젤을 향해 말했다.

"루스를 붙들고 있어."

그러고는 철로 쪽으로 뛰기 시작했다. 이지가 그곳에 이르렀을 때 여섯 살 난 아이는 눈을 크게 뜨고 누운 채 공포에 질려 자기를 내려다보는 사람들을 말끄러미 쳐다보고 있었다.

이지를 본 아이는 웃음을 지었고 이지도 아이가 무사하다고 생각하며 마주 웃었다. 아이의 팔 주위가 피로 흥건하다는 것을 알아차린 것은 그 후였다.

카페 뒤편에서 바비큐 요리를 하다가 곧바로 이지의 뒤를 쫓아온 빅 조지도 이지와 동시에 피를 보았다. 빅 조지는 아이를 안아 들고 있는 힘을 다해 의사 하들리의 집으로 뛰기 시작했다.

온젤은 문 앞에 서서 루스가 방에서 나오지 못하게 막았다.

"안 돼요, 지금은. 못 가세요. 그냥 꼼짝 말고 여기 있어야 한다니까요."

루스는 겁에 질려 혼란스러워했다.

"무슨 일이야? 무슨 일이 생긴 거지? 우리 아기?"

온젤은 루스를 침대로 데려가 앉히고는 손을 꽉 잡았다.

"쉿……. 자, 여기 앉아서 기다리면 돼요. 별일 아닐 거예요."

루스는 두려움에 떨었다.

"대체 무슨 일이야?"

십시는 카페에 남아 천장을 향해 손가락을 흔들고 있었다.

"이러시면 안 됩니다, 주님……. 이지 아씨와 루스 아씨에게 이러시면 안 됩니다……. 이러지 마세요! 듣고 계신가요, 하나님? 이러지 마세요!"

이지는 빅 조지의 뒤를 바짝 쫓아 달렸다. 그들은 의사의 집에서 세 블록 떨어진 곳에서부터 소리를 질렀다.

"하들리 선생님! 하들리 선생님!"

의사의 아내인 마거릿이 맨 먼저 소리를 듣고 현관으로 나왔다. 그녀는 모퉁이를 돌아오는 그들의 모습을 보고는 남편에게 외쳤다.

"얼른 나와 봐요! 이기가 버디 주니어른 데려왔어요!"

하들리는 식탁에서 벌떡 일어나 냅킨을 손에 쥔 채 뛰어나가 그들을 맞이했다. 아이의 팔에서 피가 솟는 것을 본 그는 냅킨을 내던지며 말했다.

"차에 타요. 버밍햄으로 데려가야 합니다. 수혈을 받아야 할 것 같아요."

의사는 낡은 다지 차를 향해 뛰면서 아내에게 병원에 전화를 걸어 그들이 가고 있음을 알리라고 했다. 그녀는 전화를 하러 안으로 들어갔고, 완전히 피범벅이 된 빅 조지는 뒷좌석에 앉아 아이를 안았다. 앞 좌석에 앉은 이지는 아이를 안정시키기 위해 가는 내내 이야기를 들려주면서 대화를 나누었다. 그러는 동안 이지의 다리가 심하게 떨렸다.

응급실 입구에 도착하니 간호사와 안내원이 문에서 그들을 기다리고 있었다.

그들이 들어가려 하자 간호사가 이지에게 말했다.

"죄송합니다만 저 사람은 밖에서 기다리게 하셔야 될 것 같습니다. 여기는 백인 병원이거든요."

한마디 말도 없던 아이는 복도로 이끌려 가면서도 빅 조지에게서 눈을 떼지 않았다. 모퉁이를 돌아 보이지 않게 될 때까지…….

빅 조지는 여전히 피가 잔뜩 묻은 채로 벽돌 벽 바깥에 앉아 두 손에 머리를 묻고 기다렸다.

여드름투성이 사내아이 둘이 곁을 지나가다 그중 하나가 빅 조지에게 덤비듯 말했다.

"저것 좀 봐. 칼부림하다 난도질당한 깜둥이가 여기 또 하나 있네."

다른 아이가 소리를 질렀다.

"야! 넌 깜둥이 병원에 가는 게 좋을걸."

앞니가 빠지고 사팔뜨기인 그의 친구는 침을 뱉고 나서 바지를 추켜올리더니 거드럭거리며 길을 따라 내려갔다.

1936년 6월 24일

카페를 덮친 비극

이지와 루스의 아이가 지난주에 카페 앞 철로에서 놀다가 팔을 잃었다는 안타까운 소식이 들어왔습니다. 기차를 따라 달리던 아이가 미끄러지면서 철로에 넘어졌던 것입니다. 기차 차장 바니 크로스의 말에 의하면 기차는 시속 60킬로미터로 달리는 중이었다고 합니다.

아이는 지금도 버밍햄의 병원에 있으며, 출혈이 심하긴 해도 무사해서 곧 퇴원할 것이라고 합니다.

이로써 올해 휘슬스톱에서만도 사람들은 다리 하나와 팔 하나, 집게손가락 하나를 잃었습니다. 또한 흑인 한 명이 사망하기도 했습니다. 이 사고들은 우리에게 앞으로 좀 더 조심해야 한다고 말해 줍니다. 우리가 사랑하는 사람들이 이렇게 자꾸 수족을 잃는다는 사실에 진저리가 나는군요.

　그리고 저 역시 그런 일을 알리는 것이 지긋지긋합니다.

　　　　　　　　　　　　　　　　　　닷 윔스

로즈 테라스 요양원

앨라배마주 버밍햄 올드몽고메리 하이웨이

1986년 2월 23일

스레드굿 부인은 에벌린이 가져온 리즈 피넛 버터 컵 초콜릿을 천천히 음미하면서 그녀의 인생에서 가장 마음에 든다고 생각하는 시절, 모든 기차들이 집 옆으로 달리던 그 시절을 회상했다.

그러나 지난주에 스레드굿 부인이 들려주었던 이야기 중 뭔가에 흥미를 느꼈던 에벌린은 호기심을 누르지 못했다.

"스레드굿 부인, 그런데 이지와 루스에게는 아이가 있었다고 하셨죠?"

"아, 그래요. 스텀프예요. 그 애보다 남자다운 꼬마 친구는 찾아보기 힘들 거예요. 팔을 잃어버린 순간에도요."

"맙소사, 무슨 일이 있었는데요?"

"기차에서 떨어지는 바람에 한쪽 팔이 잘려 나갔어요. 팔꿈치 바로 윗부분까지요. 그 애의 진짜 이름은 버디 스레드굿 주니어였지만 사람들은 스텀프*라고 불렀답니다. 팔이 잘려 뭉툭한 부분

148

만 남아 있었기 때문이죠. 클리오하고 병문안을 갔는데 애가 어찌나 씩씩한지 울지도 않고, 자신이 안됐다고 여기지도 않더라고요. 이지가 그렇게 키웠죠. 강인하고 어떤 충격도 받아들일 수 있게끔 말이죠.

이지는 묘비를 제작하는 친구를 찾아가서 작은 묘비를 주문했어요. 이런 문구를 새겨서요.

여기 버디 주니어의 팔 잠들다.

1929~1936

정든 친구여, 안녕히.

이지는 그것을 카페 뒤 들판에 놓아두었다가 아이가 퇴원하자 그리로 데려가서 요란하게 팔 장례식을 치러 주었어요. 모두 참석했지요. 온젤과 빅 조지의 아이들인 아티스와 재스퍼, 귀여운 윌리 보이와 노티 버드 그리고 동네 아이들이 다 왔어요. 이지는 이글 스카우트 단원들까지 오게 해서 영결 나팔도 불게 했답니다.

그 애를 스텀프라고 맨 먼저 부른 사람은 바로 이지였어요. 루스는 비열한 짓이라며 불같이 화를 냈지요. 하지만 이지는 그 길이 최선이라고 했어요. 그래야만 아무도 뒤에서 놀리지 못할 거라면서요. 그렇게 해야만 그 애가 팔을 잃었다는 사실을 직시하고 그 사실에 지나치게 민감해하지 않을 거라고 이지는 생각했던 거예요. 결국 이지가 옳았다는 게 드러났죠. 팔 하나로 그렇게 많은

---

* stump. '그루터기' 또는 '팔이나 다리가 절단되고 남은 부분'이라는 뜻.

것을 하는 사람은 없었거든요……. 구슬치기도 하고, 사냥이며 낚시도 하고, 하고 싶은 건 뭐든 다 했답니다. 그 애는 취습스텁에서 제일가는 사수였어요.

그 애가 어릴 적에 카페에 새로 온 사람이 있었어요. 이지는 스텁프를 데려와서는 그 사람에게 워리어강에 메기 잡으러 갔을 때의 길고 긴 이야기를 들려주게 했어요. 메기들을 잔뜩 잡은 이야기였는데, 이지는 이렇게 말했죠. '메기가 얼마만큼 컸지, 스텁프?'

아이는 어부들이 물고기 길이를 보여 주기 위해 흔히 그러듯이 팔을 벌리며 말했어요. '이만큼요.' 그러고는 물고기의 크기를 상상해 보려고 애쓰는 사람들의 표정을 보며 웃음을 터뜨리곤 했어요.

그 아이가 성자였다는 말은 물론 아니에요. 여느 애들처럼 투정도 하고 짜증도 부렸지. 하지만 나는 그 애가 불만을 터뜨리거나 크게 화내는 걸 한 번밖에 못 봤어요. 어느 크리스마스 오후에 우리가 모두 카페에 둘러앉아 커피를 마시며 과일 케이크를 먹고 있는데 그 애가 갑자기 미친 사람처럼 장난감들을 온통 때려 부수더라고요. 루스와 이지는 그 애가 있던 뒷방으로 갔고 몇 마디 말을 할 새도 없이 이지가 아이에게 외투를 입혀 문밖으로 데리고 나갔어요. 화가 나고 걱정이 된 루스는 그들을 뒤쫓아 가며 어디로 가느냐고 물었지만, 이지는 곧 돌아올 테니 신경 쓰지 말라고만 했죠.

그러고는 한 시간쯤 있다가 돌아왔는데 스텁프는 기분이 좋은 듯 웃고 있더군요.

몇 년 뒤 스텁프가 우리 집 정원을 손보러 왔을 때 현관으로 불러서 냉차를 권하며 물었어요. '스텀프, 네가 몹시 화가 나서 클리오와 내가 주었던 건축물 모형 세트를 밟아 버렸던 그 크리스마스가 생각나니?'

그랬더니 그 애가 웃으며 말했어요. '네, 니니 숙모.' 그 애는 나를 그렇게 불렀다오. '니니 숙모, 물론 생각나죠.'

나는 다시 물었어요. '그날 오후에 이지 이모가 널 어디로 데려갔니?'

그 애가 말하길, '에이! 말씀드릴 수 없어요, 니니 숙모. 말 안 하겠다고 약속했거든요.'라고 하더군요.

그래서 지금도 그 애가 어디에 갔다 왔는지 몰라요. 하지만 이지는 분명 무슨 얘길 했을 거예요. 팔을 잃어버린 것에 대해 더 이상 걱정하지 않았던 걸 보면 말이죠. 그 애는 1946년도 야생 칠면조 사냥꾼 챔피언이었어요……. 그런데 야생 칠면조를 쏘아 맞히는 일이 얼마나 어려운지 알아요?"

에벌린은 모른다고 대답했다.

"그럼 알려 줄게요. 정확하게 칠면조의 두 눈 사이를 맞혀야 된답니다. 그런데 머리가 겨우 내 주먹만 하다니까요! 그러니 그걸 맞힌다는 건 아주 잘 쏜다는 얘기 아니겠어요!

사냥 말고도 운동이란 운동은 다 했어요……. 팔 때문에 못 하는 일은 없었던 거죠……. 게다가 다정했어요. 세상 누구보다도 다정다감한 아이였죠.

두말할 것도 없이 루스는 좋은 어머니였고 그 애는 그녀를 아주 좋아했어요. 우리 모두가 그랬죠. 하지만 스텀프와 이지 사이는 각별했어요. 그들은 우리를 모두 떼어 놓고 사냥이나 낚시를 가곤 했죠. 다른 어느 누구보다도 둘이 있는 것을 좋아했던 것 같아요.

그때도 기억하는데 언젠가 스텀프가 호두 파이 한 조각을 주머니에 넣어 두었다가 좋은 바지를 버린 일이 있었죠. 루스는 스텀프를 혼냈는데, 이지는 그걸 너무 재미있어했어요.

이지는 그 애를 강하게 키웠어요. 스텀프가 다섯 살 때는 강에 던져 넣고 수영하는 법을 가르치기도 했어요. 하지만 한 가지 말해 둘 것은, 그 애는 여느 아이들처럼 자기 어머니에게 절대로 건방진 말대꾸를 하지 않았답니다. 적어도 이지가 주위에 있을 때는 말이죠. 이지가 절대 용납하지 않았거든요. 어림없었죠. 절대로. 온젤의 아들 아티스와는 달리 자기 어머니를 어려워했어요. 그들이 그 애에게 무슨 영향을 미칠 수가 있었겠어요, 그렇지 않아요?"

에벌린이 말했다.

"전 잘 모르겠네요."

에벌린은 그제서야 스레드굿 부인이 옷을 뒤집어 입고 있음을 알아차렸다.

앨라배마주 휘슬스톱

1937년 크리스마스

읍내의 거의 모든 사람들이 크리스마스용 장난감 권총을 갖고 있었는데, 그들 대부분이 그날 오후에 있을 총격전에 참가하기 위해 의사 하들리의 뒷마당에 모여들었다. 마당에는 오후 내내 찬 공기 속에서 터진 장난감 권총의 유황 냄새가 진동했다. 사람들은 모두 백 번도 넘게 죽었다. 피용! 피용! 넌 죽었어!

피용! 피용!

"아윽! 당했다! ……으윽!"

여덟 살의 드웨인 킬고어가 가슴을 움켜쥐며 바닥에 쓰러지더니, 죽기까지 3분이 걸렸다. 마지막으로 움찔하던 그는 벌떡 일어나 빨간 띠 모양의 딱총 화약 하나를 더 풀어서 미친 듯이 총에 쟀다.

스텀프 스레드굿은 조금 늦게 도착했다. 카페에서 가족들과 스모키 론섬과 함께 막 크리스마스 만찬을 마치고 나오는 참이었

153

다. 뛰어서 도착해 보니 마침 시간이 잘 맞아떨어졌던지, 모두 탄
약을 새 넣고 시끄럽 준비를 하고 있었다. 스텀프는 나무 뒤로 달
려가서 버넌 하들리를 향해 총을 겨누었다. 피용! 피용!

탕탕탕……. 덤불 뒤에 있던 버넌이 펄쩍 뛰어오르며 소리쳤다.

"넌 못 맞혔어, 이 치사한 자식아!"

탄약을 다 써 버린 스텀프가 서둘러 다시 탄약을 재고 있을 때
그보다 나이가 많은 바비 리 스크로긴스가 뛰어와 그를 죽였다.

탕탕탕…… **피용 피융 피융**…….

"죽었다!"

상황을 파악할 새도 없이 스텀프는 죽고 말았다…….

그러나 스텀프는 굴하지 않았다. 그는 싸우다가 죽겠다는 일
념으로 몇 번이고 다시 탄약을 쟀다.

스텀프와 같은 학년인 버넌의 여동생 페기 하들리가 밤색 새
외투에 새 인형들을 잔뜩 싸 들고 나와서는 뒤편 계단에 앉아 구
경했다. 계속해서 죽는 것이 재미없어진 스텀프는 그들 중 하나를
죽이려고 필사적으로 매달렸다. 그러나 그들은 수가 너무 많았고,
스텀프는 방어할 수 있을 만큼 빨리 탄약을 잴 수 없었다.

탕탕탕……. 또 죽었다! 하지만 스텀프는 계속 시도했다. 그는
죽을힘을 다해 마당 한가운데에 있는 커다란 떡갈나무 뒤로 달려
갔다. 거기서라면 불쑥 나타나 총을 쏘고 나서 다시 나무 뒤로 숨
을 수 있었다. 벌써 드웨인을 명중시켜 죽이고 버넌을 공격하고
있을 때 바비 리가 뒤쪽 벽돌 더미에서 튀어나왔다. 스텀프가 몸
을 돌렸지만 이미 늦은 상황이었다.

바비 리는 두 자루 총을 뽑아 스텀프에게 겨누고 한꺼번에 쏘
아 그를 죽였다.

탕탕탕탕탕탕탕탕탕탕.

바비 리가 소리쳤다.

"넌 죽었어! 두 번 죽었어! 죽어!"

스텀프는 페기가 보는 앞에서 죽는 수밖에 도리가 없었다. 그는 조용히 푹 쓰러졌다. 그러고는 곧바로 일어나서 말했다.

"집에 가서 화약을 더 가져와야겠어. 금방 돌아올 거야."

화약은 아직 많았지만 스텀프는 정말로 죽고 싶었다. 자기가 수없이 죽는 꼴을 페기가 다 보았기 때문이다.

스텀프가 가고 난 뒤 페기가 일어나 자기 오빠에게 소리를 질렀다.

"오빠는 공평하지 않았어. 가엾은 스텀프는 팔이 하나뿐이잖아. 그러니까 그건 불공평한 거지. 엄마한테 다 이를 거야!"

스텀프는 뒷방으로 달려가서 장난감 권총을 바닥에 내동댕이치고는 전기 기관차 세트를 벽에 차 버렸다. 그는 좌절감에 빠져 미친 듯 화를 내고 울부짖었다. 루스와 이지가 들어섰을 때는 이미 납작하게 찌부러진 건축물 모형 세트를 발로 쿵쿵 밟고 있었다.

그들을 본 스텀프는 소리를 지르며 울음을 터뜨렸다.

"이 꼴로는 아무것도 할 수 없어."

그러면서 잘린 쪽 팔을 마구 치기 시작했다.

루스가 스텀프를 붙잡으며 말했다.

"무슨 일이니, 응? 왜 그러는 거야?"

"나만 빼고 모두 쌍권총을 찼단 말이에요! 난 걔들을 못 이겨. 그 애들이 오후 내내 날 죽였다고요!"

"누가?"

"드웨인하고 버넌하고 바비 리 스크로긴스."

루스는 목이 멨다.

"오, 얘야……."

언젠가는 이런 날이 올 줄 알았지만 막상 닥치고 보니 무슨 말을 해야 할지 막막했다. 뭐라고 한단 말인가? 어떻게 일곱 살짜리에게 다 괜찮아질 거라고 말한단 말인가? 루스는 이지에게 눈길을 보내 도움을 청했다.

잠시 스텀프를 쳐다보던 이지는 외투를 입고 나서 스텀프를 침대에서 안아 내려 코트를 입히더니 집 밖에 주차한 차가 있는 곳으로 데려갔다.

"자, 나랑 함께 가는 거야."

"어디로 가는데요?"

"걱정 안 해도 돼."

차가 강가를 따라 달리는 동안 스텀프는 말없이 앉아 있었다. "웨건휠 낚시 캠프"라고 씌어 있는 간판에 이르자 이지가 방향을 바꾸었다. 이윽고 커다란 바퀴 두 개가 놓인 흰색 대문이 나왔다. 이지는 차에서 내려 대문을 연 뒤 다시 차를 몰아 강가의 한 오두막집을 향해 내려갔다. 그곳에 도착한 이지는 경적을 울렸고 잠시 뒤에 빨간 머리 여자가 문을 열고 나왔다.

이지는 스텀프에게 차에 있으라고 말하고는 혼자 내려서 걸어가더니 그 여자와 이야기를 나누었다. 집 안에 있던 개가 이지를 보고는 좋아서 정신없이 날뛰며 짖어 댔다.

이지가 한참 동안 이야기를 하고 나자 그 여자는 잠시 어디론가 갔다가 돌아와서 이지에게 고무공 하나를 건네주었다. 여자가 덧문을 열자마자 그 조그마한 개가 쏜살같이 뛰어나와 이지에게 반가워 죽겠다는 듯 꼬리를 흔들었다.

이지가 현관에서 걸어 내려오며 말했다.

"자, 레이디! 이리 와!"

그러고는 공을 공중으로 던졌다. 그 조그마한 흰색 래트 테리어는 어림잡아 약 120미터나 뛰어오르며 공중에서 공을 잡더니 이지에게 달려와 다시 넘겨주었다. 이지가 이번에는 집을 향해 던졌고, 개는 똑바로 뛰어올라 다시 공을 잡았다.

스텀프는 그제서야 개의 다리가 세 개뿐이라는 것을 알아차렸다. 개는 10여 분 동안 공중으로 뛰어오르기도 하고 공을 쫓아 달리기도 했는데 단 한 번도 균형을 잃지 않았다. 얼마나 시간이 흘렀을까. 이지는 개를 데리고 집 안으로 들어가 빨간 머리 여자에게 작별 인사를 했다.

돌아온 이지는 차를 세워 두었던 작은 길을 따라 달리며 말했다.

"스텀프, 물어보고 싶은 게 있는데."

"네."

"아까 개가 즐거워하는 것처럼 보이디?"

"네."

"살아 있는 걸 행복해하는 것 같았어?"

"네."

"자신을 불쌍하게 여기는 것 같지는 않았고?"

"네."

"그래, 너는 내 아들이고 어떠한 경우에도 나는 널 사랑해. 그건 너도 알지?"

"네."

"그런데 말이야, 스텀프, 나는 네가 오늘 우리가 보았던 저 조그맣고 말도 못하는 가엾은 새보다도 지극히 떨어진다고 생각하기는 정말 싫어."

스텀프는 차 바닥을 내려다보았다.

"네."

"무엇은 할 수 있다느니, 무엇은 할 수 없다느니 하는 얘기는 더 이상 듣고 싶지 않다는 거야, 알겠니?"

"알겠어요."

이지는 수납 함을 열고 그린 리버 위스키 한 병을 꺼냈다.

"그리고 말인데, 다음 주에 줄리언 삼촌하고 내가 널 데리고 나가서 진짜 권총 쏘는 법을 가르쳐 줄 생각이야."

"정말요?"

"정말이지!"

이지는 병뚜껑을 열고 위스키를 한 모금 마셨다.

"널 우리 주에서 제일가는 일등 사수로 만들어 줄 생각이야. 아무도 널 괴롭히거나 이기지 못하게. 자, 한 모금 마셔 봐."

스텀프는 눈을 동그랗게 뜨며 병에 손을 내밀었다.

"진짜요?"

"그럼, 진짜지. 하지만 네 엄마한테는 말하지 마. 우리, 그 녀석들이 아침에 잠자리에서 일어났던 걸 후회하게 만들어 주자꾸나."

술을 한 모금 마신 스텀프는 그것이 불타는 휘발유 맛처럼 느껴졌다는 걸 감추려 애썼다.

"그 아주머니는 누구예요?"

"내 친구."

"전에 여기 와 본 적이 있어요?"

"응, 한두 번 와 봤지. 그런데 네 엄마한테는 말하지 마."

"알겠어요."

앨라배마주 버밍햄

숩께그디요

1934년 12월 30일

아버지가 몇 번이나 말렸건만 온젤의 아들 아티스는 오늘 밤 기어이 버밍햄으로 떠나고 말았다.

8시쯤에 L&N 종착역에 도착한 아티스는 화물열차의 뒤칸에서 뛰어내렸다. 역사에 들어선 그의 입이 딱 벌어졌다.

아티스에게는 그 역이 휘슬스톱과 트라우트빌 전체를 합한 것보다 더 커 보였다. 호화스러운 마호가니 벤치들이 줄줄이 늘어서 있고, 거대한 역사 건물의 벽과 바닥에는 다양한 색깔의 타일이 깔려 있었다.

구두닦이 가게…… 샌드위치 가게…… 담배 판매대…… 미용실…… 잡지 가판대…… 위스키 바…… 커피숍…… 책방…… 세탁소…… 선물 가게…… 찬 음료수…… 아이스크림…….

짐꾼들과 침대차 급사들과 열차 승객들이 드높은 유리 천장 아래서 북적거리는 이곳은 하나의 **도시**였다. 휘슬스톱을 한 번도 벗어나 본 적이 없는, 오버올 차림의 열일곱 살 흑인 소년에게 그곳은 너무도 어마어마했다. 한 건물 안에서 전 세계를 다 보았다고 생각하면서 아티스는 어지러운 듯 비틀거리며 정문으로 나왔다.

그리고 보았다. 세상에서 가장 큰, 전깃불이 들어오는 간판이 거기에 있었다. 20층 높이에 1만 개의 황금빛 전구가 검은 하늘을 배경으로 빛을 발하며 글씨를 수놓았다. 버밍햄에 오신 것을 환영합니다……. 마법의 도시…….

그것은 진정 마법이었다. "남부에서 가장 빠르게 성장하고 있는 도시"라고 광고지에 적혀 있던 것처럼. 이젠 피츠버그조차도 북부의 버밍햄이라고 불릴 정도였다. 버밍햄, 그곳에는 하늘을 찌를 듯한 고층 건물과, 하늘을 붉은색과 보라색으로 물들이며 불을 밝힌 제강 공장 그리고 밤낮없이 수백 대의 자동차와 전차가 북적거리는 거리가 있었다.

아티스는 몽롱한 기분으로 길을 따라 걸어갔다. 세인트클레어(버밍햄의 최신식 호텔)를 지나고, L&N 카페를 지나고 터미널 호텔을 지났다. 커피숍 창문에 드리워진 블라인드 틈새로 안을 들여다보니 전부 백인들만 앉아서 식판에 담긴 정식을 먹고 있었다. 그는 그곳이 자기에게 어울리지 않는 장소임을 알았다. 그는 계속해서 레드탑 바 앤드 그릴을 지나 무지개 육교를 건너고, 멜바 카페 앞을 지나갔다. 그러다가 마치 원초적 본능에 이끌리기라도 한 듯 북부 4번가를 발견했다. 그곳부터는 갑자기 사람들의 피부색이 달라지기 시작했다.

슬래그타운으로 더 잘 알려진…… 12블록으로 이루어진 구역, 남부에 있는 버밍햄의 할렘, 아티스가 꿈꾸어 오던 바로 그곳을 발견한 것이다.

연인들이 곁을 스치며 지나갔다. 옷을 잘 치려입은 그들은 모두 웃고 떠들면서 어딘가로 가고 있었다. 파도에 떠밀리듯 아티스는 그 물결에 휩쓸렸다. 온갖 문이며 창문에서 울려 나오는 음악이 계단을 타고 내려와 거리에 흘러 넘쳤다. 베시 스미스의 목소리가 위층 창문에서 울부짖었다. "아, 무정한 사랑아······. 아, 무정한 사랑아······."

프로릭 극장을 지날 때는 한창 유행하는 재즈와 블루스 음악이 뒤섞여 들려왔다. 그 극장은 남부 최고의 흑인 극장으로, 오직 뮤지컬과 고급 희극만을 상연하는 곳이었다.

사람들은 쉴 새 없이 움직이고 있었다······. 그 블록 아래쪽에서는 에설 워터스가 노래를 부르며 뮤지컬식으로 질문을 던졌다. "어쩌다 난 이렇게 검고 푸르게 되었을까?"······그러자 옆문에서 마 레이니가 소리쳤다. "이봐, 죄수, 내가 무슨 짓을 했는지 말해 주겠나?" 실버 문 블루 노트 클럽에 있던 사람들은 아트 테이텀의 「화끈하게 춤을 춰요」에 맞춰 상반신을 흔들며 선정적인 재즈댄스를 추고 있었다.

아티스는 이곳, 토요일 밤의 슬래그타운에 있었다. 겨우 한 블록 떨어진 곳의 화이트버밍햄에서는 검정 먹물과도 같은 이 이국적 장소가 존재한다는 것조차 까맣게 몰랐다. 슬래그타운, 그곳에서는 오후까지 하일랜드 거리에서 일하던 하녀도 그 밤 '거리의 여왕'이 될 수 있었고, 짐꾼들과 구두닦이 소년들도 일몰 후에 벌어지는 패션쇼의 주인공이 되었다. 그들은 모두 이곳에 있었다. 광택이 나는 검정 에나멜 구두, 매끈하게 빗어 내린 머리, 그리고 간판 주위를 번쩍이며 돌아가는 색색의 불빛 아래를 지날 때면 번

득이며 드러나는 금니. 검은색, 황갈색, 적갈색, 크림색, 붉은색, 버찌 색의 사람 물결이 아티스를 움직이고 있었다. 남자들은 라임 그린과 보라색 양복 차림에 노란색과 주황색이 섞인 단화와 빨간색과 흰색이 조합된 날씬한 실크 타이를 뽐냈고, 여자들은 짙은 밤색이나 오렌지색의 번들거리는 입술로 엉덩이를 흔들고 다니며 미끈한 구두와 빨간 여우 모피를 과시했다…….

불빛이 아티스 앞에서 명멸했다. 남성 전용 매직 시티 당구장, 성 제임스 그릴 식당, 블루 헤븐 바비큐, 알마 메이 존스 미용 학원……. "단돈 10센트에 행복을 살 수 있는" 챔피언 극장을 지났다……. 두 건물을 더 지나자 블랙 앤드 탠 무도장의 창문을 통해 춤추는 남녀가 보였다. 나른하게 실내를 비추는 호박색 스포트라이트들이 돌아가며 커플들을 옅은 보라색으로 물들였다. 아티스는 모퉁이를 돌아 줄곧 걸으며 걸음을 서둘렀다. 혼잡한 길을 따라 중고 의류 교환점, 리틀 딜라일라 카페, 판도라 당구장, "칵테일의 고향"이라는 광고를 내건 별에 오르는 계단 칵테일 라운지, 메리 마블과 리틀 칩스가 출연하는 그랜드 극장 앞을 지났다. 계속해서 리틀 사보이 카페를 지나고, 유리창 너머로 여러 커플들의 춤추는 모습이 희미하게 보이는 딕시 칼턴 호텔 무도장을 지났다. 무도장에서는 미러볼이 빙글빙글 돌며 실내 구석구석에 은색 빛을 쏟아내고 있었다……. 안에서 폭스트롯을 추는 커플들은 놀라움으로 눈이 휘둥그레진 오버올 차림의 흑인 소년을 알아차리지 못했다. 아티스는 비지 비 바비큐 가게 앞으로 떠밀려 갔다. 식사 숙녀들에게 "갓 구운 전기 구이 와플과 핫케이크, 이 도시에서 가장 맛있는 커피를 곁들인 토스트 샌드위치, 5센트짜리 핫도그, 그리고 각각 10센트에 파는, 집에서 만든 칠리, 햄버거, 돼지고기,

햄, 스위스 치즈 샌드위치"를 제공한다고 씌어 있었다. "젊었을 때 내비하세요"라는 글귀글 정문에 찔어 두고 잠재적 고객들을 협박하는 장례 보험 전문인 무지개 위의 비올라 크럼벨리 보험사를 지나고 남성 전용 딜럭스 호텔을 지났다.

마소닉 템플에 있는 카지노 클럽 근처에서는 옥수수 색깔의 공단 드레스에 레몬 색 깃털 목도리를 두른 가슴이 풍만한 미녀가 아티스 뒤에서 급히 지나가는 신사를 향해 소리를 지르며 지갑을 흔들다가 그만 그것을 떨어뜨렸다. 신사가 웃었고, 아티스도 웃었다. 아티스는 군중에 뒤섞여 계속 거리를 따라 내려갔다. 마침내 고향에 온 것이다.

《슬래그타운 뉴스》의 「이런 일 저런 일」

버밍햄의 암갈색 신문, 밀턴 제임스의 보도

1937년 5월 6일

아티스 O. 피베이가 토요일 오후 늦게 대학 병원에 입원했습니다. 그는 아주 값비싼 포도주 병을 따려고 애쓰던 중 뜻하지 않게 여러 군데 상처를 입어 심한 고통을 겪었습니다. 그와 동행했던 한 여자 친구가 밝히기를, 포도주의 생산 연도와 상품명은 미상이라고 합니다.

이것이 단지 저의 착각인지 실제로 본 것인지 모르겠지만, 그저께 밤에 베니 업쇼와 함께 춤추러 가던 중 엔슬리에서 턱시도 교차로로 가는 심야 전차에서 아이다 도이저 양을 보았습니다. 그저 G. T. 윌리엄스 씨와 함께 귀가하는 중이었을 뿐인데 그걸 제가 보았던 걸까요?

전국의 모든 유명 밴드에는 버밍햄의 소년 두세 명이 꼭 들어 있어야 한다고 생각합니다. 사랑하는 우리의 페스 와틀리 교수님의 탁월한 음악성에 삼사드립니다. 덕분에 흘륭한 음악 무대를 경험했습니다. 멋진 우리 고장을 빛내 주기 위해 곧 방문할 예정인 우리 오랜 친구 캐브 캘러웨이도 잊지 마시기 바랍니다…….

금주에 프롤릭 극장에서 저렴한 가격으로 좋은 영화를 보실 수 있습니다.

월요일부터 목요일까지
어스킨 호킨스 주연의 「데블드햄스의 20세기 가브리엘」
별점 5점

동시 상영 ── 총천연색 스포츠 영상

로즈 테라스 요양원

앨라배마주 버밍햄 올드몽고메리 하이웨이

1986년 3월 2일

스레드굿 부인은 나무 숟가락으로 컵에 담긴 바닐라 아이스크림을 떠먹으며 에벌린에게 대공황기의 추억을 들려주었다······.

"수많은 사람들이 이렇게 저렇게 죽었지요. 몹시 힘든 시기였어요. 특히 가진 것 하나 없던 흑인들에게는 더욱 그랬지요. 십시얘기로는 레일로드 빌이 없었다면 트라우트빌에 사는 사람들 중절반은 얼어 죽거나 굶어 죽었을 거라더군요."

에벌린은 처음 듣는 이름이었다.

"레일로드 빌이 누군데요?"

스레드굿 부인은 놀란 모양이었다.

"내가 레일로드 빌에 대해 말 안 했던가요?"

"네. 들은 적이 없는걸요."

"그렇군요. 그는 유명한 도적이었어요. 들리는 말로는 흑인남자라는데, 기차에 몰래 들어가 정부의 물자 조달 차량에서 식료품과 석탄을 빼내 기차 밖으로 던지곤 했답니다. 그러면 철로 주변에 밀린 흑인들이 새벽에 가서 그것들을 챙겨 재벨리 깁으로 가져가곤 했지요.

그가 잡혔다고는 생각하지 않아요……. 누구인지도 밝혀지지 않았으니까요……. 이지의 친구이기도 한 철도 감시원 그레이디 킬고어는 매일 카페에 드나들었는데, 이지는 가끔씩 웃으며 말했어요. '레일로드 빌이 아직도 활개치고 다닌다던데 어떻게 된 거예요?' 그러면 그레이디는 몹시 화를 내면서 말했죠. 놈들은 분명한 건당 스무 명 이상의 인원을 투입했을 것이며, 레일로드 빌의 출몰과 관련한 정보를 알려 주는 사람에게는 L&N 철도 평생 탑승권을 제공하겠다고요. 하지만 누구도 그러지 않았죠. 이지는 그 일을 두고 짓궂게 그레이디를 괴롭혔어요. 하지만 그들은 언제나 좋은 친구였답니다. 그레이디는 딜 피클 클럽의 회원이기도 했고요…….'

"그게 뭔데요?"

스레드굿 부인이 웃으며 말했다.

"딜 피클 클럽이라고, 이지와 그레이디 그리고 잭 버츠가 시작한 얄궂은 클럽이죠."

"어떤 종류의 클럽이었는데요?"

"그들은 조찬 사교 클럽이라고 우겼지만, 사실은 그냥 이지의 밑바닥 친구들이 뭉친 거였죠. 이지하고 몇몇 철도사 일꾼, 이바 베이츠, 스모키 론섬 등등. 하는 일이래야 위스키를 마시거나 거짓말을 만들어 내는 게 고작이었어요. 상대의 눈을 똑바로 쳐다보면서 거짓말을 해 댔죠. 사실은 상황이 실제보다 더 좋은 경우에만 그랬어요.

이야기를 꾸며 내는 건 그들의 오락이었어요. 정신 나간 얘기들을 꾸며 댔죠. 한번은 교회에서 막 돌아오는 루스에게 이지가 그들과 함께 앉아 있다가 말했어요. '루스, 이런 얘기 하게 돼서 가슴 아픈데, 루스가 없는 동안 스텀프가 22구경 탄환을 삼켰어요.'

루스가 깜짝 놀라자 이지가 말했죠. '걱정 마요. 아이는 괜찮으니까. 내가 하들리 선생님께 데려가니까 비버 기름 반 병을 먹이셨어요. 이제 괜찮으니까 집에 데려가도 된다, 하지만 아이가 누구와 마주 서지 않도록 주의해야 된다고 하시더라고요.'"

에벌린은 웃음을 터뜨렸다. 스레드굿 부인이 말했다.

"짐작했겠지만 루스는 그 클럽을 탐탁지 않게 여겼어요. 그 클럽의 회장이었던 이지는 늘 비밀리에 모임을 소집했답니다. 클리오는 그 비밀 모임은 불온한 포커판과 다를 게 없다고 했지요. 하지만 좋은 일도 조금 했다고 하더군요. 그러나 그 일에 대해서는 절대 말하지 않았죠. 매번 그 사실을 부인했거든요.

그들은 침례교 스크로긴스 목사님을 그리 대단하게 생각지 않았어요. 그분은 완벽한 금주론자였는데, 어떤 얼간이가 어디 가면 위스키나 산 미끼를 살 수 있느냐고 물을라치면 그들은 매번 그 사람을 목사님의 집으로 보내곤 했으니까요. 목사님을 화나게 하는 걸 즐겼죠.

십시가 유일한 흑인 회원이었는데, 그녀는 나머지 다른 회원들과 죽이 맞아 거짓말을 잘 만들어 냈지요. 한번은 출산에 어려움을 겪던 여자를 도와준 얘기를 한 적이 있어요. 코담배 한 숟가락을 주었더니 그 여자가 재채기를 세게 했고 그 바람에 아기가 총알처럼 튀어나와서는 침대를 뛰어넘어 다른 쪽 방까지 날아가더래요……."

에벌린이 말했다.

"에이, 설마!"

"아니, 진짜예요! 그러고는 트라우트빌의 친구 리지 얘기를 했죠. 임신 중이었는데 녹말이 먹고 싶어 안달을 하더래요. 리지는 상자에서 녹말을 한 움큼씩 꺼내 먹었는데, 아니나 다를까 낳은 아기가 눈처럼 희고 판지처럼 빳빳했다는군요⋯⋯."

"맙소사."

"하지만 에벌린, 그건 사실일 수도 있어요. 실제로 땅에 있는 흙을 그대로 먹는 흑인 여자들도 있거든요."

"믿어지지가 않네요."

"그래요, 그건 나도 들은 얘기예요. 어쩌면 분필 토막이었는지도 모르겠어요. 무엇인지는 잊어버렸지만 흙이나 분필 중 하나였죠."

에벌린은 친구를 보고 웃으며 머리를 흔들었다.

"참 재미있는 분이세요."

스레드굿 부인은 그 말에 대해 생각하더니 흐뭇하게 말했다.

"음, 내가 생각하기에도 그런 것 같아요."

《윔스 통신》

앨라배마주 휘슬스톱 주간 소식지

1938년 12월 1일

휘슬스톱에 눈 내리다

진짜 눈이 오다니, 이렇게 기쁜 일이 있을까요. 휘슬스톱이 북극에 있는 게 아닐까 하는 생각이 들 정도입니다. 빨간 호랑가시나무에 눈이 쌓인 모습보다 더 예쁜 게 있을까요? 제 생각에는 없는 것 같은데, 그래도 10년에 한 번씩만 눈이 내리는 것을 하늘에 감사드립니다. 어떤 날씨에도 운전할 수 있다고 생각하는 제 또 다른 반쪽은 사냥개들을 차에 태우고 나갔다가 그만 1번가의 배수구에 빠져 버렸답니다. 그러니 차 수리가 끝나는 다음 한 달 동안, 남의 차를 얻어 타고 다니는 자그마한 여인을 보신다면 저인 줄 아셔도 좋습니다.

제 또 다른 반쪽은 야구공만 한 우박을 동반한 폭풍이 불던 날에도 차를 타고 나갔습니다. 그 일로 차 앞 유리창을 갈아 끼우는데 3주가 걸렸지요. 그이는 또한 강에서 보트를 타고 낚시질하던 중에 벼락을 맞기도 했습니다. 그러니까 다음번에 날씨가 험악해지려 할 때 윌버를 보시거든 집으로 보내 주세요. 그러면 벽장에 집어넣고 자물쇠를 채워 놓겠습니다. 저는 토네이도가 그이를 낚아채다가 어딘가에 떨어뜨려 놓지나 않을까 걱정입니다. ……그렇게 되면 저는 누구하고 싸워야 하나요?

떠도는 말에 의하면 레일로드 빌이 일주일 동안 기차 다섯 대를 습격했다고 합니다. 제가 글래디스 킬고어가 있는 미용실로 달려갔더니, 글래디스는 남편 그레이디가 화가 나서 길길이 뛰고 있다고 하더군요.

어쨌거나, 레일로드 빌, 혹 이 글을 읽는다면 그레이디에게 잡히기 전에 기차에서 새 차 한 대 던져 주실래요? ……그게 필요하거든요!

닷 윔스

휘슬스톱 카페

앨라배마주 휘슬스톱

1938년 12월 1일

카페 뒤로 해가 막 떠올랐을 무렵 이지가 스텀프를 흔들어 깨우며 소리쳤다.

"일어나, 스텀프! 일어나서 밖을 좀 봐!"

이지는 스텀프를 창가로 끌고 가서 밖을 내다보게 했다.

천지가 흰색으로 뒤덮여 있었다.

스텀프의 입이 딱 벌어졌다.

"저게 뭐예요?"

이지가 웃으며 말했다.

"눈이야."

"그래요?"

"그래."

스텀프는 3학년이었는데 진짜 눈을 본 건 이번이 처음이었다.

루스가 잠옷 바람으로 그들 뒤로 다가와 밖을 내다보며 신기해했다.

5분 뒤, 부리나케 옷을 입은 그들은 마당에 나와 있었다. 눈이라야 5센티미터밖에 쌓이지 않았지만 그들은 눈을 굴려 눈덩이를 만들었다. 집집마다 문을 열어젖히는 소리가 들려왔고 아이들은 흥분해서 소리를 질러 댔다. 7시 무렵에 스텀프와 이지는 벌써 땅딸막한 눈사람 하나를 만들어 놓았고, 루스는 그들에게 눈에 우유와 설탕을 넣은 아이스크림을 만들어 주었다.

이지는 스텀프를 학교까지 데려다 주기로 했다. 순백의 선로가 끝없이 이어져 있었다. 아직도 흥분이 가시지 않은 스텀프는 깡충거리며 뛰어다니다 두 번이나 넘어졌다. 이지는 스텀프를 진정시키려고 이야기를 들려주었다.

"나와 스모키가 피그 아이언 샘과 포커 친 얘기 해 주었던가?"

"아니요. 피그 아이언 샘이 누군데요?"

"앨라배마에서 가장 비열한 포커꾼 피그 아이언을 들어 본 적이 없단 말이지?"

"없어요."

"음, 나하고 스모키하고 게이트시티에서 밤샘 포커 게임을 했는데 내가 이기기 시작했어. 한 시간 정도면 내가 판돈을 다 딸 것 같았지. 그런데 피그 아이언이 점점 화를 내더라. 하지만 어쩌라고? 그렇게 이기고 있는 판에 그만둘 수는 없었지……. 그건 예의가 아니잖아. 내가 돈을 딸수록 점점 화를 내더니 결국은 폭발해서 총을 빼서 테이블에 올려놓고 말하더라. 다음번에 자기한테 나쁜 패를 돌리면 패를 돌린 사람을 죽여 버리겠다고."

스텀프는 이야기에 빠져들었다.

"누가 돌릴 차례였는데요?"

"참 얄궂은 일이었지. 다음번이 자기 차례라는 걸 잊고 있었던 거야. 자, 피그 아이언이 자기에게 2번 패 두 장을 돌린 거야. 그러니까 곧바로 총을 집어 들고는 그 자리에서 자기한테 총을 쏘고는 죽어 버렸지…… 끝까지 자기 말을 지킨 사람이라고나 할까."

"우와, 그걸 보셨단 말이에요?"

"물론이지."

이지의 이야기를 생각하며 걷던 스텀프는 선로 가에서 눈을 뚫고 삐죽 튀어나온 무언가를 발견했다. 그는 뛰어가서 그것을 집어 들었다.

"보세요, 이지 이모. 디어 브랜드의 양배추 절임 캔이에요. 뚜껑도 따지 않은 거라고요!"

그러다 갑자기 머리를 한 방 맞은 것 같은 느낌이 들었는지 두려운 듯 캔을 감싸 쥐며 나직이 말했다.

"이지 이모. 이건 분명 레일로드 빌이 기차에서 던진 것 중 하나일 거예요. 그렇게 생각하지 않으세요?"

이지는 캔을 살펴보았다.

"그런 것 같구나. 그럴 가능성이 커. 원래 있던 자리에 갖다 두렴. 기대하는 사람들이 찾아가게 해야지."

스텀프는 캔이 신성한 물건이라도 되는 양 발견했던 자리에 정확하게 갖다 놓았다.

"우와."

처음으로 눈을 본 데다 이번엔 레일로드 빌이 던진 듯한 캔이라니, 대단한 일이 아닐 수 없었다.

한동안 걷다가 스텀프가 말했다.

"레일로드 빌은 세상에서 제일 용감한 사람 같아요. 안 그래요, 이지 이모?"

"용감하긴 하지."

"우리가 아는 사람들 중에서 제일 용감한 것 같지 않아요?"

이지는 잠시 생각했다.

"음, 그러니까, 내가 아는 사람 중 제일 용감하다고는 못 하겠어. 그렇게는 말 못 하지. 용감한 사람 중 하나이긴 하지만 가장 용감한 사람은 아니야."

스텀프는 깜짝 놀랐다.

"레일로드 빌보다 더 용감한 사람이 대체 누군데요?"

"빅 조지야."

"우리 빅 조지요?"

"응."

"대체 무엇을 했기에요?"

"음, 하나만 말하자면, 빅 조지가 아니었더라면 난 여기 없었을 거야."

"오늘, 여기에요?"

"아니. 그 어디에도 없었을 거란 말이지. 수퇘지한테 잡아먹혀 버렸을 테니까."

"진담이에요?"

"그래. 내가 두 살 때인가 세 살 때였는데, 나하고 버디 삼촌하고 줄리언 삼촌은 모두 돼지우리 주변에 있었지. 그러다 내가 울타리에 올라갔다가 거꾸로 떨어져 돼지 밥통에 처박혔단다."

"그랬어요?"

"그랬어. 돼지들이 한꺼번에 나에게 달려들었지. 돼지는 아무거나 먹는다는 거 너도 알잖니…… 돼지들은 제 새끼도 마구 잡아먹는다더라."

"정말요?"

"그렇다니까. 어쨌든, 나는 돼지 밥통에서 뛰어나와 달리기 시작했지만 그만 넘어져 버렸어. 내가 밖으로 빠져나오지 못해 돼지에게 막 먹히려는 순간 빅 조지가 나를 보고는 우리 안으로 뛰어들었지. 돼지 떼 한가운데로 말이야. 그러고는 돼지들을 때리면서 쫓아 주었지. 지금 내가 말하는 돼지들은 대략 130킬로그램은 나가는 것들이었단다. 빅 조지는 돼지들을 붙잡아서 마치 감자 자루 던지듯이 한 마리씩 우리 저편으로 내던졌어. 돼지가 나한테 다가오지 못하도록 빅 조지가 막고 있는 동안 버디 삼촌이 울타리 밑으로 기어 들어와 나를 끄집어냈단다."

"대단해요!"

"대단하지. 빅 조지의 팔에 있는 흉터들 못 봤니?"

"봤어요."

"그게 바로 그 돼지들한테 물린 자국이야. 하지만 빅 조지는 할아버지한테는 한마디도 하지 않았어. 할아버지가 아시면 나를 그곳으로 데려간 버디 오빠를 가만 두지 않으셨을 테니까."

"전혀 몰랐단 말이에요?"

"당연하지."

"우와…… 또 아시는 용감한 사람 있어요? 지난주에 사슴을 쏘아 맞힌 줄리언 삼촌은 어때요? 큰 용기가 필요했는데."

"용기도 용기 나름이지."

이지가 말했다.

"20구경 엽총으로 말 못 하는 불쌍한 짐승을 쏘는 일에 용기까지 필요하진 않아."

"그럼 빅 조지 말고, 또 누구 말아요?"

"어디, 가만 있자."

이지는 생각에 잠겼다.

"빅 조지를 빼면 네 엄마가 내가 아는 가장 용감한 사람 중 하나겠구나."

"엄마가요?"

"그래. 네 엄마."

"우, 믿어지지 않아요. 엄마는 모든 걸 다 무서워하시는걸요. 작은 벌레도요. 엄마가 무슨 일을 하셨는데요?"

"대단한 일! 언젠가 대단한 일을 하셨지."

"무슨 일요?"

"무슨 일이었는가는 중요하지 않아. 네가 내게 물어서 난 대답했을 뿐이야. 네 엄마하고 빅 조지는 내가 아는 가장 용감한 두 사람이야."

"정말요?"

"정말로."

스텀프는 크게 놀랐다.

"그렇다면 난 이다음에……."

"그렇지. 게다가 네가 늘 기억해 주었으면 하는 게 또 있다. 이 땅에는 굉장히 멋진 존재들이 있단다. 그것들은 사람의 모습을 하고 돌아다니지. 그걸 잊지 말았으면 좋겠어. 내 말 알겠니?"

스텀프는 진지하게 이지를 바라보며 말했다.

"네. 잊지 않을게요."

그들은 선로를 따라 계속 걸었다. 선홍색 홍관조 한 마리가 눈

덮인 나무에서 푸드덕거리며 날아오르더니 하얀 지평선을 가로질러 날아갔다.

로즈 테라스 요양원

앨라베마 주 버밍햄 올드몽고메리 하이웨이

1986년 3월 9일

에벌린은 죽음과 튜브와 점점 커지는 종양에 대한 환영과 싸우느라 식은땀을 흘리며 긴 밤을 뜬눈으로 지샜다. 그럴 때마다 도와 달라고 비명을 지르고 싶었지만, 에드는 늘 잠들어 있었고 그녀는 아침이 올 때까지 캄캄한 지옥 구덩이에 홀로 가만히 누워 있어야 했다.

요즘 들어서는 차가운 총과 방아쇠를 당기는 자신의 모습을 지워 버리기 위해 눈을 감고 애써 스레드굿 부인의 목소리를 떠올리기도 했다. 심호흡을 하고 집중하다 보면 어느새 휘슬스톱에 있는 자기 모습을 볼 수 있었다. 거리를 걸어 오팔의 미용실에 들어가서는 머리를 감기는 따듯한 물도 느낄 수 있었다. 물은 조금씩 차가워졌다. 머리를 손질한 후 우체국에 들러 닷 윔스를 만나고 그다음엔 카페로 갔는데, 거기에 있는 사람들을 모두 분명하게 알아볼 수 있었다. 스텀프와 루스와 이지였다. 에벌린은 점심 식사를 주문했고, 윌버 윔스와 그레이디 킬고어가 그녀에게 손을 흔들었다. 십시와 온젤이 그녀에게 미소를 보냈다. 부엌에서 라디오 소리가 들려 왔다. 다들 그녀에게 잘 지내는지 안부를 물었다……. 최근 들어 잠은 점점 더 많이 자고, 총에 대한 생각은 조금씩 덜 하게 되었다…….

오늘 아침 잠에서 깼을 때 에벌린은 자신이 요양원에 가는 날을 진정으로 기다려 왔음을 깨달았다. 근래 몇 주일 동안 그곳에서 들은 카페와 휘슬스톱의 이야기는 버밍햄에서 에드와 함께 사는 그녀 자신의 삶보다도 훨씬 현실적으로 다가왔다.

친구는 여느 때처럼 기분이 좋아 보였고, 에벌린이 특별히 주문해서 가져간 아몬드 없는 허쉬 초콜릿을 받아 들고는 마냥 행복해했다. 스레드굿 부인은 초콜릿을 먹으며 수년 전 알고 지냈던 한 떠돌이의 안부를 생각했다.

"스모키 론섬이 대체 어떻게 되었는지 모르겠어요. 지금은 어디에 있는지 소식을 들을 수 없는데, 아마도 어디선가 죽었지 싶어요.

스모키가 카페에 처음 왔던 때가 생각나네요. 풋토마토 튀김을 먹는 중이었는데 그가 부엌 뒷문을 두드렸어요. 음식을 얻으러 왔던 거죠. 이지가 부엌으로 들어가더니 곧 그 불쌍하고 지저분한 사람을 데리고 돌아오더군요. 그러고는 그에게 먹을 것을 줄 테니 우선 목욕탕에 들어가서 씻으라고 했죠. 이지는 음식을 가지러 와서 말했어요. 그렇게 외로워 보이는 사람은 처음 본다고. 그 사람은 자기 이름이 스모키 필립스라고 했지만 이지는 스모키 론섬*이라고 불렀고, 그 이후로는 그가 큰길을 벗어나 카페로 다가오는 것을 볼 때마다 '저기 스모키 론섬이 와.'라고 말하곤 했어요.

기없은 사람이었지요. 가족도 없었을 거예요. 거의 죽어 가는 상태였던 터라 루스와 이지는 매우 마음 아파했고, 그래서 카페 뒤편의 낡은 오두막에 머무르게 해 주었죠. 가끔 방랑벽이 도지는 지 1년에 두세 번씩 집을 떠났지만, 얼마 있다가 다시 나타나곤 했답니다. 대개는 술에 취하거나 많이 지친 채였죠. 그렇게 돌아오면 자기 오두막에서 한동안 쉬곤 했어요. 그 사람은 평생 아무것도 소유한 적이 없어요. 가진 것이라곤 외투 주머니에 넣어 가지고 다니던 나이프와 포크와 스푼 하나, 그리고 모자 테에 끼워 둔 깡통 따개가 전부였지요. 짐이 되는 것들이 싫다고 하더군요. 아마도 뒤편 그 오두막이 그 사람이 집이라고 부른 유일한 공간이었지 싶어요. 루스와 이지가 아니었다면 굶어 죽었을 거예요, 그 사람은.

하지만 그 사람이 자꾸 그곳으로 돌아왔던 진짜 이유는 루스를 사랑했기 때문이었던 것 같아요. 그런 말을 한 적은 없었지만 바라보는 눈빛만 봐도 알 수 있었거든요.

있잖아요, 나는 클리오가 나보다 먼저 죽은 것을 감사하게 생각해요. 남자는 여자 없이 살지 못하는 것 같더군요. 남자들이 대부분 아내가 죽은 후에 곧바로 죽는 것도 바로 그 때문이죠. 그들은 길을 잃고 어찌해야 할지를 몰라요. 딱한 일이죠……. 이곳의 더너웨이 영감만 봐도 그래요. 아내가 죽은 지 아직 한 달도 안 되었는데 벌써 여자들 꽁무니는 다 쫓아다니고 있어요……. 그래서 강제로 진정제를 맞고 있답니다. 그 사람이 로미오라고 한 번

* lonesome. '외로운'이라는 뜻.

생각해 보세요. 상상이 가나요? 우선 그가 어떻게 생겼는지를 봐야 할 거예요. 커다란 귀를 축 늘어뜨린 늙은 칠면조 같다고나 할까요. 나도 남 말할 형편은 아니지만요. 내 눈에 어떻게 보이든 간에 그 영감을 세상에서 제일 잘생겼다고 생각하는 사람도 있을 수 있겠죠. 언젠가는 이곳 할머니들 중 하나를 잡을지 누가 알겠어요……."

웨스트메디슨가

일리노이주 시카고

1938년 12월 3일

시카고의 웨스트메디슨가는 볼티모어의 프랫가나 로스앤젤레스의 사우스 메인가 혹은 샌프란시스코의 3번가와 다를 게 없었다. 길거리 전도, 싸구려 숙박 시설, 호텔, 중고 의류점, 불결한 싸구려 식당, 전당포, 주류 판매점 그리고 매음굴 등 '좌절한 남자'와 연관되는 것들이 가득했다.

시카고에서 보낸 그해를 여느 때와 다르게 만든 게 있다면 보통은 혼자 여행하던 스모키 론섬이 친구 하나를 알게 되었다는 것이었다. 어린애였지만 그는 친구였다. 그들은 한 달 전에 미시건에서 만났다.

잘생기고 표정이 밝은 아이였는데, 해진 갈색 셔츠 위에 연한 회색 조끼 스웨터와 찢어진 갈색 바지를 입고 있었다. 피부는 아기 엉덩이 같았다. 아직 미숙하고 어린 그 아이는 디트로이트에서 그를 덮치려 하는 사내로부터 수많은 고역을 치른 터였다. 아이는 스모키에게 당분간 같이 다녀도 되느냐고 물었다.

스모키는 아이에게 언젠가 한 노인네로부터 들었던 것과 똑같은 말을 해 주었다.

"이제 그만 집에 가라, 꼬마야. 갈 수 있을 때 말이다. 이런 생활은 집어치워. 일단 화물칸에서 오줌을 싸는 순간 넌 이미 끝장인 거야."

그러나 소용없었다. 과거의 자신과 똑같았다. 스모키는 할 수 없이 아이가 따라다니게 내버려 두기로 했다.

재미있는 아이였다. 10센트짜리 동전을 찾느라 바지가 벗겨지는 줄도 모르고 열심히 땅을 파기도 했다. 포스터에 적힌 것처럼 샐리 랜드가 「달빛 속의 하얀 새」에 맞춰 부채춤 추는 걸 보고 싶어 했다. 동전 한 닢도 찾아낸 적이 없었지만 매표구 여자는 아이를 딱하게 여겨 공짜로 들여보내 주었다.

스모키는 쇼가 끝나기를 기다리는 동안 25센트짜리 동전 하나를 슬쩍해 두고는 타일 그릴 식당에 가서 10센트짜리 스테이크를 먹기로 마음먹었다. 그날 그들은 비엔나소시지 한 캔과 눅눅한 크래커 몇 개 말고는 아무것도 먹은 것이 없었다. 누군가가 구겨서 내던진 담뱃갑에서 찾아낸 럭키 스트라이크 담배를 피우고 있을 때 극장에서 아이가 나는 듯한 걸음으로 튀어나왔다.

"아, 아저씨도 보셨어야 하는데! 샐리는 제가 지금까지 본 사람 중에 가장 아름답고 우아했어요. 천사 같았어요. 진짜 살아 있는 천사가 하늘에서 내려왔다고요."

아이는 저녁 식사를 하는 내내 샐리 랜드 이야기만 했다.

저녁을 먹고 나니 방 값에서 30센트가 부족했다. 그들은 그랜츠 공원으로 발길을 돌렸다. 타르 종이나 판지나 잡동사니를 그러

모아 만든 움막 같은 데서 잠을 잘 수 있기를 바라면서. 운이 좋으면 산혹 그린 깃을 치지히기도 하는데 그날 밤은 운이 좋았다.

매일 밤 그랬듯이 잠자리에 들기 전에 아이가 말했다.

"지금까지 어디서 지냈는지 무슨 일을 했는지 다 얘기해 주세요, 아저씨."

"전에 얘기했잖아."

"알아요. 그래도 또 해 주세요."

스모키는 볼티모어 시절의 얘기를 들려주었다. 그리고 너무나 깨끗하고 반짝거려 검은색과 흰색 타일에 떨어진 것도 그냥 먹을 수 있었던 화이트 타워 햄버거 가게에서 일했던 이야기와 피츠버그 외곽의 석탄 탄갱에서 일했던 이야기도 들려주었다.

"그게 말이야, 거기에는 쥐를 잡아먹는 친구들도 많았는데 난 못 먹겠더라. 난 쥐들이 수많은 생명을 구하는 걸 보았어. 탄광을 구한 적도 있단다. 쥐들이 제일 먼저 가스 냄새를 맡거든.

한번은 나하고 광부 하나가 탄광 깊은 곳에서 석탄을 캐고 있는데 갑자기 200마리는 족히 되는 쥐들이 우리 곁을 달려가는 거야. 시속 100킬로미터가 넘겠더라고. 난 그걸 어떻게 생각해야 할지 몰랐는데 같이 있던 흑인 친구가 곡괭이를 내던지며 소리쳤어. '뛰어!'

뛰었지. 그래서 목숨을 구한 거야. 요즘에도 쥐가 보이면 난 그냥 하던 일을 하게 내버려 둔단다."

반쯤 잠들어 있던 아이가 중얼거렸다.

"가장 나빴던 직업은 어떤 거였어요, 아저씨?"

"가장 나빴던 직업? 어디, 가만 있자……. 난 어지간한 남자들은 하지 않을 일도 많이 했지. 그중에서도 최악은 스물여덟 살 때,

앨라배마 비네거 벤드의 송진 공장에서 했던 일이지. 두 달 동안 먹은 거라곤 돼지고기하고 콩밖에 없었고 수중에는 땡전 한 푼 없던 터라 5센트짜리 동전이 팬케이크만 해 보이더라고. 안 그랬다면 하지도 않았을 일이지. 그들이 거기에서 고용할 수 있었던 백인은, 백인과 인디언 혼혈 혹은 백인과 흑인의 혼혈뿐이었는데, 그들은 그 혼혈들을 테레빈유* 깜둥이라고 불렀지. 백인들은 그런 일을 견뎌 내지 못했어. 나도 겨우 닷새를 버텼는데 그 냄새 때문에 3주나 속이 뒤틀렸다니까. 머리에서도 그 냄새가 나고 살갗에서도 나고…… 결국 옷가지들을 다 태워 버려야 했지……."

문득 스모키는 말을 멈추고 자세를 고쳐 앉았다. 사람들이 달리는 소리와 고함 소리가 들렸다. 군대가 출동한 것이었다. 지난 수개월 동안 정부군은 도시로 몰려드는 부랑자들을 쓸어버릴 작정으로 떠돌이 캠프를 기습해서 닥치는 대로 짓밟고 부수었다.

스모키는 아이에게 소리쳤다.

"가자! 어서 여기서 나가자!"

그들은 뛰기 시작했다. 그날 밤 그곳 난민 수용 지구에 있었던 122명의 다른 거주자들처럼. 들리는 소리는 사람들이 숲으로 뛰어드는 소리, 휘두르는 쇠지레와 쇠 파이프에 타르 종이 오두막들이 부서지는 소리뿐이었다.

스모키는 왼쪽으로 뛰었다. 그러다가 빽빽한 덤불숲에 이르자 바로 그 밑에 드러누웠다. 폐가 약한 탓에 그들보다 빨리 달릴 수 없었기 때문이다. 그는 땅바닥에 누워서 상황이 끝나기를 기다렸다. 아이는 달릴 수 있으니 시내 어딘가에서 그를 따라잡을 터

* 소나무에서 얻은 정유. 페인트를 희석시킬 때 사용한다.

였다.

상황이 끝난 뒤 스모키는 아직 성한 것이 남아 있는지 보려고 캠프로 돌아갔다. 한때 움막들로 작은 마을을 이루었던 그곳은 이제 어지럽게 널브러진 타르 종이 조각과 판지, 목재 더미에 불과했고 팬케이크보다 더 납작하게 짓뭉개져 있었다. 막 발길을 돌리려는데 목소리가 들렸다.

"아저씨?"

아이는 그들의 움막이 있던 곳에서 스무 발짝쯤 떨어진 곳에 누워 있었다. 깜짝 놀란 스모키는 아이에게 다가갔다.

"어떻게 된 거니?"

"신발 끈을 절대 풀지 말라고 하셨잖아요. 신발 끈은 단단하게 묶여 있었는데 그만 걸려서 넘어졌어요."

"다쳤니?"

"죽을 것 같아요."

아이 곁에 쭈그리고 앉아 들여다보니 머리 오른편이 깨져 있었다. 아이가 스모키를 올려다보며 말했다.

"있잖아요, 아저씨……. 전 떠돌이 생활이 재미있을 줄 알았어요……. 그런데 그렇지가 않았어요……."

그러고는 눈을 감더니 숨을 거두었다.

다음 날 스모키는 아는 사람 둘을 데려와 시카고 외곽에 마련된 부랑자 묘지에 아이의 시신을 가져가 묻었다. 엘모 윌리엄스가 늘 가지고 다니던 조그만 빨간색 구세군 찬송가집 301쪽에서 찾아낸 구절을 읽었다.

친구의 죽음을 기뻐하라.

우리의 상실은 주님의 얻음이니,

한 영혼이 감옥에서 풀려나

육체의 속박에서 자유로워졌음이라.

그들은 나무 상자에서 뜯어 낸 판자 조각으로 묘비를 세웠다. 아이의 이름이 무엇인지도 몰랐기에 묘비엔 "아이"라고만 적었다.

다른 사람들이 떠나고 난 뒤 스모키는 뒤에 남아서 잠시 작별 인사를 했다.

"이봐, 친구야, 그래도 넌 샐리 랜드를 봤잖아. 그건 대단한 거라고……."

스모키는 몸을 돌려 역이 있는 방향으로 향했다. 남쪽으로, 앨라배마로 가는 기차에 뛰어오를 생각이었다. 시카고를 벗어나고 싶었다. 빌딩 사이를 돌아 나오며 후려치는 칼날 같은 바람이 가끔은 남자의 눈에서 눈물이 나게 하는 시카고를.

《윔스 통신》

1938년 12월 8일

뇌관 조심

화물 조차장에서 다이너마이트로 폭파 작업을 하고 있으니 아이들이 근처에서 놀지 않도록 주의를 주십시오. 제 또 다른 반쪽이 며칠 전 내시빌로 운전하고 가던 길에, 폭파 뇌관을 잘못 건드려 입술이 날아가 버린 사람 이야기를 들었다는군요.

오팔이 전하는 말에 따르면 며칠 전 미용실에 고객이 쇄도했다고 합니다. 고객들은 모두 '동방의 별' 연회에 참석하기 위해 준비를 하고 있었는데, 그 와중에 누가 실수로 여성용 파란색 코트를 가져갔다네요. 코트를 가져가신 분은 돌려주시기 바랍니다.

침례교회가 건초 올라타기 놀이를 후원했습니다. 출발 과정에서 페기 하들리를 주차장에 남겨 두는 실수가 있었지만 페기는 곧 사람들을 따라잡았다고 합니다.

이지와 루스가 지난 토요일 에이번데일 공원에 아이들을 잔뜩 데리고 가서 팬시를 만나는 즐거움을 선사했다는군요. 팬시는 어른 아이 할 것 없이 모두에게 인기 만점인 유명한 코끼리지요. 모두들 팬시와 사진을 찍었는데 목요일에 약방에서 사진이 나오는 대로 각자 사진을 받을 것입니다.

　의사 클리오 스레드굿이 메이요 진료소 방문을 마치고 지난 금요일 밤에 귀가했습니다. 그는 그곳에서 앨버트에게 몇 가지 검사를 받게 했다고 합니다. 그런데 안타깝게도 니니에게 좋은 소식을 가져오지는 못했다는군요. 우리는 그곳 의사들이 틀렸기만을 바랄 뿐입니다. 클리오는 월요일에 복귀할 예정입니다.

닷 윔스

로즈 테라스 요양원

엘라배미 주 비밍햄 온드몽고메리 하이웨이

1986년 3월 15일

오늘 그들은 크래커 잭 과자를 먹으랴 말하랴 분주했다. 적어도 스레드굿 부인은 그랬다.

"부활절까지는 집에 돌아갔으면 정말 좋겠어요. 하지만 잘 안 될 것 같네요. 오티스 부인은 아직도 힘들어하는데 그러면서도 이곳에서 개설한 공예반에 가입했어요. 에벌린의 시어머니도 가입했고요. 지닌이 부활절 얘기를 하더군요. 부활절 달걀들을 숨겨놓고 어린 학생들을 초청해서 그것들을 찾게 할 계획이라더군요. 보나마나 아주 재미있겠죠…….

나는 어릴 적부터 부활절을 아주 좋아했지요. 부활절과 관련된 모든 것들을 좋아했어요. 아이 때는 부활절 전날인 토요일마다 가족 모두가 부엌에 모여서 달걀에 물을 들였어요. 하지만 금빛 염색은 늘 엄마 담당이었답니다.

부활절 아침이면 우리는 모두 아빠 가게에서 가져온 새 옷을 입고 새 신발을 신었어요. 교회에 다녀온 뒤에는 엄마 아빠가 고가 이동활차에 태워 주셔서 버밍햄까지 갔다가 돌아오곤 했죠. 그러는 사이에 그분들은 부활절 달걀 200개를 뒤뜰 여기저기에 숨기셨고요. 갖가지 상품들이 있었는데 그중에서도 대상은 황금 달걀을 찾는 사람에게 돌아갔어요.

나는 열세 살 때 황금 달걀을 찾았지요. 꼬박 두 시간이나 뜰을 뛰며 돌아다녔지만 누구도 황금 달걀을 찾지 못했어요. 뒤뜰 한가운데 서서 잠깐 쉬고 있는데 시소 밑에서 뭔가가 빛나더군요. 아니나 다를까 그게 거기 있었어요. 황금 달걀이 풀숲에 숨어서 나를 기다렸던 거예요. 에시 루는 물에 빠진 암탉처럼 길길이 뛰었죠. 그해에는 꼭 자기가 찾겠다고 했거든요. 대상 상품 때문이었죠. 속이 들여다보이고 표면에는 금가루가 반짝거리는 커다란 레몬색 도자기 부활절 달걀이 상품이었어요. 달걀 속에는 작은 가족 모형까지 들어 있었답니다. 우리 집하고 똑같이 생긴 집 앞에 엄마, 아빠, 어린 딸 둘 그리고 개 한 마리가 서 있었죠. 난 몇 시간이고 달걀 속을 들여다보곤 했어요……. 그 달걀은 어찌 되었는지 궁금하네요. 아마 1차 대전 중에 집 앞에서 중고 판매를 할 때 팔렸지 싶어요.

내게 부활절은 언제나 행운의 날이었어요. 내가 앨버트를 갖게 되리라는 걸 주님께서 알려 주신 날이기도 하죠.

가끔 어려움을 겪는 사람들을 보면 나에게 클리오가 있었다는 게 얼마나 행운인지를 깨닫게 돼요. 더 이상 바랄 게 없는 남편이었죠. 한눈을 팔지도 않았고 술도 안 마셨고 참 괜찮은 사람이었어요. 허풍이 아니에요. 난 허풍기도 없거니와 그건 사실이거든요. 천성이 빈틈없는 사람이었어요. 머리 아플 일이 전혀 없었죠.

나는 그이를 '나의 사전'이라고 불렀답니다. 뭔가 끙끙거리며 써야 할 일이 있으면 그이를 부르기만 하면 됐어요. '이 단어는 철자가 어떻게 돼요?' 그이는 어떤 단어든 철자를 다 알았거든요. 역사도 알았어요. 어느 시기든 그이에게 물어보면 곧바로 답을 해 주었죠. 그리고 그이만큼 간절히 의사가 되고 싶어 한 사람은 보지 못했어요……. 외과 의사가 되고 싶어 했죠. 아빠가 돌아가시고 의대를 중퇴해야 했을 때 그이가 얼마나 상심했는지 난 잘 알아요. 그런데 그 일에 대해서는 단 한 번도, 단 한마디도 하지 않더군요.

그리고 그이는 사랑받았어요. 누굴 붙잡고 물어봐도 이 세상에 클리오 스레드굿보다 더 다정다감한 남자는 없다고 말했을 거예요.

그런데 어린 여자애들은 이상하게도 저돌적이고 열정적이고 낭만적인 걸 원하죠. 클리오는 조용한 편이었어요. 내가 처음에 원했던 사람은 아니지만 그이는 처음부터 나를 원했죠. 대학에서 집으로 돌아온 첫날 밤에 그이는 부엌에서 십시를 도와 비스킷을 자르는 나를 보고 마음을 정했다고 하더군요.

그이는 엄마와 아빠가 계시던 응접실로 들어가서 말했어요. '부엌에서 비스킷을 자르는 저 다 큰 여자애하고 결혼하겠어요.' 눈 깜짝할 사이에 결심했던 거죠. 당시 스레드굿 가 사람들 모두가 그런 식이었거든요. 겨우 열다섯 살이었던 나는, 누구하고도 결혼할 생각이 없으며 난 아직 너무 어리다고 말했죠. 그이는 내년에 다시 청혼하겠노라고 말했고 결국 그렇게 했는데, 그때까지도 난 준비가 안 돼 있었어요. 열여덟 살에 그이와 결혼했는데 그때도 마찬가지였죠.

처음에는 내가 선택을 잘못 한 게 아닌가 두려웠어요. 그래서 결혼을 잘못 한 것 같다고 엄마에게 울면서 말했더니 엄마는 걱정 말라고, 그이를 사랑하는 법을 배우게 될 거라고 말씀하셨어요. 난 가끔 원하는 사람을 얻지 못하는 사람은 얼마나 되는지, 기대하던 사람과 결국 맺어지는 사람은 또 얼마나 되는지 참 궁금해요. 어쨌든 클리오와 함께했던 행복한 날들을 돌아보면, 그때 그이를 뿌리쳤으면 어쨌을까 싶어 몸서리가 쳐진답니다."

스레드굿 부인은 싱긋 웃으며 말을 이었다.

"물론 클리오와 결혼했을 때, 난 전혀 경험이 없었어요. 내가 얼마나 숙맥이었는지는 말하지 않겠어요. 섹스에 대해 아무것도 몰랐고, 그전까지 남자도 알지 못했죠. 준비가 되어 있지 않은 사람은 놀라 까무러칠 수밖에 없답니다. 하지만 클리오는 자상하게 대해 주었고 나도 차츰차츰 이해하게 되었답니다.

그리고 이건 진심으로 하는 말인데, 결혼해서 사는 동안 우리 사이엔 험악한 말이 한마디도 오가지 않았답니다. 그이는 내 어머니였고, 아버지였고, 남편이었고, 선생님이었죠. 남자에게 바랄 수 있는 모든 걸 갖춘 사람이었어요. 그러니 떨어져 지내야 했던 시간들은 참으로 견디기 힘들었죠. 처음은 세계 대전 때였고, 그 다음은 그이가 척추 지압 요법 학교를 졸업하기까지 내가 다시 엄마와 함께 살아야 했던 시기였어요. 클리오는 스스로 모든 걸 일구어 냈어. 누구의 도움도 받지 않았답니다. 아무런 불평도 하지 않고 그걸 해 냈던 거예요. 그런 사람이었죠.

아기를 가지려고 했지만 잘 안 되었던 수년 동안 그이는 내 기분을 언짢게 하는 말을 한마디도 하지 않았어요. 하지만 나는 그이가 아이를 얼마나 원했는지 잘 알아요. 마침내 의사가 내 자궁이 기울어져서 아기를 갖지 못할 거라고 말했을 때, 클리오는 내 어깨에 자신의 팔을 두르며 말했죠. '괜찮아, 서부. 나 당신만 있으면 돼.' 그러고는 전과 다름없이 잘 대해 주었어요. 하지만 난 정말 그이에게 아기를 안겨 주고 싶었어요. 기도하고 또 기도했죠. '오 주님, 제가 과거에 저질렀던 어떤 일 때문에 절 불임으로 만드셨다 하더라도, 그 일로 클리오가 고통 받게 하지는 말아 주세요.' 아, 난 그 일로 수년간 괴로워했어요.

그러던 어느 부활절에 교회에 앉아 있는데 스크로긴스 목사님이 하늘로 올라가신 우리 주님 이야기를 들려주시더군요. 나는 눈을 감고 생각했어요. 내가 팔을 들어 올려 예수님과 함께 하늘나라에 올라갈 수 있다면, 그래서 클리오에게 아기 천사를 데려다 줄 수 있다면 얼마나 좋을까 하고요. 골똘히 생각에 빠져 있던 그때 한 줄기 햇빛이 천장의 스테인드글라스 창문을 통해 들어오더니 마치 스포트라이트처럼 나를 비췄어요. 빛이 너무 밝아 눈을 뜰 수 없을 지경이었답니다. 그 빛줄기는 설교가 끝날 때까지 계속해서 나를 비췄어요. 나중에 스크로긴스 목사님이 그러시는데 말씀하시는 동안 나에게서 눈을 뗄 수가 없었다는군요. 내 머리는 불이 붙은 것처럼 밝게 빛났고, 그냥 빛 그 자체였대요. 목사님이 말씀하셨어요. '이번 일요일에 제대로 된 자리에 앉으셨군요, 스레드굿 부인.'

하지만 난 그것이 내 기도에 응답하셨음을 알리기 위해 하나님이 택하신 방법이었다는 것을 곧바로 알았죠. 할렐루야. 그리스도께서 부활하셨도다. 주님께서 부활하셨도다.

앨버트를 낳은 건 서른두 살 때였어요. 그리고 클리오 스레드굿보다 더 행복한 아버지는 세상에 없었죠.

앨버트는 아기치고 덩치가 컸어요. 거의 5킬로그램이 나갔으니까요. 당시에 우리는 본가에 살고 있었는데 출산할 때 엄마와 십시는 위층에서 나하고 함께 있었고, 클리오는 다른 식구들과 함께 아래층 부엌에서 기다렸어요. 그날 오후에 이지와 루스는 카페에서 돌아와 있었는데, 이지는 와일드 터키 위스키 한 병을 가져와서는 몰래 클리오에게 한 잔 주며 그이를 진정시켰답니다. 내가 아는 한 클리오가 술을 마신 건 그때 딱 한 번이었어요. 이지는 클리오의 기분이 어땠을지 알겠더라고 하더군요. 루스가 아기를 낳을 때 자기도 똑같은 과정을 겪었다면서요.

십시가 처음으로 앨버트를 안겨 주었을 때 클리오의 눈에서 눈물이 왈칵 쏟아지더라는 말을 다른 사람을 통해 들었어요.

우리는 아기가 똑바로 앉아 있는 걸 아주 힘들어한다는 걸 알게 됐어요. 잘 앉으려고 무던히 애를 쓰는데도 넘어지곤 했답니다. 그래서 21개월이 될 때까지도 걷지를 못했어요. 우리는 버밍햄 구석구석까지 뒤져 의사란 의사에게는 모두 아기를 데려갔는데 아무도 원인을 찾지 못하더군요. 마침내 클리오는 메이요 진료소에 데려가서 뭔가 방법이 있는지 알아봐야겠다고 했어요. 난 아기에게 감색 슈트를 입히고 작은 모자를 씌워 줬어요. 춥고 눅눅했던 1월의 그날이 생각나는군요. 클리오와 아기가 기차에 타고, 기차가 천천히 출발하자 어린 앨버트가 나를 쳐다보면서 클리오의 품으로 파고들었죠.

그들이 떠나는 모습을 보는 것은 너무 큰 고통이었어요. 집으로 돌아가는 길에 심장을 도려내는 것 같은 아픔을 느꼈답니다. 그곳에선 앨버트를 3주 동안 붙들고서 진찰에 진찰을 거듭했지요. 난 쉬지 않고 기도했어요. '주님, 제 아기에게서 잘못된 것이

발견되지 않게 해 주세요.'

클리오와 앨버트가 집에 들이온 첫날, 클리오는 의사들이 무엇을 찾아냈는지에 대해 한마디도 말하지 않았어요. 나도 묻지 않았고요. 어쩌면 알고 싶지 않았는지도 모르죠. 그이는 어느 허름한 상점가에서 찍은 너무나 예쁜 사진을 가져다주었어요. 배경에 별들이 있고 반달 위에 그이와 앨버트가 앉아 있는 사진이었죠. 지금도 서랍 속에 간직하고 있는데 백만 달러를 준다고 해도 그 사진과는 바꾸지 않을 거예요.

저녁을 먹고 나서야 그이가 나를 소파에 앉히고 손을 잡으며 말을 꺼냈어요. '여보, 마음 단단히 먹고 들어 봐.' 가슴이 철렁 내려앉았죠. 그이가 말하길 우리 아기가 출산 때 뇌출혈로 고통을 받았다는 걸 의사들이 발견했다더군요. 내가 물었죠. '그럼 죽는 거예요?' 클리오가 말했어요. '오, 아니야, 여보. 육체적으로는 더할 나위 없이 건강해. 머리부터 발끝까지 철저히 검사했거든.' 그 말을 듣는 순간 가슴에서 바윗덩이가 떨어져 나가는 것 같았어요. '감사합니다, 하나님.' 그러고는 내가 벌떡 일어나니까 클리오가 잡더군요. '이런, 잠깐만 기다려, 여보. 당신이 알아야 할 게 있어.' 그래서 나는 아기가 건강한 이상 그 무엇도 상관하지 않는다고 말했답니다. 그이는 나를 도로 주저앉히며 말했어요. '이건 우리가 같이 의논해야 할 아주 중요한 문제야.' 그러면서 계속 말을 이었는데, 그곳 의사가 말하길 앨버트는 육체적으로는 매우 건강하고, 건강하게 오래 살 수 있지만 정신 연령은 네다섯 살에서 머물 가능성이 크다고 했다더군요. 평생을 어린아이 상태에서 살 거라는 말이었죠. 게다가 그렇게 끊임없는 보살핌이 요구되는 아이를 키우려면 부담이 만만치 않을 거라고요. 그러면서 클리오는 말했어요. 특별한 장소들이 있는데 거기에서는……. 나는 도중에 그의 말을 끊고 소리쳤어요. '부담이라니! 저렇게 예쁘고 소중한 아기가 부담이라니, 어떻게 그런 말을 할 수 있어요?' 어떤 사람이 감히 그런 생각을 할 수 있을까요? 태어난 순간부터 앨버트는 내 삶의 기쁨이었어요. 이 세상에 그보다 더 순수한 영혼은 없었답니다. 그 뒤로 수년 동안 나는 기분이 울적할 때마다 앨버트를 바라봤어요. 나는 매일 착하게 살기 위해 노력을 해야 했지만, 그 애에겐 그것이 본성이었죠. 나쁜 생각 같은 것도 하지 않았고, 악이라는 낱말의 의미조차 몰랐으니까요.

많은 사람들이 출산 과정에서 다친 아이 때문에 슬픔에 잠겨 살지도 모르지만, 나는 주님이 우리 아기가 고통을 겪지 않도록 하기 위해서 그렇게 하셨다고 생각해요. 그 아이는 이 세상에 나쁜 사람들이 있다는 사실조차 알지 못했어요. 그저 모든 사람들을 사랑했고 모든 사람들이 그 애를 사랑했어요. 나는 진심으로 그 아이를 하나님이 우리에게 보내 주신 천사라고 믿어요. 어떤 땐 어서 하늘나라에 가서 내 아이를 만나고 싶어 초조해지기까지 한답니다. 그 아이는 내 친구였죠. 보고 싶어요……. 특히나 부활절에는요."

스레드굿 부인은 자신의 두 손을 내려다보았다.

"당분간 이곳에 더 있어야 될 것 같아서 우리 집 침실에 둔 그림을 생각하고 있었어요. 인디언 처녀가 달빛이 환한 강에서 카누를 젓는 그림이죠. 그 처녀는 옷을 다 입고 있으니까 노리스에게 기회가 닿으면 가서 가져다 달라고 할 생각이에요."

스레드굿 부인은 과자 봉지에서 뭔가를 꺼내더니 갑자기 눈을 빛내며 말했다.

"오 에벌린, 봐요! 상품이에요. 조그만 모형 닭이네요……. 내가 정말 좋아하는 거네요!"

그러고는 손을 내밀어 그것을 친구 에벌린에게 보여 주었다.

1939년 12월 30일

신앙 재봉틀이 가짜로 밝혀지다

몇 주 전 이곳에 와서 신앙 재봉틀을 팔았던 남자가 버밍햄에서 체포되었습니다. 바느질을 하는 동안 병이 치료된다던 그 재봉틀은 프랑스 제품이 아니라 테네시주 채터누가 교외에서 만들어진 것이며, 또한 종교와도 전혀 관계가 없다고 합니다. 자신이 산 재봉틀이 관절염 치료에 많은 도움이 되었다고 생각한 비디 루이 오티스는 그 소식을 듣고 몹시 분개했습니다.

휘슬스톱의 보이 스카우트 대원인 드웨인 글래스와 버넌 하들리는 공훈 배지를 수여받았고 바비 리 스크로긴스는 이글 스카우트로 승급되었습니다. 스카우트 단장인 줄리언 스레드굿은 그들을 버밍햄의 레드마운틴산 정상에 데려가 불카누스 동상을 관람시켜 주었습니다……

줄리언의 말에 따르면 불카누스 상의 크기가 귓속에 사람 한 명이 설 수 있을 정도로 컸다고 하는군요.

그런데 과연 남자 귓속에 서 있고 싶어 하는 사람도 있을까요?

베스타 애드콕은 자신이 소속된 '동방의 별' 여성 회원들을 위한 저녁 파티를 열어 프티푸르*를 접대했습니다.

한편, 오팔은 이웃들에게 자기 고양이 부츠에게 먹이를 주지 말라고 당부했습니다. 고양이가 배고픔에 먹이를 애원하는 것처럼 행동하더라도 말입니다. 먹이는 집에도 많으며, 고양이는 지금 다이어트 중이라고 합니다. 의사가 비만이라고 했다는군요.

닷 윔스

추신 — 제 또 다른 반쪽의《내셔널 지오그래픽》12월호를 보신 분 계신가요? 읍내 어디서 잃어버렸다고 하는데 다 읽지 못한 터라 안달을 하고 있답니다.

* 식후에 커피와 함께 먹는 작은 케이크나 과자.

앨라배마주 트라우트빌

1938년 1월 8일

이지가 코끼리 팬시의 사진을 카페에 건 이후로 온젤과 조지 부부의 막내딸 노티 버드는 거기에 완전히 마음을 빼앗기고 말았다. 아빠에게 에이번데일 공원에 데려가 코끼리를 보여 달라고 졸라 대던 노티 버디의 머릿속은 오늘 온통 코끼리 생각으로 가득했다.

노티 버드가 병을 앓은 지 한 달이 지나가고 있었다. 의사 하들리는 폐렴이라는 진단을 내리고 음식을 먹이지 않으면 다음 주를 장담할 수 없다고 말했다.

빅 조지는 손도 대지 않은 오트밀 그릇이 놓인 침대를 내려다보며 애원했다.

"이 아빠를 위해서 한 입만 먹을 수 없겠니? 제발 아빠를 위해서 딱 한 입만 먹으렴, 얘야. 뭘 갖고 싶니, 응? 아빠가 예쁜 고양이 한 마리 구해다 줄까?"

겨우 13킬로그램밖에 안 나가는 여섯 살짜리 노티 버드는 가만히 누워서 움직이지도 않고, 흐릿해진 눈빛으로 고개만 흔들 뿐이었다.

"엄마가 비스킷 만들어 줄까?"

온젤이 말했다.

"비스킷하고 꿀 먹고 싶지, 응?"

"아냐, 엄마."

"이지 아씨하고 루스 아씨가 오셨어. 너에게 줄 사탕을 가져오셨는데…… 좀 먹어 볼래?"

어린아이는 오려 붙인 잡지 사진들이 뒤덮인 벽 쪽으로 고개를 돌리며 뭐라고 중얼거렸다.

온젤은 몸을 숙였다.

"뭐라고 했니, 아가야? 비스킷 먹고 싶다고?"

노티 버드가 힘없이 말했다.

"팬시가 보고 싶어."

온젤은 눈물을 흘리며 고개를 돌렸다.

"이렇다니까요, 루스 아씨. 머릿속에 온통 그 코끼리 생각밖에 없나 봐요. 아무것도 하려 들지 않아요. 코끼리를 보기 전에는 먹지도 않을 거예요."

이지와 빅 조지는 바깥 현관으로 나가 빛바랜 초록색 양철 의자에 앉았다. 한참 동안 마당을 쳐다보던 빅 조지가 말했다.

"이지 아씨, 우리 아이가 그 코끼리를 보지 못하고 죽게 할 수는 없습니다."

"조지, 에이번데일 공원에 갈 수 없다는 거 알잖아요. 요전 날 밤에도 거기서 KKK단 회동이 있었다는데. 그 문에 발을 들여놓는 순간 총알이 머리로 날아올걸요."

빅 조지는 그 말을 곰곰 생각하다가 말했다.

"아이를 거기 들여보내면 그들이 저를 반쯤 죽이겠군요. 딸아이에게 뭔 일이 생기느니 차라리 제가 죽어서 무덤에 들어가겠어요."

이지는 그의 말이 진심임을 알았다.

190센티미터나 되는 거구의 사내, 다 자란 돼지를 감자 자루 다루듯 하는 그였지만 어린 딸에게는 한없이 약해서 온젤이 아이에게 매라도 들라치면 집 밖으로 나가 있곤 하던 사람이었다. 그가 밤에 돌아오면 뛰어나와서 나무 오르듯 그에게 기어올라 목을 끌어안는 것도 노티 버드였다. 노티 버드는 아버지를 마음대로 조종할 수 있었다.

그해 빅 조지는 전차를 타고 버밍햄에 가서 노티 버드에게 눈처럼 하얀 부활절 드레스와 부활절 아침에 어울리는 신발을 사다 주었다. 온젤은 갖은 애를 써서 노티 버드의 꼬불꼬불한 머리를 돼지꼬리처럼 올려 하얀 리본으로 묶어 주었다. 하얀 드레스를 입은 노티 버드를 본 십시는 웃으면서 우유 접시에 빠진 파리 같다고 말했다. 그러나 빅 조지는 딸이 한밤중처럼 까맣든 머리가 꼬불꼬불하든 개의치 않았다. 교회에 데려가서는 아이를 마치 공주님처럼 무릎 위에 앉히곤 했다.

그러니 노티 버드의 병이 심해질수록 이지는 빅 조지가 무슨 일을 벌일지 걱정스러웠다.

이틀 뒤 거센 비가 내리고 나니 날씨가 춥고 눅눅했다. 스텀프는 학교를 마치고 철길을 따라 집으로 돌아가고 있었다. 길을 따라 늘어선 집들에서 피어오르는 연기에서 젖은 소나무 냄새가 강하게 풍겨 나왔다. 그는 날씨가 좋을 때 입는 갈색 코듀로이 바지에 가죽 재킷을 입고 있었다. 뼛속까지 한기가 스며들었다.

카페에 도착한 스텀프는 뒤쪽 장작 난롯가에 앉았다. 귀가 얼었다 녹으면서 화끈거렸다. 그의 어머니 목소리가 들렸다.

"모자는 왜 쓰지 않았니?"

"깜박 잊었어요."

"병이 나고 싶은 건 아니겠지?"

"아니에요."

스텀프는 이지가 들어오는 것을 보고 기뻐했다. 이지가 벽장으로 가서 코트를 꺼내 들더니 스모키랑 자신이랑 같이 버밍햄에 이번데일 공원으로 드라이브 가지 않겠느냐고 스텀프에게 물었다. 그는 좋아서 펄쩍 뛰었다.

"갈래요."

"좋아, 그럼 가자."

루스가 말했다.

"잠깐. 숙제 있니?"

"조금요."

"가게 해 주면 돌아와서 숙제하겠다고 약속할 수 있지?"

"네."

"이지, 곧 돌아올 거지?"

"물론이죠. 얘기만 나눌 건데요, 뭐."

"그래, 좋아. 하지만 모자는 가져가거라, 스텀프."

스텀프는 문밖으로 뛰쳐나가며 말했다.

"다녀올게요, 엄마."

루스는 이지에게 스텀프의 모자를 건네주었다.

"어둡기 전에 돌아오도록 해."

"그럴 거니까 걱정 마요."

그들은 우르르 차에 몰려 타고 버밍햄으로 출발했다.

그날 밤 12시, 불안에 떨던 루스는 스모키로부터 전화를 받았다. 모두 별일 없으니 걱정 말라는 내용이었다. 그러고는 루스가 지금 어디 있느냐고 물을 새도 없이 전화를 끊었다.

다음 날 아침 5시 45분, 루스와 십시는 부엌에서 아침 손님 맞을 준비를 하고 있었다. 온젤은 점점 병세가 악화되는 노티 버드와 함께 집에 남아 있었다. 루스는 아직 집에 돌아오지 않은 스텀프와 이지 그리고 스모키가 걱정되어 신경이 곤두서 있었다.

"돌아올 거예요."

십시가 말했다.

"늘 그렇잖아요. 이지 아씨라면 스텀프에게 무슨 일이 생기게 놔두지 않을 거라는 거 아시잖아요."

한 시간 뒤, 그레이디 킬고어와 그의 동료들이 모닝커피를 마시고 있을 때 경적 소리와 함께 카페를 향해 달려오는 차 소리가 들렸다. 그리고 멀리서 땡그랑거리는 크리스마스 종소리가 들려오더니 갈수록 점점 소리가 커졌다. 모두 일어나 창밖을 내다보았다. 그들은 자신들의 눈을 믿을 수가 없었다.

옆 건물의 미용실에서 손님의 머리에 연한 초록색 팔몰라이브 샴푸를 막 끼얹던 오팔은 창밖을 내다보고는 비명을 질렀다. 그 소리가 어찌나 컸던지 가엾은 비디 루이스 오티스는 놀라서 넋이 나갈 지경이었다.

발목에 가죽 발찌를 차고 밝은 보라색 깃털과 종 몇 개로 몸을 장식한 팬시가 유유히 카페 앞을 지나가고 있었던 것이다. 허공에 코글 휘두르며 긴는 모양새를 보건대 팬시도 즐기는 것 같았다. 코끼리는 철로를 건너 트라우트빌로 향했다.

부엌에서 나온 십시는 둥둥 떠 가듯 창밖으로 지나가는 거대한 동물을 보고 화장실로 뛰어 들어가 문을 걸어 잠갔다.

곧이어 스텀프가 카페로 뛰어 들어왔다.

"엄마! 엄마! 어서요!"

그러고는 루스를 끌고 밖으로 달려 나갔다.

팬시가 트라우트빌의 붉은 흙길을 쿵쿵거리며 지나가자 앞다퉈 문이 열렸고, 사방이 아이들의 즐거운 비명 소리로 가득 찼다. 어안이 벙벙해진 부모들은 아직 잠옷 바람에 머리가 헝클어진 모습으로 할 말을 잊었다.

조련사 J. W. 몰드워터가 팬시 곁에서 걷고 있었다. 지난밤 술을 마시고 게임을 했는데 결국 지고 말았던 것이다. 지금의 그가 바라는 것은 단 하나, 고막이 터지도록 소리를 질러 대며 자기를 따라 콩처럼 이리저리 뛰어다니는 아이들이 조용해지는 것이었다.

조련사가 옆에서 걷는 이지를 쳐다보며 말했다.

"그 아이가 사는 곳이 어디오?"

"저만 따라오시면 돼요."

온젤은 앞치마도 벗지 못한 채 집 밖으로 뛰어나가 큰 소리로 빅 조지를 불렀다. 장작 패는 도끼를 든 채 집 모퉁이를 돌아 나온 빅 조지는 믿을 수 없는 광경을 보고 한동안 우두커니 서 있었다. 그러더니 이지를 보며 조용히 말했다.

"고맙습니다, 이지 아씨. 고맙습니다."

빅 조지는 도끼를 벽에 세워 놓고 집 안으로 들어가 야윈 어린 딸을 이불로 조심스럽게 감쌌다.

"오늘 아침에 저 멀리 버밍햄에서 널 보려고 누가 왔단다, 아가."

그러고는 아이를 밖으로 데리고 나왔다.

그들이 나오자 J. W. 몰드워터가 막대기로 주름투성이 친구를 슬쩍 찔렀고, 그 노련한 서커스 베테랑은 뒷발을 구부리고 앉으며 우렁찬 나팔 소리로 노티 버드에게 인사를 보냈다.

노티 버드는 마당에 펼쳐진 광경에 놀라 눈이 휘둥그레졌다.

"우와, 팬시예요, 아빠! 팬시가 왔어요."

루스는 온젤에게 팔짱을 끼고서 아직 숙취를 털어 내지 못한 조련사가 코끼리를 현관 모퉁이로 모는 모습을 지켜보았다. 조련사는 노티 버드에게 5센트짜리 땅콩 한 봉지를 주며 코끼리에게 먹이를 주고 싶으면 주어도 된다고 말했다.

윌리 보이도 창문 틈으로 겨우 내다보았고, 다른 아이들도 집채만 한 그 커다란 회색 동물과 거리를 유지한 채로 구경했지만 노티 버드는 겁도 없이 코끼리에게 하나씩 하나씩 땅콩을 먹였다. 오랜 친구에게 말하듯이 자기가 몇 살이며 몇 학년에 다니고 있다는 이야기도 들려주었다.

팬시는 이야기를 알아듣기라도 하는 양 눈을 꿈벅거렸다. 코끼리는 아이가 주는 땅콩을 마치 장갑 낀 여자가 동전 지갑에서 동전을 꺼내듯 부드럽게, 한 번에 하나씩 받아먹었다.

20분 후 노티 버드는 코끼리에게 손을 흔들어 작별 인사를 했고, J. W. 몰드워터는 버밍햄을 향해 먼 길을 출발했다. 그는 다시는 술을 마시지 않을 것이며, 낯선 사람과는 절대로 밤샘 포커를 치지 않겠노라고 혼자 다짐했다.

집 안으로 들어산 노티 머느는 꿀을 섵블인 버터빌그 비스깃 세 개를 먹었다.

조지아주 밸도스타

1924년 9월 15일

루스 제이미슨이 결혼하러 집으로 돌아가고 나서 2주 뒤 이지는 밸도스타로 차를 몰고 가서 이발소 옆 건물인 신문사 사무소 앞의 큰길가에 차를 세웠다. 한 시간쯤 지나 차에서 내린 그녀는 길 건너 모퉁이 식료품점으로 들어갔다. 크기만 조금 더 클 뿐, 마룻바닥이며 높은 천장이 아빠 가게와 거의 똑같았다.

이지는 물건들을 하나하나 들여다보면서 어슬렁거렸다. 이윽고 이제 막 머리가 벗어지기 시작하는 남자가 흰색 앞치마를 두르고 와서 말했다.

"도와 드릴까요? 오늘은 무엇이 필요하십니까?"

이지는 소금을 친 크래커와 계산대에 진열된 치즈 두 조각을 먹겠다고 말했다. 남자가 치즈를 자르는 동안 이지가 말했다.

"혹시 프랭크 베넷이 오늘 읍내에 있는지 어떤지 아세요?"

"누구요?"

"프랭크 베넷요."

"아, 프랭크. 없어요. 보통 수요일에 나와서 은행에 가거나 가끔 길 건너에서 이발을 합니다만. 왜요? 그 사람에게 볼일이 있나요?"

"아니에요, 알지도 못하는 사람이에요. 그냥 어떻게 생긴 사람인가 궁금해서요."

"누가요?"

"프랭크 베넷요."

그는 이지에게 크래커와 치즈를 건네주었다.

"마실 것은 필요 없나요?"

"네. 이거면 돼요."

"어떻게 생긴 사람이냐고요? 음, 가만 있자…… 글쎄요, 흔히 보는 그런 사람이죠. 덩치가 좀 크고…… 검은 머리에 눈은 물론 푸른색이고…… 한쪽 눈은 의안이에요."

"의안요?"

"예, 전쟁에서 잃었죠. 그것 말고는 잘생긴 사람이라고 할 수 있을 겁니다."

"나이는요?"

"아마 서른대여섯 살 정도 될 거예요. 부친이 읍내 남쪽으로 15킬로미터 정도 떨어진 곳에 320만 제곱미터 정도의 땅을 물려주었죠. 그래서 이젠 여기 자주 나오지는 않아요."

"좋은 사람인가요? 제 말은, 그러니까 사람들이 그 사람을 좋아하느냐고요."

"프랭크요? 그렇다고 할 수 있죠. 그런데 그런 건 왜 묻지요?"

"그냥 궁금해서요. 제 사촌이 그 사람하고 약혼했는데, 그냥 좀 궁금하네요."

"루스와 사촌이오? 허! 좋은 사람이지요. 루스는 다들 좋게 생각해요. 루스 제이미슨이 어렸을 때부터 알았죠. 늘 공손하고……주일학교에서는 내 손녀를 가르치지. 루스를 만나러 왔소?"

이지는 화제를 돌렸다.

"크래커에 곁들여서 뭘 좀 마시는 게 좋을 것 같네요."

"그럴 줄 알았어요. 뭘 드릴까? 우유?"

"아뇨. 우유는 좋아하지 않아요."

"찬 음료는 어때요?"

"딸기 소다수 있나요?"

"물론 있죠."

"그거 하나 주세요."

그는 음료수 상자가 있는 곳으로 가서 하나를 가져다주었다.

"루스가 프랭크하고 결혼하게 돼서 모두 좋아하고 있다오. 부친이 돌아가신 뒤로 그들 모녀가 아주 힘들게 살고 있었거든. 작년에 몇몇이서 교회를 통해 도움을 주려 했지만 한 푼도 받으려 들지를 않았다오. 자존심이지……. 하지만 아가씨가 모르는 사실에 대해서는 말하지 않으려오. 그들과 함께 머물 생각이오?"

"아니에요. 아직 만나지도 않았어요."

"그렇다면 집이 어딘지는 아는 거요? 바로 두 블록 아래에 있어요. 괜찮다면 내가 태워다 드리리다. 루스는 아가씨가 온 건 알아요?"

"아뇨, 괜찮아요. 솔직히 말하자면요, 제가 여기 있다는 걸 그들이 모르는 게 더 좋을 것 같아요. 그저 업무차 지나가던 참이었거든요. 전 로즈버드 향수 회사 외판원이에요."

"그래요?"

"네. 그리고 집으로 돌아가기 전에 몇 군데 더 들러야 할 데가 있어서 이제 가 봐야 돼요. 전 그저 프랭크라는 사람이 별 문제 없는 사람인지를 확인하고 싶었을 뿐이에요. 친척들이 걱정하고 있다는 걸 루스가 아는 건 원치 않아요. 알면 마음이 편치 않을 테니까요. 그러니까 곧장 집으로 돌아가서 루스의 아저씨뻘, 아주머니뻘인 우리 아빠와 엄마에게 아무런 문제가 없더라고 말할 거예요. 그리고 우리 모두 결혼식에 참석하러 올 건데 우리가 여기저기 묻고 돌아다녔다는 것을 알면 기분이 상하지 않겠어요? 그래서 지금 그냥 집으로 가려고요. 그럼 고맙습니다."

가게 주인은 가게 문을 나서는, 철도 회사 작업복을 입은 낯선 젊은 여자의 뒷모습을 유심히 바라보다가 소리쳤다.

"이봐요! 음료수가 아직 남았잖소!"

《밸도스타 신보》

1924년 11월 2일

베넷과 제이미슨의 결혼식

일요일, 제임스 도스 목사님의 주례하에 루스 앤 제이미슨 양이 프랭크 콜리 베넷 군의 신부가 되었습니다. 신부는 흰색 레이스 드레스를 입고 조그마한 장미로 만든 꽃다발을 들었습니다. 신랑의 형제 제럴드 베넷이 신랑 들러리를 섰습니다.

신부는 엘리자베스 제이미슨 부인과 고(故) 찰스 제이미슨 목사님의 여식입니다. 결혼 전 제이미슨 양으로 말하자면, 밸도스타 고등학교를 우등으로 졸업하고 오거스타의 침례교 여성 신학교에 다녔으며 그 지역에서 잘 알려진 존경받는 교회 일꾼입니다. 신랑 프랭크 콜리 베넷 군은 밸도스타 고등학교를 졸업한 뒤 4년 동안 군에 복무했는데, 그곳에서 부상을 입었고 퍼플 하트 훈장을 수여받았습니다.

이들 부부는 조지아주 탈룰라폴스에서 2주간 신혼여행을 한 뒤, 읍내 남쪽 15킬로미터 지점에 있는 신랑 가족의 집에서 살 거라고 합니다. 베넷 부인은 여행에서 돌아온 뒤에도 계속해서 주일 학교 교사를 할 예정입니다.

조지아주 밸도스타

1924년 11월 1일

　루스의 결혼식 날 아침이었다. 이지는 줄리언의 차를 빌려 타고 와서 7시부터 줄곧 새벽 비둘기 침례교회의 길 건너편에 차를 주차시켜 놓고 있었다. 네 시간 뒤, 루스와 루스의 어머니가 교회의 옆문으로 들어가는 모습이 보였다. 웨딩드레스를 입은 루스는 이지가 예상했던 대로 아름다웠다.

　그 뒤를 이어 프랭크 베넷과 그의 동생이 도착했다. 이지는 차 안에 앉아 하객들이 한 사람씩 안으로 들어가 교회가 가득 찰 때까지 지켜보았다. 흰 장갑을 낀 신랑 들러리가 문을 닫았을 때는 가슴이 철렁했다. 문은 닫혔지만 교회 안에서 연주하는 결혼행진곡 오르간 소리는 여전히 들려 왔다. 속이 울렁거렸다.

　이지는 그날 아침 6시부터 싸구려 위스키를 마셨고, 신부가 "네."라고 말하기 직전 교회 안에 있던 사람들은 밖에서 누가 저렇게 차 경적을 울려 대는지 궁금해해야 했다. 잠시 후에 다시 오르간 소리가 들렸고, 갑자기 교회 문이 세차게 열리더니 루스와 프랭크가 웃으며 계단을 내려왔다. 사람들이 환호하며 쌀을 던졌다. 대기하고 있던 차의 뒷좌석에 그들이 올라타자 차가 이내 출발했다.

이지는 다시 한 번 경적을 울렸다. 차가 막 모퉁이를 돌 때 루스가 주위를 두리번거렸지만 간발의 차이로 이지를 보지 못했다.

이지는 앨라배마의 집으로 돌아오는 내내 차 문에 몸을 기대고 속을 게워 냈다.

로즈 테라스 요양원

앨라배마주 버밍햄 올드몽고메리 하이웨이

1986년 3월 30일

에드 카우치는 부활절 아침에 요양원에서 어머니를 집으로 모셔 왔고 그들은 함께 부활절을 보냈다. 에벌린이 스레드굿 부인을 초대하고 싶다고 했지만 에드는 어머니가 좋아하지 않을 거라고 했다. 우리가 어머니의 심기가 불편해지는 것, 말하자면 어머니가 요양원으로 돌아가지 않을지도 모를 상황을 원치 않는다는 것은 하나님만 아신다고 했다. 결국 에벌린은 딱 세 사람이 먹을 음식을 준비했고, 저녁을 먹은 뒤 에드와 그의 어머니는 굴 속으로 들어가 텔레비전을 보았다.

에벌린은 그들과 함께 다시 요양원으로 가서 스레드굿 부인에게 안부 인사라도 할 계획이었는데, 막 문을 나서려는 순간 시동생이 시어머니에게 장거리 전화를 걸어 왔다. 식사 시간 내내 요양원이 너무 싫다며 우는소리를 했던 그녀의 시어머니는 옷을 차려입고 외출 준비를 했다. 에벌린은 에드에게 둘이서만 가라고 말했다.

그러다 보니 2주 만에 친구를 보게 되었는데, 친구를 본 에벌린은 깜짝 놀랐다…….

"미용실에 가서 부활절 맞을 준비로 머리를 했어요. 어때요?"

에벌린은 뭐라고 해야 좋을지 몰랐다. 머리가 밝은 보라색으로 염색되어 있었던 것이다.

"음, 머리를 하셨군요."

"네. 부활절에는 언제나 가장 멋진 모습을 보여 주고 싶거든요."

에벌린은 아무렇지도 않은 척 미소를 지었다.

"누가 해 주었어요?"

스레드굿 부인이 말했다.

"저, 믿을지 모르겠지만 버밍햄의 미용 학교에서 온 학생이 해 주었어요. 거기 학생들이 가끔 여기 와서 공짜로 머리를 해 준답니다. 실습 삼아서 하는 거죠. 내 머리는 조그맣고 귀여운 학생이 했는데 어찌나 열심히 하던지 50센트를 팁으로 주었다오. 어디 가서 50센트로 샴푸하고 염색하고 손질까지 할 수 있겠어요?"

에벌린은 호기심이 일었다.

"그 학생은 몇 살이었어요?"

"이런, 다 큰 어른이었어요. 다만 몸이 작다 보니 머리를 하는 동안 상자 위에 올라서 있어야 했죠. 조금만 더 작았더라면 난쟁이라고 할 수도 있겠더군요. 물론 난 장애를 가진 사람에게 편견을 가지고 있지도 않을뿐더러 난쟁이를 아주 좋아하기도 해요……. 담배를 팔던 그 자그마한 난쟁이가 궁금해지네요."

"어디에서요?"

"라디오와 텔레비전에서요. 벨보이처럼 차려입고 필립 모리스 담배를 팔던 남자가 있었어요. 에벌린도 기억할 텐데."

"아, 네. 이제 누군지 알겠어요."

"난 그 사람한테 대단히 흥미를 느꼈어요. 그 사람이 휘슬스톱에 왔으면, 그래서 무릎 위에 앉혀 놓고 같이 놀 수 있으면 좋겠다는 생각을 늘 했답니다."

물들인 달걀과 캔디 콘 젤리, 부활절 초콜릿을 가져갔던 에벌린은 스레드굿 부인에게 부활절 당일에 함께하지 못했으니 이번 주에 다시 정식으로 부활절을 축하하는 게 어떻겠느냐고 말했다. 스레드굿 부인은 좋은 생각이라고 했다. 그녀는 캔디 콘을 아주 좋아한다면서 언제나 하얀 꼭대기 부분을 먼저 베어 먹고 나머지는 그 뒤에 먹는다고 이야기했다. 그러고는 바로 그렇게 캔디 콘을 먹으면서 부활절에 있었던 이야기를 시작했다.

"오 에벌린, 에벌린도 그날 거기 있었더라면 좋았을걸. 간호사들이 달걀을 사방에 숨겼어요. 우리는 각자 호주머니와 방에 몇 개씩 넣어 두었지요. 그리고 우드론에서 3학년생 전부가 왔는데 복도에서 이리 뛰고 저리 뛰는 아이들이 얼마나 귀여웠는지 모른답니다. 아이들에겐 정말이지 아주 멋진 시간이었던 거예요! 이곳 노인들한테도 아주 귀한 시간이었고요. 다들 아이들을 몹시 보고 싶어 하거든요. 모든 사람들에게 활기를 준 것 같아요. 노인들은 가끔씩 아이들을 보아야 해요."

스레드굿 부인이 은밀한 목소리로 말했다.

"그러면 생기를 느끼죠. 정말 연세가 많은 노부인 몇몇은 여기 나와 마냥 휠체어에 웅크리고 앉아 있는데…… 간호사들이 아기 인형을 안겨 줄 때면 놀랍게도 허리를 꼿꼿하게 펴고 앉아서 인형을 안는답니다. 다들 그 인형이 자기 아기라고 생각하는 거지요. 부활절에 또 누가 니가 왔게요?"

"누가 왔는데요?"

"텔레비전 방송국에서 일기예보를 하는 그 여자 아나운서가 왔어요……. 이름은 잊어버렸는데 유명한 사람이죠."

"네, 정말 좋았겠네요."

"아, 그랬어요……. 그런데 그거 알아요?"

"뭐요?"

"방금 생각난 건데요. 휘슬스톱에는 유명 인사가 온 적이 한 번도 없었어요……. 프랭클린 루스벨트하고 핀토 말고요. 하지만 그들도 살아서 온 건 아니었으니까 계산에 넣을 수는 없어요. 닷 윔스는 딱하게도 그런 흥미진진한 기사를 써 보지 못했죠."

"그 사람이 누군데요?"

스레드굿 부인이 깜짝 놀라며 말했다.

"프랭클린 루스벨트에 대해 들어 본 적이 없단 말인가요?"

"아뇨. 핀토 말이에요."

"핀토에 대해 들어 본 적이 없어요?"

"핀토요? 얼룩말을 말씀하시는 건가요?"*

"아니에요. 얼룩 콩을 가리킬 때의 핀토요. 시모어 핀토. 그는 유명한 살인자였어요!"

"아…… 모르는 사람이에요. 제가 태어나기 전 사람인가 보네요."

"그래요. 다행이죠. 대단한 악인이었으니까. 인디언 혼혈이었

---

* 핀토(pinto)는 '얼룩무늬가 있는', '얼룩말'이란 뜻이 있다.

던 것 같은데 어쨌거나 밤길에 마주쳐서는 안 될 그런 인간인 것은 분명해요."

스레드굿 부인은 캔디 콘을 다 먹고 나서 토끼 모양 초콜릿의 머리를 베어 물며 말했다.

"토끼야, 미안."

잠시 후 스레드굿 부인이 말을 이었다.

"있잖아요, 에벌린, 이곳에서 부활절 행사를 두 번이나 치른 사람은 나밖에 없을 거예요. 죄가 될 것 같지만, 에벌린이 아무에게도 얘기 안 하겠다면 나도 그렇게 할게요."

《윔스 통신》

앨리배미주 휘슬스톱 주간 소식지

1940년 3월 28일

유명한 범죄자, 휘슬스톱에 오다

악명 높은 살인자 핀토가 7시 15분에 휘슬스톱을 통과했습니다. 기차가 정차한 시간은 겨우 10분이었지만 스텀프 스레드굿과 페기 하들리는 그 시신의 사진을 찍었습니다. 이지는 사진이 나오는 대로 카페에 걸어 둘 생각이라고 합니다.

이지는 컵 스카우트 대원들을 버밍햄의 키디랜드 공원과 파이브 포인츠 극장에 데려갔습니다. 그곳에서 「나는 사슬에 묶여 있다가 탈출한 죄수였다」라는 영화를 보았는데 모두 즐거워했다고 합니다.

이지는 남아메리카의 인간 사냥꾼이 잡은 쪼그라든 진품 사람 머리통을 갖고 있다며, 카페 카운터에 둘 테니 보고 싶은 사람은 언제든 와서 보라고 했습니다.

코골이를 고칠 수 있는 분 혹시 계신가요? 계시다면 저희 집으로 와 주십시오. 저의 또 다른 반쪽의 코 고는 소리 때문에 제가 미칠 지경입니다. 개집으로 쫓아 버릴까 하는 생각까지 든답니다. 그이의 사냥개 중 한 마리도 그이와 똑같이 코를 골거든요. 며칠 전에 그이에게 코 고는 건 유전이 분명하다고 말했습니다. 하. 하.

레일로드 빌에 대한 현상금이 또 올랐습니다. 그가 이곳 어디 출신이라고 생각하는 사람도 있더군요. 레일로드 빌은 과연 누구인가? 정말 큰 의문이 아닐 수 없습니다. 저는 혹시 윌버가 아닐까 하는 생각도 해 봤는데 그이는 너무 게을러서 한밤중에는 일어나지 못한답니다.

엘크스 클럽은 스크로긴스 목사님 부부의 아들 바비를 '올해의 소년'으로 지명했습니다. 그분들에겐 무척 자랑스러운 일이지요.

닷 윔스

추신 — 제 또 다른 반쪽이 딜 피클 클럽의 낚시 여행에서 돌아왔는데 이번에도 고기는 한 마리도 잡지 못하고 옻만 옮아 왔습니다. 그이 말로는 이지 탓이라는데, 이지가 그곳에 앉으라고 했기 때문이라는군요. 루스 말로는 이지도 심하게 옻이 옮았다고 합니다.

앨라배마주 휘슬스톱

1940년 3월 25일

스텀프는 방의 불을 모두 끄고 방바닥에 누워 라디오 프로그램 「그림자」를 듣고 있었다. 라디오에서는 한 남자가 깊이 울리는 목소리로 말하고 있었다.

"죄악의 나무는 쓴 열매를 맺고…… 범죄는……"

뒤이어 미친 듯한 웃음소리가 들렸다.

"하! 하! 하!"

바로 그때 이지가 카페에서 나와 갑자기 불을 켰고, 그 바람에 스텀프는 까무러치게 놀랐다.

"알아맞혀 볼래, 스텀프? 그레이디 아저씨가 그러는데, 핀토가 아침 7시 30분에 여길 통과한대. 매장되러 가는 길인데 이 역에서 기차를 갈아탄다는구나."

스텀프는 벌떡 일어섰다. 심장이 쿵쿵 뛰었다.

"핀토요? 진짜 핀토 말이죠?"

"그래. 아저씨 말로는 단 몇 분만 머물 거래. 다른 기차로 갈아탈 시간만큼만 말이지. 너랑 같이 가고 싶지만 난 네 엄마를 버밍햄의 교회까지 데려다 줘야 해. 네 엄만 거기 꼭 가야 하거든. 그래도 네가 그 사람을 보고 싶다면 6시 30분까지 거기 가 있으면 될 거야. 다른 사람들도 다들 보고 싶어 할 테니까 아무에게도 말하지 말고."

"알겠어요. 말 안 할게요."

"그리고 스텀프, 부탁인데 네 엄마한테는 내가 이런 말 했다고 말하지 마라."

"알았어요."

생일 선물로 브라우니 카메라를 받았던 터라 스텀프는 이지에게 핀토의 사진을 찍어도 되는지 물었다.

"관 말고는 아무것도 보지 못할 텐데. 하지만 사진을 찍고 싶다면 찍을 수도 있을 것 같구나. 일단 아저씨에게 물어보렴. 무슨 말인지 알겠지?"

"네."

스텀프는 핀토에 대한 특급 정보로 페기를 감동시키기 위해 그녀의 집으로 달려갔다. 핀토는 앨라배마 북부의 어느 오두막에서 길고 힘든 총격전 끝에 붙잡혔는데, 그 과정에서 경관 세 명이 그의 총에 맞아 죽고 말았다. 그는 여자 친구와 함께 체포되었다. '강철 심장을 가진 빨간 머리 살인자 헤이즐'이라는 명칭으로 알려져 있던 그 여자 친구는 볼드윈카운티의 보안관을 때려눕힌 적도 있었다. 핀토가 사형 선고를 받았을 때는 앨라배마 전역에 "핀토, '빅 옐로 마마'에 앉다"라는 머리기사를 실은 신문이 유포되었다.

빅 옐로 마마는 폴솜 감옥의 거대한 철제 전기의자에 붙여진 이름으로 수년에 걸쳐 수백 명의 생명을 빼앗았지만, 이번 건은 뭔가 특별했다.

페기의 집에 도착했을 때 현관 앞 그네 의자에 앉아 있던 하들 리는 페기가 집 안에서 어머니를 도와 설거지를 하고 있다고 말했 다. 스텀프는 뒤뜰로 가서 기다렸다.

페기가 나오자 스텀프는 그 소식을 알렸다. 스텀프가 기대했 던 대로 페기는 감동했다. 스텀프는 이어서 지시 사항을 일러 주 었다.

"아침에 내가 이 나무 밑으로 와서 이렇게 신호를 보낼게……."

그러고는 메추라기의 휘파람 소리를 세 번 냈다.

"소리가 들리면 밖으로 나와. 기차가 일찍 올지도 모르니까 5시까지는 준비해야 할 거야."

다음 날 아침, 스텀프가 도착했을 때 페기는 벌써 옷을 갖춰 입고 나무 밑에서 기다리고 있었다. 새 소리 신호 아이디어를 내 심 만족스럽게 생각했던 스텀프는 짜증이 났다. 그 아이디어는 당 시 읽고 있던 『말하는 참새 살인 사건』에서 얻은 것이었다. 게다가 그는 밤늦게까지, 이지에게서 그만두지 않으면 혼내겠다는 말을 들어 가면서 메추라기 휘파람 소리를 연습했던 터였다.

첫 번째 계획에 이어 두 번째 계획도 어긋났다. 기차가 한 시 간 연착하는 바람에 역에서 세 시간 동안이나 기다려야 했던 것 이다.

카메라에 필름을 넣었다 뺐다 하기를 아마 백 번은 했을 것이 다. 제대로 작동하는지 확인해 보기 위해서였다.

마침내 커다랗고 시커먼 기차가 덜커덩거리며 들어와 멈췄다. 그레이디와 철도사 직원 넷이 개폐소에서 나와 화물차 문을 열고 핀토가 실렸음 직한 커다란 흰색 소나무 궤짝을 들어냈다. 기차는 하역장에 궤짝을 남겨 둔 채 다시 덜커덩거리며 떠났다. 남자들이 다른 기차를 끌어오러 간 동안 그레이디가 경비를 섰는데, 카키색 셔츠와 바지 차림에 옆구리에 가죽 권총집을 맨 그는 아주 중요한 인물처럼 보였다.

스텀프와 페기가 플랫폼으로 달려오는 것을 보며 그레이디가 말했다.

"안녕, 애들아!"

그러고는 발로 궤짝을 툭 찼다.

"자, 여기 있다. 내가 이지에게 말했던 대로야. 시모어 핀토."

스텀프는 사진을 찍어도 되는지 물었다.

"물론 되지. 어서 찍으렴."

스텀프는 찍을 수 있는 모든 각도에서 사진을 찍기 시작했다. 그레이디는 앨라배마주 애트모어의 킬베이 감옥에서 교도관으로 근무하던 시절을 회상했다.

여분 필름을 드는 일을 맡았던 페기가 그레이디에게 진짜 살인자를 본 적이 있느냐고 물었다.

"물론 많이 봤지. 우리가 애트모어에 살 땐 두 명이 우리 집 일을 해 주기도 했는걸."

"집에 살아 있는 진짜 살인자들을 두었단 말씀이세요?"

그레이디는 놀란 듯이 페기를 쳐다보았다.

"그렇다니까. 그럼 안 되니? 좋은 사람 중에도 살인자가 있단다."

그레이디는 모자를 이마 위로 밀어 올리며 진지하게 말했다.

"도둑놈들에겐 동정의 여지가 없어. 하지만 살인자는 보통 딱한 번만 범행을 서지르지. 내상은 의사인 경우가 대부분이고. 그들은 같은 범행을 또 저지르지 않아. 하지만 한 번 도둑은 죽는 날까지 도둑이지."

스텀프는 벌써 필름을 두 통째 쓰고 있었고 그레이디는 매혹되어 있는 페기에게 이야기를 계속했다.

"아니, 난 살인자들을 꺼리지 않아. 살인자들 대부분은 태도가 부드럽고 대개가 유쾌한 친구들이거든."

스텀프가 사진을 찍으면서 질문을 던졌다.

"혹시 전기의자에서 사형당한 사람을 보신 적 있어요?"

그레이디가 웃으며 말했다.

"겨우 300명쯤 봤나. 그게 말이지, 아주 볼만하다고. 사형수들을 빅 옐로 마마로 데려가기 전에 처음 태어난 날처럼 그들의 머리를 박박 밀어 버리지. 그러고는 차가운 소금물에 담근 스펀지를 모자 밑에 집어넣는 거야. 소금물이 전기를 빨리 전달시키거든. 내가 마지막으로 보았던 사형수는 전기의자에 일곱 번을 앉고 나서야 죽었어. 그 일로 읍내에 전기가 끊기고 라디오 방송 수신에 말썽이 생겨서 애트모어 사람들은 굉장히 화를 냈지. 죽은 걸 확실히 하기 위해 의사가 그 깜둥이의 심장에 바늘을 찔러 넣기까지 했지……."

그레이디가 시계를 보며 말했다.

"왜 이렇게 오래 걸리는 거야? 뭣들 하고 있는지 가 봐야겠다."

그레이디가 그들을 궤짝과 함께 남겨 두고 자리를 떴다. 스텀프로서는 절호의 기회였다.

"뚜껑 여는 것 좀 도와줘. 얼굴을 찍어야겠어."

페기가 겁에 질려 말했다.

"장난치면 안 돼. 그건 시체란 말이야! 죽은 사람에 대한 예의를 지켜야 해!"

"안 그래도 돼. 범죄자는 예외야. 보고 싶지 않으면 너는 저리가 있어."

스텀프는 뚜껑을 여느라 바빴고 페기는 뒤로 물러나 기둥 뒤에 숨으며 말했다.

"말썽이라도 나면 어쩌려고!"

뚜껑을 연 스텀프는 가만히 서서 궤짝 안을 응시했다.

"이리 와 봐."

"싫어. 무섭단 말이야."

"와 봐. 아무것도 안 보여. 시트에 싸여 있어."

페기가 다가와서 아주 조심스럽게 시체를 들여다보았다. 비록 시트에 완전히 덮여 있긴 했지만.

잠시 실망했던 스텀프가 말했다.

"나 좀 도와줘야겠다. 내가 사진을 찍을 수 있게 네가 저 얼굴에서 시트를 벗겨 주었으면 좋겠어."

"싫어, 스텀프. 보고 싶지 않아."

스텀프 역시 핀토의 얼굴을 보고 싶은 마음은 전혀 없었지만 어떻게든 사진을 찍어야겠다고 마음먹었다. 그래서 얼굴을 보지 않고 사진을 찍을 수 있는 방법을 궁리했다.

스텀프는 페기에게 카메라를 넘겨주며 말했다.

"자, 카메라 초점을 머리에 맞춰. 그럼 내가 셋을 셀게. 넌 눈을 감고 있다가 내가 셋을 세면서 시트를 젖히면 사진을 찍는 거야. 그러고 나서 내가 시트를 다시 씌우면 넌 얼굴을 보지 않아도 되는 거지. 지, 애 못 기지? 아저씨가 곧 돌아온다고……."

"싫어. 무서워."

"부탁할게……. 나는 너한테만 이 사람이 여기 올 거라는 걸 알려 줬다고."

페기가 마지못해 말했다.

"그래, 알았어. 하지만 내가 눈을 감을 때까지는 절대 시트를 젖히면 안 돼. 약속할 수 있지, 스텀프 스레드굿?"

스텀프는 '진실과 명예'를 상징하는 보이 스카우트의 사인을 보여주며 말했다.

"약속해. 자, 서둘러."

페기는 흔들리는 카메라의 초점을 시트로 덮인 머리에 맞추었다.

"준비됐니?"

"응."

"좋아. 자, 눈을 감고 있다가 내가 셋을 세면 사진을 찍어. 그리고 내가 말할 때까지는 눈을 뜨지 마."

페기가 눈을 감았고 스텀프도 눈을 감았다. 스텀프가 조심스럽게 시트를 잡아 뒤로 젖히면서 말했다.

"자, 하나, 둘, 셋, 찍어!"

계획했던 대로 페기는 스텀프의 지시에 따라 사진을 찍었다. 그때 그레이디가 그들 뒤로 다가와 소리를 질렀다.

"어이! 너희들 지금 뭐 하는 거야?"

깜짝 놀란 그들은 동시에 눈을 번쩍 떴고, 그 바람에 핀토의 얼굴을 정면으로 보게 되었다.

페기가 비명 소리와 함께 관 속에 카메라를 떨어뜨리고는 뛰어 달아났다. 스텀프도 여자아이처럼 날카로운 비명을 지르며 페기와 다른 방향으로 뛰었다.

바삭하게 탄 몸으로 입을 벌리고 눈을 크게 뜬 채로 누워 있던 핀토, 그에게 머리털이 한 올이라도 남아 있었다면 아마 곤두서 있었을 것이다. 페기는 그날 오후 늦게까지 이불을 뒤집어쓰고 침대에 누워 있어야 했다. 핀토의 얼굴이 눈앞에 계속 어른거렸기 때문이다. 스텀프는 론 레인저 야광 벨트를 매고, 여전히 떨면서, 뒷방에 앉아 있었다. 살아 있는 동안은 그 얼굴을 결코 잊지 못할 것 같았다.

그날 저녁 6시쯤에 그레이디가 스텀프의 카메라를 돌려주러 카페에 왔다

"믿기 어렵겠지만 말이지."

그러고는 아침에 있었던 일들을 그들에게 들려주었다.

"그 녀석들이 그 죽은 불쌍한 인간의 코를 부러뜨려 놓았더라고!"

루스는 놀라며 기겁을 했다. 스모키는 터져 나오는 웃음을 참으려고 커피 잔을 노려보았다. 그리고 이지는 웃다가 친구 오시 스미스에게 주려고 가져가던 포도주를 그만 옷에 쏟고 말았다.

조지아주 밸도스타

1924년 9월 30일

어린 시절 프랭크 베넷은 어머니를 몹시 좋아했다. 아버지가 그의 그런 점을 혐오할 정도였다. 그의 아버지는 의자에 앉아 있는 프랭크를 내동댕이치거나 계단 밑으로 걷어차 버리는 일쯤은 대수롭지 않게 하는 무지막지한 사람이었다. 어린아이인 프랭크에게 어머니는 자기가 아는 단 하나의 다정하고 따뜻한 존재였으며, 그는 그런 어머니를 더할 수 없이 사랑했다.

어느 날 꾀병을 핑계로 학교에서 일찍 돌아온 프랭크는 부엌 바닥에 있던 어머니와 삼촌을 발견했고, 순간 그때까지 품어 왔던 사랑은 순식간에 증오로 돌변했다. 그는 비명을 지르며 밖으로 뛰쳐나갔다. 그 짧은 순간의 기억은 평생 그를 따라다녔다.

서른네 살의 프랭크 베넷은 허영심이 강한 남자였다. 검은 구두는 늘 반짝반짝 광이 났고, 머리는 빈틈없이 손질되어 있었으며, 옷차림은 완벽했다. 또한 그는 매주 이발소에서 손톱을 손질받는 몇 안 되는 사람 중 하나이기도 했다.

말쑥한 사람이라고 할 수 있었다. 아일랜드 혈통인 듯 가무잡잡한 피부에 숱 많은 머리 그리고 강철색 눈을 지닌 그는 잘생긴 사람이라고 할 수 있었다. 한쪽 눈이 구슬로 된 의안이라지만 다른 한쪽 역시 차갑게 빛나긴 마찬가지여서 어느 쪽이 의안이고 어느 쪽이 진짜 눈인지 분간하기 어려웠다.

그러나 그 무엇보다도 프랭크는 원하는 것은 기어이 갖고야 마는 사람이었다. 그는 루스 제이미슨을 원했다. 주변에 마음먹은 대로 할 수 있는 여자는 얼마든지 많았다. 거기엔 흑인들도 포함되었다. 프랭크는 그의 친구들과 달리 강제로 손에 넣을 수 있는 흑인 여자들을 더 좋아했다. 그리고 일단 손에 넣고 난 뒤에는 그들을 거들떠보지도 않았다. 지금은 읍내 변두리에서 그를 닮은 어린 딸을 키우며 살고 있는 금발 여자가 하나 있는데, 그가 그녀의 눈을 시꺼멓게 멍들이고 아이를 위협한 뒤로 그녀는 더 이상 그에게 어떤 주장도 하지 않았다. 프랭크는 한때 다른 남자의 여자였던 여자에겐 관심이 없었다. 자신이 이용했던 여자에겐 특히 그러했다.

그러나 읍내에서 프랭크는 건장하고 인정 많은 사람으로 알려져 있었다. 그는 베넷이라는 성(姓)을 물려받을 아들을 갖기로 결심했다. 사실 성이래야 그가 읍내 남쪽에 방대한 땅을 소유한 남자라는 것 말고는 아무런 의미도 없는 것이었다.

루스는 젊고 예뻤으며, 틀림없이 처녀일 터였다. 게다가 그녀에게는 그녀와 그녀의 어머니 두 사람이 살 곳이 필요했다. 완벽하지 않은가? 프랭크는 루스의 환심을 사려고 노력했고 루스 역시 거부할 이유가 없었다. 결혼 상대로서 더할 나위 없이 바람직한 사람 아닌가. 신사답게 청혼했고 그래서 그녀의 어머니를 흐뭇하게 하게 하지 않았던가.

루스는 이 잘생긴 젊은 남자가 자신을 사랑하며, 그녀 역시 그를 사랑해야 마땅하고, 그러므로 그를 사랑한다고 믿었다.

그러나 그 번쩍이는 구두와 빛나는 양복 뒤에 오랜 세월 가슴속에서 자라 온 뒤틀린 아픔이 감춰져 있으리라고는 상상도 하지 못했다.

읍내 사람들도 짐작하지 못했다. 그것을 알아보려면 완전한 이방인이어야 했다. 프랭크의 총각 파티가 있던 날 밤, 그와 한 무리 남자들은 그날 밤을 위해 고용한 애틀랜타 출신의 창녀 셋이 있는 집으로 가던 중 술을 좀 마시려고 한 바에 잠시 들렀다. 길을 잘못 들어 그 바에 들어와 있던 떠돌이 노인 하나가 한쪽에서 그 젊은이들을 지켜보았다. 프랭크는 낯선 사람들에게 늘 하던 행동을 했다. 마실 것이 필요해 보이는 그 노인에게 다가가 등을 찰싹 친 것이다.

"이봐, 늙은이. 내 두 눈 중에 어느 게 유리구슬인지 알아맞히면 내가 한 잔 사지."

절대 알아맞힐 리 없다고 생각한 그의 친구들이 웃음을 터뜨렸다. 그러나 노인은 그를 쳐다보며 망설임 없이 말했다.

"왼쪽이오."

그의 친구들이 와자하게 웃었다. 프랭크는 내심 깜짝 놀라면서도 노인에게 운이 좋았다며 웃어 넘기고는 카운터에 50센트를 던졌다. 일당이 떠나는 것을 지켜보던 바텐더가 노인에게 말했다.

"뭘 드시려오, 손님?"

"위스키."

바텐더가 노인의 잔에 술을 따르고 나서 말했다.

"노인 양반, 왼쪽 눈이 유리라는 걸 어떻게 그리 금방 아셨소?"

노인은 술잔을 비우고 나서 말했다.

"간단한 일이었소. 그나마 희미하게라도 사람 냄새가 나는 게 왼쪽 눈이었거든."

조지아주 밸도스타

1926년 4월 28일

이제 열아홉 살인 이지는 교회에 드나드는 루스의 모습을 보려고 2년 반 넘게 거의 매달 밸도스타까지 차를 몰고 갔다. 루스가 잘 있는지 확인하고 싶었던 것이다. 그러나 루스는 이지가 다녀가는 것을 까맣게 몰랐다.

그러던 어느 일요일, 이지는 루스의 집 앞에서 문을 두드렸다. 전혀 계획에 없던 행동이었다. 이지도 자신이 무슨 짓을 하고 있는지 알지 못했다.

병약해 보이는 루스의 어머니가 웃음 띤 얼굴로 문을 열며 말했다.

"무슨 일인가요?"

"루스가 집에 있나요?"

"위층에 있어요."

"앨라배마에서 꿀벌 조련사가 보러 왔다고 전해 주시겠어요?"

"누구라고요?"

"앨라배마에서 친구가 왔다고만 해 주세요."

"아, 들어와요."

루스의 어머니가 안으로 들어가 위층에 대고 외쳤다.

"루스, 꿀벌 조련사라는 분이 널 보러 왔구나."

"뭐라고요?"

"현관에 네 손님이 와 계셔."

아래층으로 내려온 루스는 깜짝 놀랐다. 그녀는 현관으로 걸어 나왔다. 손바닥이 땀으로 축축해지고 귀가 벌겋게 달아올랐지만 이지는 애써 태연스레 말했다.

"저, 귀찮게 할 생각은 없어요. 행복하게 잘 지내고 있다는 거알아요……. 내 말은, 그런 줄은 잘 알지만 다만 내가 루스를 미워하지 않고 이전에도 결코 미워한 적이 없다는 걸 알아주었으면 해서요. 나는 아직도 루스가 돌아와 주길 바라요. 이제는 어린애도아니고, 그러니까 마음이 바뀌거나 그러지 않아요. 지금도 사랑하고, 앞으로도 언제까지나 사랑할 것이고, 다른 사람이 어떻게 생각하든 신경 쓰지도 않을 것이고……."

침실에서 프랭크가 부르는 소리가 들렸다.

"누구야?"

이지는 현관 계단을 내려오기 시작했다.

"알아주었으면 하는 것은 다만…… 저, 가 봐야겠어요."

그동안 한마디도 하지 않던 루스는 이지가 차에 올라 멀어져 가는 모습을 바라만 보았다.

루스는 하루도 이지를 생각하지 않은 날이 없었다.

프랭크가 계단을 내려와 현관 밖을 내다보았다.

"누구였어?"

이제는 검은 점이 되어 버린 차를 바라보던 루스가 말했다.

"그냥 알고 지내던 친구였어요."

그러고는 다시 집 안으로 들어갔다.

로즈 테라스 요양원

앨라배마주 버밍햄 올드몽고메리 하이웨이

1986년 4월 6일

스레드굿 부인은 에벌린이 방에 발을 들여놓기가 무섭게 이야기를 시작했다.

"저, 에벌린, 베스타 애드콕이 드디어 미쳐 버렸어요. 오늘 오후 4시쯤에 우리 방에 들어와서는 오티스 부인이 머리핀을 넣어 둔 조그마한 젖빛 유리 슬리퍼를 집어 들더니만 이렇게 말하는 거예요. '주님은 눈이 죄를 범하거든 그것을 뽑아 버리라고 말씀하셨다.' 그러면서 그 유리 슬리퍼를 창문 밖으로 내던지는 거예요. 머리핀까지 죄다 말이죠. 그러고는 방을 나가더라고요.

그 일로 오티스 부인은 몹시 기분이 상했답니다. 얼마 있다 흑인 간호사 지닌이 마당에서 슬리퍼를 주워 와서는 오티스 부인에게 언짢게 생각하지 말라고 했어요. 애드콕 부인이 온종일 방마다 돌아다니며 물건들을 밖으로 내던지고 있다고……. 애드콕 부인은 사슴벌레처럼 미쳤으니 신경 쓰지 말라고도 했죠.

이곳에서 저런 일들이 벌어지는데도 내가 멀쩡한 정신인 건 정말이지 행운이 아닐 수 없어요. 그래서 하루하루를 일이 내는 거예요. 최선을 다하면서 말이죠. 그게 내가 할 수 있는 일의 전부니까요."

에벌린은 스레드굿 부인에게 초콜릿을 입힌 체리가 담긴 상자를 건네주었다.

"어머나, 고마워요, 에벌린. 자상도 하지."

스레드굿 부인은 체리를 먹으며 잠시 무슨 생각에 골똘했다.

"사슴벌레들이 정말 미쳤다고 생각해요? 아니면 그저 사람들이 그렇게 생각한다고 생각해요?"

에벌린은 모르겠다고 말했다.

"난 **벌레처럼 귀엽**다는 표현이 어디에서 나왔는지 알 것 같아요. 벌레보다 귀여운 건 없다는 생각이 문득 떠올랐는데, 그런 생각 안 들어요?"

"뭐가요?"

"벌레보다 귀여운 게 있다고 생각하냐고요."

"귀여운지 안 귀여운지 알 수 있을 만큼 벌레를 많이 보지 못해서 뭐라고 말할 수가 없네요."

"난 많이 봤어요! 앨버트와 나는 몇 시간이고 벌레를 들여다보곤 했죠. 클리오 책상 위에는 큼직한 돋보기가 있었는데, 우리는 지네나 메뚜기, 딱정벌레, 감자딱정벌레, 개미 같은 벌레들을 잡아 병에 넣고 관찰했어요. 벌레들의 그 조그마한 얼굴이 얼마나 예쁘고 귀여웠는지 모른답니다. 실컷 본 다음엔 뜰에 놓아주어서 가고 싶은 데로 가게 해 줬고요.

한번은 클리오가 땅벌 한 마리를 잡아서 우리를 위해 병에 담아 주었는데 정말 볼만했어요. 이지는 꿀벌을 유난히 좋아했는데 내가 좋아하는 건 무당벌레였죠. 행운을 가져다주는 벌레랍니다. 벌레마다 다들 개성이 있어요. 거미는 좀 신경질적이고 심술궂은 데다 머리가 작고, 기도하는 사마귀는 언제 봐도 좋았어요. 신앙심이 아주 깊은 벌레죠.

그렇게 가까이서 보고 난 뒤로는 벌레를 절대 죽일 수 없더군요. 벌레들에게도 우리와 마찬가지로 생각이 있다고 믿게 되었거든요. 물론 나쁜 점도 있겠죠. 우리 집 주변의 백당나무 잎들은 온통 뜯어 먹히고 돌돌 말려 있어요. 치자나무들도 구멍투성이였고요. 노리스가 와서 약을 쳐 주고 싶다고 했지만 난 그러라고 할 용기가 없었어요. 그런데 말이죠, 이곳 로즈 테라스에서는 벌레가 살 수 없을 것 같아요. 이런 데서는 새싹들도 싹을 틔우려면 어려움이 많을 거예요. 이곳 모토는 이래요. '깨끗하게 보이는 것만으로는 충분치 않다. 속속들이 깨끗해야 한다.' 어떨 땐 내가 셀로판으로 만든 샌드위치 봉투 속에 살고 있는 게 아닌가 하는 생각이 들기도 한답니다. 기차에서 파는 샌드위치를 담은 봉투 있잖아요.

차라리 성가신 벌레들이 있는 내 집으로 가는 편이 나는 더 좋겠우. 개미 한 마리만 봐도 반가울 것 같네요. 있잖아요, 에벌린, 난 내가 출발점이 아니라 종착역에 가까이 있다는 게 기뻐요……. '우리 아버지 집에는 많은 저택들이 있고 난 그곳으로 갈 준비가 되어 있다네.'

주님이시여, 간절히 바라오니 제가 그곳에 닿기 전에 리놀륨 바닥들을 다 걷어 내소서."

앨라배마주 휘슬스톱

1940년 10월 17일

베스타 애드콕이 좀 더 젊었을 때, 그녀에게 목소리를 크게 내라고 말한 사람이 있었는데 그 후 그녀는 그 말을 잊지 않았다. 베스타의 목소리는 벽돌담 너머까지 들렸다. 몇 블록 떨어진 곳에서도 그 자그마한 여자의 쿵쿵 울리는 목소리를 들을 수 있었다.

클리오 스레드굿은 얼 애드콕이 전화 요금을 내는 건 애석한 일이라고 했다. 베스타가 문만 열면 얘기할 수 있는 사람과도 전화 통화를 하는 것이 마뜩지 않았던 것이다.

그러한 점이나 또 애드콕 부인이 자기 자신을 '세상에서 제일 잘난 족속 클럽'의 회장으로 추대했던 사실을 생각해 보면 과거에 얼이 취했던 행동도 놀라울 게 없었다.

얼 애드콕은 조용하고 점잖은 사람으로 늘 바르게 행동했다. 한 여자가 그를 선택하자, 그 여자의 기분을 상하게 하고 싶지 않다는 이유만으로 그녀와 결혼했던, 이름 없는 영웅 가운데 하나였다. 그래서 그는 베스타와 장모감이 결혼식부터 신혼여행, 신혼 살림집에 이르기까지 모든 일을 진행시키는 동안 잠자코만 있었다.

첫째 아이 얼 주니어가 태어났다. 갈색 고수머리에 보드랍고 통통하고 하얬던 그 아이는 아버지인 그가 다가가기만 하면 비명을 지르며 자기 어머니만 찾았다. 그러한 결혼이 큰 실수였다는 것을 깨닫고도 얼은 신사적이고 남자답게 행동했다. 결혼 생활을 유지했고 아들을 키웠다. 한 집에 살고 같은 피를 나눴지만 그에게 아들은 타인이었다.

얼은 L&N 철도사에서 200명이 넘는 직원을 지휘하는 사람이었다. 대단히 유능했던 그는 직장에서 큰 존경을 받았다. 1차 세계 대전에서는 독일 병사 두 명을 죽이는 등 용감하게 복무했지만 정작 집에서는 베스타의 또 다른 아들에 불과했는데, 그나마도 그리 사랑받는 아들은 아니었다. 얼 주니어의 뒷전이었던 것이다.

"들어오기 전에 발 먼저 닦아요! 그 의자에 앉지 말라니까요!"

"내 집에서 어떻게 감히 담배를 피울 수가 있어요? 현관으로 나가요!"

"그 징그러운 물고기들은 절대 집 안에 들이지 마요. 뒤뜰로 가지고 나가서 씻으란 말이에요!"

"저 개들을 없애지 않으면 아기를 데리고 나가겠어요!"

"맙소사, 생각한다는 게 고작 그거예요? 남자들은 다 짐승이라니까!"

베스타는 남편의 옷차림, 사교 활동까지 간섭했으며, 그가 아들을 한 대 때리기라도 할라치면 성난 야생 칠면조처럼 덤벼들었다. 마침내 그는 포기하기에 이르렀다.

그리하여 얼은 수년 동안 단정한 푸른색 양복을 입었고, 식탁에서는 고기를 잘라 나누어 주는 일을 맡아 했으며, 교회에 나갔고, 남편과 아버지 역할을 충실히 수행했으며, 베스타의 뜻을 거스르는 말은 단 한마디도 하지 않았다. 그러나 이제 얼 주니어는 다 자랐고, L&N 철도사는 상당한 연금을 주고 그를 퇴직시켰다. 그는 그 연금을 즉시 베스타에게 양도하고 지금까지 방식대로 조용히 읍내를 떴다. 쪽지 한 장만을 남기고.

자, 이것으로 끝이오. 난 떠나겠소. 내가 떠난 것을 믿지 못하겠거든 내가 집을 비운 날짜를 세어 보구려. 전화벨은 울리지 않을 거요. 난 전화하지 않을 거니까.
잘 지내시오. 행운을 빌겠소.

얼 애드콕

추신 — 난 귀머거리가 아니오.

베스타는 놀란 얼 주니어의 얼굴을 후려치고는 방으로 들어가 머리에 찬 물수건을 올려놓고 일주일 동안 틀어박혀 지냈다. 한편 마을 사람들은 모두들 얼에게 남몰래 박수를 보냈다. 그가 베푼 선의를 10달러짜리 지폐로 환산할 수 있다면 아마도 그는 큰 부자가 됐을 것이다.

《윕스 통신》

앨라배마주 휘슬스톱 주간 소식지

1940년 10월 18일

아내들에게 경고함

한 해 중 다시 그때가 되었는지 제 또 다른 반쪽은 패거리들과 함께 사냥을 가고 싶어서 안달이 났습니다. 총을 손질하고, 사냥개들과 장난을 치는 등 달을 보고 짖는 것만 빼고는 온갖 짓을 다 하고 있네요. 그러니 당분간 남자들과 작별할 준비를 하세요. 차든 배든 움직이는 물체는 그 어느 것도 안전하지 않지요. 작년에 잭 버츠가 총으로 보트 바닥에 구멍을 냈던 일을 기억하시나요? 이지 말로는, 사람들은 모두 호수 밑바닥에 가라앉았지만 오리 열 마리는 바로 그들 머리 위로 날아갔다고 합니다.

교내 과학 경진 대회에서 '리마콩, 그것은 무엇인가?'라는 연구 과제로 1등 상을 받은 스텀프 스레드굿에게 축하를 보냅니다. 2등 상은 '비누를 이용한 실험'이라는 연구 과제를 제출한 버넌 하들리에게 돌아갔습니다.

아빠가 가게 기오퍼 위에 말린 리마콩이 담기 큰 단지를 두었는데, 그 단지에 든 리마콩의 개수를 알아맞히는 사람에게는 상품을 주겠다고 합니다.

핀토의 사진이 기대를 저버리고 흐릿하게 나왔습니다.

루스가 카페에 전시해 두었던 쭈글쭈글한 머리통을 밖으로 내던져 버렸으니, 그 사실을 모두에게 알려 달라고 합니다. 카운터에 놓인 그 머리통이 식사하는 사람들의 비위를 상하게 했기 때문이라는군요. 루스는 그것이 이지가 버밍햄의 마술 가게에서 사 온 고무 머리통일 뿐이라고 밝혔습니다.

저의 또 다른 반쪽이 얘기하길, 누가 우리 부부를 저녁 식사에 초대했는데 그게 누구였는지 기억이 안 난다고 합니다. 초대해 주신 분이 누구든지 간에 기쁜 마음으로 갈 터이니 저에게 전화해서 알려 주시기 바랍니다.

닷 웜스

추신 — 부츠에게 먹이를 주지 말아 달라고 오팔이 재차 당부 말씀드린답니다.

조지아주 밸도스타

이지가 루스를 만난 뒤로 2년이 흘렀다. 그러나 이지는 가끔씩 수요일이면 밸도스타에 갔다. 프랭크 베넷이 읍내로 나가 이발소에 가는 날이 수요일이었기 때문이다. 그녀는 대개 푸켓 약방 주위에서 서성거렸다. 그곳에서는 이발소 출입문이 잘 보였고 이발 의자에 앉은 프랭크도 볼 수 있었다.

프랭크가 하는 말을 들을 수 있었으면 했지만 그냥 보는 것만으로도 충분했다. 그는 그녀와 루스를 잇는 유일한 연결고리였으니, 그가 눈에 보이는 한 루스도 아직 그곳에 있음을 알 수 있었던 것이다.

이번 수요일에도 검은 테 안경을 낀, 마르고 몸집이 작은 푸켓 노부인은 여느 때처럼 바쁘게 움직이고 있었다. 가게 안을 분주하게 돌아다니며 모든 것이 깔끔하게 제자리에 배열되어 있어야 세상이 돌아간다는 듯 물건들을 정돈하는 중이었다.

이지는 카운터에 앉아 거리를 주시했다.

"저 프랭크 배넷이라는 사람은 말수가 많은가 봐요? 붙임성 있다고나 할까, 그렇죠?"

이지에게 등을 보인 채 사다리 맨 아래 칸에서 스틸맨 주근깨 크림 병들을 배열하던 푸켓 부인이 말했다.

"그렇게 말하는 사람들도 있겠죠."

이지는 그녀의 목소리에서 이상한 느낌을 받았다.

"무슨 뜻인가요?"

"뭐, 그렇게 말하는 사람도 있을 것 같다는 거지요."

푸켓 부인이 사다리에서 내려왔다.

"아주머니도 그렇게 생각하세요?"

"내가 어떻게 생각하든 그게 무슨 상관이겠어요."

"친절한 사람이라고 생각하지 않는다는 말씀인가요?"

"친절한 사람이 아니라고 생각한다고는 안 했는데요? 그런대로 친절한 사람이라고 생각은 해요."

푸켓 부인은 이제 카운터 위에 놓인 카터 간유구 상자의 포장을 뜯고 있었다. 이지는 의자에서 일어나 푸켓 부인에게 다가갔다.

"그런대로 친절하다니, 그건 무슨 뜻이죠? 그 사람에 대해 뭔가 아는 게 있으신가요? 혹시 그가 친절하지 않았던 적이라도 있나요?"

"아니에요, 그런대로 늘 유쾌한 사람이지요."

간유구 갑들을 나란히 진열하면서 푸켓 부인이 말했다.

"그저 자기 아내를 때리는 남자는 좋아하지 않는다는 거지요."

이지는 가슴이 철렁 내려앉았다.

"그게 무슨 말씀인가요?"

"말한 대로예요."

"그걸 어떻게 아셨죠?"

푸킷 부인은 이제 치약 통들을 다시 쌓느라 분주했다.

"우리 집 양반이 그 가엾은 사람에게 약을 가져다주러 그 집에 간 게 한두 번이 아니에요. 그자는 그녀의 눈을 시커멓게 멍들게 만들기도 하고, 계단 아래로 밀어 떨어뜨리기도 했죠. 팔을 부러뜨린 적도 있고요. 주일학교에서 아이들을 가르치는 분인데 그보다 더 좋은 사람은 찾아보기 힘들 거예요. 다 술 때문이죠. 술만 들어가면 평소엔 하지 않는 미친 짓들을 한다니까요. 우리 집 양반하고 난 금주론자예요……."

문을 나서던 이지는 마지막 말은 듣지 못했다.

이지가 문을 박차고 들어섰을 때 이발사는 향긋한 땀띠분을 묻힌 솔로 프랭크의 목 뒷덜미를 털어 내고 있었다. 이지는 격분했다. 손가락으로 프랭크의 얼굴을 찌르며 이지가 말했다.

"이봐, 두더지 상판에 유리 눈깔을 한 이 말발 좋은 개자식아! 한 번만 더 루스를 때리면 내가 널 죽여 버리겠어! 이 나쁜 새끼야! 내 기어코 네 심장을 도려내고 말 테다! 알겠냐, 이 더러운 놈아!"

그렇게 말하면서 이지는 팔을 휘둘러서 대리석 카운터 위에 놓인 것들을 닥치는 대로 쓸어버렸다. 샴푸, 양모제, 머릿기름, 면도용 로션, 가루분 등 병 수십 개가 바닥에 와르르 떨어졌다. 그들이 무슨 일인지 알아차리기도 전에 이지는 차로 돌아가 읍내를 빠져나갔다.

이발사는 입을 딱 벌린 채 그 자리에 서 있었다. 그만큼 순식간에 일어난 일이었던 것이다. 이발사가 거울에 비친 프랭크를 쳐다보며 말했다.

"미친 녀석이 틀림없어요."

집으로 가던 길에 웨건휠 낚시 클럽 오두막에 들른 이지는 이바에게 그날 있었던 일을 이야기했다. 그때까지도 분이 풀리지 않았던 그녀는 그곳에 다시 가서 그를 죽여 버리겠다고 맹세했다.

주의 깊게 듣고 있던 이바가 말했다.

"네가 하겠다는 짓은 바로 그곳에 가서 죽겠다는 거나 마찬가지야. 다른 사람의 결혼 생활에 개입해선 안 돼. 그건 당사자들의 문제니까. 이지, 남자와 여자 사이에는 남들이 참견할 수 없는 것들이 있거든."

이지는 괴로워하며 이바에게 물었다.

"그런데도 왜 같이 사는 걸까요? 대체 왜 그러느냐고요."

"그건 네가 상관할 일이 아냐. 그러니까 이지, 다 잊어버리도록 하렴. 루스는 성인이고 자기가 원하는 대로 하고 있어. 남의 말 듣기 싫어하는 건 너도 마찬가지잖니. 넌 아직 어려. 게다가 네 말처럼 그 남자가 그렇게 비열한 인간이라면 네가 먼저 다칠 거야."

"무슨 말을 해도 소용없어요, 이바. 언젠가는 그 개새끼를 죽여 버리고 말겠어요. 두고 봐요."

이바는 다시 이지의 잔을 채웠다.

"아냐, 넌 그러지 않을 거야. 넌 누구도 죽이지 않을 거고, 다시는 그곳에 가지도 않을 거야. 약속할 수 있지?"

이지는 약속했다. 둘 다 그 말이 거짓이라는 것을 알았다.

로즈 테라스 요양원

앨라배마주 버밍햄 올드몽고메리 하이웨이

1986년 4월 27일

오늘 스레드굿 부인은 여느 때보다 한층 행복했다. 종이 접시에 담긴 닭튀김과 양배추 샐러드가 앞에 있었던 것이다. 게다가 에벌린이 그 음식과 함께 먹을 포도 주스를 가지고 지금 막 복도를 따라 올라오는 중이었다.

"아유, 고마워요, 에벌린. 매주 이렇게 좋은 걸 갖다주고, 나 버릇 나빠지겠어요. 내가 오티스 부인에게 그랬어요. 에벌린이 나한테 더할 수 없이 잘해 주는데 내 딸이라면 참 좋겠다고…… 어쨌든 정말 고맙게 생각해요. 난 딸이 없거든요……. 그래, 시어머니께서는 맛있게 드시던가요?"

"아뇨, 전혀요. 닭고기를 좀 가져다 드렸는데 생각이 없으시대요. 시어머니나 남편은 먹는 것에 관심이 없어요. 그냥 살기 위해 먹을 뿐이죠. 상상이 가세요?"

스레드굿 부인은 상상도 할 수 없다고 말했다.

에벌린이 먼저 얘기를 끄집어냈다.

"저, 루스가 휘슬스톱을 떠나 실혼하러 밸도스다로 갔겠어요……."

"맞아요. 이지의 심정은 미칠 것 같았을 거예요."

"알아요. 그 얘기는 저번에 해 주셨죠. 제가 알고 싶은 건, 언제 루스가 휘슬스톱으로 돌아왔나 하는 거예요."

에벌린은 의자에 앉아 닭고기를 먹으며 귀를 기울였다.

"그래요, 에벌린. 그 편지가 왔던 날이 생각나네요. 1928년인가 1929년인가 그랬죠. 1930년이었던가? 아무튼…… 십시하고 부엌에 있었는데 엄마가 편지를 들고 뛰어오셨어요. 뒷문을 벌컥 여시더니 마당에서 재스퍼하고 아티스하고 함께 있던 빅 조지를 향해 큰 소리로 외치셨죠. '조지, 당장 가서 이지를 데려오게. 루스 아씨한테서 편지가 왔다고 말하고!'

조지는 이지를 데리러 달려갔어요. 한 시간쯤 지나 이지가 부엌으로 들어오더군요. 콩을 까고 계시던 엄마가 말없이 탁자 위 편지를 가리켰어요. 이지가 편지를 뜯었는데, 이상한 것은 그것이 편지라고 할 수 없었다는 거죠.

그건 킹 제임스 흠정역 성경에서 룻기 1장 16~20절의 페이지를 뜯어 낸 거였어요.

룻이 말하기를 "나로 어머니를 떠나라고 하거나 어머니를 따르는 것에서 떠나 돌아가라고 강권하지 마소서. 어머니가 가시는 곳에 나도 가고, 어머니가 유숙하시는 곳에 나도 유숙하리이다. 어머니의 백성이 내 백성이 되고 어머니의 하나님이 내 하나님이 되시리이다."

이지는 우두커니 서서 그 인용문을 읽고 또 읽더니 엄마에게 건네주며 그게 무슨 뜻인 것 같냐고 물었어요.

엄마는 그것을 읽고 테이블에 내려놓으시더니 다시 콩을 까시더군요. '얘야, 거기 쓰인 그대로란다. 내일 너하고 네 오빠하고 빅 조지가 거기에 가서 그 아이를 데려오는 게 좋겠다. 너도 알겠지만, 그렇게 하기 전에는 네가 사는 게 사는 것 같지 않을 거다.'

사실이 그랬어요. 현실에 적응하지 못하고 살아갔을 테니까요. 그래서 다음 날 그들은 조지아로 가서 루스를 데려왔답니다.

나는 그렇게 돌아올 수 있는 용기를 가진 루스에게 감탄했어요. 요즘과 달리 그 시절에는 정말 용기가 필요한 일이었거든요. 그 당시엔 결혼을 하면 끝까지 결혼 생활을 유지해야 했어요. 하지만 루스는 사람들이 알던 것보다 훨씬 강했어요. 다들 루스를 늘 도자기 인형 다루듯 했는데 실은 여러 면에서 이지보다도 강했던 거예요."

"루스가 이혼했나요?"

"그건 모르겠어요. 그런 건 물어볼 수 없는 문제죠. 루스가 알아서 할 일이라고 생각할 뿐이죠, 뭐. 루스의 남편을 본 적은 없지만 잘생겼다고들 하더군요. 그 유리 눈만 빼면요. 루스 말로는 좋은 집안 출신이었다는데 여자와 관련된 면에 있어서는 비열한 기질이 있었나 봐요. 결혼 첫날밤엔 술에 취해 성폭행을 했다더군요. 그러는 내내 루스는 그만하라고 애원했고요."

"끔찍하군요."

"네, 그랬어요. 사흘 동안 피를 흘렸는데 그 뒤로도 좀처럼 긴장이 풀리지 않아 즐거움을 느낄 수 없었대요. 그러니 그게 그 사람을 점점 더 화나게 만들었을 테고요. 한번은 계단 난간 밑으로 차 버린 적도 있었다는군요."

"끔찍해라!"

"그러다가 집안일을 하는 가엾은 흑인 여자아이들을 성폭행하기 시작하더래요. 루스가 그러는데 한 아이는 겨우 열두 살이었다네요. 그제서야 그가 어떤 사람인지 알게 되었는데 이미 너무 늦었던 거죠. 어머니는 병들었고, 그녀는 떠날 수가 없었어요. 그자가 술 먹고 들어와서 밤에 난폭하게 덮칠 때면 누운 채로 신에게 기도하고 미쳐 버리지 않기 위해 우릴 생각했다고 하더군요."

에벌린이 말했다.

"남자는 같이 살아 보기 전에는 알 수 없다는 말도 있잖아요."

"맞는 말이에요. 십시도 이런 말을 하곤 했죠. '물에서 건져 올리기 전엔 잡은 물고기가 어떤 물고기인지 모른다.' 그러니 스텀프가 제 아버지를 만나지 못한 건 천만다행이었죠. 그 애가 태어나기 전에 루스가 집을 나왔거든요. 사실 그때까지도 루스는 자기가 임신했다는 것을 몰랐어요. 이지와 두 달 정도 지낸 뒤에야 배가 불러 오는 것을 알아차렸죠. 의사에게 가 보니 임신이라고 하더래요. 스레드굿 집에서 출산을 했는데 아주 귀엽고 조그만 아이였어요. 몸무게가 3킬로그램이었고 갈색 눈에 금발이었답니다.

아기를 본 순간 엄마가 말씀하셨어요. '이것 좀 봐라, 이지. 아기 머리가 네 머리를 닮았구나!'

정말 그랬어요. 여지없는 금발이었으니까요. 바로 그때 아빠가 이지를 앉혀 놓고 말씀하셨죠. 이제 루스와 아기를 책임져야 하니 무슨 일을 하는 게 좋을지 생각해 보라고 말이죠. 그러고는 사업 자금으로 500달러를 주셨답니다. 그렇게 해서 카페를 샀던 거예요."

에벌린은 프랭크 베넷이 자기 자식이 태어난 걸 알았는지 물었다.

"알았는지 몰랐는지는 모르겠어요."

"조지아를 떠난 후로는 루스를 한 번도 만나지 않았군요?"

"글쎄요, 실제로 만났는지 안 만났는지도 잘 모르겠어요. 하지만 분명한 건 그 사람이 적어도 한 번은 휘슬스톱에 왔다는 거예요. 그 사람에게는 한 번도 너무 많았던 거지만요."

"왜 그렇게 생각하시는데요?"

"살해됐으니까요."

"살해됐다고요!"

"그래요, 에벌린. 꼼짝없이 죽어 버렸죠."

조지아주 밸도스타

1928년 9월 18일

그해 여름, 루스가 결혼하기 위해 귀향하자 프랭크 베넷과 루스의 어머니가 역에 마중을 나왔다. 루스는 그가 얼마나 잘생긴 사람이었는지, 또한 딸이 이렇게 대단한 사람을 붙잡은 것에 대해 어머니가 얼마나 좋아했는지를 잊고 지냈던 것이다.

당장 파티가 연이어 열렸고, 루스는 휘슬스톱을 생각하지 않으려고 애썼다. 그러나 많은 사람들 사이에 있을 때든 밤에 혼자 있을 때든 언제부터인지는 몰라도 갑자기 이지 생각이 났다. 너무 보고 싶어서 어떤 땐 숨이 막힐 만큼 고통스럽기까지 했다.

그럴 때면 그런 생각들을 거둬 달라고 하나님께 기도하곤 했다. 루스는 자신이 마땅히 있어야 할 자리에 있으며, 또한 마땅히 해야 할 일을 하고 있다는 것을 분명히 알았다. 그녀는 이지를 그리워하는 마음을 이겨 낼 것이었다. 분명히 프랭크가 그녀를 도울 것이다……. 분명히 때가 되면 지나갈 감정일 것이다……. 그가 도와준다면 잘 넘길 수 있는 일이었다.

좋은 아내, 사랑스러운 아내가 되겠다고, 무슨 일이 있어도 일을 망치지 않겠다고 결심하고 첫날밤을 맞았다. 프랭크가 그처럼 난폭하게, 마치 죄를 응징하기라도 하듯 그녀를 취했을 때 엄청난 충격을 받았던 것은 바로 그 때문이었다. 일을 끝낸 뒤 루스는 피를 흘리며 누워 있었고, 그는 일어나 다른 방으로 자러 갔다. 그가 루스의 침대로 오는 건 섹스를 하고 싶을 때뿐이었는데, 그것도 십중팔구는 너무 취했거나 읍내에 나가기 귀찮을 때였다.

루스는 자신의 뭔가가 그에게 혐오감을 불러일으키는 거라고, 애써 억누르고는 있지만 이지에게 남몰래 품은 사랑을 그가 눈치 챈 게 분명하다고 생각할 수밖에 없었다. 목소리에서, 움직임에서, 무심결에 비쳤을 것이었다. 어떻게 알았는지는 몰라도 그가 알았음이 분명하고, 그래서 자신을 멸시하는 거라고 믿었다. 그 때문에 죄의식을 안고 살았고 구타와 모욕을 감수했다. 그렇게 당해도 싸다고 생각했던 것이다.

의사가 어머니의 방에서 나왔다.

"베넷 부인, 어머니께서 조금씩 말씀을 하기 시작하셨습니다. 잠시 들어가 보시지요."

루스는 안으로 들어가 앉았다.

일주일 동안 한마디도 하지 않던 어머니가 눈을 뜨고 딸을 바라보더니 나직이 말했다.

"여기서 도망쳐라……. 루스, 약속하렴. 그자는 악마다. 난 하나님을 보았어. 그런데 그자는 악마야. 소리가 들리는구나. 루스…… 떠나겠다고 약속해 다오……."

수줍음 많은 그 여인이 프랭크에 대해 뭐라고 말한 것은 그때가 처음이었다. 루스는 고개를 끄덕이고 어머니의 손을 잡았다. 그날 오후, 의사가 어머니의 눈을 감겨 드렸다.

한참을 울고 난 루스는 위층으로 올라가 얼굴을 씻고 이지 앞으로 보낼 봉투에 주소를 썼다.

봉투를 봉하고 나서 창가로 다가가 푸른 하늘을 올려다보았다. 신선한 공기를 깊이 들이마시니, 아이들이 하늘로 날려 보내는 연처럼 가슴이 솟구쳐 오르는 느낌이 들었다.

조지아주 밸도스타

1928년 9월 21일

자동차와 트럭 한 대가 집 앞에 멈춰 섰다. 빅 조지와 이지는 트럭에 있었고 클리오와 줄리언 그리고 그들의 친구인 윌버 웜스와 빌리 라임웨이는 모델 T 안에 있었다.

그들이 와 주기를 바라며 아침 일찍부터 옷을 차려입고 준비한 루스가 문밖으로 나왔다.

남자들과 빅 조지는 차에서 내려 마당에서 기다렸고 이지가 현관으로 다가갔다.

루스가 이지를 보고 말했다.

"준비됐어."

프랭크는 낮잠을 자다가 그들이 차를 몰고 들어오는 소리를 들었다. 계단을 내려오던 그는 덧문을 통해 이지를 알아보았다.

"대체 여기서 뭘 하고 있는 거요?"

문을 벌컥 열어젖히고 이지에게 다가가던 프랭크는 마당에서 있던 다섯 남자를 보았다.

루스에게서 눈을 떼지 않던 이지가 조용하게 말했다.

"트렁크 어디 있어요?"

"위층에."

이지가 클리오에게 소리쳤다.

"위층에 있대요."

네 남자가 당당하게 곁을 지나갈 때 프랭크가 허둥거리며 말했다.

"이게 대체 무슨 일이야?"

맨 뒤에 가던 줄리언이 말했다.

"당신 아내가 집을 나가려는 것 같소, 선생."

루스는 이미 이지와 함께 트럭에 타고 있었다. 그들을 향해 다가가려던 프랭크는 빅 조지를 보았다. 트럭에 기대서 있던 빅 조지가 호주머니에서 가만히 주머니칼을 꺼내더니 빠른 동작으로 손에 들고 있던 사과 속을 도려내 어깨 너머로 던졌다.

줄리언이 계단 꼭대기에서 내려다보며 소리쳤다.

"나라면 저 깜둥이를 화나게 만들지는 않을 거요, 선생. 미친 놈이거든!"

루스의 트렁크는 트럭 뒤에 실렸다. 그들은 프랭크가 사태를 파악하기도 전에 찻길을 향해 움직였다. 한동안 멍하니 있던 프랭크는 그들이 사라지는 것을 목격한 자신의 고용인 제이크 박스의 눈을 의식하며 차들이 일으킨 먼지에 대고 소리를 질렀다.

"돌아오기만 해 봐라, 이 독한 년아! 화냥년! 이 인정머리 없는 화냥년아!"

다음 날, 프랭크는 읍내로 나가 보는 사람마다 붙잡고 얘기했

다. 어머니가 죽자 루스가 슬픔 때문에 완전히 미쳐 버렸다고. 그
래서 애틀랜타 외곽의 한 정신병원에 강제로 입원시켜야 했다고.

앨라배마주 휘슬스톱

1928년 9월 21일

엄마와 아빠는 현관 밖에서 기다리고 있었다. 엄마와 십시는 아침 내내 루스의 방을 손보았다. 지금 십시는 부엌에서 니니와 함께 저녁 시간에 먹을 비스킷을 굽는 중이었다.

"앨리스, 냅다 뛰어들었다간 그 애가 놀라 도망갈지도 몰라요. 침착하게 기다리면서 지켜보도록 해요. 여기 머물러야만 한다는 생각이 들게 하지 마요. 어떤 압박감도 주지 말고."

엄마는 손수건을 만지작거렸다 머리를 잡아당겼다 하며 안절부절못했다. 엄마가 흥분해 있음을 보여 주는 확실한 표시였다.

"안 그럴 거예요, 아빠. 그냥 너무 반갑다고만 할 거예요. 그정도는 괜찮겠죠? 우리가 환영한다는 걸 알려서 안 될 건 없잖아요? 당신은 만나서 반갑다는 말도 안 할 거예요?"

아빠가 대꾸했다.

"물론 하지. 하지만 당신이 너무 기대하지 않았으면 해서 하는 말이오."

잠시 침묵이 흐른 뒤에 아빠가 물었다.

"앨리스, 그 애가 여기 머물 것 같소?"

"그래 주길 주님께 기도하겠어요."

그때 루스와 이지가 탄 트럭이 모퉁이를 돌아 나오는 게 보였다.

아빠가 말했다.

"왔군! 니니, 십시, 애들이 왔어!"

엄마가 벌떡 일어나 뛰어나갔고 아빠가 그 뒤를 따랐다.

차에서 내리는 루스를 본 순간, 형편없이 여위고 지쳐 보이는 모습에 그들은 미리 세워 둔 계획도 잊은 채 루스의 손을 붙들고 끌어안으며 동시에 말을 하기 시작했다.

"돌아와서 얼마나 기쁜지 모르겠구나, 애야. 이젠 절대로 널 보내지 않겠다."

"네가 쓰던 방을 손보아 두었단다. 십시하고 니니는 아침 내내 음식을 장만하고 있어."

루스를 데리고 계단을 올라가던 엄마가 이지를 돌아보며 말했다.

"앞으론 잘 좀 해, 아가씨! 알겠어?"

그들을 뒤따르던 이지는 당혹스러운 표정으로 중얼거렸다.

"내가 뭘 어쨌다고?"

저녁을 먹은 뒤에 루스는 엄마 아빠와 함께 응접실로 들어가 문을 닫았다. 루스는 그들과 마주 앉아 손을 무릎에 올려놓고 다소곳이 앉아 얘기를 시작했다.

"전 가진 돈이 없습니다. 옷가지 몇 개 말고는 정말 아무것도 없어요. 하지만 일은 할 수 있어요. 제가 다시는 떠나지 않을 거라는 것을 두 분께 알려 드리고 싶습니다. 4년 전 그때 이지를 떠나지 말아야 했다는 것을 이제야 알게 되었어요. 하지만 지금부터 노력해서 과거의 잘못을 벌충하고 다시는 상처 주지 않을 생각입니다. 약속드릴게요."

감상적인 분위기가 어색해진 아빠는 자세를 고쳐 앉으며 말했다.

"그래, 네가 직면해야만 하는 것들을 깨달았으면 한다. 너도 알다시피, 이지는 문제아잖니."

엄마가 아빠의 말을 가로막았다.

"아빠, 그건 루스도 알아요. 그렇지 않니, 애야? 그 애에겐 야성적인 기질이 있어서 그래……. 십시 말로는 내가 그 애를 가졌을 때 날짐승 고기를 먹어서 그렇다는구나. 생각나요, 아빠? 당신하고 우리 아들들이 그해에 메추라기와 야생 칠면조 몇 마리를 집에 가져왔던 거 말이에요."

"엄마, 당신은 매년 날짐승 고기를 먹었잖아요."

"그건 그러네요. 어쨌든, 요점은 그게 아니죠. 아빠와 엄마는 이제 너를 한 가족으로 생각한단다. 네가 그걸 알아주었으면 좋겠어. 우린 너처럼 사랑스러운 아이를 딸로 갖게 되어서 얼마나 행복한지 모르겠구나."

루스는 자리에서 일어나 그들에게 입 맞추고 밖으로 나갔다. 거기 뒤뜰 잔디밭에 이지가 누워 기다리고 있었다. 귀뚜라미 소리를 들으면서. 술을 한 방울도 안 마셨는데 취한 느낌이 드는 걸 왜일까 생각하면서.

루스가 방에서 나가고 나서 아빠가 말했다.

"그것 봐요, 걱정할 거 없다고 했잖소."

"나요? 걱정했던 건 당신이에요, 아빠. 내가 아니라고요."

엄마는 그렇게 말하고 나서 좀 전에 하던 바느질을 계속했다.

다음 날 루스는 성을 다시 제이미슨으로 바꾸었고, 이지는 온 동네를 돌아다니며, 루스의 남편이 가엾게도 중장비 트럭이 구르는 바람에 그 밑에 깔려 죽었다고 이야기하고 다녔다. 루스는 이지가 그런 거짓말을 하고 다니는 걸 보고 처음엔 기겁을 했지만 훗날 아기가 태어난 뒤에는 그것을 고맙게 생각했다.

《웜스 통신》

밀다배나구 뮈늘스톱 무산 소식시

1940년 8월 31일

정원사, 교통사고를 당하다

베스타 애드콕이 화요일에 있는 '동방의 별' 모임에 참석하러 가던 길에 자기 집에서 일하는 흑인 정원사 제시 티긴스를 차로 치었습니다. 베스타는 마당에서 차를 회전시키다가 나무 아래서 낮잠을 자던 제시의 머리를 들이받아 진흙 속으로 밀어 넣었다고 합니다. 비명 소리를 들은 베스타는 제시의 가슴 위에서 차를 세우고 무엇이 깔렸는지 확인하러 차에서 내렸으며, 그때 근처에 있던 사람들이 달려와 차를 들어 올리고 제시를 들어냈습니다.

현장에 도착한 그레이디 킬고어는 최근에 비가 많이 온 것이 천만다행이었다고 말했습니다. 진흙탕이 아니었더라면 그런 사고에서 살아남기는 어려웠을 것이라면서 말입니다.

보고에 따르면 제시는 몸에 바큇자국이 난 것을 제외하곤 무사하다고 합니다. 하지만 베스타는 자기에게서 상당한 돈을 받고 일하는 제시가 그렇게 낮잠을 자서는 안 될 일이었다고 말했다는군요.

지금쯤은 모두들 아시겠지만, 바보 같은 제 남편이 며칠 전 우리 집 차고를 홀랑 태워 먹었습니다. 그이와 그이의 철도 패거리들이 야구 중계방송을 듣기 위해 라디오를 고치며 부산을 떨던 중, 제가 모아 두었던 《가정의 벗》 여성지 책 더미에 담배꽁초를 던졌는데 그것이 바닥에 떨어지며 불이 옮겨붙었답니다. 제 또 다른 반쪽은 제가 생일 선물로 사 주었던 그 소중한 둥근 톱을 구하는 데에 정신이 팔려서 차를 밖으로 빼내야 한다는 사실은 까맣게 잊었다더군요.

차가 망가진 것보다 제 잡지들이 타 버린 게 더 속상합니다. 어쨌든 차는 작동되지 않습니다.

워낙 작아서 이름도 피 위*인 에시 루의 아들이 리마콩 세기 시합에서 상금 10달러를 받았습니다. 피 위가 맞힌 수는 여든세 개였는데 이지는 그 숫자가 가장 근사치였다고 말했습니다.

부츠가 죽었다고 합니다. 오팔은 이제 여러분들이 만족하셨길 바란다고 하는군요.

닷 윔스

---

* pee wee. 유별나게 작은 사람이나 동물, 물건을 이르는 속칭.

휘슬스톱 카페

앤라배마주 휘슬스톱

1930년 11월 22일

바깥 날씨는 청명하면서도 추웠다. 실내에서는 그들이 즐겨 듣는 라디오 프로그램 중 하나가 막 시작하려는 참이었다. 그레이디 킬고어는 커피를 두 잔째 마시고 있었고, 아침 식사 손님들이 버리고 간 담배꽁초를 쓸던 십시는 창밖에 서 있는 그들을 제일 먼저 봤다.

검정색 픽업트럭 두 대가 소리 없이 카페 앞에 주차하더니 두건과 가운을 착용한 KKK 단원 열두 명이 침착한 태도로 차에서 내려 카페 앞에 줄지어 섰다.

십시가 말했다.

"맙소사. 그 사람들이 왔네……. 저 사람들이 누군지 알아요. 안다고요."

카운터 뒤에서 일하던 루스가 십시에게 물었다.

"누구 말이에요?"

그리고는 직접 보려고 창가로 다가갔다.

그들을 본 순간 루스가 소리쳤다.

"온젤, 뒷문을 잠그고 아기를 이리 데려다 줘요."

남자들은 카페를 마주한 채로 하얀 석상처럼 서 있었다. 그중 한 사람은 핏빛 글자가 적힌 표지판을 들고 있었다. "보이지 않는 제국을 조심하라……. 횃불과 밧줄은 굶주리고 있다."

그레이디 킬고어가 자리에서 일어나 창가로 다가가 밖을 내다보았다. 그는 이쑤시개로 이를 쑤시며 끝이 뾰족한 두건을 쓴 남자들을 유심히 살펴보았다.

라디오 아나운서가 말했다.

"자, 그를 기다리는 많은 친구들에게 보내 드립니다. 「하빌의 이발사, 빌」…… 바로 여러분의 이웃에 살고 있을지도 모르는 한 남자의 이야기……."

목욕탕에 있다가 나온 이지가 창밖을 내다보는 사람들을 보고 말했다.

"무슨 일이에요?"

루스가 말했다.

"이리 와 봐, 이지."

이지는 밖을 내다보았다.

"이런, 제기랄!"

온젤이 루스에게 아기를 넘겨 주고서 그녀 곁에 섰다.

이지가 그레이디에게 말했다.

"대체 이게 다 무슨 일이래요?"

그때까지도 이를 쑤시고 있던 그레이디가 단호하게 말했다.

"우리 쪽 사람들은 아니야."

"그렇다면 누구죠?"

그레이디가 테이블 위에 동전을 떨구며 말했다.

"여기 그대로 있어. 내가 알아볼 테니까."

빗자루를 들고 구석에 가 있던 십시가 혼잣말로 중얼거렸다.

"백인들의 유령 따윈 무섭지 않아. 절대로."

그레이디는 밖으로 나가 그들 두어 명과 얘기를 나누었다. 얼마 뒤에 한 남자가 고개를 끄덕이더니 다른 사람들에게 뭐라고 이야기했고, 그들은 올 때만큼이나 조용하게 하나씩 떠나기 시작했다.

확실하진 않았지만, 루스는 그들 중 하나가 자기와 아기를 똑바로 노려보는 듯한 느낌을 받았다. 문득 언젠가 이지가 했던 말이 떠올랐다. 루스는 트럭에 오르는 남자의 신발을 보았다. 광택이 나는 검정 구두를 본 순간 그녀는 갑자기 두려움에 사로잡혔다.

그레이디가 카페로 돌아와 심드렁하게 말했다.

"바라는 게 아무것도 없더라고. 그냥 겁이나 좀 주려고 온 일당이야. 저들 중 하나가 일전에 뭔가를 찾으러 이곳에 왔다가 네가 뒷문에서 깜둥이들에게 음식 파는 것을 보고 정신 좀 차리게 해 주어야겠다고 생각했대. 그게 다야."

이지는 그레이디에게 무슨 말을 했기에 그들이 그처럼 빨리 떠났느냐고 물었다. 그레이디가 모자걸이에서 모자를 집으며 말했다.

"아, 그 깜둥이들은 우리 일꾼들이니까 조지아에서까지 찾아와서 우리한테 이래라저래라 할 필요는 없다고 했지."

그레이디는 이지의 눈을 똑바로 쳐다봤다.

"그리고 장담하는데, 다시는 오지 않을 거야."

그러고는 모자를 쓰고 밖으로 나갔다.

딜 피클 클럽의 창설 회원이며 상습적인 거짓말쟁이인 그레이디였지만 그날 그가 한 말은 사실이었다. 이지와 루스가 몰랐던 것은, 그 조지아 패거리들이 비열하긴 해도 앨라배마의 KKK단과 시간을 허비할 만큼 어리석지는 않으며, 서둘러 떠날 만큼은 영리하다는 것이었다.

프랭크 베넷이 밤에 혼자서 휘슬스톱을 다시 찾아온 것은 바로 그런 이유에서였다.

《밸도스타 관보》

1930년 12월 15일

실종 신고

밸도스타에서 평생을 거주해 온 프랭크 베넷(38세)이 오늘 실종되었다는 보도가 들어왔습니다. 프랭크의 동생 제럴드와 프랭크의 고용인 제이크 박스는, 그가 사냥을 간다고 나간 뒤 집으로 돌아오지 않았다고 말했습니다.

마지막으로 그를 본 건 12월 13일이었는데, 그날 그는 집을 나서며 박스 씨에게 저녁 때 돌아오겠다고 말했다고 합니다. 프랭크의 행방을 알고 계신 분은 해당 관서에 연락해 주시기 바랍니다.

앨라배마주 휘슬스톱

1930년 12월 18일

몹시 추운 저녁 나절이었다. 카페 뒤편에 내놓은 커다란 무쇠 솥에 돼지고기를 삶고 있었다. 오래전에 숨이 끊긴 돼지들로 가득 찬 그 솥에서는 거품이 끓어 넘쳤다. 잠시 후 고기에는 빅 조지가 만든 특제 바비큐 소스를 끼얹을 것이다.

빅 조지는 아티스와 함께 솥 가에 서 있었다. 문득 눈을 들어 보니 옆구리에 총을 찬 남자 셋이 그를 향해 걸어오고 있었다.

지방 보안관이자 비상근 철도 감시원인 그레이디 킬고어는 평소에는 그를 조지라고 불렀다. 오늘 그는 다른 두 남자 앞에서 거들먹거리고 있었다.

"어이, 자네! 이리 와서 이것 좀 볼까?"

그레이디는 사진 한 장을 내밀었다.

"근방에서 이 사람 본 적 있나?"

긴 막대로 솥을 젓던 아티스는 땀을 흘리기 시작했다.

빅 조지는 경마 모자를 쓴 백인 남자의 사진을 보며 고개를 흔들었다.

"아닙니다……. 저는 전혀 모르는 사람입니다요."

그러고는 사진을 그레이디에게 돌려주었다.

두 남자 중 하나가 다가와 분홍색과 흰색의 돼지들이 회전목마처럼 떠올랐다 가라앉았다 하는 솥 안을 들여다보았다.

그레이디는 사진을 조끼 주머니 안에 도로 집어넣었다. 공식 임무가 끝난 것이다. 그가 말했다.

"어어, 언제쯤이면 우리가 저 바비큐를 먹을 수 있겠나, 빅 조지?"

빅 조지는 솥 안을 들여다보며 잠시 살폈다.

"내일 점심 무렵에 오시면 됐습지요……. 그때쯤이면 다 됩니다요."

"우리 몫 좀 남겨 둘 수 있겠지?"

빅 조지가 웃으며 말했다.

"그럼요, 남겨 두고말고요. 잔뜩 남겨 두겠습니다요."

카페로 향하면서 그레이디가 다른 남자들에게 허풍을 떨었다.

"우리 주에서 바비큐 만드는 솜씨는 저 깜둥이가 최곱니다. 일단 먹어 보면 솜씨가 얼마나 훌륭한지 알게 될 겁니다."

스모키와 이지는 카페에 앉아 담배를 피우며 커피를 마시던 중이었다. 그레이디가 들어오더니 문가의 모자걸이에 모자를 걸고 그들이 있는 곳으로 다가왔다.

"이지, 스모키, 여기는 커티스 스무트 경관님과 웬델 리긴스 경관님이야. 사람을 찾으려고 조지아에서 오셨지."

그들은 모두 가볍게 목례를 하고 자리에 앉았다.

이지가 말했다.

"뭘 좀 드릴까요? 커피 괜찮으세요?"

그들은 그게 좋겠다고 말했다.

이지가 부엌에 대고 소리쳤다.

"십시!"

십시가 부엌문 밖으로 고개를 내밀었다.

"십시, 여기 커피 세 잔요."

그러고 나서 다시 말했다.

"파이 좀 드시겠어요?"

그레이디가 말했다.

"아니야, 먹지 않는 게 좋겠어. 우린 지금 공무 수행 중이거든."

몸집이 큰 젊은 남자는 실망하는 눈치였다.

"여기 이 두 분은 어떤 남자를 찾으러 오셨는데 내가 협조하겠다고 했지."

사실 그레이디는 사진을 대조하는 일에 협조하겠다고 했을 뿐이었다.

그레이디는 목소리를 가다듬고 뭔가 중요한 일을 하는 것처럼, 그러면서도 동시에 별거 아니라는 듯한 태도로 사진을 꺼내 들었다.

"요 며칠 사이에 이 남자를 본 적 있나?"

사진을 본 이지는 없다고, 그런 사람을 본 적이 없다고 말하고 스모키에게 사진을 건넸다.

"이 사람이 무슨 짓을 했는데요?"

십시가 커피를 가져왔다. 깡마르고 깐깐해 보이는 커티스 스무트가 메마른 쇳소리로 말했다. 그의 목은 흰 셔츠에서 튀어나온 쭈글쭈글한 판처럼 보였다.

"우리가 아는 바로는 아무 짓도 안 했소. 이 사람에게 무슨 일이 일어났는지를 알아내려는 거요."

스모키가 다시 사진을 돌려주었다.

"아니요. 한 번도 본 적이 없는 사람입니다. 그런데 왜 여기서 찾으시는 겁니까?"

"조지아에서 이 사람 밑에서 일하는 사람 말로는 이 사람이 며칠 전에 여기로 갈 거라고 했는데, 그 뒤로 집에 돌아오지 않았다고 합니다."

스모키가 조지아의 어디냐고 물었다.

"밸도스타요."

"그렇다면 여기엔 무엇 때문에 왔는지 궁금하군요."

이지가 부엌에 대고 소리쳤다.

"십시, 그 초콜릿 파이 몇 개만 가져다줘요."

그러고는 리긴스 경관에게 말했다.

"절 봐서 이것 좀 드시죠. 드시고 나서 어떤지 얘기해 주시고요. 방금 전에 만든 건데, 맛 좀 보세요."

리긴스 경관이 거절하며 말했다.

"아닙니다. 그럴 수 없어요. 전······."

"어서요. 딱 한 입만요. 전문가의 의견을 듣고 싶어서 그래요."

"저, 좋습니다. 그렇다면 딱 한 입만 먹겠습니다."

비쩍 마른 남자가 이지에게 곁눈질하며 말했다.

"내가 이 사람들에게 말했소. 그 사람은 분명 어디선가 술에 취해 있을 거고 내일 모레쯤이면 불쑥 나타날 거라고 말이오. 내가 알 수 없는 건 그 사람이 여기에 뭐하러 왔는가 하는 거요. 그럴 일은 없을 것 같은데…….”

파이를 먹던 웬델이 말했다.

“우리는 그 사람의 여자 친구가 이 근방 어디쯤에 있지 않을까 추측하고 있습니다.”

그레이디가 웃음을 터뜨렸다.

“그것 참, 휘슬스톱에는 남자가 조지아에서부터 찾으러 올 만한 여자는 없어요!”

그러더니 조금 있다가 말을 이었다.

“이바 베이츠라면 몰라도.”

그러자 세 사람이 모두 웃었다. 이바와 같이 자는 기쁨을 누렸던 스모키 역시 한마디했다. 자신이 그 의미를 안다는 것에 만족스러워하며 말했다.

“지당하신 말씀입니다.”

그레이디는 자기가 던진 농담을 곱씹으며 파이를 하나 더 집어 먹기 시작했다. 그러나 비쩍 마른 남자는 진지했다. 그는 테이블 위로 몸을 숙이며 그레이디에게 말했다.

“이바 베이츠가 누굽니까?”

“아, 그저 강 근처에서 술집을 운영하는 자유분방한 빨간 머리 여자예요. 우리 친구죠.”

“그 이바라는 여자가 바로 이 사람이 찾으러 왔던 사람이라고 생각한다는 건가요?”

그레이디는 파이를 먹으며 테이블 위 사진을 흘깃 쳐다보고는 그 말을 부인했다.

"아닙니다. 말도 안 되는 얘기죠."

비쩍 마른 남자가 집요하게 물었다.

"왜 아니라는 거죠?"

"음, 우선 이 사람은 이바가 좋아하는 타입이 아니거든요."

그들 셋은 다시 웃음을 터뜨렸다.

웬델 리긴스는 무슨 영문인지도 모르고 그들을 따라 키득거렸다.

스무트 경관이 말했다.

"무슨 뜻입니까. 이바가 좋아하는 타입이 아니라니?"

그레이디가 포크를 내려놓으며 말했다.

"당신을 언짢게 하고 싶은 마음은 없어요. 나는 이 사진 속 남자를 모르지만 좀 기생오라비 같아 보이는군요. 자네가 보기엔 안 그런가, 스모키?"

스모키는 그레이디의 말에 동의했다.

"그렇죠. 이바라면 이 사람 정도는 한 번 쓱 쳐다보고 물속에 던져 버릴 겁니다."

그들은 다시 웃었다.

스무트가 말했다.

"됐습니다. 무슨 말인지 알 것 같군요."

스무트는 다시 한 번 이지를 곁눈질했다.

"그렇죠. 인생이란 바로 그런 거죠!"

그레이디가 말했다. 그는 이지와 스모키에게 눈을 찡긋해 보였다.

"듣자 하니 조지아에서 온 당신들은 모두 발등에 조그만 발광체가 있다면서요."

스모키가 키득거리며 말했다.

"그 말은 나도 들었어요."

그레이디가 의자 뒤로 몸을 젖히며 배를 두드렸다.

"자, 이제 그만 나가 보는 게 좋겠습니다. 해 지기 전에 몇 군데 더 들러야겠어요."

그러면서 사진을 주머니에 집어넣었다.

모두들 일어나 나가려고 할 때 리긴스 경관이 말했다.

"파이 고마웠습니다. 저……."

"이지예요."

"이지 부인. 맛이 아주 좋았습니다. 다시 한 번 감사드립니다."

"별 말씀을요."

그레이디가 모자를 썼다.

"이분들, 또 보게 될 거야. 내일 바비큐 먹으러 다시 올 거거든."

"좋죠. 언제든 환영합니다."

그레이디가 뒤를 돌아보며 말했다.

"그런데 루스는 어디 있지?"

"엄마네 집에 가 있어요. 엄마가 많이 아프셔서."

"음, 그 소식은 나도 들었지. 정말 안됐어. 자, 그럼 내일 보자고."

그들은 문을 향해 걸었다.

시간은 오후 4시 30분밖에 안 되었지만 하늘은 벌써 푸르스름한 회색빛이었고, 방금 내리기 시작한 가느다란 겨울비는 얼음물처럼 차가웠다. 옆집 오팔네 미용실 창가에는 일찌감치 꾸며 놓은 크리스마스트리에서 새어 나온 불빛이 젖은 골목길에 반사되어 빈뜩거렸다. 미용실 안에서는 샴푸를 담당하는 여종업원이 바닥을 쓸고 있었고, 라디오에서는 크리스마스 캐럴이 흘러나왔다. 오팔은 마지막 손님인 베스타 애드콕 부인의 머리 손질을 마무리하는 중이었다. 애드콕 부인은 그날 밤 버밍햄에서 있을 L&N 연회에 갈 예정이었다.

그레이디와 두 남자가 미용실 안으로 들어서자 문에 달린 종이 쟁그렁거렸다. 그레이디가 짐짓 사무적인 목소리로 말했다.

"오팔, 잠시 얘기 좀 할까요?"

베스타 애드콕은 겁먹은 얼굴로 그레이디를 쳐다보다가 꽃무늬가 있는 미용실 가운 앞자락을 꼭꼭 여미며 비명을 질렀다.

"도대체 무슨 짓이에요!"

오팔 역시 겁먹은 눈으로 쳐다보다가 초록색 빗을 든 채로 그레이디에게 돌진했다.

"여기 들어오면 안 돼요. 그레이디 킬고어, 여긴 미용실이라고요! 남자는 들이지 않아요. 대체 어떻게 된 일이죠? 제정신이에요? 자, 어서 나가요! 정말 너무하네요!"

키가 193센티미터인 그레이디와 두 남자는 엎치락뒤치락하며 문을 빠져나와 거리로 나왔다. 뿌연 창문 너머에서 오팔이 그들을 향해 눈을 흘기고 있었다.

그레이디가 프랭크 베넷의 사진을 도로 주머니에 집어넣으면서 말했다.

"음, 그 사람이 저곳에 들어갔을 리는 없겠군. 그것만은 분명해."

세 남자는 옷깃을 세우고 철길을 가로질러 걷기 시작했다.

휘슬스톱 카페

앨라배마주 휘슬스톱

1930년 12월 21일

조지아에서 온 두 남자가 처음으로 읍내에 도착한 날로부터 사흘이 지난 뒤, 이번에는 비쩍 마른 커티스 스무트가 혼자 와서 바비큐와 오렌지 크러시 음료를 주문했다.

이지가 음식을 가져다 놓으며 말했다.

"그레이디와 당신의 파트너 그리고 당신이 우리 집 바비큐를 다 먹어 치울 셈이군요. 당신들 셋이 오늘 먹은 것만 해도 10인분은 될 거예요!"

커티스는 실눈으로 이지를 쳐다보며 비음이 섞인 가늘고 높은 음성으로 말했다.

"앉으시죠."

실내를 둘러본 이지는 바쁠 게 없다는 생각에 커티스 앞에 마주 앉았다.

커티스가 샌드위치를 한 입 베어 물면서 이지를 유심히 쳐다보았다.

"어떻게 됐어요? 찾던 ㄱ 남자는 이제 찾았나요?"

이번에는 커티스가 실내를 둘러보고 나서 테이블 위로 몸을 수그려 면도날 같은 얼굴을 바짝 들이밀며 말했다.

"당신은 날 속일 수 없어, 아가씨. 난 당신이 누구인지 알아. 잠시라도 나를 속일 수 있다고는 생각하지 말라고……. 전에 어디선가 당신을 본 적이 있는데 그게 어디였는지 기억이 나지 않았거든. 그래서 몇 군데 전화를 했는데, 어젯밤에 당신이 누구인지 생각났어."

커티스는 등을 젖히고는 이지에게서 눈을 떼지 않은 채 계속 음식을 먹었다. 이지는 눈도 깜짝하지 않고 다음 말을 기다렸다.

"자, 난 베넷의 집에서 일하는 제이크라는 친구로부터 확실한 진술을 확보했어. 그가 묘사한 사람이 당신과 일치하더군. 아무튼 당신처럼 생긴 사람과, 당신이 뒤뜰로 내보낸 저 덩치 큰 깜둥이가 패거리를 몰고 와서 베넷의 아내를 데려갔고, 저 깜둥이가 베넷을 주머니칼로 위협했다고 말이야."

커티스는 샌드위치에서 고기 한 점을 빼내 접시에 올려놓고 그것을 쳐다보았다.

"그것 말고도, 난 그날 이발소 뒤편에 있었어. 그래서 나 말고도 많은 사람들이 당신이 그를 죽이겠다고 협박하던 소리를 들었단 말이지. 그러니 내 기억이 맞다면 당신은 그 일당 중 하나가 분명해."

커티스는 찬 음료를 꿀꺽꿀꺽 마시고 나서 종이 냅킨으로 입을 닦았다.

"프랭크 베넷이 나와 각별한 친구라는 건 절대 아냐……. 읍내 변두리 오두막에서 아이 하나를 데리고 사는 내 큰딸로부터 그 집에서 벌어지는 이야기를 들었어. 그 애가 거기 그렇게 사는 것도 그자 때문이지. 그러니 감히 추측컨대 그자가 죽어서 나타난다고 해도 아무도 눈물 한 방울 흘리지 않겠지. 하지만 말이야, 아가씨. 당신이 그자를 두 번 협박했다는 사실이 공식 기록으로 남아 있기 때문에 나는 혹시라도 그가 무슨 일을 당했다면 당신이 개입되어 있다고 생각할 수밖에 없어. 그리고 이 말을 해 주고 싶은데, 그렇게 착한 척하지 마. 우린 말이야, 아가씨, 지금 법률에 위배되는…… 살인 사건에 대해 얘기하는 중이야. 그리고 누구도 거기서 빠져나갈 수 없어."

커티스는 몸을 뒤로 젖히고는 태연한 태도를 취했다.

"아, 물론, 가정해서 말하자면, 그러니까 내가 당신 입장이라면 말인데, 그자의 시체가 영원히 발견되지 않기를 진심으로 바랄 거야. 당연한 그래야겠지. 혹은 그 사람의 소지품이라도 발견된다면 말인데…… 만일 누군가가 프랭크 베넷이 이곳에 왔던 것을 입증할 수 있다면 그건 좋은 징조라고 할 수 없겠지. 무슨 말인지 알 거야. 나라면 그렇게 생각할 거야. 내가 똑똑하다면 말이지. 다시 말해서, 찾아낸 것이 아무것도 없다는 것을 확실히 해 두는 것이 정말 중요하다는 거야."

그는 이지가 귀 기울여 듣는지 확인하려고 그녀를 쳐다보았다. 그녀는 잘 듣고 있었다.

"그래, 그건 너무나 좋지 않은 상황이 되겠지. 그럼 나는 다시 여기로 와서 수상쩍은 당신네 흑인과 당신을 체포해야만 할 테니까. 난 당신의 뒤를 쫓아서 다시 이곳에 오고 싶지 않지만 그래도 올 거야. 난 경찰이고 그 임무를 수행하겠다고 선서했으니까. 당신은 경찰을 속일 수 없어. 이해하겠나?"

이지가 말했다.

"네, 경관님."

커티스는 자기 생각을 확실히 해 두면서 주머니에서 25센트 짜리 동전을 꺼내 테이블에 던지고는 모자를 쓰고 떠나며 한마디 덧붙였다.

"물론 그레이디 말대로, 어쩌면 그자가 요 며칠 사이에 집에 돌아와 있을지도 모르지. 하지만 나도 숨죽이고 있지만은 않을 거야."

《밸도스타 관보》

1931년 1월 7일

실종자, 사망으로 추정

작년 12월 13일 아침 일찍 집을 나간 뒤 실종되었던, 밸도스타의 프랭크 베넷(38세)에 대한 수색이 공식적으로 종결되었습니다. 커티스 스무트 형사와 웬델 리긴스 형사가 지휘하는 대규모 수색 작업은 베넷의 행방과 관련하여 조금이라도 의혹이 있는 사람들을 쫓아 멀리 테네시주와 앨라배마주까지 펼쳐졌습니다. 그렇지만 베넷도, 그가 행방불명되던 당시 타고 있던 트럭도 발견되지 않았습니다.

스무트 경관은 오늘 인터뷰에서 "우리는 모든 방법을 총동원했습니다. 그는 마치 지구 밖으로 사라진 것 같습니다."라고 말했습니다.

《윔스 통신》

앨라배마구 휘슬스톱 주간 소식지

1931년 3월 19일

우리 모두에게 슬픈 소식

1년 전 아버지를 잃은 리오나, 밀드레드, 팻시 루스 그리고 에드워드 스레드굿이 또 한 번 슬픈 귀향을 해야 했습니다. 어머니의 장례식을 치르기 위해 집으로 돌아온 것입니다.

장례식을 마치고 우리는 모두 스레드굿네 집으로 갔습니다. 읍내에 사는 이들도 모두 고인에게 경의를 표했으리라 생각합니다. 사실 이곳 사람들 중 절반은 스레드굿네 집을 드나들며 그들 부부와 더불어 성장했지요. 저는 거기서 보냈던 아름다운 시절과 늘 우리를 편안하게 맞아 주던 그분을 결코 잊을 수 없을 것입니다. 저는 어느 7월 4일 독립 기념일 파티가 벌어진 그곳에서 제 반쪽을 만났습니다. 저희는 클리오와 니니 커플과 더불어 서로 교제했고, 교회에 다녀와서는 그 집 앞 현관에 앉아 많은 시간을 보내곤 했습니다. 많은 사람들이 그분을 그리워하겠지요. 그리고 그분이 없는 그곳은 이제 예전과 같지 않을 것 같습니다.

닷 윔스

로즈 테라스 요양원

앨라배마주 버밍햄 올드몽고메리 하이웨이

1986년 5월 11일

에벌린 카우치는 당근과 셀러리가 가득 담긴 비닐봉지를 열었다. 자신도 먹고 친구에게도 주려고 산 것들이었다. 스레드굿 부인은 그것을 사양하고 먹고 있던 오렌지 마시멜로 피너츠만 계속해서 먹었다.

"그건 됐어요, 에벌린. 날 음식은 나한테 잘 안 맞아서요. 그런데 왜 날 음식을 먹는 거죠?"

"체중 때문이라고나 할까요. 전 기름이나 설탕만 들어 있지 않으면 먹고 싶은 건 뭐든 먹을 수 있어요."

"또 다이어트를 할 생각이에요?"

"네. 해 보려고요. 그런데 참 힘드네요. 살이 너무 쪄 버렸거든요."

"그렇다면 하고 싶은 대로 해요. 하지만 내 눈에는 지금이 좋아 보여요."

"오 스레드굿 부인, 말씀은 고맙지만 전 88사이즈를 입어야 할 지경인걸요."

"내가 보기에는 뚱뚱하지 않아요. 에시 루는 지금…… **그녀는** 체격이 아주 좋았어요. 어릴 적부터 그럴 소지가 있었나 보더군요. 한때는 90킬로그램도 넘었을 거예요."

"그랬어요?"

"그랬다니까요. 하지만 조금도 신경 쓰지 않았죠. 항상 가장 좋은 옷을 차려입었고, 머리에는 늘 옷에 어울리는 조그마한 꽃을 꽂고 다녔거든요. 모두 에시 루보고 멋쟁이라고 말했죠. 손발도 얼마나 귀여웠는지 몰라요. 에시가 대형 월리처를 연주하는 일을 얻었을 때 버밍햄 사람들은 모두들 그녀의 귀여운 발에 대해 얘기했답니다."

"뭘 연주했다고요?"

"대형 월리처 오르간요. 몇 년간 앨라배마 극장에 있었거든요. 사람들 말로는 남부에서 가장 큰 오르간이었다고 하던데, 그 말이 맞을 거예요. 우린 모두 전차를 타고 그곳에 가서 영화를 봤답니다. 난 진저 로저스가 나오는 영화는 다 보러 갔어요. 내가 제일 좋아하는 배우였는데, 할리우드에서 가장 재능 있는 배우였죠. 그녀가 나오지 않는 영화는 관심도 없었어요……. 그녀는 뭐든지 다 했어요. 춤, 노래, 연기…… 뭐든요…….

어쨌든 영화 중간에 불이 꺼지면 이렇게 말하는 남자의 목소리가 들렸죠. '자, 앨라배마 극장이 자랑스럽게 선보이는…….' 그 사람은 언제나 그렇게 말했어요. '자랑스럽게 선보이는' 에시 루 라임웨이 양의 월리처 연주 시간입니다. 그러면 멀리서부터 음악이 들리다가…… 갑자기 그 거대한 오르간이 바닥에서 솟아오르곤 했어요. 거기에서 에시 루가 그녀의 주제곡「난 달에 사는 남자와 사랑에 빠졌어요」를 연주했고요. 스포트라이트가 모두 에시 루를 비추었고, 오르간 소리는 극장을 가득 채우며 지붕까지 뒤흔들었어요. 그러면 그녀는 뒤를 돌아보며 웃었는데 그러면서도 한 음절도 놓치는 법이 없었답니다. 그러고는 다른 노래로 넘어갔죠. 사람들이 알아차리기도 전에 그녀는「앨라배마에 떨어진 별들」이나「인생은 체리가 담긴 접시 같은 것」을 연주했어요. 그 조그맣고 귀여운 발은 나비처럼 페달 위를 날았고요! 신발은 러브맨 백화점에 특별히 주문해서 산, 발목을 끈으로 묶는 신발을 신었어요.

에시 루가 살이 뒤룩뒤룩 쪘을 거라 생각할지도 모르겠지만, 절대 그렇지 않았어요. 몸매가 좋았답니다. 사람에겐 누구나 나름의 장점이 있는데 그녀는 그것을 알았고, 잘 살려 냈죠. 에벌린이 그처럼 자신을 과소평가하는 걸 내가 보기 안쓰러워하는 이유가 바로 그거예요. 요전 날 내가 오티스 부인에게 그랬어요. '난 지금까지 에벌린 카우치처럼 피부가 고운 사람은 보지 못했어요. 에벌린의 어머니가 그녀를 평생 동안 솜으로 싸서 키우지 않았나 싶다니까.'"

"어머나, 고마워요, 스레드굿 부인."

"사실이 그래요. 주름도 없잖아요? 오티스 부인에게도 말했어요. 에벌린은 메리 케이 화장품 외판원 같은 걸 고려해 봐도 될 거라고요. 그런 피부와 성격이라면, 장담컨대 분홍색 캐딜락 한 대쯤은 금방 탈 수 있을 거예요. 내 이웃인 하트먼 부인의 조카딸이 그 화장품을 팔아 큰돈을 벌었고, 보너스로 분홍색 캐딜락을 받았다더군요. 그런데 그녀는 에벌린의 반만큼도 안 예쁘거든요."

"오, 스레드굿 부인, 그렇게 말씀해 주시니 고마워요. 하지만 전 그런 일을 시작하기엔 나이가 너무 많아요. 사람들은 젊은 여자를 원하잖아요."

"에벌린 카우치, 무슨 말을 그렇게 하우. 당신은 아직 젊어요. 마흔여덟 살이면 아직 아기일 뿐이라고요! 앞으로 살아갈 날이 더 많잖아요! 메리 케이는 나이를 상관 안 해요. 그녀 역시 햇병아리는 아니거든요. 자, 내가 에벌린이라면, 그리고 에벌린처럼 피부가 곱고 에벌린 정도 나이라면, 캐딜락에 도전해 보겠어요. 물론 운전면허를 따야 하겠지만 어쨌든 도전은 해 볼 거예요…….

생각해 봐요, 에벌린. 에벌린이 나처럼 오래 산다면 앞으로 살날이 37년이나 남아 있어요……."

에벌린이 웃으며 말했다.

"여든여섯 살이 된다는 건 어떤 기분인가요, 스레드굿 부인?"

"그게, 난 어떤 차이도 느끼지 못해요. 전에도 말한 것처럼 그건 아주 살금살금 다가오죠. 어떤 날엔 젊었는데 다음 날엔 가슴과 턱이 처지고 어느 샌가 고무 거들을 입고 있어요. 하지만 자신이 늙었다는 건 깨닫지 못하죠. 거울을 들여다볼 땐 알 수 있어요……. 어떨 때는 기절할 정도로 놀라기도 하죠. 내 목이 낡은 주름 종이처럼 보일 때도 있어요. 주름이 너무 심해서 이제 어떻게 해 볼 도리도 없고요. 주름을 없애 보려고 에이번에서 가져온 뭔가를 발랐는데 고작 한 시간 만에 다시 원상태로 돌아가 버리더군요. 그래서 눈속임은 그만두기로 했어요. 이젠 화장도 하지 않고 로션이나 조금 바르고 눈썹 좀 그리고 그래요……. 내 눈썹이 잘 보이겠지만 사실은 하얗답니다……. 게다가 기미투성이라오."

스레드굿 부인은 자신의 손을 쳐다보았다.

"이런 조그마한 친구들이 어디서 다 나오나 궁금할 거예요.

너무 늙으니까 사진도 잘 안 나오더군요. 프랜시스가 나하고 오티스 부인의 사진을 찍어 주고 싶어 했는데, 난 피해 버렸어요. 내가 카메라를 망가뜨릴지도 모른다면서 말이죠."

에벌린은 스레드굿 부인에게 이곳에서 외로움을 느낀 적이 없느냐고 물었다.

"음, 있어요, 가끔 느껴요. 가까운 사람들은 모두 떠나 버렸으니…… 가끔 교회 사람들이 보러 오긴 하지만 그저 안부 인사나 나누고 가 버리죠. 인생이란 게 다 그런 거니까. 만나고 작별하는 거죠.

가끔 클리오와 어린 아들의 사진을 보면서 지난 일들을 그려 본답니다. 지금쯤 무얼 하고 있을까 생각하면서."

스레드굿 부인은 에벌린을 향해 웃어 보이며 말을 이었다.

"그것이 지금 내가 살아가는 힘이에요, 에벌린. 꿈, 내가 보낸 시절에 대한 꿈이죠."

휘슬스톱 카페

앨라배마주 휘슬스톱

1940년 11월 18일

스텀프는 뒷방에서 판지로 만든 찌르레기들을 향해 새총을 쏘고 있었고, 루스는 스텀프의 숙제를 검사하고 있었다. 그때 연례 행사인 딜 피클 클럽 낚시 여행에서 돌아온 이지가 문을 벌컥 열어젖히고 들어왔다.

스텀프가 뛸 듯이 달려들었고 그 바람에 이지는 거의 쓰러질 뻔했다.

루스는 이지가 일주일 정도 집을 비울 때면, 특히 그녀가 이바 베이츠와 같이 지낼 때면 늘 걱정하던 터라 이지를 보자 몹시 반가워했다. 스텀프는 뒤쪽 계단을 살펴보려 달려 나갔다.

"고기는 어디 있어요?"

"그게 말이야, 스텀프. 사실은 한 마리 잡았는데 너무 커서 물에서 건질 수 없었단다. 사진을 찍었는데 그 사진 무게만도 거의 10킬로그램이 나가지 뭐니……."

"에이, 이지 이모, 한 마리도 못 잡았죠!"

그러고 있을 즈음에 들리는 소리가 있었다.

"누구게? 나야……. 나하고 앨버트. 놀러 왔어."

그러더니 키가 크고 머리를 뒤로 묶은, 수더분해 보이는 여자가 스텀프 또래의 좀 어눌해 보이는 아이를 데리고 들어왔다. 지난 10년 동안 하루도 거르지 않고 이곳에 들르는 그녀는 그들에게 늘 반가운 사람이었다.

이지가 인사했다.

"안녕, 오늘은 좀 어때요?"

"좋아. 다들 안녕?"

그녀가 그렇게 말하며 자리에 앉았다.

이지가 말했다.

"저녁거리로 쓸 만한 메기 몇 마리를 거의 다 잡았는데 그 녀석들이 미끼를 물고 있지 않았나 봐요."

이지가 웃으며 말을 이었다.

"대신 사진을 찍어 왔죠."

니니가 실망했다는 듯이 말했다.

"저런, 오늘 밤 나한테 멋진 메기 한 마리 가져다주려나 했더니만. 나 메기 좋아하는데."

이지가 말했다.

"니니, 메기는 한겨울에는 미끼를 물지 않아요."

"그래? 겨울이라고 해서 배가 안 고픈 건 아닐 텐데."

루스가 말했다.

"그러게요. 이지, 그런데 왜 올해는 메기들이 미끼를 물지 않는 걸까?"

"아, 그건 메기들이 배가 고프지 않아서가 아니라 벌레들의 체온 때문이에요. 메기는 아무리 배가 고파도 차가운 벌레는 먹지 않을걸요."

루스는 이지를 쳐다보며 머리를 흔들었다. 이지의 기발한 생각은 언제나 그녀를 놀라게 했다.

니니가 말했다.

"음, 그거 말 된다. 나도 식은 음식은 싫거든. 벌레들을 데워서 준다 해도 강바닥에 닿을 즈음이면 벌써 차가워져 있겠지? 그리고 추운 걸로 말하자면, 이번 겨울이 좀 추워?"

앨버트는 방 건너편에서 스텀프와 함께 종이로 만든 찌르레기를 향해 총을 쏘며 놀고 있었다. 커피를 마시던 니니에게 한 가지 생각이 떠올랐다.

"스텀프, 우리 집에 와서 전화선에 앉아 있는 찌르레기들을 네 총으로 쏘아 주는 건 어떠니? 걔네들이 다치는 건 바라지 않고 그냥 겁을 주어서 쫓아 버리기만 했으면 좋겠구나. 난 자꾸만 새들이 전화선에 앉아서 발을 통해 내 통화를 엿듣고 있는 것 같은 생각이 든단다."

니니를 몹시 좋아하는 루스가 이렇게 말했다.

"오, 니니, 설마 그게 사실이라고 생각하는 건 아니겠죠?"

"글쎄요, 그건 클리오가 나한테 해 준 말이거든요."

《슬래그타운 뉴스》의 「이런 일 저런 일」

밀턴 체임스 씨의 보도

1940년 11월 19일

사기극으로 50달러를 사취하다

하웰가 68-C 번지에 거주하는 샐리 징크스 부인은 사기를 당했다며 어제 경찰에 신고했습니다. 부인의 말에 따르면 벨 수녀로 알던 여자가 그녀의 집을 방문해 사기극을 펼쳤다고 합니다. 그 여자는 부인의 돈 50달러를 냅킨에 싸는 척하고는 네 시간이 지나기 전에는 냅킨을 펴 보지 말라는 지시와 함께 트렁크에 집어넣었는데 나중에 냅킨을 펴 보니 돈이 사라지고 없었다고 진술했습니다.

톤실 로빈스와 E. C. 로빈슨은 다른 사람이 무엇을 하건 자신들은 상관치 않는다는 말을 친구들에게 하고 다닌다고 합니다.

골목에서 사라지다

이제 8번가는 예전과 같지 않은 듯합니다. 읍내의 유명인사인 아티스 O. 피베이가 이곳 '바람의 도시'에서 탈출하기 위해 몸부림을 치고 있습니다. 많은 여성 분들이 그를 무척 그리워하는데, 그 점은 여러분들도 인정하실 걸로 압니다.

헬렌 레이드 양이 심야에 범행 대상을 찾아다니는 어떤 자를 경찰에 신고했다고 들었습니다. 그자는 F가에 사는 레이드 양의 집에 들어와 그녀를 해치려 했다는군요. 도착한 경찰은 집 아래쪽에 숨어 있던 한 신사를 체포했는데 그는 손에 얼음 깨는 송곳을 들고 있었으며 자신이 얼음 장수라고 주장했다고 합니다.

그 신사가 베이비 셰퍼드 씨일 수 있을까요? 지금까지 레이드 양에게 친절했던 그 사람 말입니다.

……에스콰이어 클럽은 연례 행사인 '근육 풀기'를 준비하고 있습니다…….

최신 음반 소식

엘링턴의 「검정과 황갈색 판타지」가 데카 레코드에서 새롭게 출시되었는데 상당히 흥미롭고 참신합니다. 「크레올」이라는 곡에서 피아니스트는 부기우기 리듬을 타는데 약간 특이하긴 하지만 효과적입니다.

10번로

일리노이주 시카고

1940년 11월 20일

시카고에 비가 내리고 있었다. 아티스 O. 피베이는 거리를 달리고 있었다. 그는 비를 피해 "해물 요리 점심, 튀긴 생선 35센트"라고 적힌 간판 밑으로 들어갔다. 길 건너편, RKO 앨라배마에서는 「불법거래자들」과 「깡패 제국」이 상영되고 있었다. 거기에 있으려니, 집을 멀리 떠나와 일렉트라 그린이라는 음울한 처녀를 피해 숨어 다니는 자신이 바로 탈주자 같다는 생각이 들었다.

아티스는 자리에 서서 체스터필드 담배를 피우며 인생과 인생이 주는 혼란에 대해 곰곰 생각했다. 어머니는, 힘이 들 때마다 다정하신 예수님을 생각하면 항상 힘이 솟는다고 말했다.

그러나 아티스의 힘을 솟게 만드는 것은 그러한 생각들이 아니었다. 그는 엉덩이가 탄탄하고 입술이 두꺼운 흑인 미녀들을 보면 힘이 솟았다. 당시 그의 인생에서 가장 심각한 문제는 그가 쉽게 사랑에 빠져 버리는 데다 그것이 별로 바람직하지 않은 사랑이라는 것이었다.

아티스는 늘 위험한 게임을 했는데 거기에는 사랑스러운 여인들의 남편이 관계되어 있었다. 그는 도무지 경계선이라는 것을 알지 못했다. 살아 있는 여자라면 모두 자기의 특별한 영역에 포함시켰다. 영역권에 대한 개념이 희박한 탓에 칼에 찔리거나 뼈가 부러지는 일도 가끔 있었다.

한번은 적절하지 않은 시기에 적절하지 않은 여자에게 열중하다가 그 무지막지한 여자에게 송곳으로 찔리는 변을 당한 적도 있는데, 그 결과 흥미롭다 할 만한 흉터를 지니게 되었다. 그 불행한 사건 이후로 아티스는 자기보다 몸집이 큰 여자와 어울리는 일은 자제했다. 그러나 아티스는 여전히 여자들을 애타게 만들었다. 그는 이 여자 저 여자에게 다음 날 저녁에 만나자는 말을 남발하고 다녔고 여자들은 당연하다는 듯 그를 기다렸다…….

감청색으로 보일 정도로 검은 데다 깡마르고 왜소한 이 남자는 수많은 이성 문제를 일으켰다. 어떤 여자는 아티스로부터 벗어나기 위해 마루를 닦는 왁스를 마셨는데 결국 왁스에 더해 락스 한 컵을 더 마셔야만 했다. 목숨을 건진 그 여자가 자기가 마신 왁스 때문에 얼굴빛이 영영 망가져 버렸다고 주장하고 나선 뒤로 아티스는 해가 지면 늘 불안에 떨었다. 그 여자가 주머니에 돌멩이를 가득 담아 가지고 와서는 뒤에서 몰래 그의 머리에 던진 게 한두 번이 아니었던 것이다.

그러나 일렉트라 그린과 관련한 이번 상황은 주머니 가득 돌멩이를 담아 쫓아오는 정도에 댈 바가 아니었다. 아티스가 진실하지 않았다는 것을 안 뒤로 일렉트라는 38구경 연발 권총을 지니고 다녔다. 그녀는 그의 남성과 관련해 험악한 협박을 했다. 그것을

없애 버리겠다고 했던 것이다. 한 번이 아니라 정확히 여덟 번이
니. 그녀의 불구대천 원수라 한 수 있는 딜라일라 우즈 양도 협박
을 견디다 못해 서둘러 도시를 떠나고 말았다.

오늘 그곳 문간에 서 있는 아티스는 그처럼 심한 궁지에 몰려
있는 상황이었다. 죽고 싶다는 생각이 들었다. 버밍햄이 그리웠고
다시 그곳으로 돌아가고 싶었다.

버밍햄에서 급하게 빠져나오기 전 아티스는 매일 오후 측면
에 흰 타이어가 달린 푸른색 시보레를 몰고 레드마운틴산에 올라
서 해가 지는 모습을 바라보곤 했다. 그곳에서 아래를 내려다보면
오렌지색 연기를 뿜어 내는 높다란 굴뚝이 달린 제강 공장들이 보
였다. 그에게 그 시간의 그 도시보다 더 아름다운 것은 아무것도
없었다. 그 무렵이면 하늘은 공장에서 흘러나온 검붉은 빛으로 물
들었으며, 중심가 도로와 그 너머 슬래그타운에 이르기까지 온 도
시에서 켜지기 시작하는 네온 불빛이 흔들리며 반짝거리곤 했다.

버밍햄, 대공황기에 프랭클린 D. 루스벨트가 '미국에서 가장
큰 타격을 입은 도시'라고 이름 붙인 곳……. 그곳 사람들은 너무
가난했다. 아티스는, 돈을 위해 자신을 쏘아 달라고 했던 남자와,
오래 춤추기 대회에서 우승하려고 사흘 동안 소금물과 식초에 발
을 담갔던 소녀를 알았다……. 미국 전체 도시 중 1인당 소득이 가
장 낮은 곳이면서도 남부에서 가장 우수한 서커스 도시로 알려졌
던 곳…….

버밍햄, 한때 문맹률이 가장 높고 미국 어느 도시보다 성병이
창궐했던 곳. 그러면서도 미국 도시들 가운데서 주일학교 학생 수
가 가장 많다는 기록을 자랑스럽게 보유한 곳……. "백인 전용"이

라는 문구를 써 붙인 임페리얼 세탁소 트럭이 시내를 돌아다니던 곳. 피부색이 검은 시민은 전차에서 "흑인"이라고 쓰인 판자 뒤에 앉아야 하고 백화점에서는 화물용 엘리베이터를 타야 했던 곳.

버밍햄, 1931년에만도 131명이 살해된, 살인자들의 남부 중심지…….

그 모든 것에도 불구하고 아티스는 지치지 않는 열정으로 버밍햄의 남쪽부터 북쪽까지를 사랑했다. 얼음처럼 차가운 비가 내리는 겨울이면 붉은 흙이 언덕에서부터 거리로 쓸려 내려왔고, 초록이 무성한 여름에는 푸른 칡넝쿨이 산기슭을 뒤덮고 나무와 전신주를 타고 올라갔으며, 대기는 치자나무와 바비큐 냄새로 눅눅하고 무거웠다. 그는 전국 곳곳을 여행했다. 시카고에서 디트로이트까지, 서배너에서 찰스턴 그리고 뉴욕까지. 그러나 다시 버밍햄으로 돌아왔을 때만큼 행복했던 시간은 없었다. 완전한 행복이라는 것이 있다면, 그것은 마땅히 있어야 할 곳에 있음을 아는 것이다. 아티스는 버밍햄에 도착한 순간부터 완전하게 행복했다.

그래서 오늘 아티스는 집으로 가기로 마음먹었다. 더 이상 떠나 있느니 죽는 게 낫다는 것을 알았기 때문이다. 남자들이 아내를 그리워하듯 그는 버밍햄을 그리워했다.

그리고 그것이야말로 일렉트라 그린이 바라던 바였다…….그를 살려 준다는 조건으로.

파이프 앤드 드럼 바 옆을 지나려니 주크박스에서 노랫소리가 들려왔다.

버밍햄에서 남쪽, 그러니까 앨라배마에서 남쪽,

밤새도록 춤추려고 찾아가는 정다운 곳,

사람들은 모두 자이브를 추려고 수킬로미터를 걷거나 차를 타고
가지.

남부 스타일의 느린 자이브,

새벽이 올 때까지 춤추리.

교차로에서는 마을 사람들이 만나고

연회에서는 턱시도를 입은 사람들이 반겨 주지.

어서 와요, 근심 걱정은 잊어버리고. 어서 와요.

거기에서 날 볼 수 있을 거야. 도시여 안녕!

난 이제 턱시도 교차로로 향한다네.

《슬래그타운 뉴스》의 「이런 일 저런 일」

밀턴 제임스 씨의 보도

1950년 11월 25일

버밍햄의 인기남 결혼하다

R. C. 그린 부부의 딸 일렉트라 그린 양이 앨라배마주 휘슬스톱에 거주하는 조지 피베이 부부의 아들 아티스 O. 피베이 씨의 매력적인 신부가 되었습니다.

그 화려한 결혼식에서는 제1집회 교회 목사님이신 존 W. 닉슨 박사가 주례를 섰으며, 결혼식 음악은 루이스 존스 씨가 맡았습니다.

눈부신 신부

사람들은 짙은 황록색 앙상블에 호박색 액세서리로 장식한 아름다운 신부에게서 눈을 떼지 못했습니다. 신부는 갈색 펠트 모자와 장갑을 착용했으며 그에 어울리는 신발을 신었고 백합으로 만든 작은 꽃다발을 어깨에 달았습니다.

신랑의 여동생 노티 버드 피베이 양은 포도색 크레이프로 몸을 휘감고, 색색의 구슬을 꿴 목걸이와 버찌 색 장갑과 신발을 착용해서 하객들의 눈길을 끌었습니다.

화려한 피로연

결혼식에 이어 곧바로 화려한 결혼식 피로연이 룰루 버터포크 부인의 집에서 열렸습니다. 그녀는 이 도시의 미용계를 이끄는 실력 있는 미용사이자 가발 전문가입니다. 피로연에 참석한 버밍햄의 몇몇 저명인사들은 펀치와 아이스크림 그리고 케이크를 대접받았으며, 산더미처럼 쌓인 신부의 선물을 보고 놀라움을 금치 못했습니다.

10월 5일 월요일 밤 11시에 신부측 친구들은 톤실 로빈슨 부인의 주최로 저녁 식사 후에 열리는 짜릿한 댄스 파티에 초대받는 영광을 입었습니다.

리틀 사보이 카페를 구경했던 글래머는 그 행사를 이렇게 기억합니다. "크리스마스 분위기가 날 정도로 눈부신 장식으로 꾸민 행사장은 축제의 모습이었고 긴 테이블에는 고급 요리가 산더미처럼 차려져 있었습니다. 일곱 번째 코스에는 매운 닭 요리가 나왔고 포도주가 반주로 곁들여졌으며 뜨거운 커피와 후식으로 마무리되었습니다."

그들 부부는 파운틴가의 신부네 집에서 살 것이라고 합니다.

피글리위글리 슈퍼마켓

앨라배마주 버밍햄

1986년 5월 19일

다이어트를 하던 9일 동안 에벌린 카우치는 길고 힘든 시간을 보냈다. 그런데 오늘은 행복한 기분으로 잠에서 깨어났다. 삶이 완벽하게 통제되는 것 같았고, 홀쩍하니 날씬해진 몸의 움직임도 나긋나긋하고 우아하게 느껴졌다. 지난 9일간은 마치 산을 오르는 것 같았다. 이제 정상에 이른 것이다. 아무튼 오늘은 신선한 것이 아니면 어떤 것도 먹지 않을 자신이 생겼다.

슈퍼마켓에 들어선 에벌린은 과자와 케이크와 흰 빵과 캔 종류가 놓인 3번 통로를 황급히 지나쳤다. 그 통로는 쇼핑할 때 가장 많은 시간을 보내던 곳이었다. 정육 매장에서도 걸음을 멈추지 않고 곧장 지나쳤다. 그곳은 껍질을 제거한 닭 가슴살을 주문하던 곳이었다. 그런 다음 농산물 매장으로 향했다. 으깬 감자 요리를 만들기 위해 감자를 살 때나 들르던 곳이었다. 그곳에서 그녀는 신선한 브로콜리와 레몬과 라임을 샀다. 썰어서 광천수에 담가 둘 생각이었다. 잡지 코너에 잠깐 들러서는 팜비치에 대한 기사를 특집으로 실은 《도시의 시골》이라는 잡지를 샀다. 그러고는 빠른 계산대로 갔다. 계산원 아가씨가 그녀에게 인사를 건넸다.

"어머나, 카우치 부인, 잘 지내시죠?"

"아주요. 모젤은요?"

"저도 잘 지내요."

"오늘은 이게 전부인가요?"

"그러네요."

모젤은 계산기 버튼을 눌러 금액을 찍었다.

"오늘 정말 예뻐 보이세요, 카우치 부인."

"아, 고마워요. 요즘 컨디션이 좋아요."

"그렇군요. 안녕히 가세요. 좋은 하루 보내시고요!"

"고마워요. 모젤도 좋은 하루 보내세요."

출구로 나오려는데 작고 말똥말똥한 눈에 입은 야비해 보이고 기름 묻은 바지에 티셔츠를 입은 남자아이가 출구 전용 문을 거칠게 열고 들어오며 에벌린을 뒤로 밀쳤다. 아이는 미안하다는 말도 없이 획 지나갔다. 아직 기분이 좋았던 에벌린은 혼잣말로 중얼거렸다.

"이런, 대단히 신사적이군."

그러자 아이가 뒤돌아보며 험악하게 말했다.

"지랄하네, 미친년!"

그러고는 가 버리는 것이었다.

에벌린은 말문이 막혔다. 아이의 눈에 나타났던 적개심에 숨이 막혔다. 몸이 부들부들 떨리는가 싶더니 기어이 울음이 터졌다. 마치 누구한테 얻어맞은 것 같았다. 그녀는 눈을 감고서 자제

력을 잃지 말자고 자신을 타일렀다. 그냥 모르는 사람이잖아. 별일 아니었어. 그만한 일로 화내지 말자.

하지만 생각할수록 그 일을 바로잡아야만 한다는 생각이 들었다. 밖으로 나가 기다렸다가 말해 줘야 했다. 그저 상황을 이해시키려 할 뿐이지 네 기분을 나쁘게 할 생각은 없다고. 네가 출구로 들어온 건 실수고 넌 분명 나와 부딪힌 줄도 몰랐을 거라고 생각한다고.

그렇게 설명해 주면 아이는 미안해할 테고, 그러면 일은 마무리되고, 자신도 한결 가벼운 마음으로 집에 돌아갈 수 있으리라 믿었다.

아이가 여섯 개들이 맥주 캔을 들고 문을 벌컥 열고 나오더니 에벌린 곁을 스치고 지나갔다. 그녀는 잰걸음으로 아이를 따라잡았다.

"애, 아까는 나한테 그렇게 화낼 이유가 없었잖니. 네가 그걸 알았으면 하는데. 난 그저……."

아이가 역겹다는 듯이 에벌린을 쏘아보았다.

"당장 꺼져, 이 멍청한 년아!"

에벌린은 숨이 턱 막혔다.

"실례지만, 방금 나를 뭐라고 불렀지?"

아이는 에벌린의 말을 무시하고 그냥 걸어갔다. 이제 그녀는 눈물을 흘리며 아이의 뒤를 쫓아 달려갔다.

"나를 뭐라고 불렀냐고! 날 왜 그렇게 상스럽게 대하는 거니? 내가 너한테 뭘 어쨌는데? 너는 날 알지도 못하잖아!"

아이가 트럭 문을 열었다. 에벌린은 미친 듯이 그 아이의 팔을 잡았다.

"왜지? 왜 나한테 그렇게 대하냐니까?"

아이는 팔을 거칠게 뿌리치며 에벌린의 얼굴에 주먹을 들이댔다. 눈과 얼굴이 분노로 일그러져 있었다.

"참견하지 마. 머리통 날려 버리기 전에. 이 피둥피둥한 멍청이 같은 년아!"

그렇게 말하며 아이는 에벌린의 가슴을 와락 밀쳤고, 그 바람에 그녀는 뒤로 나가떨어졌다.

에벌린은 지금 상황이 믿기지가 않았다. 야채가 사방으로 와르르 쏟아졌다.

그 아이를 기다리고 있던, 끈적거려 보이는 머리에 쫄티를 입은 여자아이가 에벌린을 내려다보며 웃었다. 아이는 트럭에 올라 후진 기어를 넣고 요란하게 주차장을 빠져나갔다. 에벌린을 향해 욕을 퍼부으면서.

팔꿈치에서 피를 흘리며 망연히 땅바닥에 주저앉아 있는 에벌린은 다시금 늙고 뚱뚱하고 아무짝에도 쓸모없는 사람으로 돌아가 있었다.

《윔스 통신》

앨라배마주 휘슬스톱 주간 소식지

1941년 12월 12일

전쟁 발발

휘슬스톱의 징병 위원을 맡은 그레이디 킬고어는 젊은이들에게 어서 모두 참전하여 전쟁을 끝내자고 호소했습니다.

최근에는 훈련을 받는 군대나 지나가는 탱크 말고는 아무 일도 없는 것처럼 보입니다. 그들은 다들 어디에서 와서 어디로 가는 걸까요.

윌버의 말로는 전쟁이 6개월 이상 가지는 않을 거라는데, 그이의 말이 맞기를 바라는 것은 이번이 처음입니다.

'유쾌한 미녀 사중창단'이 올봄 테네시주 멤피스의 여성 사중창단 국립 컨벤션에 참가하여 그들의 인기곡 「햇빛에 붓을 담그고 그림은 나중에 그려요」를 불러 달라는 초청을 받았습니다.

스크로긴스 목사님께서는 위스키를 찾는 사람들에게 본인의 주소나 전화번호를 알려 주는 짓을 멈춰 달라고 부탁하셨습니다. 아내인 아르나가 극도로 신경이 날카로워지시 이빈 주민 예도 여러 번 화를 냈다고 합니다.

바비 리 스크로긴스가 해군에 입대했습니다. 한편, 카페 창에 걸린 별은 온젤과 빅 조지의 아들인 윌리 보이 피베이의 군 입대를 알리는 표지라고 합니다. 윌리는 트라우트빌에서 맨 처음 입대한 흑인 병사입니다.

닷 윔스

추신 — 모두 연례 크리스마스 야외극을 준비 중인데 우리 읍에서는 남자 수가 부족한 관계로 오팔과 저 그리고 니니 스레드굿이 세 현자 역을 맡게 되었습니다.

로즈서클 212번지

앨라배마주 버밍햄

1986년 8월 8일

슈퍼마켓에서 그처럼 심한 욕설을 들은 뒤, 에벌린 카우치는 능욕당했다는 느낌을 떨쳐 버릴 수 없었다. 말로 당한 강간이었다. 완전히 발가벗겨졌던 것이다. 우발적 사건으로 치부해 버리고 싶었으나 불쾌한 남자들과 마주치면 늘 겁이 났고, 욕설을 듣게 될까봐 두려웠다. 그녀는 목장 울타리를 넘어와 치마를 들추어 대는 유의 사람들 주변에서는 늘 몸을 사리고 조심했다. 작은 빌미만 주어지면 언제라도 그런 상스러운 욕설들이 날아올 태세를 갖추고 코앞에서 기다리고 있는 것만 같았다.

결국 그런 일이 일어나고 만 것이다. 그러나 에벌린은 아직 살아 있었다. 그리고 의문이 일기 시작했다. 어쩌면 그 아이의 난폭한 행동 덕에 그녀가 놀라 자신을 바라보고, 또한 답변이 두려워 회피했던 질문들을 던지게 됐는지도 몰랐다.

머리를 겨누고 내 삶을 지배하는 보이지 않는 총, 그 힘, 그 음험한 위협······ **욕먹는 것에 대한 그 공포**는 무엇일까?

에벌린은 행실이 좋지 못힌 어가라는 말을 들을까 봐 순결을 지켰다. 노처녀 소리를 듣지 않으려고 결혼을 했다. 불감증이라는 말을 듣지 않으려고 오르가슴을 연기했으며, 아이를 못 낳는 여자라는 말을 듣지 않으려고 아이들을 가졌다. 괴상하다거나 남성 혐오자라는 소리를 듣지 싫지 않아서 페미니스트가 되지 않았고, 못된 년이라는 소리를 들을까 봐 바가지를 긁지도 언성을 높이지도 않았다.

그 모든 것들을 실행해 왔음에도 그 낯선 사람은 화가 난 남자가 여자에게 하는 욕설을 던짐으로써 그녀를 시궁창 속으로 밀어 넣었다.

에벌린은, 왜 욕설은 늘 성적일까 하고 생각했다. 남자들이 다른 남자에게 모멸감을 주고 싶을 때 보지라고 부르는 이유는 무엇일까? 마치 그것이 세상에서 제일 나쁜 것이라도 되는 것처럼. 그런 식으로 여겨지는 것에 대해 우리는 어떻게 대해 왔던가? 씹이라는 말을 들었을 때는? 사람들은 이제 더 이상 흑인을 가리키는 욕을 하지 않는다. 적어도 그들이 듣는 데서는. 이탈리아인들은 더 이상 이태리 놈이나 더러운 이태리 놈이 아니었고, 반듯한 대화에서는 유대인 놈, 왜놈, 중국 놈, 남미 쓰레기 같은 말은 찾아볼 수 없다. 모두 자신을 변호하거나 대항할 단체가 있기 때문이다. 그러나 여전히 남자들은 여자를 욕의 소재로 쓴다. 왜? 우리를 변호할 단체는 어디 있지? 이건 공정하지 않잖아. 생각이 거기에 이르자 점점 더 화가 났다. 이지가 곁에 있었더라면 좋았을 텐데 하는 생각이 들었다. 이지라면 누구도 **자신**에게 욕을 하도록 내버려 두지 않았을 터였다. **그런 놈**은 반쯤 죽여 놨을 게 분명했다.

그러다가 에벌린은 멈칫했다. 이전에는 결코 느껴 보지 못했던 감정이기에 두려웠다. 그러니까 에벌린 카우치는 대부분의 여자들보다 20여 년 늦게 **분노를 경험하는** 중이었다.

에벌린은 두려워하는 자신의 모습에 화가 났다. 그처럼 뒤늦게 찾아온 분노는 낯설고도 특이한 방식으로 자신을 드러내기 시작했다.

에벌린은 난생처음으로 자신이 남자였으면 하는 생각을 했다. 남자들이 그토록 중히 여기는 이런저런 특혜를 누리고 싶어서가 아니었다. 절대로. 단지 남자가 가진 힘만을 갖고 싶었다. 그래서 슈퍼마켓에서 욕을 하던 그 못된 아이를 흠씬 두들겨 패 주었으면 싶었다. 물론, 그녀가 남자였더라면 애초에 욕설을 듣지도 않았을 것이다. 에벌린은 남자 열 명의 힘을 가진 자신의 모습을 상상하기 시작했다. 그녀는 슈퍼우먼이 되었다. 그녀는 입이 더러운 그 아이를 마구 두들겨 팼다. 뼈가 부러지고 피를 흘리며 주차장에 쓰러진 채 살려 달라고 싹싹 빌 때까지. 하!

그리하여 나이 마흔여덟 살에 앨라배마주 버밍햄에 사는 에벌린 카우치 부인은 믿을 수 없는 비밀스러운 인생을 시작하게 되었다.

쇼핑이나 일상의 잡다한 일을 하러 나온 이 다복하고 사람 좋아 보이는 중년 중산층 주부가 강간범들의 성기를 총으로 갈겨 버린다거나, 자신이 특별히 고안한 장화로 욕지거리를 해 대는 남편들을 사정없이 짓밟아 버리는 상상을 하리라고는 누구도 생각하기 어려울 것이다.

에벌린은 비밀 암호명까지 만들었다. 세상을 떨게 할 그 이름,

보복자 토완다!

에벌린이 웃는 얼굴로 일을 보러 다니는 동안 토완다는 가축을 몰 때 사용하는 전기 막대로 아동 성추행자들을 머리가 쭈뼛쭈뼛 설 때까지 찔러 댔다. 토완다는 《플레이보이》나 《펜트하우스》 안에 책을 펼치면 폭발하는 작은 폭탄들을 설치했다. 마약 상인들은 마약 과잉 투여로 거리에서 죽게 했다. 어머니에게 암이라고 말했던 그 의사를 발가벗겨 거리를 걷게 만들었고, 치과 의사들과 치과 위생사들을 비롯한 모든 의료인들에게 비웃음을 당하고 돌을 맞게 했다.

토완다는 하고 싶은 일은 무엇이든 할 수 있었다. 과거로 돌아가 여자는 조용히 지내야 한다고 썼던 사도 바울을 주먹으로 때려 주었고, 로마로 가서 교황을 성좌에서 쫓아낸 뒤 그 자리에 수녀를 앉히고는 신부들이 그 수녀를 위해 요리와 청소를 하게 했다.

토완다는 기자회견에서 침착한 눈빛을 띠고 심술궂은 웃음을 지으며 평온한 목소리로 자신에게 반발하는 모든 사람들과 토론했다. 그녀의 유창한 언변에 기가 죽은 사람들은 결국 눈물을 흘리며 도망쳤다. 토완다는 할리우드로 가서 주연 남자 배우들에게 완벽한 몸매를 가진 20대 여자애들 말고 당신과 같은 나이대 여자를 상대역으로 삼으라고 명령했다. 빈민가에 세를 주고 자기는 다른 데서 사는 집주인들은 쥐에 물려 죽게 했으며, 세상의 가난한 사람들에게, 여자들뿐 아니라 남자들을 위해서도, 피임 도구들과 음식을 보냈다.

그리고 토완다는 탁월한 선견지명과 통찰력 덕분에 '그릇된 것을 바로잡는 비길 데 없는 여왕, 고결한 토완다'로 세상에 널리 알려졌다.

토완다는 남자와 여자가 같은 수로 정부에서 일하고 평화롭게 의견을 나누도록 법을 제정했다. 그리하여 그녀와, 일류 화학자들로 이루어진 그녀의 참모들은 암 치료법을 발견하고 마음껏 먹어도 살이 찌지 않는 알약을 개발할 것이다. 사람들은 아이를 가지려면 면허를 취득해야 하며 재정적으로나 정서적으로 부모가 되기에 적합해야 할 것이다. **굶주리거나 구타를 당하는 아이들은 더 이상 없어야 했다.** 제리 팔웰*은 가정이 없는 모든 사생아들의 양육을 책임져야 할 것이다. 어떤 고양이나 개도 안락사를 당하지 않을 것이고 뉴멕시코나 와이오밍 같은 곳에 그들만의 주가 제공될 것이다. 교사와 간호사들은 프로 축구 선수들과 같은 봉급을 받게 될 것이다.

콘도 건축, 특히 빨간 타일 지붕의 콘도 건축을 전면 중단시킬 것이다. 그리고 밴 존슨은 쇼 프로그램을 진행하게 될 것이다……. 그는 토완다가 좋아하는 배우였다.

금지된 곳에 낙서를 한 사람들은 지워지지 않는 잉크가 담긴 커다란 통 속에 담길 것이다. 유명한 부모를 둔 아이들은 이제 더 이상 책을 쓸 수 없을 것이며, 열심히 일하며 살아온 자상한 남자들과 아빠들은 모두 하와이로 여행을 보낼 것이다. 여행에 필요한 모터보트도 제공받도록 직접 주선할 것이다.

토완다는 매디슨가로 가서 온갖 패션 잡지들을 관리했다. 체중이 60킬로그램 이하인 모델들은 모두 해고되었고, 갑자기 주름살이 성적 매력의 요건이 되었다. 탈지유 치즈는 영원히 제조가 금지되었다. 날당근도 마찬가지였다.

* 미국의 목사이자 보수 정치 운동가.

바로 어제 토완다는 국방부에 당당히 들어가서 모든 폭탄과 미사일을 세거하고 대신 갖고 놀 장난감을 주었다. 한편 러시아에서는 그녀의 자매들이 똑같은 일을 했다. 이어서 그녀는 6시 저녁 뉴스를 진행했으며, 군사비에 소요되는 예산 전액을 65세 이상의 모든 미국인들에게 나누어 주었다. 토완다가 하루 종일 바빴으니 잠자리에 들 무렵 에벌린은 녹초가 되었다. 당연한 일이었다.

오늘 밤 에벌린이 저녁을 짓는 동안, 토완다는 포르노 한 무더기와 아동 착취 영화 제작자들을 모조리 없애 버렸다. 그런 다음 에벌린이 설거지를 하는 동안, 토완다는 3차 세계대전을 예방하기 위해 혼자 힘으로 중동 전체를 날려 버리고 있었다. 그리하여 에드가 동굴에서 맥주를 더 가져다 달라고 소리쳤을 때 토완다는 에벌린이 말리기도 전에 맞고함을 쳤다.

"엿이나 드시지, 에드!"

에드가 안락의자에서 살그머니 일어나더니 부엌으로 들어왔다.

"에벌린, 당신 괜찮아?"

《윔스 통신》

앨라배마주 휘슬스톱 주간 소식지

1943년 2월 9일

전쟁 가속화

저의 또 다른 반쪽은 철로 관련 일을 하는 모든 사람들과 보조를 같이하여 2교대로 일하고 있습니다. 철강업계가 연장 근무를 하고 있기 때문이지요. 그래서 요즘 저는 외롭습니다. 하지만 나라와 우리의 아들들을 돕는 일이니 기꺼이 받아들여야겠지요.

토미 글래스와 레이 라임웨이가 군대에서 안부 편지를 보내 왔습니다.

그나저나, 예전 스레드굿네 집 근처에 있는 이지와 루스의 승리 기원 텃밭*을 보신 분 계신가요? 이지 말로는 십시가 제비콩을

---

* 미국에서는 2차 대전 중 야채의 자급 자족을 위해 자발적으로 텃밭 가꾸기 운동이 일었다.

동전만 하게 길렀다고 하더군요. 우리 집 텃밭에서는 고구마 몇 개밖에 얻지 못했는데 말입니다.

유쾌한 여성 사중창단 단원 중 저와 비디 루이스 오티스 그리고 니니 스레드굿이 버밍햄에 다녀왔답니다. 우리는 프리틀링 카페테리아에서 저녁을 먹은 다음 우리의 에시 루 라임웨이를 보러 갔습니다. 영화 상영은 막간에 펼쳐진 쇼의 절반도 따라가지 못하더군요. 우린 몹시 자랑스러웠습니다. 극장에 있는 사람들에게 에시 루가 우리의 친구라고 소리치고 싶었답니다. 니니는 옆 좌석에 앉은 사람에게 에시 루가 자기 시누이라고 말하더군요.

그나저나 고무 제품을 아껴 쓰는 일, 잊지 마시기 바랍니다.

닷 윔스

추신 ─ 누가 우리 여자들을 약하다 하나요? 지난 일요일, 딱하게도 드웨인 글래스가 결혼식 도중에 기절을 하는 바람에 예식 내내 신부의 부축을 받아야 했습니다. 그래도 결혼식이 끝나고 나서는 상태가 많이 좋아졌다고 합니다. 그는 신혼여행에서 돌아온 직후 곧바로 육군에 입대할 예정입니다.

앨라배마주 휘슬스톱

1944년 1월 12일

버밍햄의 거대한 L&N 터미널 기차역에는 귀환하는 아들과 남편, 형제들을 환영하기 위해 취주악단 한 팀과 군중 500여 명이 모여 있었다. 전쟁 영웅들이 돌아오고 있었다. 워싱턴 D. C.에서 출발한 예순두 명의 영웅들을 기다리며 일찍부터 깃발들이 나부꼈다.

그러나 오늘 밤 그 기차는 버밍햄에서 20분 거리에 떨어진 곳에 먼저 멈춰 섰다. 그곳 플랫폼 끝에는 한 흑인 가족이 아들을 기다리고 있었다. 수하물 칸에서 궤짝 하나가 소리 없이 내려지더니 트라우트빌로 갈 짐마차에 실렸다.

아티스와 재스퍼 그리고 노티 버드가 온젤과 십시와 빅 조지 뒤에서 걸었다. 그들이 지나가자 그레이디 킬고어와 잭 버츠 그리고 역무원들 모두가 모자를 벗고 차렷 자세를 취했다.

깃발도 악단도 어떤 훈장도 없었다. 궤짝 위에는 "W. C. 피베이"라고 쓰인 꼬리표 하나가 붙어 있을 뿐이었다. 그러나 길 건너편 카페 창문에는 깃발과 군 복무 표시 별과 "귀환을 환영한다, 윌리 보이."라고 쓴 현수막이 있었다.

　루스와 이지 그리고 스텀프는 일찌감치 트라우트빌로 가서 다른 사람들과 함께 기다리고 있었다.

　친절한 윌리 보이, 원더풀 카운슬러 피베이, 터스키기 전문 학교*에서 입학 허가를 받았던 청년, 똑똑한 아이, 변호사가 되려 했던 아이, 그들 흑인들의 선도자, 앨라배마의 뒷골목에서 워싱턴 D. C.까지 비추었던 반짝이는 빛. 윌리 보이, 성공할 기회를 가졌던 청년, 어떤 바에서 뉴저지주 뉴어크 출신의 윈스턴 루이스라는 흑인 병사와 싸우다가 죽고 만 사람.

　윌리 보이는 아버지 빅 조지 얘기를 하던 중이었다. 그 이름이 언급될 때면 백인이나 흑인 할 것 없이 늘 이렇게 말하곤 했다. "허, 대단한 양반이군."

　그러나 윈스턴 루이스는, 백인을 위해 일한다면, 특히 앨라배마에서 백인을 위해 일한다면 그게 **누구든** 천하고 무식하고 멍청하고 비굴한 흑인에 지나지 않는다고 말했다.

　윌리 보이는 모욕에 반응하지 않고 공격적인 태도나 분노를 철저하게 감추는 훈련을 해 왔다. 살아남으려면 그래야 했으니까. 그러나 그날 밤 윈스턴이 그런 말을 했을 때 그는 아버지를 떠올리고는 그 병사의 얼굴을 맥주병으로 후려쳐 마루에 뻗게 만들었다. 까무러쳤던 것이다.

---

*　1881년 흑인들을 위한 교육 기관으로 설립한 현재의 터스키기 대학교.

다음 날 저녁 잠이 든 사이에 윌리 보이의 목은 한쪽 귀에서 다른 쪽 귀까지 잘렸고, 윈스턴 루이스는 탈영을 했다. 군에서는 별로 신경도 안 썼다. 흑인 병사들 간에 일어나는 흔한 칼싸움 정도로 여겼던 까닭이다. 그리고 윌리 보이는 궤짝에 실려 집으로 보내졌다.

장례식에서 루스와 스모키 그리고 스레드굿 가 식구 모두는 교회 맨 앞줄에 앉았고, 이지는 가족을 대표해서 조사를 낭독했다. 목사는 예수님께서 당신과 함께 있으려고 당신의 귀한 자녀들을 일찍 집으로 데려가신다는 설교를 했고, 하늘나라의 황금 보좌에 앉아 계시는 전능하신 아버지의 뜻에 대해 이야기했다. 조문객들은 몸을 흔들며 "하나님의 뜻이 이루어지소서."라고 응창했다.

아티스도 다른 사람들을 따라 목사에게 회답했다. 그는 비통하게 울부짖는 어머니를 지켜보면서 앉은자리에서 몸을 흔들었다. 그러나 장례식이 끝난 뒤, 무덤에는 가지 않았다.

윌리 보이의 시신이 차디찬 앨라배마의 황토 무덤 속으로 들어가는 동안 아티스는 기차에 뛰어올라 뉴저지주 뉴어크로 향했다. 윈스턴 루이스라는 자를 찾아내 죽일 생각이었던 것이다.

……조문객들은 노래했다. "주여, 저의 산을 옮기지 마옵시고 다만 그 산에 오를 힘을 주소서……."

사흘 뒤 종이 봉투에 담긴 윈스턴 루이스의 심장이 그가 살던 곳에서 몇 블록 떨어진 곳에서 발견됐다.

《웜스 통신》
앨라배마주 회슥스톱 주간 소식지

1944년 2월 24일

배꼽 빠지는 코미디 대회 '누가 누가 썰렁한가'

딜 피클 클럽이 연례 행사 '누가 누가 썰렁한가'를 개최했는데 이번이 지금까지 행사 중 단연 최고였습니다.

그레이디 킬고어는 셜리 템플 역을 맡아「멋진 배 롤리팝에서」를 노래했습니다. 우리 보안관의 다리가 얼마나 예쁜지 다들 알고 계셨던가요?

제 또 다른 반쪽 윌버 웜스는「석양의 붉은 돛」을 노래했습니다. 잘하는 것 같긴 했지만 전 제대로 심사할 수가 없었답니다. 매일 샤워하면서 부르는 그이의 노래를 들었기 때문이지요. 하. 하.

가장 재밌었던 촌극은 스크로긴스 목사님 풍자였는데, 목사님 역은 이지 스레드굿이, 베스타 애드콕 역은 피트 티드웰이 맡았습니다.

모든 출연자들의 머리 손질과 분장은 오팔이 맡았으며, 무대 의상은 니니 스레드굿과 비디 루이스 오티스 그리고 바로 제가 모두 만들었습니다.

머트와 제프의 촌극에서 이른바 '위험한 동물'은 다름이 아니라 가스 마스크를 쓴, 하들리 박사님네 불독 링이었습니다.

수익금은 모두 이곳 휘슬스톱과 트라우트빌의 불우한 이웃을 돕기 위한 크리스마스 기금에 적립될 예정입니다.

전쟁이 어서 끝났으면 좋겠습니다. 우리의 아들들이 너무도 그립군요.

그나저나 윌버가 일전에 육군에 입대를 시도했습니다. 나이가 너무 많은 데다 평발이었기에 망정이지 그렇지 않았으면 우린 정말로 곤경에 빠졌을 거예요.

닷 윔스

로즈 테라스 요양원

앨라배마주 비밍햄 올드 몽고메리 하이웨이

1986년 7월 28일

다이어트로 줄어들었던 에벌린의 체중은 다시 늘었을 뿐 아니라 전보다 3킬로그램이 더 불었다. 몹시 우울했던 그녀는 스레드굿 부인이 또 옷을 뒤집어 입은 것도 눈치 채지 못했다.

그들은 큼직한 상자에 담긴 퍼지 과자를 열심히 먹었다. 그러던 중에 스레드굿 부인이 말했다.

"버터 좀 주었으면 원이 없겠어요. 이곳에서 주는 마가린은 돼지기름 맛이 난답니다. 대공황기 때 많이 먹어서 두 번 다시 먹고 싶지 않아요. 그래서 그냥 없는 대로 지내죠. 토스트는 마른 빵에 그냥 사과 버터만 발라서 먹고요.

지금 생각해 보니 이지와 루스는 그 카페를 1929년에 샀네요. 대공황이 가장 극심하던 때였죠. 그래도 마가린은 먹지 않았어요. 먹었는지도 모르겠지만, 적어도 기억에는 없어요. 참 이상하죠. 전 세계가 극심한 고통에 허덕이던 때였는데, 내게는 카페에서 보낸 그 시절이 행복했던 시기로 떠오르니 말이에요. 우리 역시도 힘겹게 살아 나갔지만 그래도 행복했고 힘든 줄을 몰랐어요.

밤이면 카페에 모여 앉아 라디오를 들었다오. 즐겨 들었던 프로그램은 「피버 맥기와 몰리」, 「에이머스와 앤디」, 「프레드 앨런」…… 이런, 더는 기억이 안 나는군요. 하지만 모두 다 좋았어요. 요즘 텔레비전에서는 그런 프로그램을 찾아볼 수 없죠. 그저 총질에 서로에게 욕설이나 퍼붓고. 피버 맥기와 몰리는 서로에게 고함을 지르지 않았어요. 에이머스와 앤디는 가끔 소리를 질렀지만 그건 재미있었죠. 그리고 요즘 텔레비전에 나오는 흑인들은 옛날에 비하면 전혀 상냥하지 않아요. 만약에 빅 조지가 그렇게 건방지게 말을 했다면 십시가 가만두지 않았을 거예요.

텔레비전에서만이 아니에요. 어느 날 슈퍼마켓에서 있었던 일인데, 오티스 부인이 지나가던 흑인 아이에게 장바구니를 차까지 들어다 주면 5센트를 주겠다고 했더니 아이가 오티스 부인을 째려보면서 휙 가 버리더래요. 흑인들만 그러는 게 아니에요. 오티스 부인이 운전해서 같이 슈퍼마켓에 갔을 때 얘긴데, 쇼핑 카트를 제자리에 돌려놓으러 간 사이에 우리 뒤에서는 차들이 빵빵거리며 야단이었어요. 어떤 사람은 우리 곁을 지나가면서 가운뎃손가락을 세워 보이기까지 했고요. 그런 수모를 당한 건 처음이었어요. 그 끔찍한 기분은 이루 말할 수가 없죠.

이젠 뉴스도 보고 싶지 않아요. 모두 서로 싸워 대고 있어요. 잠시라도 조용하게 하려면 진정제를 주어야 할 거예요. 더너웨이 씨가 바로 그런 경우죠. 그 많은 끔찍한 뉴스들의 영향을 받아서 사람들이 그처럼 비열해지는 것 같아요. 그래서 나는 뉴스가 나오면 그냥 꺼 버린답니다.

최근까지 한 10여 년 동안 종교 프로그램을 봐 왔어요. 난 「P. I. L. 클럽」을 좋아하죠. 그 프로그램에는 똑똑한 남자들이 아주 많이 나오거든요. 가끔 돈을 보내기도 했죠. 돈이 있을 때 말이지만요. 매일 저녁 7시에서 8시까지 하는 「캠프 만남 U. S. A.」도 들어요. 「오럴 로버츠와 700인 클럽」도 좋아하고요. 거기에 나오는 사람들 모두가 다 좋아요. 화장한 그 여자는 빼고요. 늘상 징징대지만 않는다면 그 여자도 뭐 괜찮겠죠. 글쎄, 그 여자는 기쁠 때도 울고 슬플 때도 울더라니까요. 장담하는데, 모자가 떨어지는 걸 봐도 울 거예요. 호르몬이 부족해서 그래요. 늘상 고함치듯 말하는 목사님들도 좋아하지 않아요. 손에 마이크까지 들고서 왜 그렇게 소리를 지르는지 모르겠더라고요. 소리를 지르겠다 싶으면 우린 그냥 꺼 버린답니다.

　　한 가지 더 말하자면, 신문의 만화도 이젠 재미가 없어요. 개솔린 앨리나 위 윌리 윙클을 보다 보면 늘 웃음이 났는데. 나는 꼬마 헨리를 아주 좋아했죠…… . 일부러 곤란한 일을 만들어 내곤 하던 귀여운 헨리.

　　이젠 사람들이 행복하다고 생각하지 않아요. 전에는 그렇지 않았는데. 행복한 얼굴을 찾아볼 수가 없어요. 적어도 내 눈에는 그래요. 프랜시스가 우리를 쇼핑몰에 데려갔을 때 내가 오티스 부인한테 그랬어요. '사람들 표정이 죄다 딱딱하고 못마땅해 보여요. 젊은 사람들까지 말이에요.'"

　　에벌린이 한숨을 쉬며 말했다.

　　"사람들이 왜 그렇게 각박한지 모르겠어요. 이젠 더 이상…… ."

　　"저런, 세상 어디나 다 그래요, 에벌린. 말세가 오는 거예요. 2000년도까지 갈 수 있을지나 모르겠어요. 많은 훌륭한 목사님들한테 들었는데 다들 우리가 사는 시대가 말세라더군요. 요한 계시록에 그렇게 나와 있대요……. 물론, 그들도 몰라요. 주님 말고는 아무도 모르죠.

주님께서 나를 얼마나 더 살게 하실지 모르겠지만 알다시피 난 인생의 끝자락에 서 있잖아요. 바로 그렇기 때문에 나는 매일매일을 마지막 날처럼 살아요. 준비를 하고 싶거든요. 내가 더너웨이 씨와 베스타 애드콕에 대해 아무 말도 하지 않는 것도 바로 그 때문이라오. 우린 살아야 하고 살 수 있어야 해요."

에벌린은 질문을 해야 될 것 같은 생각이 들었다.

"그들이 뭐가 어떤데요?"

"아, 그들은 서로 사랑한다고 생각해요. 직접 그렇게 말했거든요. 손잡고 입 맞추고 껴안고 사방을 돌아다니는 그 사람들을 에벌린도 봐야 하는데. 더너웨이 씨의 딸이 그 사실을 알고는 이곳에 와서 요양원을 상대로 고소하겠다고 협박했어요. 애드콕 부인에게는 불여우라고 하면서 말이에요."

"설마."

"정말 그랬어요, 에벌린……. 애드콕 부인이 자기 아버지를 훔쳐 가려 한다면서요. 난리가 나자 요양원 측은 더너웨이 씨를 집으로 돌려보냈어요. 더너웨이 씨하고 애드콕 부인이 관계라도 맺지 않을까 두려워하는 것 같더군요. 그런 건 오래전에 죽어 버린 꿈이죠, 내겐. 지닌 말로는 더너웨이 씨는 수년 전에 활력을 잃어서 파리 한 마리도 죽일 수 없다던데요……. 그러니 좀 끌어안고 키스하는 정도야 해 될 게 뭐 있겠어요? 베스타는 낙심해 있어요. 무슨 일을 저지를지 알 수 없죠. 하지만 한 가지 확실한 것은, 이곳이 그리 허술하지 않다는 거예요."

에벌린이 말했다.

"그런 것 같지는 않더군요."

《윔스 통신》

앨라배마주 휘슬스톱 주간 소식지

1945년 8월 1일

래커 통에 빠진 남자

제가 그이와 결혼하지 않았더라면 이번 일은 도저히 믿을 수 없었을 것입니다. 조차장에 나가 있던 제 또 다른 반쪽이 페인트 칠을 하는 군용 열차 주위를 서성이다가 940리터들이 래커 통에 빠졌습니다. 기어 나오는 데까지는 성공했는데 래커가 급속도로 마르는 바람에 땅에 발을 딛기도 전에 딱딱한 껍질로 뒤덮여 버렸답니다. 오팔을 집으로 불러 머리카락에 남은 래커를 떼어 내게 해야 했지요. 우리에게 아이가 없는 게 참 다행입니다. 저에겐 아이까지 걱정할 시간이 없거든요.

혹시 남편들을 돌봐 주는 괜찮은 보모를 아는 분 계신가요?

마침내 전쟁이 끝나서 너무 기쁩니다. 바비 스크로긴스가 어제 귀환했고, 토미 글래스와 레이 라임웨이는 지난주 화요일에 귀환했습니다. 만세!

역시 좋은 소식이네요. 니니 스레드굿이 찾아와서 네 잎 클로
버 하나를 주고 갔습니다. 앨버트와 함께 집 앞마당에서 세 개를
찾았다고 하더군요. 고마워요, 니니.

닷 윔스

로즈 테라스 요양원

앨라배마주 버밍햄 올드몽고메리 하이웨이

1986년 8월 15일

흑인 간호사 지닌은 자신이 강인한 사람이라는 사실에 긍지를 품었다. 하지만 실제로 그녀는 그런 사람이 아니었고, 피곤하다고 말하곤 했다. 오늘 그녀는 교대 없이 연속 근무 중이었다. 잠시 쉬며 담배를 피울 생각에 그녀는 스레드굿 부인의 방에 왔다. 오티스 부인이 공예 교실에 가고 없던 터라 스레드굿 부인은 동무가 생겨서 반가웠다.

"일요일마다 나랑 얘기하는 그 여자 분 알죠?"

"어떤 여자 분요?"

"에벌린 말이에요."

"누구라고요?"

"자그마하고 통통한 반백의 여자 분 있잖아요. 에벌린이라고……. 에벌린 카우치, 카우치 부인의 며느님인데……."

"아, 알아요."

"에벌린이 그러는데 피글리위글리에서 욕설을 들은 뒤론 사람들이 다 싫다는군요. 그래서 내가 그랬어요. '에벌린, 미워해 봤자 소용없어요. 자신만 다칠 뿐이죠. 스컹크는 아무리 해도 스컹크인 것처럼, 사람들도 있는 그대로 그 자신일 뿐이에요. 그들도 선택의 여지가 있다면 다른 무엇이 되고 싶지 않겠어요? 틀림없이 그러고 싶을 거예요. 인간은 그저 약한 존재랍니다.'

에벌린은 남편마저도 미워질 때가 있다고 하더군요. 남편이 축구 경기를 보거나 전화로 수다를 떨면서 빈둥거릴 때면 이유 없이 야구방망이로 머리를 내리쳐 버리고 싶은 끔찍한 생각이 든다는 거예요. 딱한 사람 같으니. 에벌린은 그런 못된 생각을 하는 사람은 이 세상에 자기 하나뿐이라고 생각해요. 내가 그랬어요. 그러한 문제는 오랫동안 함께 살아온 부부들에게 생기는 아주 자연스러운 것이라고 말이죠.

클리오가 처음으로 틀니를 했을 때가 생각나네요. 그이는 그것을 아주 자랑스러워했어요. 틀니 때문에 음식을 씹을 때마다 딸그락거리는 소리가 났는데, 그 소리가 어찌나 신경에 거슬렸는지 몰라요. 그래서 입 밖으로 말이 터져 나오려는 걸 참으려고 저녁 식사 중에 불쑥 일어나야 했던 적이 몇 번 있었어요……. 그런데 나는 그이를 세상 누구보다 사랑했거든요. 하지만 그래도 누구나 서로 신경을 건드리는 시기를 겪게 된답니다. 그러던 어느 날 딸그락거리는 소리가 더 이상 나지 않았던 건지, 아니면 내가 그 소리에 익숙해졌던 건지는 모르겠지만 아무렇지도 않아지더군요. 아주 화목한 가정에서도 그런 일은 있는 법이죠.

이지하고 루스의 경우를 봐도 그래요. 그들보다 서로에게 헌신적인 사람들은 찾아보기 어려웠죠. 하지만 그들에게도 문제가 있을 때가 있었고, 그 과정을 거쳐야 했답니다. 한번은 루스가 우리 집에 들어와 산 적이 있었는데, 난 무슨 일로 그러는지 알지 못했지만 묻지 않았어요. 내가 상관할 일이 아니니까요. 하지만 이지가 이바 베이츠가 사는 강가에 가는 것을 루스가 좋아하지 않아서였던 것 같아요. 이바가 제멋대로 이지에게 술을 많이 마시게 하는 것 같다고 그랬거든요. 그건 사실이었어요.

에벌린에게도 말했지만, 사람에겐 누구나 별난 점이 있는 법이잖아요.

딱한 사람 같으니. 에벌린이 걱정이에요. 폐경기를 심하게 겪는 중이랍니다. 그녀 말이, 에드의 머리를 내리쳐 버리고 싶을 뿐 아니라, 요즘에는 밤중에 검은 옷을 차려입고 나가서 기관총으로 나쁜 사람들을 모조리 죽여 버리는 상상을 한다더군요. 상상이 되나요?

내가 그랬어요. '에벌린, 텔레비전을 너무 많이 보는군요. 그런 생각들일랑 당장에 다 몰아내요! 게다가 다른 사람을 심판하는 일은 우리 몫이 아니랍니다. 심판의 날에 예수님이 천사들의 호위를 받으며 산 자와 죽은 자를 심판하러 오시리라고 성경에 나와 있잖아요.'

에벌린이 묻더군요. 그 산 자가 누구냐고. 그런데 말이죠. 도저히 그 질문에 답을 할 수가 없더라고요!"

웨건휠 낚시터 오두막과 리버 클럽

앨라배마주 워리어 강

1946년 6월 3일

푸른 불빛들이 켜지고 안에 있는 사람들이 떠들어 대는 소리
가 들려왔다. 주크박스에서 나오는 음악이 강 건너편까지 쿵쿵 울
려 퍼졌다. 가운데 앉아 파브스트 블루 리본 맥주를 마시던 이지
는 맥주를 계속해서 주문하며 그 소리들을 몰아내고 있었다. 그날
밤에는 위스키를 마시지 않았다. 전날 밤에 마신 것만으로도 한동
안 견딜 만했던 것이다.

그녀의 친구 이바는, 그날 밤 게이트시티에서 열리는 엘크스
클럽 회의에 가 있어야 했던 시골 청년들 몇몇과 떠들며 놀고 있
었다. 이바가 곁을 지나가며 이지를 쳐다보았다.

"이런, 대체 무슨 일이야? 꼭 술 취한 도마뱀 같아!"

행크 윌리엄스는 외로워 죽을 것만 같은 심정을 큰 소리로 노
래하고 있었다.

이지가 말했다.

"루스가 집을 나갔어요."

이바의 태도가 달라졌다.

"뭐?"

"나갔어요. 클리오와 니니네 집으로 가 버렸어요."

이바가 자리에 앉으며 말했다.

"저런, 왜 그랬는데?"

"나한테 화가 났어요."

"그럴 것 같더라니. 그런데 네가 뭘 어쨌는데?"

"거짓말을 했거든요."

"어이쿠. 무슨 거짓말을 한 거야?"

"언니와 형부를 보러 애틀랜타에 갈 거라고 했어요."

"안 갔어?"

"네."

"그럼 어딜 갔는데?"

"숲에요."

"누구하고?"

"혼자. 그냥 혼자 있고 싶었어요. 다른 이유는 없고."

"왜 사실대로 말하지 않았어?"

"모르겠어요. 내가 어디 있는지를 늘 다른 사람에게 알려야 한다는 게 짜증스러웠던 것 같아요. 잘 모르겠어요. 덫에 갇힌 듯해서 잠시 나가 있어야 할 것 같은 그런 느낌이 들기 시작했어요. 그래서 거짓말을 했고. 그것뿐이에요. 그게 그렇게 대단한 일이에요? 그레이디는 글래디스에게 거짓말하고, 잭은 모젤에게 거짓말하고 다들 그런다고요."

"그래, 하지만 이지, 넌 그레이디나 잭이 아니잖니……. 루스 역시 글래디스나 모젤이 아니고. 이런 일을 보는 건 정말 싫구나. 루스가 이곳에 오기 전까지 네가 얼마나 힘들었는지 기억이 안 나니?"

"기억나요. 하지만 나도 가끔은 잠시 떠나고 싶을 때가 있다고요. 자유가 필요한 것 같아요. 이바도 알 거예요."

"물론 알지. 하지만 넌 이번 일을 루스 입장에서 생각해야 돼. 루스는 여기 오기 위해 모든 걸 포기했잖아. 고향과 함께 자랐던 친구들을 모두 두고 떠나왔어. 단지 여기에서 너와 함께 살려고 모든 것을 포기했단 말이야. 루스에게는 너와 스텀프가 전부야. 너에겐 친구도 가족도 다 그대로지만……."

"그래요. 하지만 가끔은 사람들이 나보다 루스를 더 좋아하는 것 같다는 생각도 들어요."

"내 말 들어 봐, 이지. 해 줄 말이 있어. 루스가 여기에서는 누굴 원한다고 해도 그 사람을 가질 수 없다는 생각은 왜 못 하는 거니? 루스가 할 수 있는 건 경멸뿐이구나. 널 보니까, 난 내가 어디로 날아가기 전에 오래오래 잘 생각해 봐야겠다는 생각이 든다."

그때 헬렌 클레이풀이 화장실에서 나왔다. 쉰 살쯤 되는 그녀는 수년 동안 리버 클럽 주위를 맴돌며 남자들을 꼬드기고, 움직이는 것이면 무엇이든 그리고 술을 사 줄 사람이라면 누구하고든 함께 술을 마시는 여자였다. 얼마나 취했는지 뒤쪽 치맛자락 끝이 팬티에 걸린 것도 알지 못했다. 헬렌은 비틀거리며 남자들이 기다리는 테이블로 걸어갔다.

이바가 헬렌을 가리키며 말했다.

"이런, 자유를 누리는 여자가 저기 있군. 저 여자가 어디에 있든 아무도 신경 안 쓰고 알아보려고 하지도 않지. 딱 봐도 알 수 있을 거야."

이지는 헬렌을 쳐다보았다. 립스틱은 번지고 얼굴은 머리카락으로 뒤덮인 모습으로 앉아 있는 그녀는 게슴츠레한 눈으로 남자들을 쳐다보고 있었다. 그러나 그건 실제로 뭔가를 보는 게 아니었다.

이윽고 이지가 말했다.

"가 볼래요. 잘 생각해 봐야겠어요."

"그래, 그래야지. 너라면 그럴 줄 알았어."

이틀 후 루스는 타자로 깔끔하게 친 편지 한 장을 받았다. 내용은 이러했다. "들짐승을 우리에 가두어 두면 틀림없이 죽는다. 그러나 자유롭게 놓아주면 십중팔구 다시 집으로 돌아온다."

루스는 3주 만에 처음으로 이지에게 전화했다.

"네가 보낸 편지 받아 보았어. 생각 중인데, 우리 아무래도 이야기를 좀 해야지 싶다."

이지는 감격했다.

"그러는 게 좋을 것 같아요. 곧바로 갈게요."

이지는 문을 나섰다. 필요하다면 스크로긴스 목사네 집 현관의 성경을 두고 맹세라도 하겠다고 생각했다. 다시는 루스에게 거짓말을 하지 않겠노라고.

모퉁이를 돌아 클리오와 니니의 집을 본 순간 문득 루스가 했던 말이 떠올랐다. 편지를 받았다고? 이지는 편지를 보낸 적이 없었다.

《버밍햄 뉴스》

1947년 10월 15일

외팔이 쿼터백, 팀을 5연속 승리로 이끌다

4쿼터 경기 내내 20 대 20으로 동점을 달리던 중 휘슬스톱 팀의 외팔이 쿼터백 버디(스텀프) 스레드굿의 긴장감 넘치는 40미터 패스 덕에 휘슬스톱 팀이 27 대 20으로 에지우드 팀을 이기고 승리를 거두었습니다.

아침 일찍 있었던 인터뷰에서 델버트 네이브스 코치는 "스텀프는 우리의 가장 소중한 선수입니다."라고 말했습니다. "그의 승부 근성과 협동 정신이 이런 결과를 낳았습니다. 그러한 장애가 있음에도 그는 올해 서른일곱 번 패스를 시도하고 그중 서른세 번을 성공시켰습니다. 그는 센터에게서 공을 받아 가슴으로 안는 것이 가능합니다. 정확하게 공을 쥐고 2초 이내에 공을 던지는 그의 속도와 정확도는 단연 뛰어납니다."

평균 B 학점을 맞는 이 학생은 또한 1군의 야구 팀과 농구 팀의 일원이기도 합니다. 스텀프는 휘슬스톱의 루스 제이미슨 부인의 아들입니다. 스텀프는 어떻게 해서 그처럼 스포츠에 능하게 되었느냐는 질문을 받고 어머니를 도와 자신을 키워 주었던 이지 이모가 풋볼에 대한 모든 것을 가르쳐 주었다고 말했습니다.

휘슬스톱 카페

앨라배마주 휘슬스톱

1947년 10월 28일

스텀프는 연습에서 막 돌아와 콜라를 마시는 참이었다. 이지는 카운터 뒤에서 스모키 론섬에게 줄 커피를 두 잔째 준비하고 있었다. 스텀프가 곁을 지나가자 이지가 말했다.

"자네하고 할 얘기가 좀 있네, 젊은이."

스모키는 속으로 어이쿠 하며 먹던 파이에 코를 파묻었다.

스텀프가 말했다.

"제가 뭘 어쨌는데요? 전 아무 짓도 안 했어요."

"그건 자네 생각이지, 친구."

이지가 말했다. 그 무렵 스텀프는 키가 180센티미터에 이르렀고 면도도 했다.

"뒷방으로 가자."

스텀프는 마지못해 이지를 따라가 테이블에 앉았다.

"엄마는 어디 계세요?"

"학교 회의에 가셨어. 자, 젊은이, 오늘 오후에 페기한테 뭐라고 했지?"

스텀프는 아무것도 모르는 것 같았다.

"페기요? 어떤 페기 말이에요?"

"어떤 페기인지 알잖아. 페기 하들리."

"아무 말도 안 했어요."

"아무 말도 안 했다고!"

"네."

"그렇다면 페기가 왜 카페에 왔다고 생각하지? 한 시간 전쯤에 울어서 눈이 부어 가지고 말이야."

"모르죠. 그걸 제가 어떻게 알겠어요?"

"오늘 오후 너한테 사디 호킨스 댄스에 같이 가자고 하지 않았니?"

"네, 그랬던 것 같기도 한데 기억이 안 나네요."

"그래서 뭐라고 했지?"

"어휴, 이지 이모, 전 그 애랑은 어떤 댄스 파티에도 가고 싶지 않아요. 그 애는 아직 꼬마라고요."

"그래서, 뭐라고 했지?"

"바쁘다, 뭐 그렇게 말했어요. 아무튼 그 애는 미쳤어요."

"난 그 애한테 뭐라고 했는지 묻고 있어."

"어휴, 그냥 농담 좀 했어요."

"그냥 농담 좀 했단 말이지? 네가 한 짓은, 친구들 앞에서 잘난 척하며 으스댄 거였어."

스텀프는 난처해하며 자세를 바꾸어 앉았다.

"넌 그 애에게 젖가슴이 더 큰 다음에 다시 오라고 말했어. 다시 묻지. 그렇게 말한 거 맞니?"

스텀프는 내답하시 않았나.

"그렇게 말한 거 맞냐니까?"

"이지 이모, 그냥 **농담**이었다니까요."

"그래, 좋아. 따귀를 얻어맞지 않은 게 다행이구나."

"그 애 오빠도 바로 옆에 있었다고요."

"그래, 그 애도 엉덩이가 걷어차였어야 했는데."

"그 애가 별일도 아닌 걸 가지고 호들갑을 떠는 거예요."

"별일도 아닌 걸 가지고 호들갑을 떤다고? 너한테 댄스 파티에 가자고 하려고 그 가엾은 애가 얼마나 큰 용기를 냈을지 모르겠니? 게다가 넌 그 많은 남자애들 앞에서 그런 말을 했어. 자, 잘 들어. 네 엄마와 나는 널 무식하고 교양 없는 얼간이로 키우지 않았다. 누가 네 엄마에게 그런 식으로 말한다면 네 기분은 어떻겠니? 어떤 여자애가 너에게 고추가 더 자란 다음에 다시 오라고 말한다면 말이야."

스텀프의 얼굴이 벌게졌다.

"그렇게 말하지 마세요, 이지 이모."

"아니, 그렇게 말하겠어. 난 네가 백인 쓰레기들처럼 행동하게 두지 않을 거야. 춤추러 가고 싶지 않다는 거랑은 문제가 달라. 페기한테든 다른 애들한테든 그런 식으로 말하는 건 안 돼. 무슨 말인지 알겠니?"

"네."

"지금 당장 그 애 집으로 가서 사과해라. 적당히 넘어갈 생각은 안 하는 게 좋아. 알겠지?"

"네."

스텀프가 자리에서 일어섰다.

"앉아. 아직 안 끝났어!"

스텀프는 한숨을 쉬며 다시 의자에 털썩 주저앉았다.

"이번엔 또 뭐예요?"

"너하고 해야 할 이야기가 있어. 여자애들하고는 어떻게 지내는지 알고 싶구나."

스텀프가 불편한 표정을 지었다.

"무슨 뜻이에요?"

"지금까지 나는 네 사생활에 간섭한 적이 없었다. 넌 열일곱 살이고 체격도 어른이나 다름없어. 하지만 네 엄마와 나는 네가 걱정이구나."

"왜요?"

"네가 또래들에 비해 숙성한 것 같다고 생각한다만 그래도 지금처럼 남자애들하고만 어울리기엔 나이가 너무 많아."

"제 친구들한테 무슨 문제라도 있나요?"

"아니. 다만 친구들이 모두 남자라는 게 문제야."

"그래요?"

"네 주변에는 너를 좋아하는 여자애들이 수두룩한데 너는 눈길조차 안 주는구나."

묵묵부답.

"여자애들이 너에게 말을 걸려고 할 때마다 넌 멍청한 짓을 하지. 난 다 보고 있었어."

스텀프는 테이블을 덮은 체크무늬 방수 식탁보에 난 구멍을 후비기 시작했다.

"내가 말을 할 때는 나를 쳐다봐……. 네 사촌 버스터는 벌써 결혼해서 아기를 가졌잖아, 너보다 한 살밖에 안 많은데."

"그런데요?"

"그런데 넌 여자애들한테 영화 보러 가자는 말조차 안 하잖아. 게다가 학교에서 댄스 파티가 있을 때마다 사냥이나 하러 가고."

"전 사냥하는 게 좋아요."

"나도 그래. 하지만 인생에는 사냥이나 스포츠보다 더 중요한 게 있잖니."

스텀프는 다시 한숨을 쉬며 눈을 감았다.

"다른 것들은 하고 싶지 않아요."

"네게 줄 차를 사서 잘 손질해 놓았다. 네가 페기랑 같이 어디론가 가고 싶어 하지 않을까 싶어서였는데 너는 마냥 남자애들하고만 싸돌아다니더구나."

"왜 하필 페기예요?"

"음, 페기건 누구건 간에 아무튼, 난 네가 저기 저 가엾은 스모키 아저씨처럼 끝내 외톨이로 남는 걸 원치 않아."

"스모키 아저씨가 뭐 어때서요."

"아, 물론 잘 살지. 하지만 결혼해서 가정을 이루었다면 훨씬 더 좋았을 거야. 나나 네 엄마에게 혹시 무슨 일이 생긴다면 넌 어떻게 되겠니?"

"다 알아서 할 거예요. 전 바보가 아니라고요."

"알아서 잘 할 거라는 거 알아. 하지만 난 너에게 널 사랑하고 돌봐 줄 사람이 있었으면 좋겠구나. 너도 모르는 사이에 괜찮은 아이들은 다 남의 차지가 되어 있겠지. 혹시 페기한테 무슨 문제라도 있는 거니?"

"그런 거 없어요."

"네가 그 애 좋아한다는 거 알아. 네가 지금처럼 크기 전에는 밸런타인데이에 선물도 보내고 그랬잖아."

대답 없음.

"그럼 따로 좋아하는 사람이라도 있니?"

"아뇨."

"왜 없는데?"

스텀프가 몸을 비틀며 소리를 지르기 시작했다.

"그냥 없어요. 없다고요. 이제 그만 좀 혼자 있게 내버려 둬요!"

"잘 들어, 젊은 친구. 네가 축구장에서는 거물일지 몰라도 난 네 기저귀를 갈아 주며 키웠고 지금도 두들겨 팰 수 있어! 자, 뭣 때문이지?"

스텀프는 대답하지 않았다.

"왜 그런 거야, 아들?"

"무슨 말씀을 하시는지 모르겠어요. 가 볼래요."

"앉아. 아무 데도 못 가."

스텀프는 한숨을 쉬며 주저앉았다.

이지가 조용히 물었다.

"스텀프, 여자애들을 좋아하지 않는 거니?"

스텀프가 이지의 시선을 피하며 말했다.

"아뇨, 좋아해요."

"그렇다면 왜 같이 어울리지 않는 거니?"

"전 괴팍하다거나 그렇지 않아요. 걱정하시는 게 그거라면요. 그건 단지…….."

스텀프는 카키색 바지에 땀으로 축축해진 손바닥을 닦았다.

"자, 스텀프. 그게 뭔지 말해 봐. 너하고 나는 늘 뭐든 다 터놓고 얘기할 수 있었잖니."

"알아요. 하지만 이 문제에 대해선 아무하고도 얘기하고 싶지 않을 뿐이에요."

"그렇다는 거 알지만 그래도 난 네가 얘기했으면 좋겠어. 자, 그게 뭐지?"

"저, 그건…… 이런 젠장!"

그러다가 그는 우물거리며 말했다.

"다만 그 애들 중 누군가가 그걸 하고 싶어 하면……."

"그러니까, 섹스를 하고 싶어 한다면 말이지?"

스텀프는 고개를 끄덕이며 마룻바닥을 쳐다보았다.

"그래, 그렇다면, 나라면 난 참 운이 좋은 놈이구나 하고 생각할 텐데, 그렇지 않니? 난 그게 칭찬이라고 생각해."

스텀프는 윗입술의 땀을 훔쳤다.

"혹시 육체적인 문제가, 그러니깐 서거나 하는 데 문제가 있니? 만약 그렇다면 의사한테 데려가서 검사를 받게 해 줄게."

스텀프가 고개를 저으며 말했다.

"아뇨. 그런 거 아니에요. 그런 문제는 전혀 없어요. 천 번은 해 봤으니까요."

이지는 그 숫자에 놀랐다. 하지만 여전히 침착하게 말했다.

"그래, 적어도 너에게 아무 문제가 없다는 것만은 알겠구나."

"네, 문제없어요. 단지 누군가와 그걸 한 적이 없을 뿐이죠. 저…… 전 그냥 혼자서 해 왔어요."

"그래서 나쁠 건 없어. 하지만 여자애들과 해 봐야 한다고는 생각하지 않니? 기회가 없었다고는 생각할 수 없구나. 너처럼 멋진 아이가 말이다."

"네, 있었어요. 그건, 그건 그냥……."

이지는 스텀프의 목소리가 갈라지는 것을 느꼈다.

"그건 그냥……."

"그냥 뭐?"

스텀프는 갑자기 주체하지 못하고 눈물을 쏟았다. 그가 그녀를 쳐다보며 말했다.

"그냥 겁이 나서요. 이지 이모, 전 정말 겁이 나요."

이지가 짐작조차 할 수 없었던 단 한 가지는, 무슨 일에서나 그토록 용감한 스텀프가 뭔가를 두려워한다는 것이었다.

"뭐가 두려운 거니?"

"저, 팔 때문에 균형을 잃고 여자 위에서 쓰러지거나 하면 어떻게 해야 할지 모를 것 같아서 두려워요. 여자를 다치게 할 수도 있을 것 같고요. 전 모르겠어요."

스텀프는 이지의 눈을 피했다.

"스텀프, 내 눈을 봐. 정말로 두려운 게 뭐지?"

"말씀드렸잖아요."

"넌 여자애들이 웃을까 봐 두려운 거야, 그렇지 않니?"

잠시 후 마침내 스텀프가 불쑥 말했다.

"네. 그 말이 맞는 것 같아요."

그러고는 눈물이 부끄러운 듯 손으로 얼굴을 가렸다.

그 순간 이지는 스텀프가 너무도 안쓰러워서 좀처럼 안 하던 행동을 했다. 자리에서 일어나 스텀프의 어깨를 감싸 쥐고 아기처럼 흔들었던 것이다.

"애야, 울지 마. 다 잘될 거다, 우리 아기. 아무 일도 일어나지 않을 거야. 이지 이모는 네게 나쁜 일이 일어나게 두지 않을 거야. 그렇고말고. 혹시 내가 널 힘들게 했니?"

"아니에요."

"우리 아들에게 나쁜 일은 일어나지 않을 거야. 그렇게 두지 않을 거야."

스텀프를 앞뒤로 흔드는 내내 이지는 무력감을 느꼈다. 그녀는 아는 사람 중에 스텀프를 도와줄 만한 사람이 있는지 골똘히 생각했다.

토요일 이른 아침 이지는 스텀프를 태우고 강으로 갔다. 흰색 바퀴 대문을 지나 현관에 발이 쳐진 오두막 앞에 차를 세웠다. 그러고는 스텀프를 내려놓았다.

오두막집 문이 열렸고, 새로 목욕하고 분을 바르고 향수를 뿌린, 푸른 사과 빛 눈을 지닌 빨간 머리 여자가 나왔다.

"어서 들어와라, 얘."

그 즈음 이지는 왔던 길을 되짚어 다시 달리고 있었다.

《윔스 통신》

앨라배마주 휘슬스톱 주간 소식지

1947년 10월 30일

장하다, 스텀프 스레드굿

이지 스레드굿과 루스 제이미슨의 아들 스텀프 스레드굿이 《버밍햄 뉴스》에 대서특필되었습니다. 축하합니다. 우리는 그가 너무도 자랑스럽습니다. 하지만 카페에 들렸다간 이지에게서 그 경기에 대한 이야기를 한 시간 동안 들어야 할 겁니다. 아무튼 그처럼 자랑스러워하는 부모는 처음이었습니다. 경기가 끝난 뒤, 팀 전원과 밴드부 그리고 응원단들은 카페에서 공짜로 햄버거를 대접받았습니다.

제 또 다른 반쪽은 패션 감각이라고는 전혀 없는 것 같습니다. 며칠 전에 제가 오팔네 미용실에서 구해다 쓴 꽤 근사한 새 머리망을 보고는 꼭 염소 젖통에 잠자리채를 씌워 놓은 것 같다고 하더군요. 그리고 결혼 기념일엔 버밍햄의 스파게티 식당에 절 데려갔는데 거기 가서야 제가 다이어트 중이라는 걸 알았답니다. 남자들은 도대체기! 도무지 함께 살 수도 없고, 없이 살 수도 없는 존재들입니다.

그나저나 아티스 O. 피베이의 일은 참 안타깝네요.

닷 윔스

앨라배마주 슬래그타운

아티스 O. 피베이는 두 번째 아내와 살고 있었다. 처녀 적 이름이 매들린 풀이었던 그녀는 특권층이 모여 사는 하일랜드로의 어느 집에서 일류 가정부로 일했다. 그들은 도시의 남쪽 귀퉁이에 자리한 틴탑앨리 6번지에 있는 그녀의 집에서 살았다. 틴탑앨리는 지붕은 양철이고 마당엔 맨흙밖에 없는 오두막이 그나마도 겨우 대여섯 줄 늘어서 있는 동네였다. 집 마당에는 대부분 회색 오두막의 단조로움을 덜기 위해 큼직한 플라스틱 통에 심어 놓은 색색의 꽃들이 피어 있었다.

그들의 거주지는 최근까지 살았던 집보다는 수준이 한 단계 높아진 것이었다. 그들이 사는 집은 어느 집 뒤편에 자리한 하인들의 숙소였던 곳으로, 주소는 간단하게 앨리 G. 2번지였다.

아티스는 이웃들이 아주 다정한 사람들이라는 걸 알게 되었다. 한 블록 떨어진 곳은 매그놀리아포인트였는데 아티스는 그곳에서 가게 주변을 어슬렁거리며 다른 하녀들의 남편들과 이야기를 나눌 수 있었디. 호꺼녁이면 대개는 백인들이 먹고 남긴 음식으로 저녁 식사를 하고 집 앞에 나와 앉아 있곤 했다. 그러고 있자면 어느 집에서 노랫소리가 들려왔고 다른 집들도 하나씩 거기에 합세하는 게 보통이었다. 오락거리는 풍부했다. 벽이 아주 얇은 까닭에 이웃집의 라디오나 전축 소리를 덩달아 들을 수 있었던 것이다. 베시 스미스가 누군가의 빅터 축음기에 맞춰「내겐 아무도 없네」를 부를 때면 틴탑앨리 사람들은 모두 그녀를 딱하게 여겼다.

그 외 다른 사교 생활도 모자람이 없었다. 아티스는 모든 이들에게 초대를 받았다. 그는 남자에게나 여자에게나 그곳에서 가장 인기 많은 사람이었다. 매일 밤 적어도 한두 건씩 야외 튀김 파티나 바비큐 파티가 있었고, 날씨가 궂을 때는 현관 앞 불빛 아래 앉아 양철 지붕을 두드리는 빗소리를 즐길 수도 있었다.

그날 해 질 무렵 아티스는 현관에 앉아 담배를 피우며 푸른 담배 연기가 가늘게 피어오르는 걸 지켜보고 있었다. 조 루이스는 세계 챔피언이었고 버밍햄 블랙 매런 야구 팀이 그해 있었던 모든 경기에서 이겼던 터라 행복한 기분을 만끽했다. 비쩍 마르고 지저분한 누런 개 한 마리가 먹을 것을 찾아 골목길 여기저기를 기웃거리며 돌아다니고 있었다. 아티스의 친구인 애프터 존의 개였다. 애프터 존이라는 이름은 그가 그의 형 존 다음에 태어났다고 해서 얻은 이름이었다. 개는 꼬리를 흔들며 현관 계단을 올라 아티스에게 다가왔고, 아티스는 여느 날처럼 개의 머리를 쓰다듬어 주었다.

"오늘은 너한테 줄 게 아무것도 없구나."

개는 실망한 듯 어슬렁거리며 어딘가에 있을지 모르는 빵이나 야채 조각을 찾아 떠났다. 이곳에서는 대공황이 끝날 기미가 보이지 않았고, 사람과 마찬가지로 개도 똑같이 어려움을 겪고 있었다. 좋고 나쁘고는 사람 사는 형편에 따라 달랐지만 나쁠 때가 대부분이었다.

떠돌이 개 포획꾼의 트럭이 올라오고 흰색 제복을 입은 남자가 그물망을 들고 내리는 모습이 보였다. 차 뒤칸에는 그날 오후 들어 재수 없게 붙잡힌 개들이 실려 있었다.

차에서 내린 남자가 길을 따라 올라가던 그 누런 개를 향해 호각을 불었다.

"자, 이리 온……. 착하구나. 어서 와……."

사람을 좋아하는 데다 의심할 줄 모르는 개는 그에게 달려갔고, 순식간에 그물망 속에 들어가 벌렁 뒤집힌 채 트럭으로 옮겨졌다.

아티스는 현관에서 내려섰다.

"이봐요, 잠깐만요. 그 개는 임자가 있습니다."

남자가 동작을 멈추고 물었다.

"당신 개요?"

"아뇨, 제 개는 아닙니다. 애프터 존의 개예요. 그러니까 데려가면 안 됩니다. 안 되고말고요."

"누구 개든 상관없소. 인가증이 없는 개니까 데려가야겠소."

트럭에 있던 다른 남자가 차에서 내려섰다.

아티스는 애원하기 시작했다. 그 개는 전에도 동물 수용소에 갇힌 적이 있기 때문에 이번에 갇히면 다시는 찾아올 수 없었기 때문이다. 더군다나 개 주인이 흑인일 경우에는 더욱 어려웠다.

"부탁입니다. 전화 한 통만 하게 해 주세요. 그 개의 주인은 파이브포인츠의 프레드 존스 씨네 기계에서 아이스크림 만드는 일을 합니다. 전화 걸 시간만 주십시오."

"전화는 있소?"

"없습니다. 하지만 야채 가게까지 달려가서 걸면 됩니다. 1분도 안 걸릴 겁니다."

아티스는 더욱 간절하게 부탁했다.

"제발 부탁입니다. 애프터 존은 어느 여자도 결혼하려 하지 않는 어리숙한 친구라 그 개가 전부예요. 개한테 무슨 일이라도 일어나면 무슨 짓을 할지 모릅니다. 자살할 수도 있어요."

두 남자는 서로를 쳐다보았고, 큰 쪽이 말했다.

"좋소. 하지만 5분 안에 돌아오지 않으면 우리는 갈 거요. 알겠소?"

"알겠습니다. 금방 돌아오겠습니다."

달리다가 수중에 동전이 없다는 것을 깨달은 아티스는 야채 가게 주인인 이탈리아인 레오 씨가 동전을 빌려 주기를 기도했다. 그는 숨을 헐떡이며 가게 안으로 뛰어 들어갔다. 레오 씨가 보였다.

"레오 씨, 레오 씨, 동전이 필요해요……. 애프터 존의 개가 끌려가게 생겼어요……. 지금 절 기다리고 있는데, 부탁이에요, 레오 씨……."

아티스의 말을 한마디도 못 알아들은 레오 씨가 그를 진정시켰고, 아티스는 처음부터 다시 설명했다. 그러나 동전을 구했을 무렵엔 백인 청년 하나가 전화를 쓰고 있었다.

아티스는 땀을 흘리며 발을 동동 굴렀다. 그 청년을 끌어낼 수는 없는 일이었다. 1분, 2분…….

아티스의 입에서 신음 소리가 새 나왔다.

"아아!"

마침내 레오 씨가 전화 부스 곁을 지나며 유리를 두드렸다.

"빨리 좀 끊으세요!"

청년은 상대방에게 60초 동안 작별 인사를 하고는 마지못해 전화를 끊었다.

그가 나오자마자 부스 안으로 뛰어든 아티스는 그제서야 전화번호를 모른다는 사실을 깨달았다.

가는 쇠줄에 묶인 전화번호부를 찾는 젖은 손이 심하게 떨렸다.

"존스…… 존스…… 아, 이런…… 존스…… 존스…… 프레드 B.만 네 페이지네……. 맙소사, 그렇다면 주소로…….

그는 다시 노란색 페이지를 뒤지기 시작했다.

"어디서 찾아야 되나……. 아이스크림? 약방?"

그러나 거기서도 찾을 수 없었다. 아티스는 안내 번호를 돌렸다.

"안내입니다."

또박또박한 목소리가 대답했다.

"무엇을 도와 드릴까요?"

"저, 저, 프레드 B. 존스 씨의 번호를 찾는데요."

"죄송하지만 다시 한 번 말씀해 주시겠습니까?"

"네. 파이브포인츠의 프레드 존스 씨요."

아티스의 심장이 쿵쿵 울렸다.

"프레드 존스 씨가 50명쯤 됩니다. 번지수를 아십니까?"

"아뇨, 하지만 그는 파이브포인츠에 있어요."

"파이브포인츠 구역에는 프레드 존스 씨가 셋인데…… 세 번호를 모두 알려 드릴까요?"

"네."

아티는 연필을 찾으려고 주머니를 뒤졌다. 안내가 나왔다.

"프레드 존스 씨, 사우스 18번지 68799, 프레드 존스 씨 매그놀리아포인트 141번지 68475, 프레드 C. 존스 씨 15번가 68721번지……."

아티스는 연필을 찾지 못했고, 교환원은 전화를 끊었다. 다시 전화번호부로 돌아갔다.

숨 쉬기가 어려웠다. 땀이 흘러내려 시야가 뿌앴다. 약방…… 약국…… 아이스크림…… 식품…… 케이터링…… **됐다!** 찾았다. 프레드 B. 존스. 케이터링 68717번지.

아티스는 허둥지둥 동전을 집어넣고 번호를 돌렸다. 통화 중. 다시 시도했다. 통화 중…… 통화 중…….

"이런 제길."

여덟 번이나 시도했지만 허사였다. 아티스는 어찌할 바를 모르고 다시 남자들이 있는 곳으로 달려갔다. 모퉁이를 돌아서자 고맙게도 아직 그곳에 서 있는 그들의 모습이 보였다. 그들은 개를 문 손잡이에 끈으로 묶어 놓고 트럭에 기대서 있었다.

"만났소?"

큰 쪽이 물었다.

"아닙니다."

아티스가 숨을 헐떡이며 말했다.

"통화를 할 수 없었어요. 하지만 저를 파이브포인츠까지 태워다 주신다면 그 사람을 만날 수 있습니다……."

"안 돼요. 그럴 수 없소. 당신 때문에 벌써 시간을 너무 뺏겼단 말이오."

그러고는 개 끈을 풀어 개를 뒤칸에 집어넣기 시작했다.

아티스는 앞이 캄캄했다.

"안 됩니다. 그 꼴은 못 보겠습니다."

아티스는 주머니를 뒤졌다. 그리고 그들이 상황을 파악하기도 전에 주머니칼로 개 끈을 잘라 버리고 소리쳤다.

"어이!"

아티스는 돌아서서 개가 고마워하며 모퉁이를 돌아 달려가는 모습을 지켜보았다. 곤봉이 왼쪽 귀 뒤를 치는 순간 아티스는 웃었다.

흉기를 이용한 시(市) 공무원 살인 미수죄로 10년 형. 그 두 남자가 백인이었다면 못해도 30년 형은 선고받았을 것이다.

앨라배마주 버밍햄

1986년 9월 1일

목요일 밤에 귀가한 에드 카우치는 직장의 여자 동료 때문에 골치가 아프다고 말했다. 그 여자는 '불알 까는 여자'여서 어떤 남자도 그녀와 함께 일하고 싶어 하지 않는다는 것이었다. 다음 날 에벌린은 시어머니께 드릴 잠옷을 사러 쇼핑몰에 나갔다가 파이오니아 카페테리아에서 점심을 먹던 중 어떤 생각이 불쑥 떠올랐다. 그녀는 속으로 중얼거렸다.

'도대체 불알 까는 여자가 뭐지?'

에드는 전에도 그런 표현을 많이 썼다. "그 여자가 기를 쓰고 불알을 잡으려고 해서 불알을 붙잡고 있느라 죽을 뻔 했어."라는 식이었다.

에드는 어째서 누가 자기 불알을 잡는 것을 그토록 무서워했을까? 어쨌거나 그런데 그게 뭐지? 정자를 담은 작은 주머니일 뿐이지 않는가 말이다. 하지만 불알을 두고 호들갑을 떠는 남자들을 보노라면 마치 그것이 세상에서 가장 중요한 무엇이라도 되는 것처럼 보였다. 맙소사, 에드는 아들의 그것이 적당한 모양으로 발육하지 않자 걱정이 되어 어쩔 줄을 몰라 했다. 의사 말로는 모양이 그렇더라도 아이를 갖는 데는 문제가 없다고 했지만, 에드는 마치 무슨 비극이라도 생긴 것처럼 행동했고 아들을 정신과 의사에게 데려가고 싶어 했다. 그래서 아들이 스스로 남자도 아니라는 느낌을 갖지 않게 해 주어야 한다는 것이었다. 에벌린은 당시에 했던 생각이 다시 떠올랐다. '어처구니가 없군……. 성장기 때 내 가슴은 절벽이었지만 누구도 나를 어디론가 보내서 어떤 도움을 받게 해야 한다는 생각 따위는 하지 않았어.'

그러나 결국 에드가 이겼다. 남자가 된다는 것이 뭔지, 그리고 그것의 의미가 뭔지 그녀가 이해하지 못한다고 했던 것이다. 그들의 고양이 밸런타인이 길 건너에 사는 순종 시암 고양이가 새끼를 배게 한 적이 있는데 그녀가 고양이를 거세시키기를 원하자 에드는 불같이 화를 냈다.

"고양이 불알을 뗄 생각이라면 아예 안락사를 시키는 게 좋을걸!"

의심할 바 없이 불알 문제에서 그는 아주 별난 사람이었다.

한때 에드는 바로 그 여직원을 칭찬했다. 그녀가 사장에게 과감히 맞서는 걸 두고 배짱이 두둑한 불알 달린 여장부 같다고 떠벌이던 게 기억났다.

거기에 생각이 미치자 그녀는 의아했다. 그 여자의 힘과 에드의 해부학은 무슨 관계가 있는 거지? 그는 이렇게 말하지 않았다. "이봐, 그 여자는 대단한 난소를 갖고 있어."라고. 그는 분명히 그 여자가 어떤 **불알**을 가졌는지 말했다. 난소에는 난자가 있다. 난자는 정자만큼 중요해서는 안 된단 말인가?

　그런데 그 여자는 언세부터 불일을 딜 게 된 기기? 따한 어자 같으니. 그런대로 무난하게 살아가길 원한다면 그 여자는 가상의 불알과 균형을 유지하는 일에 온 힘을 기울여야 할 것이다. 균형이 모든 일의 전부였다. 하지만 크기는? 그녀는 궁금했다. 에드가 크기에 대해 말하는 것을 한 번도 들어본 적이 없었다. 그들이 관심을 갖는 것은 다른 것의 크기였다. 그래서 크기는 그다지 중요하지 않나 보다 했다. 세상에서 중요한 것은 오로지 **불알**이 달렸느냐 아니냐였다. 그러던 중에 문득 단순하고 명료한 결론이 그녀의 뇌리를 스쳤다. 마치 누군가가 연필로 척추를 따라 선을 그어 올라가다가 머리에 점을 콕 찍어 'i'라고 쓴 듯한 기분이 들었다. 그녀는 몸을 꼿꼿이 세워 앉았다. 앨라배마주 버밍햄의 에벌린 카우치, 바로 그녀가 스스로 해답을 찾아낸 것이다. 에디슨이 전기를 발견했을 때 느꼈을 기분을 알 수 있을 것 같았다. '그래! 바로 그거야……. 불알이 있다는 건 세상에서 가장 중요한 일이야. 늘 내가 정체된 도로에 서 있는 경음기 없는 차 같다는 느낌이 들었던 것도 무리는 아니었어.'

　사실이 그랬다. 그 조그만 불알 두 쪽은 모든 문을 여는 열쇠였다. 보다 앞서 가야 할 때, 누군가가 자신의 말을 들어주어야 할 때, 가볍게 받아들여지지 않아야 할 때 필요한 신용카드였다. 에드가 아들을 원했던 것도 이상할 게 없었다.

　그러다 또 다른 진실이 떠올랐다. 슬프고도 바꿀 수 없는 진실. 그것은 그녀에게는 불알이 없으며, 가질 방법도 없다는 것이었다. 끝까지 불알 없이 살아야 할 운명. 그녀는 생각했다. '가족에게 있는 불알을 계산에 넣으면 어떨까? 네 개가 있어. 에드와 토미의……. 아니지, 잠깐, 고양이까지 넣으면 여섯 개야. 아니야, 잠깐만. 에드가 나를 깊이 사랑한다면 내게 한 개쯤 주지 못할 것도 없잖아? 불알 이식이라던가……. 그렇지. 아니면 익명의 기증자로부터 두 개쯤 얻을 수도 있을 거야. 바로 그거야. 죽은 남자 것을 몇 개 사서 상자에 넣어 가지고 다니다가 중요한 회의 때 탁자 위에 탕 소리가 나게 내려놓으면서 내 뜻대로 밀고 나가는 거야. 어쩌면 네 개 정도는 살 수 있을지도 모르겠군……. 기독교가 그처럼 번창했던 것도 이상할 게 없지. 예수와 열두 제자를 생각해 봐……. 거기에 세례 요한까지 포함시키면 열네 쌍이니까 스물여덟 개나 돼. 이젠 모든 게 아주 분명해졌어. 예전엔 어떻게 이런 것도 까맣게 모르고 살았지? 그래, 내가 해냈어. 여자들이 수세기 동안 찾아 헤맸던 비밀을 내가 밝혀낸 거야……. **이것이 해답이야**……. 루실 볼*은 최고의 텔레비전 스타였잖아.'

그녀는 승리감에 도취되어 찻잔을 큰소리가 나게 탁자에 내려놓으며 소리쳤다.

"맞아! 바로 그거야!"

카페테리아에 있던 사람들이 모두 그녀를 쳐다보았다.

에벌린은 조용하게 마저 식사를 마쳤다. 그러고 나서 생각했다. '루실 볼이라니, 에드 말이 맞을지도 몰라. 내가 미쳐 가나 봐.'

---

* ball. '공' 또는 '불알'이란 뜻.

1948년 6월 10일

새 공 마련 행사

딜 피클 클럽은 올해 고등학교 풋볼 팀, 농구 팀, 야구 팀에 새
공 세트를 마련해 주기 위해 여자 없이 치르는 결혼식 행사를 벌
일 예정입니다. 아름다운 신부 역은 우리의 보안관 그레이디 킬고
어가, 신랑 역은 이지가 맡았습니다. 줄리언 스레드굿, 잭 버츠, 해
럴드 빅, 피트 티드웰 그리고 찰리 파울러는 신부 들러리를 서는
데 틀림없이 굉장한 저녁이 될 것 같습니다.

이 행사는 6월 14일 7시에 고등학교에서 열립니다. 입장료는
어른은 20센트, 어린이는 5센트입니다.

에시 루 라임웨이가 결혼식에서 오르간을 연주합니다.

모두 많이 오십시오! 저도 갑니다. 제 또 다른 반쪽 월버가 화
동 소녀를 맡거든요.

제 또 다른 반쪽과 저는 극장에 가서「그레이시 앨런 살인 사건」을 보았습니다. 재미는 있었는데, 가격이 바뀌는 7시 이전에 가시기 바랍니다.

그나저나 스크로긴스 목사님 말씀이 누가 그분의 잔디밭용 비품들을 지붕에 올려놓았다는군요.

닷 윕스

킬베이 교도소

앨라배마주 애트모어

1948년 7월 11일

아티스 O. 피베이는 떠돌이 개 포획꾼 두 명에게 주머니칼을 빼 들었다는 죄목으로 킬베이 감옥으로 이송되었다. 그곳은 '살인 농장'으로 더 유명한 곳이었는데, 이지와 그레이디는 여섯 달 동안 노력 끝에 아티스를 그곳에서 빼낼 수 있었다.

그곳으로 가는 길에 그레이디가 이지에게 말했다.

"나오게 됐으니 정말 다행이군. 그런 곳에서는 한 달을 버티기도 어려울 텐데."

그곳에서 교도관으로 근무한 적이 있던 그레이디는 자기가 하는 말이 무슨 뜻인지 잘 알았다.

"젠장, 교도관들이 못살게 굴지 않으면 다른 깜둥이들이 못살게 굴걸. 멀쩡한 남자도 저 안에서는 짐승으로 변하더라고. 집에 처자식이 있는 남자들이 예쁘장한 남자를 두고 서로를 죽이지. 감방에서는 매일 밤이 끔찍해. 하지만 보름달이 뜨는 날은 특히 경

366

계를 해야 돼. 다들 미쳐 가지고 서로 찔러 대거든. 다음 날 아침에
가 보면 들어내야 할 시체가 스물대여섯이나 되곤 했지. 거기 좀
있다 보면 죄수들과 교도관들의 차이라곤 총밖에 없어. 교도관들
은 대부분 아주 단순한 친구들이야. 극장에 가서 톰 믹스나 홋 깁
슨이 나오는 영화를 보고 돌아와서는 총을 치켜들고 카우보이처
럼 말을 타고 농장 주위를 달리지. 때로는 죄수들보다 더 비열해.
내가 그만둔 이유도 바로 그거였어. 그들이 매번 깜둥이 하나를
죽도록 패는 걸 봤는데, 단지 뭘 좀 시키려고 그랬단 말이지. 잠시
후면 도착할 텐데, 듣자 하니 요즘은 사정이 전보다 더 나빠졌다
더군."

이제 이지는 정말로 걱정이 되어서 그레이디가 좀 더 빨리 달
렸으면 싶었다.

건물 본관으로 통하는 길과 연결된 문으로 들어서자 허름한
죄수복을 입은 죄수 수백 명이 밖에 나와 땅을 파는 모습이 보였
다. 교도관들도 보였다. 그레이디가 말했던 대로, 그들이 탄 차가
지나가자 교도관들이 잔뜩 거드름을 피우며 말을 타고 빙빙 돌면
서 차를 빤히 쳐다보았다. 이지의 눈에는 그들 대부분이 좀 모자
란 사람 같아 보였다. 그러던 터라 불려 나온 아티스가 아직 멀쩡
하게 잘 있는 걸 확인했을 때는 적이 안심이 되었다.

비록 옷은 구겨지고 머리는 헝클어진 채였지만, 아티스도 누
군가를 만나는 것이 이렇게 기뻤던 적은 없었다. 등에 난 매 맞은
자국은 가려져 있었고, 머리의 혹들은 눈에 띄지 않을 것이다. 그
들이 차에서 내려 걸어오는 모습을 보며 아티스는 입이 귀에 걸리
도록 웃음을 지었다. 드디어 집에 가게 된 것이다.

돌아오는 길에 그레이디가 말했다.

"자, 아티스, 내가 널 맡게 됐다. 그러니까 더 이상 말썽 피울 생기 으까지 마. 알겠어?"

"네. 다시는 그곳에 돌아가고 싶지 않습니다."

그레이디가 백미러로 그를 쳐다보며 말했다.

"거기 꽤 거칠지, 아마?"

아티스가 웃음을 터뜨렸다.

"네, 꽤 거칠더군요. 거칠었습니다, 상당히."

네 시간쯤 지나 버밍햄의 제철 공장들이 시야에 들어오기 시작하자 어린아이처럼 흥분한 아티스가 차에서 내리고 싶어 했다.

이지는 일단 아티스를 휘슬스톱의 집으로 데려가려 했다.

"네 엄마 아빠와 할머니가 널 보려고 기다리고 계셔."

그러나 몇 시간만이라도 버밍햄에서 내리게 해 달라고 애원하는 통에 그들은 그가 원하는 대로 북쪽 8번가로 아티스를 데려갔다.

이지가 말했다.

"될 수 있는 대로 빨리 돌아오도록 해. 다들 널 너무 보고 싶어 하시니까. 약속할 수 있지?"

아티스가 말했다.

"네. 약속합니다."

아티스는 자신이 살던 곳으로 돌아온 기쁨에 취해 웃으며 거리로 달려 나갔다.

아티스는 일주일 뒤에 카페에 나타났다. 말끔하게 손질한 머리에 매들린이 선물한 챙 넓은 멋진 새 모자를 쓰고서.

로즈 테라스 요양원

앨라배마주 버밍햄 올드몽고메리 하이웨이

1986년 9월 7일

에벌린과 니니의 이번 주 메뉴는 콘 컬 과자와 콜라와 집에서 만든 브라우니였다.

"에벌린도 오늘 아침에 여기 있어야 했는데, **구경거리**를 놓쳤네요. 여기에서 다들 아침을 먹고 있는데 베스타 애드콕이 머리에 밀기울 머핀을 얹고 우리 앞에서 훌라 춤을 추었답니다. 볼만했지요! 더너웨이 씨가 어찌나 흥분을 하던지 딱하게도 진정제를 먹여서 방으로 데려가야 할 지경이었다니까요. 그 조그마한 흑인 간호사 지닌은 베스타를 자리에 앉히고 머핀을 먹였어요. 요양원 측에서는 우리가 매일 머핀을 하나씩 먹기 바라죠. 그래야 변비에 걸리지 않는대요. 오래 쓰다 보면 소화기관들도 낡게 마련이니까요."

스레드굿 부인은 몸을 앞으로 기울이며 나직이 말했다.

"여기 있는 노인들 중에는 방귀를 뀌고도 자신이 방귀를 뀌었다는 것조차 모르는 사람들이 있다오."

니니는 필리를 한 모금 마셨다.

"있잖아요, 이곳에는 요양원에 흑인 간호사들이 있다는 걸 불쾌하게 생각하는 사람도 적지 않아요. 흑인들은 모두 백인을 증오하고 기회만 오면 흑인 간호사들이 잠자는 동안에 우리를 죽여 버릴 거라고 말하는 사람까지 있답니다."

에벌린은 그런 바보 같은 말은 지금까지 들어 본 적이 없다고 말했다.

"나도 그렇게 생각했어요. 하지만 그 말을 한 사람이 에벌린의 시어머니였기 때문에 난 그냥 입 다물고 있었죠."

"네, 놀라울 것도 없네요."

"그 양반만 그런 게 아니에요. 얼마나 많은 사람들이 그렇게 생각하는지 안다면 놀랄걸요. 하지만 말도 안 되는 소리라고 생각해요. 난 평생을 흑인들과 살아왔거든요. 엄마가 돌아가셨을 때 얘긴데, 창밖을 내다보니 마당에 트라우트빌에서 온 흑인 여자들이 하나둘씩 모여들더니 흑인 영가를 부르기 시작했어요. '하늘나라에 돌아가는 날 나 거기 앉아서 잠시 쉬리…….' 아, 그 광경은 절대로 못 잊을 거예요. 에벌린도 그런 식으로 노래하는 걸 들어 본 적은 없을 거예요. 지금도 그 생각만 하면 소름이 돋는답니다.

이지의 경우를 봐도 그래요. 그녀에겐 휘슬스톱만큼이나 트라우트빌에도 친구가 많았는데 그곳 친구 중 누가 죽으면 언제든 장례식에 가서 조사를 낭독했죠. 한번은 나한테 그러더군요. 어떤 백인들보다는 그들이 더 좋다고. 언젠가 이지가 했던 말이 생각나네요. '니니, 좋지 않은 흑인은 그냥 좋지 않을 뿐이지만, 비열한 백인은 개만도 못해.'

물론 그들 모두에 대해 그렇게 말할 수는 없지만, 온젤은 루스에게 세상에 다시없을 만큼 헌신적이었죠. 온젤은 루스에게 각별한 애정을 쏟았고, 사람들이 그 사실을 알도록 그냥 두었어요. 루스를 괴롭히는 사람은 누구라도 그냥 두지 않았답니다.

한번은 이지가 술을 마시고 제멋대로 행동하며 난리를 피운 적이 있는데 온젤은 집에 돌아가지 않고 밤새도록 거기 남아 있다가 다음 날 부엌에서 이지에게 대놓고 말하더군요. '자, 이지 아씨. 이 말을 해 드리고 싶군요……. 루스 아씨는 이미 쓸모없는 인간 하나를 내버리고 떠나왔어요. 그러니 둘을 버리는 것도 어려운 일은 아니겠죠. 난 아마 루스 아씨가 짐 꾸리는 걸 도울 거고요.'

이지는 그냥 부엌에서 나와 버리더니 한마디도 하지 않았어요. 루스와 관련된 문제에 있어서만은 온젤과 부딪히면 안 된다는 것을 알았던 거죠.

정이 많은 만큼 억세기도 했어요. 그 아이들을 다 키우고 카페에서 하루 종일 일하자면 그럴 수밖에 없었겠죠. 아티스나 노티버드가 성가시게 굴 때면 등을 찰싹 때려서 문밖으로 내쫓고는 하던 일을 계속하는 모습을 여러 번 봤답니다.

하지만 루스한테만은 양처럼 온순했어요. 루스가 자궁암에 걸려서 버밍햄에 수술을 받으러 갔을 때는 온젤도 이지랑 나랑 같이 갔죠. 우리 셋이 대기실에 앉아 있는데 의사가 들어왔어요. 의사가 수술 가운과 모자조차 벗지 않은 채로 말하더군요. '이런 말씀을 드려서 유감입니다만 제가 할 수 있는 일이 없습니다.' 암은 췌장까지 전이되었는데, 일단 췌장까지 전이되고 나면 가망이 없다는 거예요. 그래서 그냥 봉합하고 물을 빼낼 튜브 하나를 몸속에 남겨 두었다더군요.

우리는 루스를 집으로 데려와서는 그녀가 좀 더 편안하게 있
도록 위층 빙 하나에 미물게 했죠. 루스기 그 방에 들어간 순간부
터 온젤 역시 그 방으로 거처를 옮겼고 한시도 루스 곁을 떠나지
않았답니다.

이지는 간호사를 고용하고 싶어 했지만 온젤은 들으려 하지
않았어요. 당시 온젤의 아이들은 다 자라 있었지만 빅 조지는 자
기 손으로 밥을 해 먹어야 했죠.

가엾은 이지와 스텀프, 그들은 어쩔 줄 몰라 했어요. 마냥 아
래층에 멍하니 앉아 있곤 했죠. 루스는 상태가 급속도로 악화되었
고, 아, 극심한 통증에 시달렸어요. 내색하지 않으려 안간힘을 썼
지만 보면 알 수 있잖아요. 온젤은 하루 스물네 시간, 약과 더불어
거기 그 자리에 있었어요. 그러다가 마지막 주에는 이지와 스텀프
말고는 아무도 방에 들어오지 못하게 했어요. 루스가 아무에게도
자신의 끔찍한 모습을 보여 주지 말라고 부탁했다더군요.

빅 조지와 스텀프와 이지는 루스가 죽었을 때를 대비해 방에
놓아둘 솔방울을 찾으러 나갔는데 그들이 돌아왔을 때 루스는 이
미 세상을 떠난 뒤였답니다.

온젤이 하들리 선생님을 모셔 왔고 그분은 루스의 시신을 버
밍햄의 장례식장으로 가져갈 수 있도록 구급차를 보내 주셨죠. 클
리오와 나는 온젤과 함께 밑에서 기다렸는데, 시신을 싣고 나서
하들리 선생님께서 말씀하셨어요. '이제 집에 가도록 해요, 온젤.
내가 싣고 가서 다 알아서 할 테니.'

그러자 온젤이 정색을 하며 말했어요. '천만에요. 저도 타야겠
어요!' 그러더니 당당하게 앰뷸런스로 걸어가 뒤쪽에 타고는 문
을 닫았어요. 온젤은 루스의 가운과 화장품들을 챙겨 갔는데 그날

밤, 루스가 원했을 만한 모습이 되었다고 생각될 때까지 영안실을 떠나지 않았답니다.

그러니 살아 있는 사람들 중 나한테 흑인들이 백인들을 증오한다고 말할 수 있는 사람은 아무도 없어요. 아무렴! 나는 평생 동안 많은 흑인들을 접하며 그들이 인정 많은 사람들인 걸 믿게 되었거든요.

요전 날 내가 클리오에게 그랬어요. 기차 타고 멤피스에 가서 재스퍼가 어떻게 자랐는지 봤으면 좋겠다고요. 그 애는 식당차에서 일한답니다."

친구의 얼굴을 쳐다본 에벌린은 스레드굿 부인이 또 시간을 혼동하고 있다는 것을 알아차렸다.

앨라배마주 휘슬스톱

비가 오던 그날 아침, 온젤은 스텀프와 이지에게 강가의 숲에 가서 루스 아씨의 방에 놓아둘 솔방울을 구해 달라고 미리 부탁해 둔 터였다. 온젤은 젖은 천으로 연신 루스의 얼굴을 닦아 냈다.

"조금만 더 견뎌요, 루스 아씨. 곧 끝날 거예요. 곧 끝날 거예요, 아씨."

온젤을 보며 웃으려 애썼지만 루스의 눈에는 극심한 고통이 서려 있었다. 고통은 한순간도 멈추지 않았다. 잠을 잘 수도, 쉴 수도 없었다.

시온산 원시 침례교회의 창립 위원이며 할렐루야 성가대의 핵심 대원인 온젤, 가슴 깊이 자비로우신 하나님을 믿었던 온젤은 마침내 결단을 내렸다. '하나님께서는 누구든 이러한 고통을 겪는 걸 원치 않으실 거야. 더구나 우리의 죄를 위해 돌아가시고 그 무엇보다도 우리를 사랑하시는 인자하고 고귀하신 나의 예수님이

절대 그러실 리 없어.'

그래서 기쁘고 순수한 마음으로 루스에게 모르핀을 주었다. 날마다 조금씩 모아 두었던 것이었다. 온젤은 몇 주 만에 처음으로 루스의 몸에서 긴장이 풀리는 모습을 지켜보았다. 그녀는 침대 곁에 앉아 뼈만 앙상한 루스의 손을 잡아 흔들며 노래를 부르기 시작했다.

머지않아 주님의 품으로…… 따뜻한 햇살 비치는 그곳으로 가리
믿음의 눈으로 우리는 볼 수 있지…….
아버지가 저 너머에서 기다리시네.
우리가 거할 곳을 마련해 놓으셨다네.
조금씩 가까이……
우리는 아름다운 해변에서 만나리.

눈을 감고 노래하고 있었지만 온젤은 방 안이 구름을 뚫고 들어온 햇빛으로 가득 차 있음을 느낄 수 있었다. 햇빛이 너무도 따뜻해서 기쁨의 눈물이 흘렀다. 침대 곁의 시계를 멈추고 거울에 덮개를 씌우며 온젤은 자비로우신 예수님께서 루스 아씨를 데려 가심을 감사했다.

《웜스 통신》

엘리배미구 휘슬스톱 주간 소식지

1947년 2월 10일

사랑하는 이웃의 별세

　루스 제이미슨 부인의 유고로 내일 카페는 휴업합니다. 부인은 지난 주말에 별세하셨습니다.

　장례식은 내일 침례교회에서 있을 예정이며, 시신은 그때까지 버밍햄의 존 아이드아웃 장례식장에 안치될 것입니다.

　그분의 온화한 성품과 웃는 얼굴이 그리워지겠지요. 루스를 아시는 분들은 다들 허망하시겠지요. 이지와 스텀프에게 우리의 각별한 사랑과 심심한 위로를 전합니다.

　　　　　　　　　　　　　　　　　　　　　　　　　　닷 웜스

피글리위글리 슈퍼마켓

앨라배마주 버밍햄

1986년 9월 13일

쇼핑을 가는 토요일이면 에벌린은 늘 에드의 대형 포드 LTD를 몰았다. 공간이 넓기 때문이었는데, 대신 주차하기가 힘들었다. 에벌린은 5분째 주차 공간이 비기를 기다리며 앉아 있었다. 앞에서는 노인 하나가 채소를 차에 싣고 있었다. 노인이 차에 타고, 열쇠를 찾고, 마침내 빠져나가기까지 다시 3분이 걸렸다. 에벌린이 막 차를 대려는 순간, 약간 낡은 빨간색 폭스바겐 한 대가 모퉁이를 돌아 나와 그녀가 대려고 했던 자리에 잽싸게 들어섰다.

찢어진 청바지에 고무 슬리퍼를 신은 깡마른 10대 여자아이 둘이 껌을 질겅질겅 씹으며 차에서 내리더니 문을 쾅 소리가 나도록 닫고는 에벌린 곁을 유유히 지나갔다.

에벌린은 차창을 내리고 "엘비스는 죽지 않았다."라고 씌어 있는 티셔츠를 입은 쪽에게 말했다. "실례지만, 내가 기다리고 있었는데."

그 소녀가 이죽거리며 그녀에게 말했다.

"현실을 인정하셔야죠. 난 당신보다 젊고 잽싸기든요."

그리고 둘은 신발 소리를 요란하게 내며 가게 안으로 들어갔다.

에벌린은 폭스바겐 뒤 범퍼를 노려보며 그대로 앉아 있었다.

12분 뒤 두 여자아이가 밖으로 나왔다. 폭스파겐 휠캡 네 개가 모두 주차장 이리저리로 날아다니는 것을 보기에 딱 알맞은 시간이었다. 에벌린은 그때 폭스바겐을 들이받고, 후진시켰다가 또다시 들이받는 중이었다. 마침 그때 신경질적인 그 여자아이들이 다가왔다. 폭스바겐은 거의 다 망가져 있었다. 키가 큰 쪽이 미친 듯이 소리를 지르며 자기 머리를 쥐어뜯었다.

"맙소사! 당신이 무슨 짓을 했는지 좀 보세요! 미쳤어요?"

에벌린은 창문 밖으로 고개를 내밀며 차분하게 말했다.

"현실을 인정하셔야지. 난 너보다 늙었고 보험도 많거든."

그리고는 차를 몰고 나와 버렸다.

보험사 대리점에서 일하는 에드는 보험을 많이 들어 놓았다. 그러나 에벌린이 어떻게 해서 여섯 번이나 실수로 다른 차를 들이받았는지 이해할 수 없었다.

에벌린은 에드에게 진정하고 별것 아닌 일로 호들갑 떨지 말라고 말했다. 사고는 늘 있게 마련이라며. 사실 그녀는 그 아이의 차를 끝장내는 것이 몹시 즐거웠다. 요즘 들어 화가 나지 않는 시간, 평화를 찾는 시간은 스레드굿 부인과 있을 때와 상상 속에서 휘슬스톱을 찾아가는 밤 시간뿐이었다. 토완다가 그녀의 인생을 살았으며, 깊숙이 감춰진 어딘가에서 작은 경고음이 들렸다. 에벌린은 자신이 미쳐서 다시는 돌아오지 못할 수도 있는 위험한 지경에 이르렀음을 알았다.

휘슬스톱 카페

앨라배마주 휘슬스톱

1949년 5월 9일

그레이디 킬고어와 잭 버츠 그리고 스모키 론섬은 카페에 앉아 키득거리고 있었다. 그들은 내리 7주째 스크로긴스 목사의 차에 조그마한 폭죽을 집어넣었다. 그러나 그들은 스텀프가 푸른색 양복에 푸른색 나비넥타이 차림으로 뒷방에서 나오는 것을 보고는 하던 이야기를 멈추고 잠시 스텀프를 골려 주기로 했다.

그레이디가 스텀프에게 손을 흔들었다.

"어이, 안내원, 내 자리가 어디지?"

이지가 말했다.

"이봐요들, 그 애는 가만 놔둬요. 아주 근사해 보이는데 왜들 그래요. 의사 선생님의 딸 페기 하들리하고 데이트가 있다네요."

잭이 바보 같은 목소리로 소리쳤다.

"아, 의사 선생님⋯⋯."

스텀프는 코카콜라를 마시며 이지에게 눈을 흘겼다. 이지만 아니었더라면, 한때 좋아했지만 지금은 흥미를 잃은, 조그마한 여자아이 페기 하틀리와 '연인 파티'에 가는 난감한 일은 없었을 터였다. 페기는 그보다 두 살 어렸고 안경을 끼었다. 스텀프는 고등학교 재학 시절 내내 페기를 무시했다. 그러나 그가 조지아 공과대학에서 돌아와 여름 동안 집에 머문다는 것을 안 페기는 이지에게 스텀프가 자신과 함께 그 파티에 가는 걸 어떻게 생각하는지 물었다. 이지는 흔쾌히 승낙했다.

하룻밤쯤 신사가 된다고 해서 죽지는 않겠지. 스텀프는 그렇게 생각했다. 확신은 없었지만.

이지는 부엌 냉장고에서 작은 장미 꽃다발을 꺼내 스텀프에게 건넸다.

"자, 오늘 큰집 뜰에 가서 몇 송이 꺾어 왔어. 이걸 가져다주렴. 네 엄마는 이렇게 귀여운 것들을 참 좋아하셨지."

스텀프가 눈을 부릅뜨며 말했다.

"세상에! 이지 이모, 그냥 저 대신 이모가 가지 그러세요? 어차피 처음부터 끝까지 이모가 다 알아서 하셨잖아요."

스텀프가 테이블에 앉아 있던 사람들 쪽으로 몸을 돌리며 말했다.

"저기요, 그레이디 아저씨! 아저씨가 가실래요?"

그레이디는 고개를 저었다.

"그러고 싶지만 내가 젊은 여자하고 있는 걸 보는 날엔 글래디스가 날 죽이려 들 거야. 하긴 네가 뭘 알겠니. 나처럼 유부남이될 때까지 기다려 봐. 게다가 난 예전 같지가 않아."

"예전에도 별거 없었을 텐데, 그 문제라면."

잭이 끼어들었다.

그들은 웃음을 터뜨렸고 스텀프는 문을 나섰다.

"그럼 전 갑니다. 다음에 보죠."

매년 파티가 끝나면 아이들은 모두 카페에 모여들었는데 오늘 밤도 예외는 아니었다. 페기가 하얀 드레스에 어깨에는 분홍색 장미를 핀으로 꽂고 예쁜 모습으로 카페에 들어서자 이지가 말했다.

"무사해서 얼마나 다행인지 모르겠구나. 네가 걱정돼서 죽을 뻔했다."

페기는 도대체 무엇을 걱정했느냐고 물었다.

"지난주 버밍햄에서 어떤 애한테 일어났던 일 못 들었니? 그 애가 '연인 파티'에서 얼마나 흥분했던지 사진을 찍으려고 포즈를 취하던 중에 갑자기 깨끗이 타 버렸대. 자연발화해 버린 거지. 눈 깜짝할 새에 사라져 버렸어. 하이힐 말고는 아무것도 남아 있지 않더래. 그 애의 데이트 상대는 그 애를 아이스크림 담는 종이컵에 담아서 집에 데려다 주어야 했다는구나."

어느 지점까지는 이야기를 진지하게 듣고 있었던 페기가 말했다.

"에이, 절 놀리시는 거죠!"

날이 저물자 스텀프는 기뻤다. 그들은 집으로 향했다. 재작년에 축구 영웅이었다는 사실 때문에 아직도 주위에는 그를 우러러보고 따르는 젊은이들이 많았으며, 그가 지나가면서 가벼운 인사라도 건네면 여자애들은 꺄악 소리를 지르며 까르르 웃곤 했다.

페기의 집 앞에 차를 세우고서 문을 열어 주기 위해 내릴 준비를 할 때였다. 페기가 안경을 벗고 몸을 젖히더니 수전 헤이워드를 닮은 그 커다란 갈색 근시 눈으로 스텀프를 쳐다보며 말했다.

"그럼 잘 자."

스텀프는 그 두 눈을 들여다보았다. 이전에는 본 적이 없는 눈이었다. 풍덩 뛰어들어 헤엄칠 수 있을 것만 같은 갈색의 벨벳 호수. 지금 페기의 얼굴은 그의 얼굴에 닿을 듯 가까이 있었다. 그녀에게서 풍기는 화이트 숄더스 향수 냄새가 그를 몽롱하게 했다. 그 순간에 페기는 「길다」의 리타 헤이워드가 되었다. 아니, 「포스트맨은 벨을 두 번 울린다」의 라나 터너가 되었다. 페기에게 키스한 순간은 스텀프가 그때까지 알던 것 중 가장 열정적인 순간이었다.

그해 여름, 파란 양복은 발걸음이 바빠졌고 그해 가을에 조지아주 컬럼버스에서 결실을 맺었다. 그곳 군청에서 결혼했던 것이다. 이지가 스텀프에게 한 말이라곤 이것뿐이었다.

"내가 그럴 거라고 했지?"

그 뒤로 페기는 그저 안경을 벗고 스텀프를 쳐다보기만 하면 되었다. 그러면 꼼짝하지 못했으니까.

앨라배마주 버밍햄

1949년 5월 24일

버밍햄의 중상류층 흑인 사교계는 전성기를 맞았고《슬래그 타운 뉴스》는 100여 개가 넘는 사교 클럽의 동향을 보도하느라 바빴다. 구성원들의 피부색이 연할수록 상류 클럽에 속했다.

재스퍼가 그러하듯 피부색이 연한 재스퍼의 아내 블랜치 피베이는 그 유명한 '색슨계 여성들의 사회 사업 로열 클럽'의 회장을 맡고 있었다. 그 조직의 회원들은 피부색이 거의 백인에 가까워서 클럽의 단체 사진이 실수로 백인 신문에 실린 적도 있었다.

재스퍼는 그 명망 높은 '피디애스 자선회'의 부총장에 재선임된 상태였다. 그러니 그의 큰딸 클라리사가 그해 사교계에 화려하게 데뷔해서 카네이션 연합에 얼굴을 알리는 건 지극히 당연한 일이었다.

비단 같은 황금빛 머리에 복숭아 빛이 도는 크림색 피부, 초록색 눈을 지닌 클라리사는 누구나 가까이 지내고 싶어 하는 사교계의 신인이라 할 만했다.

네 번째 무도회가 있던 어느 날 클라리사는 그날 쓸 특별한 향수를 사려고 시내에 나갔다. 2층으로 가는 길에 그녀는 백인 전용 엘리베이터를 탔다. 시내에 혼자 나갈 때면 전에도 몇 번 그런 적이 있었다. 동족인 다른 사람들은 화물용 엘리베이터를 탄다는 것을 잘 알았기 때문이었다.

클라리사가 백인 행세를 하는 걸 알았다면 그녀의 부모는 아마 그녀를 죽이려 들었을 것이다. 그녀가 단지 피부색이 옅은 사람들과 섞일 용기를 낸 것뿐이었다 해도, 그것은 용납될 수 없는 죄였다. 그러나 이전에 화물용 엘리베이터를 탔을 때 다른 흑인들의 시선에 부담을 느꼈던 데다 시간이 촉박하기도 했다.

카운터 뒤의 감청색 모직 드레스를 입은 아름다운 여인은 클라리사를 아주 정중하고 공손하게 대했다.

"화이트 숄더스를 써 본 적이 있으신가요?"

"아니요, 없는 것 같아요."

점원은 카운터 밑으로 몸을 숙이고 진열된 향수병을 꺼냈다.

"이것 좀 써 보세요. 샬리마가 가장 인기 있지만 제 생각에 그건 손님께 좀 무거울 것 같아요. 흰 피부와 전체적인 분위기를 고려했을 때 이게 좋을 것 같아요."

클라리사는 손목에 떨어뜨린 향수의 냄새를 맡았다.

"네, 아주 좋군요. 가격이 어떻게 되나요?"

"236밀리리터 병이 298달러예요. 최소한 여섯 달은 쓰실 수 있을 겁니다."

"그렇다면 이걸 살게요."

점원이 만족스럽게 말했다.

"손님께 완벽하게 어울릴 거예요. 현금으로 하시겠어요, 아니면 카드로 하시겠어요?"

"현금으로요."

점원은 돈을 받고 나서 향수 상자를 포장하러 갔다.

체크무늬 모자에 코트 차림의 흑인 남자가 클라리사를 주시하고 있었다. 그는 신문에 난 사진을 기억하고 있었다. 그가 다가왔다.

"실례지만, 혹시 재스퍼의 딸 아닌가?"

와락 겁이 났다. 클라리사는 못 알아들은 척했다.

"나는 네 삼촌 아티스야. 네 아버지와 형제지간이지."

술을 좀 마신 데다 클라리사가 그날 백인 행세를 하고 있다는 것을 몰랐던 아티스는 그녀의 팔에 손을 올려놓으며 말했다.

"나야, 아티스 삼촌. 얘야, 날 모르겠니?"

점원이 모퉁이를 돌아 나오다 아티스를 보고 비명을 질렀다.

"그분에게서 썩 물러나!"

그러고는 클라리사에게 다가와 팔을 붙잡으며 말했다.

"썩 물러나란 말이야…… 해리! 해리!"

매장 지배인이 달려 나왔다.

"무슨 일입니까?"

그때까지도 클라리사를 보호하기 위해 팔을 붙잡고 있던 점원이 전 매장에 들리도록 소리쳤다.

"이 깜둥이가 내 고객을 건드렸어요! 팔을 붙잡았다고요! 내가 다 봤어요!"

해리가 외쳤다.

"경비원!"

지배인은 아티스를 향해 눈을 부라렸다.

"니 백인 여자 분께 손댔나, 엉?"

아티스는 충격을 받았다.

"아닙니다. 제 조카라고요."

아티스가 설명하려 했지만 경비원이 다가와 그의 주위를 빙 빙 돌다가 뒤에서 팔을 붙잡고는 뒷문으로 끌어냈다.

점원이 클라리사를 위로했다.

"이젠 됐어요. 저 깜둥이는 술에 취했거나 미쳤을 거예요."

주위에서 쇼핑하던 여자들이 몰려들어 위로의 말을 건넸다.

"깜둥이 주정뱅이 같으니. 그런 놈들에게 잘해 주면 어떻게 되는지 보셨죠?"

아티스는 가게 뒤편의 콘크리트 통로로 끌려가는 와중에 손 과 무릎의 살갗이 벗겨진 몸을 이끌고 남부 외곽으로 가는 전차를 탔다가 다시 "흑인"이라고 쓰인 나무 간판 뒤로 걸어 돌아왔다. 그는 그 여자애가 과연 클라리사가 맞는지를 생각하며 앉아 있었 다.

몇 년 뒤 클라리사는 결혼해서 아이들을 낳았고, 아티스가 종 업원으로 일하는 브리틀링 카페테리아에 들어왔다. 그녀는 아티 스에게 25센트를 팁으로 주었다. 그러나 아티스를 알아보지 못했 고 아티스 역시 클라리사를 알아보지 못했다.

《윔스 통신》

앨라배마주 휘슬스톱 주간 소식지

1954년 8월 10일

이런 일 저런 일

늙거나 미쳐 가고 있는 게 분명합니다……. 제 또 다른 반쪽 윌버가 연 사흘째 머리가 아프다고 투덜대며 귀가했어요……. 어딘가 약간 아픈 남자보다 더 나쁜 상황이 있을까요? 그래서 우리가 아기를 갖는 게 아닌가 하는 생각이 듭니다…….

저 역시 신문을 읽는 데 어려움을 겪었습니다. 그래서 어제 아침에 버밍햄에 가서 시력검사를 했는데, 세상에나 제가 윌버의 안경을 끼고 그이가 제 안경을 끼고 있었더군요. 다음에는 서로 다른 색으로 안경을 맞춰야 할까 봅니다.

일전에 오팔의 미용실에서 불이 났다고 하는군요. 당시 파마 기계 속에 머리를 넣고 있던 비디 루이스 오티스는 머리에 불이 붙은 줄 알고 무섭게 비명을 질러 댔는데, 알고 보니 쓰레기통에 담긴 머리카락이 탔던 것이라고 합니다. 미용실에서 머리 감기는 일을 하는 노티 버드가 불을 껐고 그 외에는 아무 이상이 없었다는군요.

투표하시는 것 잊지 마십시오. 그레이디 킬고어 말고는 아무도 출마하지 않았지만, 덕분에 그는 즐거워하고 있습니다. 그러니 어쨌든 투표하시기 바랍니다.

그나저나 재스퍼 피베이에 대한 기사가 또 《철도 뉴스》에 실렸습니다. 빅 조지와 온젤에게는 여간 자랑거리가 아닐 겁니다.

닷 윔스

추신 — 딜 피클 클럽이 '누가 누가 썰렁한가' 연례 행사를 했는데 늘 그랬듯이 아주 재미있었습니다. 제 또 다른 반쪽은 이번에도 「석양의 붉은 돛」을 불렀지요. 죄송합니다, 여러분. 도무지 그이에게 새로운 노래를 배우게 할 수가 없었답니다.

로즈 테라스 요양원

앨라배마주 버밍햄 올드몽고메리 하이웨이

1986년 9월 14일

에벌린과 스레드굿 부인은 요양원 건물 뒤에서 산책을 하던 중이었다. 기러기 한 떼가 울며 가을 하늘을 날았다.

"오, 에벌린, 저 새들과 함께 날아가고 싶지 않아요? 저 새들은 어디로 가는 걸까요?"

"플로리다나 쿠바로 가겠죠."

"그렇게 생각해요?"

"아마도요."

"그래요, 플로리다로 가는 건 괜찮겠지만 쿠바는 정말 싫어요. 스모키는 저 기러기들이 자기 친구들이라고 말하곤 했죠. 우리가 그에게 어디로 갈 거냐고 물으면 이렇게 대답했어요. '기러기들이 가는 곳으로 가죠, 뭐.'"

그들은 기러기들이 시야에서 사라질 때까지 올려다보다가 다시 걷기 시작했다.

"오리 좋아해요?"

"귀엽긴 해요."

"난 오리를 아주 좋아해요. 가금류를 유달리 좋아한다고 할 수 있겠네요."

"뭘 좋아하신다고요?"

"가금류요. 왜 있잖아요, 날개 달린 것들. 새들, 병아리, 수탉 그런 것 말이에요."

"아."

"클리오와 나는 매일 아침 뒤쪽 현관에 나가 커피를 마시면서 해가 떠오르는 것도 보고 새 소리도 들었어요. 우리는 늘 뜨거운 레드 다이아몬드 커피 서너 잔에 복숭아나 피망 젤리를 바른 토스트를 곁들여 먹었죠. 얘기를 나누면서요. 주로 내가 말을 하고 그이는 듣는 편이었지요. 예쁜 새들이 우리 집으로 많이 날아들었어요. 홍관조, 개똥지빠귀 그리고 너무 예쁜 비둘기들……. 이젠 예전에 보던 새들을 찾아보기가 힘들어요.

어느 날 클리오가 문밖으로 나가더니 찌르레기들이 앉아 있던 집 앞 전화선을 가리키며 그러더군요. '오늘 전화 걸 때 조심해요, 니니. 새들이 당신이 하는 말을 엿듣고 있으니까. 새들은 발을 통해서 들을 수 있거든.'"

스레드굿 부인이 에벌린을 쳐다보며 말했다.

"그 말이 사실이라고 생각해요?"

"아뇨. 그냥 부인을 놀리셨던 게 분명해요."

"그래요, 아마 그랬을 거예요. 하지만 나는 비밀 이야기를 할 때면 문밖을 살펴보며 새들이 있나 없나부터 확인했어요. 내가 전화로 얘기하는 걸 얼마나 좋아하는지 알았다면 그이가 그런 얘기를 하지 말았어야 했는데. 나는 마을 사람들 누구하고나 얘기를 나누곤 했죠.

한때는 휘슬스톱 주민이 250여 명 가까이 되기도 했어요. 하지만 기차가 거의 통과하지 않게 된 뒤로는 사람들도 새들처럼 바람 따라 흩어졌어요……. 버밍햄으로, 여기저기로, 그러고는 다시 돌아오지 않았다오.

카페가 있던 자리에는 빅맥이 들어섰고, 큰길가에는 어마어마한 슈퍼마켓이 생겨났죠. 오티스 부인은 쿠폰을 모아 쓰는 재미로 거기 가는 걸 좋아했어요. 하지만 나는 거기에서 내가 원하는 것을 한 번도 찾아본 적이 없어요. 게다가 불빛 때문에 눈이 너무 아파서 그냥 트라우트빌의 오시네 잡화점까지 걸어가서 필요한 것들을 구하곤 했죠."

스레드굿 부인은 잠시 멈췄다가 말을 이었다.

"오, 에벌린, 냄새 좀 맡아 봐요……. 누가 바비큐를 하고 있어요!"

에벌린이 말했다.

"아니에요, 낙엽을 태우는 냄새 같은데요."

"음, 꼭 바비큐 냄새 같군요. 바비큐 좋아하죠? 나는 굉장히 좋아해요. 빅 조지가 만들었던 것 같은 바비큐하고 십시가 만들었던 레몬 아이스박스 파이 한 조각을 먹을 수만 있다면 100만 달러라도 내겠어요. 빅 조지가 만든 바비큐는 단연 최고였죠.

카페 뒤쪽에 커다란 무쇠 드럼통을 내어 걸고 바비큐를 만들었는데 그 냄새가 건너 마을까지 퍼져 나갔어요. 가을에는 특히 더했죠. 나는 우리 집에서 늘 그 냄새를 맡고 살았어요. 스모키가 그러더라고요. 한번은 기차를 타고 오는데 휘슬스톱에서 16킬로미터 떨어진 곳에서도 그 냄새가 나더래요. 그걸 먹으려고 버밍햄에서도 사람들이 왔어요. 에빌린하고 애드는 어디에서 바비큐를 먹나요?"

"주로 골든 룰이나 올리에서 먹어요."

"네, 거기도 괜찮죠. 하지만 흑인들은 세상 그 누구보다도 바비큐를 잘 만든답니다."

에벌린이 말했다.

"그들은 무슨 일이든 다 잘하죠. 저도 흑인이었으면 좋겠어요."

"흑인요?"

"네."

스레드굿 부인이 몹시 당황스러워하며 말했다.

"맙소사, 에벌린. 왜죠? 흑인들은 거의 다 백인이 되고 싶어 해요. 피부를 탈색시키고 머리를 곧게 펴고, 그러면서 말이죠."

"요즘에는 그렇지도 않아요."

"그래요, 지금은 안 그럴지도 모르지만, 그래 왔죠. 백인으로 태어난 걸 하나님께 감사하세요. 꼭 그래야 할 필요가 있는 것도 아닌데 흑인이 되고 싶어 하는 사람들을 보면 이해가 안 가요."

"모르겠어요. 그냥 그들은 서로서로 마음이 잘 맞는 것 같아요……. 즐길 줄도 알고요……. 저는 늘…… 뻣뻣하게 굳어 있는 것 같은데 그들은 언제나 인생을 즐기면서 사는 것처럼 보이더군요."

스레드굿 부인은 잠시 생각에 잠겼다.

"듣고 보니 그런 것 같기도 하네요. 그들은 즐거움을 추구하고, 원한다면 마음대로 행동할 수도 있어요. 하지만 우리들과 마찬가지로 그들에게도 그들만의 슬픔이 있답니다. 흑인들의 장례식보다 더 슬픈 건 없을걸요. 그들은 마치 누가 그들의 심장을 찢기라도 하는 것처럼 울부짖고 소란을 피우죠. 우리들보다 상처를 더 많이 받는 게 아닌가 하는 생각이 들어요. 윌리 보이가 묻힐 땐 남자 셋이 온젤을 붙들고 있어야 했답니다. 거의 미쳐서 아들과 함께 무덤 속으로 뛰어들려고 했거든요. 난 그런 장례식에는 두 번 다시 가고 싶지 않아요."

"어떤 일에든 좋은 면이 있으면 나쁜 면도 있더군요."

에벌린이 말했다.

"하지만 지금도 어느 정도 그들이 부러운 건 어쩔 수가 없네요. 저도 그들처럼 자유롭고 열려 있었으면 좋겠어요."

"음, 그런 건 잘 모르겠어요."

스레드굿 부인이 말했다.

"나는 그저 바비큐와 파이를 좀 먹었으면 할 뿐이죠. 그러면 행복할 것 같아요."

앨라배마주 휘슬스톱

1949년 10월 15일

노티 버드 피베이가 르 로이 그룸스를 처음 본 것은 열여섯 살 때였다. 노티 버드는 즉시 그가 자신의 남자임을 알아보았다. 그에게 그 말을 한 적도 있다. 그는 애틀랜타를 경유해서 뉴욕으로 가는 길에 휘슬스톱을 통과하는 크레센트호에서 요리사로 일하는 사람이었다. 1년 뒤에 딸이 태어났고, 르 로이는 아이에게 아몬다인이라는 이름을 지어 주었다. 식당차 특선 메뉴인 연어 요리의 이름을 땄던 것이다.

르 로이는 잘생기고 성격이 좋은 남자로 많은 곳을 여행하고 다녔는데 도중에 여러 곳을 들렀다. 그가 뉴올리언스에서 거의 백인이나 다름없는 밝은 황색 피부의 혼혈 흑인 여자와 살림을 차렸다는 사실을 알아냈을 때 노티 버드는 거의 미칠 지경이었다.

《슬래그타운 뉴스》의 광고를 본 노티 버드는 필사적으로 매달렸다.

피부가 너무 검습니까?

매력적인 살결을 원하세요?

그렇다면 프레드 팔머 박사의 스킨 화이트너를 써 보세요.

깨끗하고 투명한 피부가 키스를 부릅니다.

남자들은 곱고 부드러운 피부에 흔들리거든요.

5일 이내에 보다 밝고 아름다운 피부를 가지시려면

석세스 연고를 사용하세요.

아름다움은 하얀 얼굴에서 시작됩니다.

특수 화이트닝 크림(탈색제)으로

당신의 자연스러운 아름다움을 마음껏 꽃피우세요.

머리가 엉키시나요?

머리 거죽에 빽빽하게 엉겨 붙어 꼬불꼬불거리는 머리.

현대 과학의 힘으로 당장 해결하세요.

블랙 앤드 화이트 플루코 헤어 제품으로

눈부시게 아름답고 곧은 비단결 머리를 가질 수 있습니다.

엉키는 머리카락에 작별을 고하세요

짧고 엉키는 머리카락에는 노 킹크를 권합니다.

한동안 머리가 차분하게 가라앉게 해 줍니다.

노티 버드는 이 광고 제품들을 모두 써 보았다. 그냥 한번 써
본 정도가 아니었다. 그러나 한 달이 지난 뒤에도 그녀의 살결은

여전히 석탄처럼 검었고 그녀는 여전히 미용실에서 머리 감기는 일을 하는 휘슬스톱 출신의 곱슬머리 소녀일 뿐이었으며, 르 로이 역시 여전히 뉴올리언스에서 밝은 노란색 피부의 여자 친구와 지내고 있었다.

노티 버드는 어린 딸을 할머니네 집에 맡겨 놓고 집으로 돌아와 몸져누웠다. 사랑 때문에 죽어 갔던 것이다.

다른 사람이 해 줄 수 있는 것은 아무것도 없었다. 오팔이 찾아와서 미용실에 다시 나와 달라고 사정했지만, 노티 버드는 날마다 터키 진을 마시고, 같은 노래를 듣고 또 들으며 누워만 있었다. 십시는 르 로이가 다른 여자와 사는 것보다는 차라리 죽어 버리는 게 노티 버드에게는 나을지도 모른다고 말했다. 두 달째 매일 터키 진을 마시며 살면서도 노티 버드가 조금도 마음의 안정을 되찾지 못했기 때문이다.

다행스럽게도 십시의 말은 예언처럼 들어맞았다. 르 로이 그룸스가 쇠로 만든 장난감 덤프트럭에 관자놀이를 심하게 맞아 세상을 떴던 것이다. 장난감은 그 밝은 노란색 피부의 아들들 중 하나의 것이었다.

그 비극적인 소식을 들은 노티 버드는 침대에서 나와 화장실에 가서 세수를 했다. 그러고는 계란, 햄, 옥수수 죽, 붉은 그레이비 소스, 버터 바른 비스킷으로 아침을 든든히 차려 먹고 뜨거운 커피 세 잔을 마셨다. 목욕을 하고, 옷을 차려입고, 딕시 피치 머릿기름을 바르고, 거울을 들여다보며 오렌지색 립스틱을 바르고 집을 나선 노티 버드는 버밍햄으로 건너가 여기저기를 헤매고 다녔다.

일주일이 못 되어 노티 버드는 초록색 깃털이 달린 격자무늬 모자에 갈색 개버딘 양복을 입은, 놀란 듯한 표정의 젊은이와 함께 돌아왔다.

마틴 루서 킹 기념 침례교회

앨라배마주 버밍햄 북부 4번가 1049번지

1986년 9월 21일

에벌린은 스레드굿 부인에게 약속했다. 자기 고민을 주님에게 가져가서 이 어려운 시기를 잘 견뎌 낼 수 있게 도와 달라고 부탁하겠노라고. 그러나 에벌린은 주님이 어디에 있는지 알지 못했다. 에벌린도 에드도 성년이 된 이후로는 교회에 나가 본 적이 없었다. 하지만 오늘은 도움이, 매달릴 뭔가가 필요하다는 생각이 절실하게 들었다. 그래서 옷을 차려입고 한때 다닌 적이 있는 하일랜드가의 장로교회로 차를 몰았다.

그러나 막상 그곳에 도착해서는 무슨 이유에서인지 그냥 지나치고 말았다. 정신을 차리고 보니 자신이 읍내 건너편의 마틴 루서 킹 기념 침례교회 주차장에 앉아 있음을 에벌린은 깨달았다. 그곳은 버밍햄에서 제일 큰 흑인 교회였다. 아마도 근래 몇 달 동안 십시와 온젤에 대한 이야기를 들어서였는지도 몰랐다.

에벌린은 평생 동안 자신이 자유주의자라고 생각하며 살아왔다. **깜둥**이라는 말은 한 번도 써 본 적이 없었다. 하지만 그녀가 흑인을 접해 본 경험은 1960년대 이전의 중산층 백인들 대다수의 경험과 다를 게 없었다. 대개가 하녀이거나 친구들의 하녀인 흑인들을 아는 정도에 지나지 않았던 것이다.

어렸을 적에는 종종 아버지가 하녀를 남쪽 변두리의 집까지 차로 데려다 주러 가는 길에 동행하기도 했다. 그곳은 10분 거리밖에 되지 않는 곳에 있었지만 에벌린에게는 마치 다른 나라에 가는 것처럼 여겨졌다. 음악, 옷, 집…… 모든 것이 달랐다.

부활절에는 새 부활절 의상들을 보러 그 남쪽 변두리에 가기도 했다. 분홍색, 자주색, 노란색 의상과 그런 옷에 어울리는 깃털 모자들이 있었으니까.

물론 집안일은 흑인 여자들이 했다. 행여 흑인 남자가 근처 어디에라도 있으면 에벌린의 어머니는 질겁을 하며 그녀에게 어서 겉옷을 입으라고 소리를 지르곤 했다. "이웃에 **흑인 남자가 있어**!" 지금까지도 에벌린은 주위에 흑인 남자들이 있으면 편하지 않았다.

흑인들에 대한 부모의 태도는 당시 대부분의 사람들과 똑같았다. 흑인들은 대부분 재미있고 멋지고 보살펴 주어야 할 어린아이 같은 사람들이라고 생각했던 것이다. 모두 어떤 하녀가 무슨 말을 했다느니, 어떤 행동을 했다느니 하는 재미있는 이야깃거리를 가지고 있었으며, 재미 삼아 누구네는 아이가 몇이라는 둥의 이야기를 하며 고개를 내젓기도 했다. 대부분 그들에게 헌 옷이나 먹다 남은 음식을 집에 가져가라고 주었으며, 그들이 어려운 일을 당하면 도움을 주었다. 그러나 에벌린은 조금 나이가 들자 더 이상 그곳에 가지 않았고, 그들에 대한 생각도 거의 하지 않게 되었다. 자기 인생을 살기에도 바빴던 것이다.

그랬던 터라 1960년대에 말썽이 시작되었을 때는 버밍햄의 내나우 백인들과 마찬가지로 충격을 빋았다. 그리고 온갖 말썽을 일으키는 그들은 '우리 흑인들'이 아니며, 북부에서 내려 보낸 외부 선동자들이라고 믿었다.

또한 "우리 흑인들은 지금 이대로가 행복하다."라는 생각도 전반적으로 통용되었다. 몇 년 뒤 에벌린은 그동안 자신이 정신을 어디 두고 살았던가, 바로 읍내 건너편에서 일어나고 있던 일들을 왜 깨닫지 못하고 있었던가 하고 생각하게 되었다.

버밍햄이 신문과 텔레비전에서 호되게 당한 뒤 사람들은 혼란과 분노에 휩싸였다. 인종 간에 발생했던 그 수많은 호의와 우정은 단 한 건도 언급되지 않았던 것이다.

그러나 25년 뒤 버밍햄에서는 흑인이 시장이 되었고, 1975년 한때 '증오와 공포의 도시'로 알려졌던 버밍햄은 《룩》에서 '전 미국인의 도시'라는 이름을 얻게 되었다. 수많은 다리들이 복구되었으며 한때 북쪽으로 갔던 흑인들은 고향으로 돌아왔다. 모두 먼 길을 떠나온 것이었다.

그러한 역사를 알면서도 에벌린은 교회 주차장에 앉아 있는 동안 온통 캐딜락과 메르세데스가 들어서는 것을 보며 놀랐다. 버밍햄에 부유한 흑인들이 있다는 얘기는 들었지만 직접 보기는 처음이었기 때문이다.

신자들이 도착하는 것을 쳐다보자니 문득 흑인 남자들에 대해 가졌던 과거의 두려움이 되살아났다.

에벌린은 차 안을 둘러보며 문이 잘 잠겨 있는지 확인했다. 언제라도 떠날 태세를 갖추고 있을 때 한 아버지와 어머니가 아이 둘을 데리고 웃으면서 그녀의 차 옆을 지나갔다. 그녀는 급히 현실로 돌아와 마음을 진정시켰다. 잠시 후 그녀는 용기를 다해 교회 안으로 들어갔다.

카네이션을 단 안내인이 웃는 얼굴로 "안녕하세요."라고 인사하며 통로로 인도할 때까지도 에벌린은 떨었다. 자리에 이르기까지 줄곧 심장이 두근거리고 다리가 후들거렸다. 뒷자리에 앉고 싶었는데 안내인은 에벌린을 한가운데 자리로 안내했다.

순간적으로 땀이 흐르고 숨이 가빠졌다. 그녀를 쳐다보는 사람은 거의 없었다. 아이 둘이 그녀를 돌아보았다. 에벌린은 웃어 보였지만 아이들은 웃지 않았다. 일어서야겠다고 막 생각하는데 한 남녀가 다가와 옆자리에 앉았다. 늘 그랬듯이 그녀는 또 가운데에 갇히게 되었다. 흑인들에 에워싸여 보기는 이번이 처음이었지만.

에벌린 곁에 앉은 젊은 부인은 아주 대단했다. 잡지에서나 볼 수 있는 옷차림을 하고 있었다. 광택이 나는 잿빛 실크 의상에 뱀피 구두, 거기에 어울리는 핸드백을 갖춘 그녀는 아마도 뉴욕 출신의 패션모델인 것 같았다. 실내를 둘러보던 에벌린은 한 장소에서 멋진 옷을 입은 사람들을 이렇게 많이 본 게 난생처음이라는 사실을 깨달았다. 남자들에게는 아직도 적응이 되지 않았다. 그들은 지나치게 꽉 끼는 바지를 입고 있었다. 그래서 여자들에게만 집중했다.

하지만 에벌린은 늘 그들을, 그들의 힘과 열정을 부러워했다. 어쩌면 그렇게 백인 아이들을 사랑으로 보살피고, 백인 노인들을 섬세하고 사려 깊게 간호하는지 늘 놀랍게 생각했다. 자신은 도저히 그렇게 할 수 없을 것만 같았다.

에벌린은 너무도 편안하고 자연스럽게 서로 인사를 주고받는 그들의 모습을 지켜보았다. 아주 뚱뚱한 사람들조차도 더할 수 없이 유연하고 우아하게 움직였다. 그들을 화나게 하고 싶은 생각은 결코 없었지만, 그들 중 누군가가 누구 하나를 뚱보 암소라고 부르는 것을 보자 즐거웠다.

살면서 늘 흑인들을 보아 왔지만 진실로 본 것은 아니었다는 생각이 들었다. 이집트 여왕과 같은 광대뼈를 지닌 날씬한 갈색 소녀들, 풍만하고 위풍당당한 가슴을 지닌 여자들, 이곳 여자들은 정말이지 근사했다.

백인처럼 보이려고 애썼던 과거의 사람들을 생각해 보라. 무덤 속에서 그들은, 흑인 같은 소리를 내려고 안간힘을 쓰는 중산층 백인 소년 가수들과 여러 가닥으로 가늘게 땋은 머리나 아프리카 흑인 머리 모양을 한 백인 소녀들을 비웃을 것이다. 판이 바뀐 것이다.

긴장이 풀리자 조금씩 편안해졌다. 에벌린은 흑인 교회는 백인 교회와 많이 다르리라고 생각했다. 내부를 둘러보던 그녀는 그 교회도 십수 개나 되는 버밍햄의 백인 교회들 중 하나였을 것이라는 확신을 갖게 되었다. 그때 갑자기 오르간 소리가 울려 퍼지며 밝은 빨간색과 갈색 가운을 입은 250명의 성가대 합창단원들이 일어나더니 우렁찬 목소리로 노래를 부르기 시작했다. 그 소리가 어찌나 컸던지 에벌린은 의자에서 굴러 떨어질 뻔했다.

아 행복하여라…….
아 행복하여라…….
예수께서 나의 죄를 씻어 주셨네…….
노래하고 기도하는 법을 가르쳐 주시고

날마다 기쁘게 사는 법을 알려 주셨네…….

아 행복하여라…….

아 행복하여라…….

예수께서 나의 죄를 씻어 주셨네…….

아 행복하고 행복하여라…….

그들이 자리에 앉자 거구의 남자, 포터 목사가 일어나 교회를 가득 채우는 목소리로 「하나님을 사랑하는 자의 기쁨」이라는 제목으로 설교를 시작했다. 진심에서 우러나오는 설교였다. 에벌린은 교회에 가득 찬 기운으로 그것을 느낄 수 있었다. 목사는 설교를 하면서 커다란 머리를 뒤로 젖히고 소리치며 행복에 겨워 웃었다. 신자들과 오르간은 목사에게 그와 똑같은 방식으로 화답했다.

그녀가 잘못 알았던 것이다. 그곳은 백인 교회와 같지 않았다. 에벌린이 익히 알고 있는, 생기 없고 팍팍한 설교와는 분명히 달랐다.

주님을 향한 목사의 열정은 실내 전체에 들불처럼 전염되었다. 그는 하나님은 복수하는 하나님이 아니라 선함과 사랑과 용서와 **기쁨**의 하나님임을 그들에게 확신시켰다. 그는 춤추고 성큼성큼 걸으면서 천장을 향해 큰 소리로 노래하기 시작했다. 빛을 발하는 얼굴에서 땀방울이 반짝거렸고, 오른손에 쥐고 있던 흰 손수건으로 그것을 간간히 닦아 내기도 했다.

목사가 노래하는 동안 교회 전체가 그에게 화답했다.

"이웃을 사랑하지 않으면 기쁨을 누릴 수 없습니다."

"맞습니다."

"적들을 사랑하십시오."

"네."

"해묵은 원인들과 작별하고……."

"작별하고."

"악한 마음, 시기심 따위는 떨쳐 버리고……."

"네."

"하나님께서 용서하시는데……."

"용서하시는데."

"여러분은 왜 못 합니까?"

"맞습니다."

"사람은 누구나 잘못을 저지르며…… 용서는 하나님의 일이니……."

"네."

"죄라는 구더기가 갉아먹은 육체에 부활은 없습니다……."

"없습니다."

"그러나 하나님께서는 여러분을 들어 올리실 수 있습니다……."

"있습니다."

"아! 하나님은 자비로우십니다……."

"그렇습니다."

"아! 우리 하나님은 얼마나 자비로우십니까……."

"맞습니다."

"예수님 안에서 우리는 얼마나 좋은 친구입니까……."

"아, 그렇습니다."

"여러분은 세례를 받을 수도 있고, 할례를 받을 수도 있고, 몸에 전류가 통하게 할 수도 있고, 윤이 나게 씻을 수도 있지만, 영광스러운 나라의 시민이 아니라면 아무런 의미도 없습니다."

"없습니다."

"감사합니다, 예수님! 감사합니다, 예수님! 전능하신 하나님! 저희는 오늘 아침 당신의 이름을 찬양하고 예수님께 감사드립니다! 할렐루야! 할렐루야 예수님!"

목사가 설교를 마쳤을 때 교회 안은 온통 "아멘!"과 "할렐루야!" 소리로 터질 듯했고, 다시 성가대의 합창이 시작되었다.

"여러분은 피로…… 영혼을 씻는 양의 피로 씻겼습니까? 말해 보십시오, 사랑스러운 자녀들이여……. 피로 씻겼나요."

에벌린은 결코 신앙심이 깊은 사람이 아니었다. 그러나 그날 그녀는 자신도 모르게 자리에서 일어났으며 자신을 밑으로 끌어내리던 두려움을 떨치고 높이 솟아올랐다.

가슴이 열리면서, 살아 있음과 잘 살아가고 있다는 가슴 벅찬 경이로움이 느껴졌다.

에벌린은 제단으로 둥둥 떠 갔다. 그곳에서 가시관을 쓰고 십자가에 매달린 여위고 창백한 흰옷 입은 예수가 그녀를 내려다보며 말했다. "그들을 용서하라, 내 자녀여. 그들은 자신들이 하는 일을 알지 못하니……."

스레드굿 부인이 옳았다. 그녀는 주님에게 고민을 가져갔고, 그 덕분에 그것들로부터 풀려났던 것이다.

에벌린은 심호흡을 했다. 분노와 증오라는 무거운 짐들이 스르르 풀려져 허공에 흩어졌다. 토완다도 더불어 자유로웠다! 그 순간 에벌린은 슈퍼마켓의 아이를, 어머니의 의사를, 주차장의 여자아이들을 용서했고…… 자기 자신을 용서했다. 그녀는 자유로웠다. **자유로웠다.** 온갖 고난을 겪었으면서도 증오와 두려움이 사랑의 정신을 죽이게 두지 않았던, 바로 오늘 이곳에 모인 사람들처럼.

바로 그때 포터 목사가 신도들에게 옆 사람들과 악수를 하라고 말했다. 에벌린 옆에 앉아 있던 아름다운 여자가 그녀의 손을 잡고 흔들며 말했다.

"당신에게 하나님의 은총이 있기를."

에벌린은 그 여자의 손을 꼭 붙잡으며 말했다.

"감사합니다. 정말 감사합니다."

교회를 나오면서 에벌린은 한 번 더 문 쪽을 돌아보았다. 오늘 어쩌면 그녀는 흑인으로 산다는 것이 어떤 기분인지 알고 싶었는지도 모른다. 그녀는 이곳 친구들이 백인으로 산다는 것이 어떤 기분인지 알지 못하는 것만큼이나 자신이 그 기분을 알 수 없다는 것을 깨달았다. 이곳에 다시 오는 일은 없을 것이다. 이곳은 그들의 장소였다. 그러나 에벌린은 평생 처음으로 기쁨을 맛보았다. 진정한 기쁨을. 그것은 스레드굿 부인의 눈에서 보았던 기쁨이었는데 그때는 그것을 알아차리지 못했다. 이런 느낌은 두 번 다시 가질 수 없을 것 같았다. 그러나 일단 그것을 맛본 이상 이제 살아 있는 한은 결코 그 감동을 잊지 못할 것이다. 그날이 그녀에게 얼마나 뜻 깊은 날이었는지를 교회에 있던 모든 사람들에게 말할 수 있었더라면 아마도 굉장했을 것이다.

그녀와 악수했던 젊은 여자가 그녀와 마찬가지로 어려움을 극복해 낸 침대차 급사 재스퍼 피베이의 맏딸이라는 사실을 에벌린이 알았더라면 그 또한 굉장했을 것이다.

《남부 철도사 뉴스》

1950년 6월 1일

철도사에서 뽑은 이달의 직원

"그는 오로지 사람들이 행복해하는 모습을 보고, 그들의 여행을 보다 안락하게 만들어 주기 위해 일합니다. '이달의 철도인'에 격려를 보내실 때는 이 뛰어난 철도인을 꼭 기억해 주시기 바랍니다."

실버 크레센트호의 승객 세실 레이니 씨는 침대차 급사 재스퍼 O. 피베이에 대해 이렇게 말했습니다.

"이 친절한 급사는 열일곱 살의 나이에 앨라배마주 버밍햄의 터미널 역에서 짐꾼으로 일을 시작한 이래 줄곧 칭찬을 받아 왔습니다. 그 이후로 그는 요리사, 화물 운반 인부, 역 구내 운반인, 식당차 웨이터, 특등 객차 짐꾼 등으로 일했으며, 1935년에 특급 침대차 급사로 승진했습니다. 1947년에는 침대차 급사 노조 버밍햄

지부 위원장이 되었습니다."

레이니 씨는 또한 이렇게 밀했습니다.

"재스퍼는 승객이 기차에 탑승하는 순간부터 깍듯하게 접대하기 시작합니다. 그는 모든 승객들이 짐을 잘 실었는지 각별히 살피고, 보다 편안한 여행이 되도록 여행하는 내내 사소한 것까지 세심하게 점검하며, 늘 웃음을 잃지 않습니다.

역에 도착하기 전에는 늘 이렇게 미리 안내를 합니다. '5분 뒤 기차가 어디어디 역에 도착합니다. 짐을 운반할 때 도움을 요청하시면 기쁜 마음으로 도와 드리겠습니다.'

우리에게 그는 믿음직한 친구이자 자상한 직원이고, 세심한 안내자이자 안락함을 안겨 주는 사람이며 친절을 베푸는 사람입니다. 그는 지친 어머니들을 도와 아이들을 돌봐 줍니다. 그는 매우 친절하고 큰 도움을 주며 또한 유능해서 승객들은 그러한 그에게 진심으로 고마워합니다. 지금 같은 시대에 참 보기 드문 사람이라 할 수 있습니다."

재스퍼는 버밍햄의 16번가 침례교회에서 평신도 목회자로 활동하고 있으며 네 딸의 아버지이기도 합니다. 딸 둘은 교사이고, 하나는 간호사가 되기 위해 공부 중이며, 막내딸은 뉴욕으로 가서 음악을 공부할 예정이라고 합니다.

우리의 훌륭한 '이달의 직원' 재스퍼 O. 피베이, 축하드립니다.

《윔스 통신》

앨라배마주 휘슬스톱 주간 소식지

1955년 8월 27일

철도 조차장 폐쇄

철도 조차장이 폐쇄된다는 소식은 우리 모두의 가슴을 아프게 합니다. 이제 기차가 거의 다니지 않게 되었으니 우리의 정다운 친구들도 많이 떠날 테지요. 벌써 다른 곳으로 이사한 사람들도 있습니다. 우리는 그저 기차들이 다시 운행을 재개하기만을 바랄 뿐입니다. 고작 몇 대 통과하는 것만으로는 충분하지 않을 테니까요.

은퇴한 전직 L&N 철도사 직원인 그레이디 킬고어는 기차가 없는 나라는 존재할 수 없으며, 정부가 그 사실을 깨닫는 건 시간 문제라고 말합니다. L&N 철도사가 정신을 차려서 머지않아 기차 운행을 재개시키리라 믿습니다.

조지아 퍼시픽 시보드 사에 이어 이번에는 L&N 철도사까지 운행을 멈추었으니 이제 남부 철도사만이 버티고 있습니다. 그들은 이제 승객들을 원치 않는 것 같아요.

카페가 문을 닫을 거라는 말도 들립니다. 이지에게 들으니 장사가 잘 안 된다고 하더군요.

그나저나 제 또 다른 반쪽은 자기가 열흘 동안 '여드레 폐렴'을 앓았다고 주장하네요……. 남자들이란!

닷 웜스

버지니아 주 로애녹 외곽

16호 침대차

1958년 12월 23일

기차가 눈 덮인 벌판을 미끄러지듯 달리고 달빛이 눈밭에 부서지며 반짝이는 적막한 밤, 재스퍼 피베이는 줄곧 깨어서 앉아 있었다.

창밖은 살을 에는 듯 차가웠지만 차 안은 따뜻하고 아늑했다. 가장 여유롭고 편안한 시간이었다. 낮 시간처럼 미소를 짓고 있지 않아도 되었다.

정거장을 지날 때마다 철도 건널목의 빨간 불빛과 초록 불빛들이 스치며 지나갔고 이른 새벽, 작은 마을들에서 하나둘씩 불빛이 나타나기 시작했다.

재스퍼는 퇴직을 한 달 남겨 두고 있었다. 남부 철도사로부터는 상당한 액수의 연금을 받게 될 터였다. 재스퍼는 아티스보다 1년 늦게 버밍햄에 왔다. 그들은 쌍둥이 형제였고 둘 다 흑인으로 분류되었지만 완전히 다른 삶을 살았다.

재스퍼는 자기 형제 아티스를 사랑했지만 둘은 좀처럼 만날 기회가 없었나.

아티스는, 밤새도록 재즈를 즐기고 주사위를 굴리는 북부 4번 가의 방탕하고 무절제한 생활에 재빨리 적응했다. 재스퍼는 그곳에서 네 블록 떨어진 점잖은 동네에 거처를 정하고 버밍햄에 와서 맞은 첫 일요일에 6번가 침례교회에 나갔다. 블랜치 메이베리 양이 이 크림색 피부의 소년을 눈여겨보고 좋아하게 된 것도 바로 그곳에서였다. 블랜치는, 존경받는 시민이자 유명한 교육자로 흑인 고등학교의 교장인 찰스 메이베리 씨의 외동딸이었다. 그 덕분에 재스퍼는 블랜치를 통해 중상류층 흑인 사회에 자연스럽게 편입되었다.

블랜치의 아버지가 재스퍼의 학력과 집안 배경에 실망하긴 했지만, 재스퍼의 피부색과 예절 바른 태도는 그러한 결점을 벌충하고도 남았고, 그들은 결혼했다.

결혼한 후 재스퍼는 열심히 일했다. 아티스가 옷과 여자들에게 돈을 쓰는 동안, 재스퍼는 도시 밖으로 나온 짐꾼들에게 회사가 제공하는 춥고 쥐가 들끓는 공동주택에서 살았다. 그는 블랜치와 함께 피아노 회사에 가서 현금으로 피아노를 구입할 수 있을 때까지 저축을 했다. 집에 **피아노**가 있다는 것은 대단한 의미였다. 그는 교회에 십일조를 했고, 아이들의 대학 교육을 위해 흑인 전용 소액 저축은행에 예금 계좌를 개설했다. 위스키는 입에 대지도 않았고, 한 푼도 남에게서 빌린 적이 없으며, 누구에게 신세를 지는 법도 없었다. 그는 훗날 다이너마이트힐로 알려진 백인 거주 구역 에넌 리지로 맨 처음 이사한 버밍햄의 흑인 중 한 사람이었다.

KKK단이 재스퍼와 이웃들의 빨간 벽돌집을 날려 버렸을 때 몇몇은 그곳을 떠났지만 재스퍼는 끝까지 남았다. 그는 수년 동안 "어이, 깜둥이.", "야, 너.", "이봐, 조지." 같은 말을 참고 견뎠으며, 타구를 비우고, 화장실 청소를 하고, 구두를 닦고, 밤이면 등과 어깨가 아파 잠을 이루지 못할 정도로 수많은 짐을 날랐다. 가끔 도난 사건이 발생하여 철도사 직원들이 짐꾼들의 사물함을 맨 먼저 뒤질 때면 굴욕에 눈물을 흘리기도 했다.

"예, 선생님.", "예, 사모님."을 입에 달고 살았으며, 미소를 잃지 않았고, 한밤중에 소란을 떠는 외판원들에게 술을 날라다 주기도 했다. 거만한 백인 여자들로부터 욕지거리를 들었고, 아이들로부터 깜둥이란 소리를 들었으며, 몇몇 백인 차장들로부터는 쓰레기 취급을 당하기도 했고, 다른 짐꾼들에게 팁을 도둑맞기도 했다. 토사물을 치웠고, "깜둥이, 너희들은 해가 지기 전엔 나다니지 마라."라는 경고문이 걸린 컬맨카운티를 수백 번이나 통과했다.

그 모든 것들을 견뎌 냈다. 하지만…….

재스퍼는 네 자녀를 모두 대학에 보냈다. 자녀 중 누구도 팁으로 살아가는 일이 없게 하고 싶었기 때문이다. 그가 그처럼 오랫동안 뼈가 부서지도록 일할 수 있도록 지탱해 준 힘도 오로지 그 생각뿐이었다.

그 생각, 그리고 기차였다. 쌍둥이 형제 아티스가 도시와 사랑에 빠졌다면 재스퍼는 **기차**와 사랑에 빠져 살았다. 광택이 나는 검은색 마호가니 목재로 꾸며진 특실과 호화스러운 붉은 벨벳 좌석을 갖춘 기차들. 일몰 특급, 대왕 야자, 뉴올리언스의 도시, 딕시 특급, 불꽃 특급, 석양 특급, 종려나무, 검은 다이아몬드, 남쪽의 미녀, 은빛 별 등 시적인 이름을 가진 **기차들**.

그리고 오늘 밤 재스퍼는 은으로 만든 관처럼 날렵한 유선형 은빛 대혜성 호에 탑승했다. 뉴올리언스와 뉴욕을 왕복하는 그 기차는 아직 운행을 멈추지 않은 몇 안 되는 대형 기차들 중 하나였다. 대형 기차들이 하나씩 차례로 선로에서 끌려 내려와 조차장에 방치되는 걸 볼 때마다 재스퍼는 그들 각각에게 애도를 보냈다. 그것들은 과거의 귀족들처럼 구시대의 유물로 사라져 갔다. 오늘 밤 그는 자신이, 전성기도 지나고 쓸모도 없어져 선로 밖으로 밀려난 낡은 구식 기차 같다는 생각을 했다.

　바로 어제는 손자 모하메드 압둘 피베이가 자기 어머니에게 할아버지와는 아무 데도 가고 싶지 않다고 말하는 걸 들었다. 할아버지가 백인들에게 오른발을 뒤로 빼며 인사를 하는가 하면 교회에서는 이상한 흑인 영가를 불러서 창피하다는 것이었다.

　조차장에서 녹슬어 가는 옛 친구들과 마찬가지로 이제 그의 시대도 끝난 게 분명했다. 재스퍼는 자신은 그와는 다를 수 있기를 바랐다. 그는 자신이 아는 유일한 길을 헤치고 나아왔다. 그런데 어느덧 종점에 도착해 있었던 것이다.

세인트 클레어 호텔

앨라배마주 버밍햄 북부 2번가 411번지의 최신식 호텔

1965년 12월 23일

스모키는 사방이 판자로 막힌 L&N 역사 건너편 호텔 방에 있었다. 35년 전에는 최신식이었을 그 방에는 이제 고작 침대 하나에 의자 하나 그리고 45와트짜리 전구 하나가 있을 뿐이었다. 에나멜을 두껍게 칠한 갈색 문 위로 난 유리 채광창을 통해 들어오는 희미한 빛을 제외하면 방은 칠흑처럼 어두웠다.

스모키는 홀로 앉아 담배를 피우며 창문 너머의 차갑고 질척한 거리를 내려다보았다. 그는 달 주위로 작은 별들이 원을 그리고 위스키가 감미로웠던 시절을 회상했다. 그때는 신선한 공기를 마실 수 있었고 내장이 튀어나올 듯이 기침을 하지도 않았다. 이지와 루스 그리고 스텀프는 아직 카페 뒤채에 살고 있었고, 기차들도 모두 달리고 있었다. 그 시절, 각별한 시절, 먼 옛날 일인데도 마음속에서는 바로 어제 일처럼 생생했다.

기억들은 여전히 거기에 있었다. 오늘 밤 그는 늘 그랬던 것처

럼 흐르는 달빛을 움켜쥐고서 기억을 더듬었다. 가끔씩 그 달빛에 올라타기노 했다. 그것은 마법 같았다. 머릿속에서 옛 노래 하나 가 끊임없이 맴돌았다.

동그란 담배 연기
어디로 가는 걸까?
내가 뿜은 동그란 담배 연기들은?
그 푸른 동그라미는 언제나
당신을 생각나게 하네…….

로즈 테라스 요양원

앨라배마주 버밍햄 올드몽고메리 하이웨이

1986년 9월 22일

에벌린 카우치가 휴게실에 들어섰을 때 스레드굿 부인은 잠들어 있었다. 문득 스레드굿 부인의 얼굴에서 제 나이가 드러났다. 친구가 정말 많이 늙었음을 깨달은 에벌린은 멈칫했다. 에벌린은 스레드굿 부인을 흔들어 깨웠다.

"스레드굿 부인!"

스레드굿 부인이 눈을 뜨더니 머리를 매만지며 바로 입을 열었다.

"온 지 오래됐어요?"

"아뇨. 금방 왔어요."

"그랬군요. 방문객들이 오는 날에는 내가 자게 내버려 두지 마요. 그래 줄 거죠?"

에벌린은 의자에 앉아 바비큐 샌드위치와 레몬 파이 그리고 포크와 냅킨이 담긴 종이 접시를 친구에게 건넸다.

"오, 에벌린!"

스레드굿 부인은 허리를 곧게 펴고 앉았다.

"이걸 어디서 구했어요? 그 카페에서?"

"아니에요. 부인께 드리려고 제가 특별히 만들었어요."

"에벌린이? 이렇게 고마울 데가."

지난 두어 달 동안 스레드굿 부인은 점점 더 자주 과거와 현재를 혼동하는 듯했다. 어떨 땐 에벌린을 클리오라고 부르기도 했고, 말을 하려다 말고 웃기만 하는 때도 있었다. 하지만 요즘 들어서는 그러지 않았다.

"미안해요. 내가 깜빡 잠이 들었나 봐요. 하지만 나만 그러는 게 아니에요. 여기 사람들 모두가 다 지쳐 있지요."

"왜요, 밤에 못 주무세요?"

"에벌린, 여기 사람들 모두가 몇 주일 동안 잠을 제대로 자지 못했어요. 베스타 애드콕이 밤새도록 전화를 걸어서 말이죠. 대통령부터 시장까지 모든 사람들에게 전화를 건다니까요. 그제 밤에는 영국 여왕에게 전화를 걸어서 불평을 늘어놓더군요. 늙은 고양이처럼 밤새 소란을 피우고 난리도 아니에요."

"그분은 대체 왜 방문을 닫지 않는대요?"

"닫아요."

"방에서 전화를 치워 버리면 되지 않나요?"

"그렇게 했죠. 그녀만 그걸 몰라요. 그냥 계속 전화를 한답니다."

"맙소사! 그분은…… 미친 건가요?"

"이렇게 말하면 설명이 될까요. '이 세상 사람이지만 이 세상을 살고 있지는 않다.'라고."

"네. 무슨 말씀인지 알 것 같네요."

"파이를 찬 음료수와 함께 먹고 싶은데, 하나 가져다줄래요? 내가 가야 하는데 동전 투입구가 잘 안 보여서요."

"물론이죠. 죄송해요. 제가 먼저 여쭤 봤어야 하는 건데."

"여기 동전 있어요."

"이런. 스레드굿 부인, 말도 안 돼요. 제가 사 드릴 게요."

"아니에요. 이 돈 받아요……. 나한테 돈 쓰지 않아도 돼요."

스레드굿 부인이 고집스럽게 말했다.

"내 돈으로 사 오지 않으면 마시지 않을 거예요."

할 수 없이 에벌린은 동전을 받아 들고 가서 75센트짜리 음료수를 사 왔다. 늘 그랬던 것처럼.

"고마워요, 에벌린……. 혹시 내가 싹양배추 싫어한다는 얘기를 했던가요?"

"아뇨. 왜 싹양배추를 싫어하시는데요?"

"왠지는 모르겠는데 그냥 싫어요. 하지만 다른 야채는 다 좋아해요. 냉동된 거나 캔 제품은 빼고요. 나는 신선한 옥수수, 리마 콩, 동부콩, 풋토마토 튀김…… 그런 것들을 좋아해요."

"토마토가 과일이라는 거 알고 계세요?"

스레드굿 부인이 놀라며 말했다.

"그런가요?"

"그렇다네요."

"그럴 리가. 난 평생 동안 토마토는 야채라고 생각해 왔어요. 야채라고 생각하고 식탁에 올렸죠……. 토마토가 **과일**이라고요?"

"네."

"정말요?"

"네. 가정학 시간에 배웠던 걸로 기억해요."

"음, 난 도저히 납득이 안 돼요. 그러니까 그런 말은 못 들은 걸로 할래요. 그럼 싹양배추는 야채 맞나요?"

"네, 맞아요."

"다행이네요. 이제 좀 마음이 놓여요……. 강낭콩은요? 그것도 과일이라고 하진 않겠죠?"

"아니에요. 그건 야채죠."

"그럼 됐어요."

남은 파이를 마저 먹던 스레드굿 부인은 어떤 기억을 떠올리며 미소를 지었다.

"있잖아요, 에벌린. 어젯밤에 너무 멋진 꿈을 꾸었어요. 아주 생생한 꿈이었죠. 엄마하고 아빠가 옛집 현관에 서서 나에게 어서 오라고 손짓을 하시더군요. 그리고 얼마 안 있어 클리오와 앨버트가 현관에 나타났고 모두 나를 부르기 시작했어요. 나는 너무 가고 싶었는데 그럴 수 없다는 걸 알았어요. 지금은 갈 수 없다고, 오티스 부인의 상태가 좋아지기 전까지는 갈 수 없다고 말하니까 엄마가 언제나처럼 그 부드럽고 나직한 목소리로 말했어요. '그래, 서둘러라, 니니. 우리 모두 여기서 기다리고 있으니까.'"

스레드굿 부인이 에벌린을 향해 얼굴을 돌리며 말했다.

"어떨 땐 어서 천국에 가고 싶어서 기다리기가 힘들 지경이에요. 못 기다리겠어요. 제일 먼저 하고 싶은 건 그 레일로드 빌을 찾아보는 거예요. 그가 누군지는 아무도 알아내지 못했거든요. 물론 흑인이겠지만, 나는 그가 천국에 있을 거라고 확신해요. 그렇게 생각하지 않나요, 에벌린?"

"틀림없이 천국에 있을 거예요."

"그래요. 천국 가는 데도 자격이 필요하다면, 그 사람이야말로 자격이 있는 사람이죠. 그 사람을 봤을 때 내가 알아볼 수 있기만을 바랄 뿐이에요."

휘슬스톱 카페

엘라배머주 휘슬스톱

1939년 2월 3일

카페 안은 점심을 먹으러 온 철도 회사 사람들로 가득했다. 그레이디 킬고어는 부엌문으로 직접 가서 안에 대고 소리쳤다.

"풋토마토 튀김 한 접시하고 냉차 좀 주겠어요, 십시? 시간이 없어."

십시가 그레이디에게 음식을 건네주었고 그는 그것을 들고 카페 안으로 돌아왔다.

1939년은 레일로드 빌이 연속적으로 기차를 습격한 지 5년째 되는 해였다. 그레이디가 옆으로 지나가자 남부 철도사의 엔지니어인 찰리 파울러가 말했다.

"이봐, 그레이디, 어젯밤에 레일로드 빌이 또 기차를 습격했다며. 그 녀석은 안 잡을 셈인가?"

그레이디가 식사를 하기 위해 카운터에 앉자 모두 웃음을 터뜨렸다.

"웃고 싶으면 웃으라고. 하지만 재미있는 일이 아니잖아. 지난 2주 동안 그 개자식이 기차를 다섯 대나 털었다고."

잭 버츠가 웃음을 참으며 말했다.

"그 깜둥이가 자네를 이리 뛰고 저리 뛰게 만드는군그래, 응?"

그 옆에 있던 윌버 윔스가 이쑤시개를 씹으며 싱글거렸다.

"그자가 이곳과 애니스턴 사이에 통조림이 가득 실린 화물차 한 칸을 통째로 내던졌고, 깜둥이들이 해 뜨기 전에 그것들을 가져갔다는 얘길 들었네."

그레이디가 말했다.

"그래, 그뿐만이 아니야. 그 새카만 새끼가 미합중국 정부 소유물인 돼지 다리 열일곱 개를 기차 밖으로 내던졌다지. 벌건 대낮에 말이야."

십시가 그레이디 앞에 냉차를 내려놓으며 쿡쿡거렸다.

그레이디가 설탕을 끌어당기며 말했다.

"이봐요, 십시, 이건 **재미있는** 일이 아니라고요. 시카고에서 정부 검사관을 내려 보냈는데 나는 지금 당장 버밍햄으로 가서 그 사람을 만나야 하게 생겼어. 제기랄. 우린 벌써 조차장 주변에 임시 인원 여섯 명을 배치해 두었지. 그 개새끼 때문에 내 목이 날아가게 생겼다니까."

잭이 말했다.

"듣자 하니 그자가 어떻게 기차에 올라타는지, 어떤 칸에 식료품이 들어 있는지를 아는지는 아무도 짐작하지 못한다더군. 자네들한테 붙잡히기 전에 어떻게 기차에서 내리는지에 대해서도 말이지."

윌버가 거들었다.

"그레이니, 자네는 그자 근처에도 못 가 봤다며."

"그건 그래. 아트 베긴스가 요전 날 밤에 게이트시티 외곽에서 놈을 거의 다 잡았는데 2분 차이로 놓쳐 버렸어. 그러니까 이제 놈을 잡는 건 시간문제야……. 내 말 새겨들어."

이지가 곁을 지나가며 말했다.

"이봐요, 그레이디. 내가 스텀프를 그리로 보내서 당신네들을 좀 도우라고 할까요? 그 애라면 그자를 잡을 수 있을 것 같은데."

"이지, 닥치고 이것들이나 더 갖다 줘."

그레이디가 이지에게 접시를 넘겨주며 말했다.

카운터 뒤에서 윌버에게 거스름돈을 내주던 루스가 말했다.

"그레이디, 사실 나는 그 일이 무슨 해를 끼치는지 모르겠어요. 가난한 사람들은 굶어 죽을 지경인 데다, 그 사람이 석탄을 던져 주지 않았더라면 많은 사람들이 얼어 죽었을 거잖아요."

"어떤 면에서는 그 말이 옳아요, 루스. 콩 통조림 몇 통이나 석탄 쪼가리에 신경 쓸 사람은 별로 없죠. 하지만 이젠 일이 너무 커졌어요. 이곳과 국영 철도 사이에는 이미 열두 명의 인원이 새로 배치되었고 나는 교대 없이 야간 근무까지 하고 있거든요."

카운터 뒤쪽에서 커피를 마시던 스모키 론섬이 갑자기 높은 소리로 말했다.

"그깟 깜둥이 녀석 하나를 잡으려고 열두 명씩이나? 파리 한 마리 잡겠다고 대포를 쏘는 격이로군요."

"너무 기죽지 마요."

이지가 그레이디의 등을 두드리며 말했다.

"십시가 그러는데 당신들이 그자를 못 잡는 이유는 그자가 자유자재로 여우나 토끼로 변신할 수 있기 때문이라더군요. 어떻게 생각해요? 그게 사실인 것 같아요, 그레이디?"

월버가 현상금이 얼마까지 올라갔는지 알고 싶어 했다. 그레이디가 대답했다.

"오늘 아침 현재 260달러야. 500달러까지 올라가야 끝이 나려나 보네."

월버가 고개를 저었다.

"젠장, 어마어마하군……. 생김새는 어떻다던가?"

"음, 놈을 본 사람들 말에 의하면 평범한 깜둥이 새끼인데, 머리에 스타킹을 썼다더군."

"영리한 깜둥이로군요."

스모키가 거들었다.

"어쩌면 그럴지도 모르지. 하지만 한 가지 분명한 건, 내가 그 깜둥이 개자식을 붙잡는 날 그놈 인생도 끝장난다는 거야. 빌어먹을, 내 침대에서 자 본 지가 언젠지도 모르겠어."

월버가 말했다.

"그레이디, 내가 알기로 그건 새삼스러울 것도 없는 얘기 같군."

모두 큰 소리로 웃었다.

역시 딜 피클 클럽의 일원인 잭 버츠가 말했다.

"그거 정말 안됐구먼. 이바 베이츠도 불평하고 있다는 얘기를 들었어."

실내에 웃음소리가 가득 찼다.

"어이, 잭, 부끄러운 줄 알라고."

찰리가 말했다.

"가엾은 이바를 그런 식으로 모욕하면 못 써."

그레이디가 일어나 실내를 둘러보았다.

"인간들이 무식하기는. 정말 무식하기 짝이 없구먼!"

그레이디가 모자걸이로 가서 모자를 집어 들고는 돌아보며 말했다.

"이 카페는 '무식한 카페'라는 이름이 제격일 거야. 이제 다른 곳으로 옮겨서 일을 볼까 보다."

그 말에 그레이디까지 포함해서 모두 웃음을 터뜨렸다. 그곳 말고는 달리 갈 곳이 없었던 까닭이다. 문을 나선 그레이디는 버밍햄을 향해 출발했다.

윌리나레인 1520번지

조지아주 애틀랜타

1986년 11월 27일

    스텀프 스레드굿은 추수감사절 만찬을 같이하기 위해 딸 노마의 집에 와 있었다. 쉰일곱 살인 그는 여전히 인상이 선했다. 앨라배마와 테네시 팀의 축구 경기가 막 끝난 참이어서 그는 사위 맥키와 손녀 린다 그리고 린다의 남자 친구와 함께 테이블에 앉아 있었다. 린다의 남자 친구는 깡마른 체구에 안경을 쓴 젊은이로, 지압사가 되기 위해 공부 중이었다. 그들은 커피를 마시며 호두 파이를 먹고 있었다.

    스텀프가 그 친구에게 말했다.

    "나에겐 클리오라는 삼촌이 계셨는데 지압사셨지. 돈은 한 푼도 못 버셨어……. 모두 다 공짜로 치료해 주셨거든. 대공황 때였으니 돈 가진 사람도 없었지만, 아무튼 그랬지.

    우리 어머니하고 이지 이모는 카페를 운영하셨지. 대단찮은 일일지도 모르겠지만 이것 한 가지만은 말해 주고 싶네. 우리들,

그리고 음식을 구하러 온 사람은 누구든 거기서 식사를 했어…….
흑인이건 백인이건. 나는 이지 이모가 오는 사람 막는 것을 한 번
도 본 적이 없어. 이모는 필요하다면 술도 내주는 사람으로 유명
했지…….

　이모는 앞치마 속에 술병을 넣어 가지고 다니셨는데 어머니
는 이렇게 말씀하시곤 했어. '이지, 넌 사람들에게 나쁜 습관을 들
이고 있어.' 하지만 당신부터가 술을 좋아하셨던 이지 이모는 이
렇게 말씀하셨지. '루스, 사람은 빵만으로는 살 수 없어요.'

　떠돌이들이 하루에도 열댓 명은 드나들었을 거야. 그들은 그
보답으로 허드렛일도 마다하지 않았다네. 마당이나 마을 길도 곧
잘 쓸었지. 이지 이모는 그들의 자존심을 상하지 않게 하려고 그
들이 하고 싶은 대로 하게 두었어. 어떨 때는 뒷방으로 불러서 나
와 함께 애 보는 일을 시키기도 했는데, 그건 단지 그들 자신이 일
하고 있다고 생각하도록 하기 위해서였던 거야. 다들 좋은 사람들
이었는데, 다만 운이 좋지 않았던 거지. 이지 이모가 제일 좋아했
던 친구는 스모키 론섬이라는 떠돌이였어. 무슨 일이 있어도 믿을
수 있는 사람이었는데 자신의 것이 아니면 하찮은 것 하나도 가지
려 들지를 않았어.

　떠돌이들 사회에는 그들 나름대로 명예를 지키기 위한 제도
가 있었지. 스모키한테 들은 얘긴데, 떠돌이 하나가 어떤 집에서
은그릇들을 훔쳤는데 그들이 붙잡아서 그 자리에서 죽이고……
훔친 물건을 주인에게 돌려준 적이 있다더군. 당시에 우리는 문도
잠그지 않고 살았어. 건달이거나 마약 중독자인 요즘 떠돌이들하
곤 질적으로 달랐지.

　하지만 이지 이모는 한 번도 도둑을 맞은 적이 없었어. 물론,

머리맡에 총을 놓아두었기 때문일 수도 있어……. 아무튼 괄괄한 분이셨지. 안 그래요, 페기?"

페기가 부엌에서 대답했다.

"괄괄하다뿐이겠어요?"

"대개가 다 시늉뿐이었지만, 좋아하지 않는 사람에게는 깡패 노릇도 했어. 우리 어머니가 주일학교 교사를 했던 침례교회의 목사님이 바로 그런 경우였는데, 이모는 그 목사님의 부아를 돋우곤 하셨지. 목사님은 절대 금주론자였는데 어느 일요일에 이모 친구인 이바 베이츠를 비난하는 설교를 하셨나 보더군. 이모는 그 일로 몹시 화가 났고 목사님을 용서하지 않았지. 타지 사람이 와서 어디 가면 위스키를 살 수 있느냐고 물을 때마다 그 사람을 데리고 나가 스크로긴스 목사님 댁을 가리키면서 말했다네. '저기 아래 푸른 집 보이시죠? 그 집으로 가서 문을 두드리세요. 그 집에 전국에서 가장 훌륭한 위스키가 있답니다.' 술 말고 다른 것을 찾는 사람들한테도 목사님 댁을 알려 주었지."

페기가 부엌에서 나와 테이블에 앉았다.

"스텀프, 애들한테 그런 얘기는 하지 마요."

스텀프가 웃으며 말했다.

"사실이잖소. 목사님께 늘 고약하게 구셨지. 말했듯이, 이모는 사람들이 당신을 고약한 사람으로 **여기는** 걸 즐기셨어……. 하지만 속마음은 마시멜로만큼이나 부드러운 분이셨지. 목사님의 아들 바비 리가 체포되었던 일만 봐도 그래……. 바비 리가 전화로 면회를 간청했던 사람이 바로 이모였거든.

바비 리는 친구 두어 명과 버밍햄에 가서 술을 잔뜩 마시고는 속옷 바람으로 건물 안을 뛰어다니고 7층에서 창밖으로 물풍선을

429

던졌지. 그런데 바비 리만 풍선에 물 대신 잉크를 담았고 그걸 어떤 파티에 참석하려고 호텔로 들어서던 시의회 의원 부인에게 떨어뜨렸던 거야.

이지 이모는 바비 리를 감옥에서 꺼내는 데 200달러, 또 전과 기록을 지우는 데 200달러를 쓰셨지. 전과 기록이 남아 있지 않으니까 바비 리의 아버지는 그런 일이 있었는지조차 몰랐고……. 이모가 바비 리를 데리러 갈 때 나도 같이 갔는데, 이모가 바비 리에게 그러시더군. 이모가 한 일을 누군가에게 알리면 거시기를 총으로 날려 버리겠다고. 이모는 당신의 선행을 누가 알게 되는 것을 싫어하셨지. 목사님의 아들에게 베푼 선행이었으니 더더욱 그러셨을 거야.

딜 피클 클럽 친구들은 다들 그런 식이었어. 그들은 남몰래 좋은 일을 많이 했더랬어. 하지만 이 이야기의 압권은 그 바비 리가 일류 변호사가 되었고, 결국 폴섬 주지사 밑에서 법무장관까지 지냈다는 거야."

그의 딸 노마가 빈 접시를 거두러 들어왔다.

"아빠, 애들에게 레일로드 빌 이야기를 해 주세요."

린다가 자기 어머니에게 화난 표정을 지어 보였다.

스텀프가 말했다.

"레일로드 빌? 맙소사. 설마 정말로 빌 이야기를 듣고 싶은 건 아니겠지?"

린다를 밖으로 데리고 나가고 싶어 좀이 쑤시던 남자 친구가 말했다.

"아닙니다. 정말 듣고 싶습니다."

맥키가 아내를 쳐다보며 슬며시 웃었다. 그들은 그 이야기를 수백 번쯤 들었지만, 스텀프는 그 이야기 하는 것을 즐거워했다.

"그럼 해 보지. 대공황기 시절이었는데 레일로드 빌이라고 하는 사람이 정부의 물자 수송 기차에 몰래 숨어 들어가서 물건들을 기차 밖으로 내던졌지. 흑인들을 위해서였어. 그러고는 붙잡히기 전에 기차에서 뛰어내렸어. 그런 일이 수년 동안이나 계속되자 언제부터인가 흑인들이 그 사람에 대한 이야기를 만들어 내기 시작했지. 그 사람이 여우로 변해서 가시 철조망 위로 30킬로미터를 달려가는 것을 본 사람도 있다는 거야. 그 사람을 본 사람들 말로는 검은색 긴 코트를 입고 머리에 검은 스타킹을 뒤집어썼다더군. 흑인들은 그 사람에 대한 노래까지 만들었다네……. 십시가 그러는데, 그들은 매주 일요일에 교회에서 레일로드 빌을 안전하게 지켜 달라고 기도까지 했다더군.

철도 회사에서는 막대한 현상금을 걸었지만 휘슬스톱에서는 어느 누구도 그 사람을 신고하지 않았어. 다들 궁금해했고 이런저런 추측만 난무했지.

난 레일로드 빌이 우리 카페 요리사의 아들인 아티스 피베이가 아닐까 생각했어. 체격도 딱 그만 했고, 번개처럼 빠른 것도 그렇고. 아흐레 동안 밤낮으로 뒤쫓았는데 따라잡을 수가 없었어. 그때 내 나이가 아홉 살인가 열 살인가 그랬는데, 현장을 볼 수만 있다면 무엇이든 주었을 거야. 그러면 확실하게 알 수 있었겠지.

그러던 어느 날 아침 막 동틀 무렵이었는데 화장실에 가고 싶어졌어. 잠에서 덜 깬 상태로 목욕탕에 들어갔더니 거기에 어머니와 이지 이모가 수돗물을 틀어 놓고 계시더군. 어머니는 나를 보시고는 깜짝 놀라며 말씀하셨어. '잠깐만 기다려라.' 그러면서 문을 닫으셨지.

나는 '급해요, 엄마. 못 기다리겠어요!' 하고 말했어. 애들이
다 그렇잖은가. 안에서 두 분의 얘기 소리가 들리너니 곧 나오시
더군. 이지 이모는 손과 얼굴의 물기를 닦고 계셨어. 안에 들어가
보니 세면대에 아직도 석탄 가루가 잔뜩 묻어 있고 검은 스타킹
모자가 문 뒤쪽에 놓여 있더라고.

이모와 철도 감시원인 그레이디 킬고어가 늘 소근거리던 모
습이 번개처럼 떠오르더군. 이모에게 기차 운행 일정을 귀띔해 주
는 사람이 바로 그레이디였던 거지⋯⋯. 줄곧 몰래 기차에 숨어들
던 사람은 바로 이지 이모였던 거고."

린다가 물었다.

"할아버지, 그게 틀림없는 사실이에요?"

"사실이고말고. 이지 이모는 온갖 괴상한 짓을 다 하셨거든."

스텀프가 맥키에게 물었다.

"윌버와 닷 윔스가 결혼하고 버밍햄의 어느 큰 호텔로 신혼여
행 갔을 때 일을 내가 얘기해 주었던가?"

"아니요, 들은 적이 없는 것 같습니다."

페기가 말했다.

"여보, 애들 앞에서 그런 얘기는 하지 마요."

"괜찮아. 걱정 마요. 어쨌든 윌버는 딜 피클 클럽 회원이었는
데, 결혼식이 끝난 직후에 이지 이모 일당은 차를 타고 최대한 빠
른 속도로 버밍햄을 향해 달렸지. 그러고는 호텔 종업원에게 뇌물
을 주고 그들의 신방에 들어가서 침대 위에 갖가지 이상한 물건
들을 놓고 나왔어⋯⋯. 그게 무엇이었는지는 하나님만 아시겠지
만⋯⋯."

페기가 경고를 보냈다.

"여보……."

스텀프가 웃으며 말했다.

"아쉽게도 그게 뭐였는지는 나도 몰라. 어쨌거나 그들은 차를 타고 집으로 돌아왔지. 윌버와 닷이 신혼여행에서 돌아오자 그들이 윌버에게 물었어. 레드먼트의 호텔 객실이 마음에 들더냐고. 그런데 알고 보니 그들이 엉뚱한 호텔로 들어갔던 모양이야. 그 봉변은 어떤 애꿎은 신혼부부가 당했을 테고 말이지."

페기가 고개를 저었다.

"정말이지 상상을 초월하는 일이었네요."

노마가 서빙 카운터 밑으로 고개를 들이밀며 말했다.

"아빠, 워리어강에서 메기 잡던 이야기도 해 보세요."

스텀프의 얼굴이 환하게 밝아졌다.

"아, 그래. 그 메기들이 얼마나 컸는지 아마 믿지 못할걸. 그날이 생각나는군. 비가 오고 있었는데 큼직한 놈이 미끼를 물었어. 어찌나 세게 끌어당기는지 난 물속으로 끌려 들어가지 않으려고 안간힘을 썼지. 번개가 내리치는데 필사적으로 싸웠어. 하지만 네 시간의 사투 끝에 결국 엄청나게 큰 그 메기 한 마리를 물 밖으로 끌어냈지. 장담하지만 무게가 10킬로그램이 넘었고 길이는……."

스텀프는 팔 하나를 옆으로 벌렸다.

비쩍 마른 지압사 지망생은 얼른 표정으로 앉아서 메기의 길이를 짐작하느라 여념이 없었다.

화가 난 린다가 허리에 손을 얹으며 말했다.

"할아버지도, 참."

노마가 부엌에서 킥킥거리며 웃었다.

로즈 테라스 요양원

앨라배마주 버밍햄 올드몽고메리 하이웨이

1986년 9월 28일

오늘 그들은 궁합이 잘 맞는 음식을 즐기고 있었다. 콜라와 골든 플레이크 감자 칩, 그리고 디저트로 스레드굿 부인이 특별히 부탁했던 피그 뉴턴 과자가 그것이었다. 스레드굿 부인은 에벌린에게 오티스 부인이 표준 체형을 유지하기 위해 지난 30년 동안 매일 피그 뉴턴을 세 개씩 먹었다는 얘기를 들려주었다.

"나야 그냥 맛이 좋으니까 먹는 거죠. 정말 맛있거든요. 집에서 밥하기 싫으면 오티스네 가게로 가서 그걸 한 통 사다가 로그 캐빈 시럽을 부어서 저녁으로 먹었어요. 돈도 얼마 안 들어요. 에벌린도 언제 한번 먹어 봐요."

"얼린 벌꿀 롤빵도 정말 맛있어요."

"벌꿀 롤빵요?"

"네. 계피 롤빵하고 비슷한 건데요."

"아, 계피 롤빵도 좋죠. 언제 한번 같이 먹을래요?"

"좋아요."

"있잖아요, 에벌린, 난 이제 에벌린이 다이어트를 하지 않아서 너무 기뻐요. 날 음식이 사람을 잡거든요. 이런 말은 하고 싶지 않았지만, 애드콕 부인도 그런 다이어트를 하다가 죽을 뻔했답니다. 날 음식을 너무 많이 먹다가 심한 복통으로 병원에 실려 가서 그만 실험용 수술 대상이 되어 버렸어요. 의사가 배 속을 구석구석 살펴보다가 간을 자세히 보려고 꺼내 들었는데 그만 바닥에 떨어뜨렸대요. 그런데 그게 의사가 집어 들기 전까지 네댓 번을 통통 튀더라는군요. 애드콕 부인의 말로는 그 이후로 등이 몹시 아프다는데, 그 일 때문이래요."

"스레드굿 부인도, 참. 설마 그 말을 믿으시는 건 아니겠죠?"

"글쎄요. 며칠 전 저녁 먹는 자리에서 애드콕 부인이 했던 얘기거든요."

"그냥 꾸며 낸 이야기예요. 간은 몸 안에 고정되어 있잖아요."

"그게 신장이나 뭐 다른 것이었는데 애드콕 부인이 착각했을 수도 있겠지만, 아무튼 내가 에벌린이라면 더 이상 날것은 먹지 않겠어요."

"네, 무슨 말씀인지 알겠어요."

에벌린은 감자 칩을 한 입 베어 물었다.

"한 가지 여쭤 보고 싶은 게 있었어요. 언젠가 이지가 어떤 남자를 죽였다고 생각하는 사람들이 있다는 말씀을 하지 않으셨던가요? 아니면 제가 그런 말을 들은 걸로 잘못 생각하고 있는 걸까요?"

"아, 아니에요, 에벌린. 그렇게 생각하는 사람들이 아주 많았어요. 조지아주에서 빅 조지와 함께 살인 혐의로 재판정에 섰을 때는 특히 그랬죠……."

에벌린은 충격을 받았나.

"이지가 그랬나요?"

"전에 그 얘기 안 했던가요?"

"예, 안 하셨어요."

"아…… 그렇군요. 끔찍했어요! 그날 아침이 생각나는군요. 라디오로 「조찬 클럽」을 들으며 설거지를 하고 있었는데 그레이디 킬고어가 와서는 클리오를 찾았어요. 누가 죽기라도 한 것 같은 표정이더라고요. 그레이디가 말했어요. '클리오, 이런 일을 하기는 죽기보다 싫지만 이지와 빅 조지를 경찰에 넘겨야만 해요. 저랑 같이 가 주셨으면 합니다.'

이지와 절친한 친구로서 그런 일을 하려니 그레이디는 죽을 지경이었죠. 클리오에게 그러더군요. 마음 같아서는 사직을 하고 싶었는데 모르는 사람이 이지를 체포한다고 생각하니까 그게 더 견딜 수가 없더라고.

클리오가 물었어요. '맙소사. 그레이디, 그 애가 무슨 짓을 했다는 거요?'

그레이디는 이지와 빅 조지가 1930년에 프랭크 베넷을 살해했다는 혐의를 받고 있다고 말했어요. 그런데 나는 그 사람이 죽었는지 행방불명되었는지조차 몰랐거든요."

에벌린이 말했다.

"그들은 무슨 근거로 이지와 빅 조지가 그랬다고 생각했을까요?"

"이지와 빅 조지가 두 차례 그 사람을 죽이겠다고 위협했나 본데 조지아주 경찰이 그 기록을 갖고 있었죠. 그래서 그 사람 트럭이 발견되자 이지와 빅 조지를 경찰에 연행할 수밖에 없었던 거 예요……."

"트럭이라니요?"

"프랭크 베넷의 트럭이요. 강에서 익사체를 수색하던 경찰이 이 바 베이츠네 집에서 멀지 않은 곳에서 트럭을 발견했어요. 그래 서 그 사람이 1930년도에 휘슬스톱 근처에 있었다는 걸 알게 된 거죠.

그레이디는 어떤 바보가 멍청하게 조지아주까지 전화해서 차 량 번호를 알려 주었느냐며 몹시 화를 냈어요……. 루스는 죽은 지 8년이나 지났고, 스텀프와 페기도 이미 결혼해서 애틀랜타로 이사한 뒤였으니까 그때가 아마 1955년이나 1956년쯤이었을 거 예요.

그다음 날 그레이디는 이지와 빅 조지를 조지아주로 데려갔 고 십시도 그들과 함께 갔어요. 십시는 아무도 못 말리거든요. 하 지만 이지가 십시 외에는 누구도 함께 가는 걸 허락하지 않았기 때문에 우리는 모두 집에 남아 기다려야 했답니다.

그레이디는 소문이 나지 않게 하려고 애를 썼어요. 그 사실을 아는 사람들도 다들 입을 다물었죠……. 닷 윔스도 알았지만 신문 에는 한 줄도 쓰지 않았고요.

재판이 있던 주간이 생각나네요. 앨버트와 나는 온젤과 함께 지내려고 트라우트빌에 가 있었어요. 온젤은 두려움에 떨었어요. 빅 조지가 백인을 죽였다는 게 입증되는 날엔 전기의자에 앉게 된 다는 걸 알았기 때문이죠. 핀토처럼 말이에요."

바로 그때 간호사 지닌이 들어오더니 담배를 피우며 쉬려고 의자에 앉았다.

스레드굿 부인이 말했다.

"지닌, 이분이 내 친구 에벌린이에요. 전에 내가 말했던, 폐경기를 심하게 겪고 있다던 바로 그 친구죠."

"안녕하세요."

"안녕하세요."

스레드굿 부인은 지닌에게 자신이 에벌린이 얼마나 예쁘다고 생각하는지에 대해 쉬지 않고 얘기를 하며, 에벌린이 메리 케이 화장품 외판원을 하는 게 마땅하지 않겠느냐고 물었다.

에벌린은 지닌이 어서 자리를 뜨고, 그래서 스레드굿 부인이 하던 이야기를 마무리 지을 수 있기를 바랐지만 지닌은 그럴 생각이 전혀 없어 보였다. 마침내 에드가 왔을 때 에벌린은 낙심했다. 재판 결과가 어떻게 됐는지 알려면 일주일을 꼬박 기다려야 할 터였다. 자리에서 일어나며 에벌린이 말했다.

"중단하신 곳을 잊지 마세요."

스레드굿 부인이 어리둥절한 표정으로 에벌린을 쳐다보았다.

"중단? 메리 케이에 대한 이야기 말인가요?"

"아니요. 재판에 대한 이야기요."

"아. 정말 대단했죠. 알겠어요……."

카운티 재판소

조지아주 밸도스타

1955년 7월 24일

폭풍이 몰아치기 직전이었다. 법정 안의 공기는 뜨겁고 눅눅했다.

이지는 법정 안을 둘러보았다. 등에서 땀이 흘러내렸다. 그레이디의 친구이자 이지의 변호사인 랠프 루트가 넥타이를 느슨하게 풀고 힘겹게 숨을 쉬고 있었다.

재판이 시작된 지 사흘째 되는 날이었다. 이지가 프랭크 베넷을 죽이겠다고 위협했던 날에 밸도스타의 이발소에 있었던 남자들은 모두 증언을 마친 상황이었고, 지금은 제이크 박스가 증인석에 서 있었다.

이지는 다시 법정 안을 둘러보며 스모키 론섬을 찾았다. '대체 어디 있는 거지?' 그레이디는 스모키 론섬에게 전갈을 보내 이지가 곤경에 처해 있으며 그의 도움이 필요하다고 알렸다. '뭔가 잘못됐군. 여기 와 있어야 하는데.' 문득 그가 죽은 게 아닐까 하는 생각이 스치고 지나갔다.

그때 세이그 박스가 빅 조지를 가리키며 말했다.

"저 사람입니다. 주머니칼을 들고 프랭크의 뒤를 따라오던 바로 그 사람이에요. 그리고 저 여자는 저 사람과 함께 있었습니다."

라운데스카운티 법정 안은 흑인이 백인을 위협했다는 불쾌감에서 나온 불평으로 술렁거렸다. 그레이디 킬고어는 자세를 바꿔 앉았다. 빅 조지 외에 유일한 흑인이던 십시는 발코니 위에서 자신의 아기를 위해 애타게 기도하고 있었다. 당시에 빅 조지의 나이는 예순 살쯤이었지만 십시에게는 여전히 아기였다.

검찰관은 빅 조지를 건너뛰어 곧장 이지를 심문했다.

"프랭크 베넷을 알았습니까?"

"아니요."

"정말인가요?"

"네."

"그 사람의 아내 루스 베넷은 18년 동안 당신의 동업자였습니다. 그런데도 여기 앉아서 그 사람을 만난 적이 없다고 하는 겁니까?"

"네."

검찰관은 조끼 속에 두 엄지손가락을 집어넣은 채 배심원단 쪽으로 몸을 돌렸다.

"1928년 8월에 밸도스타의 이발관에 가서 프랭크 베넷을 죽이겠다고 격하게 위협한 적이 없다는 말씀이군요. 프랭크 베넷이라는 사람은 알지도 못하고 말이죠?"

"거기에 갔던 건 사실입니다. 전 검찰관님께서 저와 그 사람이 알고 지내는 사인지 물으시는 줄 알았습니다. 그에 대한 답은

'아니요.'입니다. 죽이겠다고 위협한 적은 있지만 그 사람과 '정식
으로 알고 지낸' 적은 없습니다."

거드름을 피우는 그 검찰관을 싫어하는 몇몇 사람들이 웃었다.

"그렇다면, 표현은 다르지만, 어쨌든 당신이 프랭크 베넷의
목숨을 위협했다는 것은 인정한 겁니다."

"그렇습니다."

"1928년 9월에도 당신의 고용인인 흑인과 함께 조지아에 와
서 프랭크 베넷의 아내와 아이를 데려갔다는데, 그건 사실이 아닙
니까?"

"그의 아내만 데려갔습니다. 아이는 나중에 태어났습니다."

"얼마 뒤에 말인가요?"

"통상적인 기간이죠. 아홉 달입니다."

법정 안에 다시 와자하니 웃음이 터졌다. 프랭크의 동생 제럴
드가 앞줄에서 이지를 노려보았다.

"프랭크 베넷의 아내에게 남편의 인격에 대해 나쁘게 얘기해
서 그녀가 남편을 부도덕한 사람이라고 믿게 만들었다는 것은 사
실입니까? 그 사람이 남편으로서 자격이 없다고 설득했나요?"

"아닙니다. 그녀는 이미 그런 사실을 알았습니다."

다시 웃음이 터졌다.

검찰관은 점점 열이 올랐다.

"그녀에게 같이 앨라배마로 가자고 강요했습니까, 안 했습니
까?"

"그럴 필요가 없었습니다. 우리가 도착했을 때 그녀는 이미
짐을 싸 놓고 기다리고 있었어요."

검찰관은 마지막 진술을 무시하고 말했다.

"프랭크 베넷이 자신의 아내와 어린 아들을 되찾기 위해 앨 타배마 휘슬스톱에 왔으며, 노안 당신과 당신네 그 흑인이 그녀가 행복한 가정으로 돌아가서 아이를 아버지에게 돌려주는 것을 막으려고 그를 죽인 것이 사실이 아닙니까?"

"사실이 아닙니다."

새가슴의 덩치 큰 그 남자는 이제 약이 바짝 올라 있었다.

"당신은 당신이 세상에서 가장 신성한 것, 즉 사랑하는 아버지와 어머니와 아들로 이루어진 존경할 만한 한 가정을 파괴했다는 것을 알았습니까? 당신이 한 남자와 한 여자 사이의 신성하고 성스러운 결혼을, 1924년 11월 1일 바로 이곳 밸도스타의 새벽비둘기 침례교회에서 하나님에 의해 인가되었던 결혼을 모독했다는 것을 알았습니까? 당신은 당신이 선하고 독실한 한 여자가 하나님의 계율과 결혼 서약을 깨뜨리도록 만들었다는 것을 알았습니까?"

"그렇지 않습니다."

"나는 당신이 그 불쌍하고 약한 여자를 돈과 술을 주겠다는 약속으로 구슬렀으며, 그녀는 일시적으로 이성을 잃었던 것이라고 생각합니다. 그녀의 남편이 그녀를 데려가려고 왔을 때, 당신과 당신네 흑인은 그녀가 돌아가는 것을 막기 위해 무자비하게 그 사람을 죽여 버리지 않았습니까?"

그러다가 그는 이지를 향해 소리를 지르기 시작했다.

"1930년 12월 13일 밤에 어디에 있었습니까?"

이지는 정말로 땀이 나기 시작했다.

"네, 휘슬스톱의 제 어머니 집에 가 있었습니다."

"그때 누구와 함께 있었습니까?"

"루스 제이미슨과 빅 조지입니다. 그날 밤에 빅 조지는 우리와 함께 그곳에 있었습니다."

"루스 제이미슨이 그 사실을 증명할 수 있습니까?"

"없습니다."

"왜죠?"

"그녀는 8년 전에 죽었습니다."

"당신의 어머니는요?"

"어머니도 돌아가셨습니다."

검찰관은 이제 산을 내려오고 있는 중이었다. 그는 잠시 발끝으로 선 다음 다시 배심원단을 향해 몸을 돌렸다.

"그렇다면 스레드굿 양, 당신은 열두 명의 현명한 분들이 그 말을 믿을 거라 생각합니까? 당신이 루스 베넷을 행복한 가정으로부터 유괴하던 날 같이 있었던 증인 두 명은 죽었고, 다른 한 명은 당신을 위해 일하는 흑인인데도 당신의 그 말을 믿어 달라는 겁니까? 저 흑인은 쓸모없는 인간에다 나쁜 거짓말을 일삼는 깜둥이로 알려져 있단 말입니다."

이지의 태도가 신경질적이긴 했지만 그 검찰관은 빅 조지를 그런 식으로 부르지 말아야 했다.

"그래, 이 얼빠진 개코원숭이 같은 자식아."

실내가 크게 술렁거렸다. 재판장이 망치를 두드렸지만 소용이 없었다.

이번에는 빅 조지가 신음을 했다. 그가 이지에게 재판을 받지 말라고 간청했지만 그녀는 빅 조지의 알리바이를 입증해 주겠노라 결심했다. 이지는 빅 조지가 기댈 사람이 자신밖에 없다는 것을 알았다. 형벌을 모면할 가능성은 백인 여자인 그녀가 빅 조지

보다 훨씬 높았다. 빅 조지의 알리바이를 다른 흑인이 증언한다면 가능성은 더욱 낮았던 것이다. 이지는 빅 조지를 감옥에 가게 내버려 두지 않을 생각이었다. 그 일에 자신의 인생이 걸려 있다 할지라도. 그런데 그렇게 될 공산이 아주 컸다.

재판은 이지에게 불리하게 진행되고 있었다. 그러던 마지막 날에 의외의 증인이 법정 안으로 뛰어들었다. 상황이 악화되고 있었다. 그 사람은 어느 때보다도 경건하고 성인인 척하는 얼굴로 법정을 휩쓸며 들어왔다…… 이지와 불구대천의 원수, 그녀가 수년 동안 못살게 굴었던 남자였다.

이지는 이젠 끝장이구나 싶었다.

"이름을 말씀해 주십시오."

"허버트 스크로긴스입니다."

"직업은요?"

"휘슬스톱 침례교회의 목사입니다."

"성경책에 오른손을 올려놓으십시오."

스크로긴스 목사는 자신의 성경책을 가져왔다고 말하고는 그 성경책 위에 오른손을 올려놓고 진실을, 명백한 진실을, 오직 진실만을 말할 것을 맹세했고, 그러하오니 하나님께서 도우소서, 라고 말했다.

이지는 혼란스러웠다. 그를 법정에 데려온 사람이 바로 자신의 변호사였기 때문이다. '왜 나에게 먼저 묻지 않았을까? 물어 왔다면 전혀 도움이 안 될 사람이라고 말해 주었을 텐데.'

그러나 때는 이미 늦었고, 그는 벌써 증인석에 서 있었다.

"스크로긴스 목사님, 목사님께서 어젯밤에 저에게 장거리 전화를 걸어서 하셨던 얘기를 여기서 해 주실 수 있겠습니까?"

목사는 목소리를 가다듬었다.

"네. 제가 1930년 12월 13일 이지 스레드굿과 조지 풀먼 피베이의 행방에 관한 정보를 갖고 있다는 얘기를 하려고 전화했습니다."

"그녀와 그 흑인은 그날 저녁에 그녀 어머니의 집에 있지 않았다는 말씀이군요. 이곳 재판정에서 주장한 것과 달리 말이죠?"

"네, 그곳에 있지 않았습니다."

'이런, 빌어먹을.'

이지의 변호사가 항변했다.

"스크로긴스 목사님, 목사님 말씀은 그녀가 그날 저녁에 자신이 어디에 있었는지에 대해 거짓말을 하고 있다는 겁니까?

목사는 입술을 오므리며 말했다.

"글쎄요, 목사로서 저는 그녀가 거짓말을 했는지 아닌지 확실하게 말할 수 없습니다. 날짜를 혼동했을 수도 있으니까요."

그러고는 가지고 온 성경책을 펴더니 어떤 페이지를 들여다보기 시작했다.

"교회에서 있었던 일들의 날짜를 모두 성경책에 적어 두는 게 제 오랜 습관인데, 요전 날 밤에 그것을 훑어보았습니다. 12월 13일 밤은 우리 교회가 매년 침례교회 캠프장에서 개최하는 야외 부흥회를 시작하는 날이라는 사실을 진술합니다. 그리고 스레드굿 자매님은 고용인 조지 피베이와 함께 그곳에 있었으며, 조지 피베이는 지난 20년 동안 매년 그래 왔던 것처럼 음식 준비를 맡았습니다."

검찰관이 펄쩍 뛰었다.

"이의 있습니다! 그건 아무런 의미가 없습니다. 살인은 그날 이후 며칠 사이에 어느 때건 일어날 수 있었으니까요."

스크로긴스 목사는 검찰관을 매서운 눈초리로 쳐다보고는 재판장에게 시선을 돌렸다.

"바로 그렇습니다, 재판장님. 우리의 부흥회는 언제나 사흘 낮 사흘 밤 동안 계속됩니다."

검찰관이 말했다.

"스레드굿 양이 그 자리에 있었던 게 **틀림없습니까?**"

스크로긴스 목사는 자기 말이 의심받자 기분이 상한 듯했다.

"물론입니다."

스크로긴스 목사는 배심원단에게 말했다.

"스레드굿 자매님은 우리 교회에서 열리는 모든 활동에 빠짐없이 참석하시는 분이며, 또한 우리 교회 성가대의 리드싱어이기도 합니다."

이지는 난생처음으로 말문이 막혀 할 말을 찾지 못했다. 딜 피클 클럽은 수년 동안 거짓말과 터무니없는 말을 지어내면서 자신들이 그 방면에 아주 뛰어나다고 생각했는데, 스크로긴스가 5분 만에 그들 모두를 부끄럽게 만들어 버렸던 것이다. 어찌나 당당하게 말하던지 이지마저도 그의 말을 믿을 지경이었다.

"사실 우리 교회에서는 스레드굿 자매님을 대단하게 생각하고 있습니다. 그래서 모든 신도들이 자매님을 위해 증언하려고 버스를 타고 이곳에 왔습니다."

그 말과 함께 법정의 문이 열리면서 하나님이 지구상에 모아 놓았음 직한 기이하기 짝이 없는 집단이 열을 지어 들어왔다. 스모키 론섬, 지미 낫헤드 해리스, 스플린터벨리 알, 크랙샷 새킷, 잉키 파두, 보위빌 제이크, 엘모 윌리엄스, 와트호그 윌리 등등. 모두들 오팔 미용실에서 새로 이발을 하고, 빌린 옷을 입은 모습이었다. 이지와 루스가 수년 동안 적지 않은 수의 떠돌이들에게 음식을 제공해 왔던 터라 스모키가 때맞춰 그들을 불러 모을 수 있었던 것이다.

한 사람씩 차례로 증인석에 선 그들은 1930년 12월에 있었던 부흥회를 세세히 기억해 내며 단호하게 증언을 했다. 그리고 마지막으로, 그러나 만만치 않은 이바 베이츠 자매가 나왔다. 꽃이 달린 모자를 쓰고 손에는 가방을 들고 있었다. 증인석에 선 이바는, 부흥회 첫날 밤에 스레드굿 자매가 위스키의 해악과 육욕에 대한 스크로긴스 목사의 **감명 깊은** 설교를 듣고 하나님의 크나큰 은총을 받았다고 말했던 일을 회상하면서 배심원들의 심금을 울렸다.

목이 팔뚝처럼 가는, 자그맣고 마른 체구의 재판장은 배심원단에게 평결을 제출해 달라는 요청조차 하지 않았다. 그는 망치를 두드리고 나서 검찰관에게 말했다.

"퍼시, 이 사건은 기소 요건이 전혀 갖추어지지 않은 것 같습니다. 첫째로, 시체가 아직 발견되지 않았습니다. 둘째로, 증인들의 증언을 반박하는 사람이 아무도 없습니다. 그러므로 우리에게는 그를 범인으로 볼 증거가 전혀 없습니다. 내 생각에 그 프랭크 베넷이라는 사람은 술에 취해 차를 몰다가 강으로 추락했고, 오래전에 물고기 밥이 되어 버린 것 같습니다. 우리는 이 사건을 사고사로 판정하고 여기서 종결시키겠습니다."

재판장은 다시 한 번 망치를 두드리며 말했다.

"공소 기각."

십시가 발코니에서 춤을 추었고, 그레이디는 안도의 한숨을 쉬었다.

커티스 스무트 판사는 12월 중순에 사흘 동안 열리는 부흥회 같은 건 없다는 것을 잘 알았다. 또한 그가 앉은 자리에서는 목사가 손을 올려놓고 선서했던 책 표지 사이에 성경책이 없다는 것도 알 수 있었다. 그는 그렇게 너절한 밑바닥 인간 군상들을 본 적이 거의 없었다. 게다가 판사의 딸은 도시 변두리에서 개 같은 삶을 살다가 아직 젊은 나이인데도 불과 몇 주 전에 죽은 터였다. 바로 프랭크 베넷 때문이었다. 그러니 그 개자식을 누가 죽였든 아무런 상관이 없었던 것이다.

재판이 모두 끝나고 나서 스크로긴스 목사가 다가와 이지와 악수를 했다.

"일요일에 교회에서 보십시다, 스레드굿 자매님."

목사는 이지에게 눈을 찡긋해 보이고 떠났다.

목사의 아들 바비는 재판 소식을 듣고 아버지에게 전화해서 이지가 자신을 감옥에서 꺼내 준 이야기를 전했다. 그래서 이지가 오랫동안 미치고 팔딱 뛰게 만들었던 그 사람, 스크로긴스가 이지를 구해 냈던 것이다.

이지는 한동안 멍하니 있다가 집으로 돌아오는 길에서야 간신히 이렇게 말했다.

"아무리 생각해도 어느 게 더 나쁠지 모르겠어. 감옥에 가는 것과 평생 목사에게 고분고분하게 굴면서 살아야 하는 것 중에 말이지."

로즈 테라스 요양원

앨라배마주 버밍햄 올드몽고메리 하이웨이

1986년 10월 9일

에벌린은 부지런히 서둘렀다. 요양원으로 가는 도중에도 좀 더 빨리 달리라며 에드를 재촉했다. 그녀는 늘 그랬던 것처럼 시어머니 방에 들렀고, 벌꿀 롤빵을 내놓았다. 그러나 시어머니는 늘 그랬던 대로 사양했다.

"그걸 먹으면 속이 메스꺼울 것 같구나. 너는 어쩜 그렇게 달착지근하고 끈적끈적한 것을 먹을 수 있는지 나는 정말 모르겠다."

에벌린은 양해를 구하고 서둘러 휴게실로 내려갔다.

꽃무늬가 있는 밝은 녹색 옷차림의 스레드굿 부인이 에벌린을 반갑게 맞이했다.

"새해 복 많이 받아요, 에벌린!"

에벌린은 자리에 앉으며 걱정스럽게 말했다.

"새해가 되려면 아직 세 달이나 남았어요. 아직 크리스마스도 안 지났다고요."

스레드굿 부인이 웃었다.

"알아요. 좀 앞서 가 볼까 했던 거죠. 재미있잖아요. 이곳 사람들은 너무 침울해요. 맥이 하나도 없이 어슬렁거리며 돌아다니는 게 고작이죠."

에벌린은 준비해 온 음식을 스레드굿 부인에게 건넸다.

"어머나, 에벌린, 이거 벌꿀 롤빵 아니에요?"

"맞아요. 제가 저번에 롤빵 얘기했던 거 기억나세요?"

"그럼요. 어디 보자."

스레드굿 부인은 빵을 하나 집어서 들어 올렸다.

"어쩜, 꼭 딕시 크림 도넛 같군요. 고마워요, 에벌린……. 딕시 크림 도넛 먹어 봤어요? 깃털만큼이나 가볍답니다. 난 클리오에게 말하곤 했지요. '클리오, 딕시 크림 도넛 파는 곳이 보이거든 한 다스만 사다 줘요. 글레이즈 도넛 여섯 개하고 젤리 도넛 여섯 개요.' 나는 꽈배기 모양의 도넛도 좋아해요. 왜 있잖아요, 프렌치 브레이드처럼 생긴 거. 이름이 뭐였더라……."

에벌린은 더 이상 기다릴 수 없었다.

"스레드굿 부인, 재판에서 있었던 이야기를 해 주세요."

"이지와 빅 조지의 재판 말인가요?"

"맞아요."

"그래요, 그건 중요한 얘기죠. 우리는 모두 걱정이 돼서 죽을 지경이었어요. 그들이 집에 돌아오기는 틀리지 않았나 생각하고 있는데, 결국 무죄 평결을 받아 냈죠. 클리오 말로는 살인 사건이 발생했을 당시 행방을 의심의 여지없이 증명했다고 하더군요. 그러니 살인을 했을 수가 없다는 거죠. 이지가 그처럼 재판을 받으려 했던 이유는 오로지 다른 누군가를 보호하기 위해서였다고도 하더군요."

에벌린은 잠시 생각에 잠겼다.

"누가 **또** 그를 죽이고 싶어 했을까요?"

"글쎄요. 누가 죽이고 싶어 했는지가 중요한 게 아니라 누가 **그랬느냐**가 중요하죠. 그게 의문이에요. 누구는 스모키 론섬이 그랬을 거라고도 하고, 누구는 이바 베이츠일 거라고 하기도 해요. 그들 무리는 강에서 사는데 상당히 거친 사람들이죠. 딜 피클 클럽 친구들은 늘 붙어 다니기도 하고. 알 수 없죠, 뭐. 그리고 물론……."

스레드굿 부인은 한참 있다가 말을 이었다.

"루스도 있어요."

에벌린은 깜짝 놀랐다.

"루스라고요? 그렇다면 살인이 있던 날 밤에 루스는 어디에 있었나요? 누군가는 알 거 아니에요."

스레드굿 부인은 고개를 저었다.

"내 말이 그 말이에요. 그런데 아무도 모른답니다. 이지 말로는 자기와 루스는 당시 병환 중이던 엄마네 집에 가 있었다더군요. 나는 그 말을 믿어요. 하지만 의심하는 사람들도 있었죠. 내가 아는 거라곤 이지가 루스의 이름이 살인과 연루되기에 전에 스스로 무덤을 향해 걸어갔다는 것뿐이에요."

"누가 그랬는지는 밝혀졌나요?"

"아니요, 밝혀지지 않았어요."

"이지와 빅 조지가 아니라면, 누가 죽였다고 생각하세요?"

"글쎄요, 풀기 힘든 문제 아니겠어요?"

"알고 싶지 않으세요?"

"물론 알고 싶죠. 누군들 궁금하지 않았겠어요? 그건 세계의
큰 불가사의 중 하나죠. 하시만 에벌린, 념인과 프랭크 베넷 날고
는 앞으로도 아무도 모를 거예요. 이런 말도 있잖아요……. '죽은
자는 말이 없다.'"

지미 해처 도시 빈민 구호소

앨라배마주 버밍햄 남부 23번가 345번지

1969년 1월 23일

스모키 론섬은 구호소의 철제 침대 가장자리에 앉아 있었다. 그날 들어 처음 피운 담배 때문에 연신 기침이 터졌다. 카페가 문을 닫은 뒤, 스모키는 한동안 전국을 떠돌아 다녔다. 그러다가 버밍햄의 스트리트카 다이너 간이식당에서 즉석 요리 요리사 일자리를 얻었지만 과도한 음주로 인해 해고되었다.

2주 뒤 16번가 육교 밑에서 의식을 잃고 쓰러져 죽어 가던 스모키는 지미 신부에게 발견되어 그곳으로 옮겨졌다. 그는 떠돌이 생활을 하기엔 너무 나이가 많았고 건강도 좋지 않았으며 이까지 거의 다 빠져 있었다. 지미 신부와 신부의 아내는 스모키를 깨끗이 씻긴 후에 밥을 먹었다. 그 이후로 지난 15년 동안 구호소는 그의 집이 되었다.

자신도 한때 술주정뱅이였던 지미 신부는 좋은 사람이었다. 그의 말에 의하면 그는 '잭 다니엘*에서 예수까지' 긴 여정 끝에 남은 생을 불행한 사람들을 돕는 일에 바치기로 결심했다고 했다.

지미 신부는 스모키에게 주방 일을 담당하게 했다. 그곳 음식은 거의가 기증받은 재고 냉동 식품으로, 생선가스와 포장이 뜯어진 으깬 감자가 기본이었다. 그래도 불평하는 사람은 없었다.

주방에 있지 않거나 술에 취했을 때면 위층에서 커피를 마시거나 다른 사람들과 카드놀이를 하며 시간을 보냈다. 스모키는 그곳 구호소에서 수많은 사건들을 보아 왔다. 엄지손가락 하나밖에 없던 어떤 남자는 그곳에서 아들과 상봉했다. 태어난 뒤 한 번도 보지 못한 아들이었다. 아버지와 아들이 둘 다 지극히 불운한 인생을 살다가 같은 장소에서 맞닥뜨린 것이다. 부유했던 의사들과 변호사들 그리고 메릴랜드주 상원의원이었던 남자가 들어온 적도 있었다.

스모키는 지미에게 그렇듯 잘나가던 사람들이 어쩌다가 그 지경이 되었느냐고 물었다.

"대부분 어떤 이유로 절망에 빠진 사람들이라고 할 수 있을 겁니다. 대개가 여자 문제죠. 여자를 잃었거나 원하는 여자를 얻지 못했거나…… 그래서 어찌할 바를 모르고 정처 없이 떠도는 겁니다. 아, 물론 위스키도 한몫하지요. 하지만 수년 동안 이곳에 드나드는 사람들을 보아 온 결과 절망감으로 인한 좌절이 가장 많더군요."

지미는 여섯 달 전에 죽었다. 버밍햄 시가지는 새롭게 단장되는 중이었고 구호소는 해체될 운명을 맞고 있었다. 스모키는 조만간 거처를 옮겨야만 했다. 그러나 어디로 가야 할지 알 수 없었

---

* 미국 테네시주에서 생산하는 버번 위스키.

다…….

스모키는 계단을 내려가서 밖으로 나갔다. 청명하고 차가운 날씨였다. 하늘이 맑아서 산책하기에 좋을 듯싶었다.

거스 핫도그 가게를 지나 16번가를 따라 내려갔다. 옛 종착역을 지나고 레인보 육교 밑을 지나 철길을 따라가다 보니 발걸음은 어느새 휘슬스톱으로 향하고 있었다.

스모키는 늘 그저 거렁뱅이, 떠돌이, 부랑자, 퇴물에 지나지 않았다. 밤을 뚫고 달리는 화물차에서 별똥별을 수없이 보아 온 자유로운 영혼이었던 남자. 그는 보도에서 주운 담배꽁초의 길이로 세상이 어떻게 되어 가는지를 가늠할 수 있었다. 앨라배마에서 오리건까지의 신선한 공기를 호흡했다. 수많은 것들을 보았고, 수많은 일들을 했으며, 어느 누구와도 어울리지 않았다. 그들은 그저 또 하나의 건달, 또 하나의 술주정뱅이였을 뿐. 그러나 복도 지지리 없는 그 사람, 스모키 짐 필립스는 오직 한 여자를 사랑했으며 평생 그녀에게 충실했다.

싸구려 여관에서, 숲 속에서, 철도 조차장에서 형편없는 여자들과 관계를 맺었던 것도 사실이다. 그러나 그들 누구도 사랑할 수 없었다. 그에게 여자는 언제나 단 한 사람뿐이었다.

스모키는, 물방울무늬가 있는 하늘하늘한 옷을 입고 카페에 서 있던 모습을 보는 그 순간부터 그녀를 사랑했으며, 그 사랑은 결코 멈춘 적이 없었다.

그녀를 사랑했다. 병이 나 바 뒷골목에서 토하면서도 혹은 허름한 간이 숙소에서 반쯤 죽어 가면서도. 그곳 숙소에는 알코올중독 때문에 환영에 시달리고, 비명을 질러 대고, 상상 속의 벌레와 쥐들과 싸우는 남자들이 수두룩했다. 오로지 얇은 모자 하나와 젖어서 쇠처럼 딱딱해진 구두 한 켤레로 사납게 쏟아지던 찬 겨울 비를 맞을 때에도 그녀를 사랑했다. 재향군인 병원에서 뼈 안쪽을 떼어 냈을 때에도, 개에 물려 다리의 살점이 뜯겨 나갔을 때에도, 크리스마스이브에 샌프란시스코의 구세군 회관에 앉아 있을 때에도 그녀를 사랑했다. 그때는 낯선 사람들이 등을 두드려 주며 말라비틀어진 칠면조 고기와 담배를 주었다.

그는 매일 밤 그녀를 사랑했다, 폐업한 병원에서 가져온 얇은 중고 매트리스가 깔린 구호소 침대에 누워서도. "예수님이 우리를 구원하십니다."라는 문구의 네온사인이 깜박거리는 것을 지켜보면서도. 아래층에서 주정뱅이들이 추위를 피해 안으로 들어오려고 술병을 깨고 고함치는 소리를 들으면서도. 힘이 들 때 그저 눈을 감고 다시 카페로 걸어 들어가면 거기서 그를 보며 웃고 있는 그녀가 보였다.

루스…… 이지를 바라보며 웃는 루스…… 스텀프를 안고 카운터에 서 있는 루스…… 이마 위로 머리를 쓸어 넘기는 루스…… 다친 스모키를 걱정스러운 눈길로 바라보는 루스.

"스모키, 오늘 같은 밤에는 담요가 더 있어야 하지 않겠어요? 더 추워질 거라고들 하던데. 스모키, 그렇게 훌쩍 떠나지 말았으면 좋겠어요. 당신이 가면 우린 걱정이 많이 된단 말이에요……."

악수할 때 말고는 그녀 몸에 손도 대 본 적이 없었다. 끌어안아 본 적도, 입을 맞춰 본 적도 없었지만 그는 남몰래 그녀에게 충실했다. 그녀를 위해서라면 살인도 할 수 있었다. 그 사람을 위해서라면. 무엇이 혹은 누군가가 그녀를 다치게 한다는 생각만으로도 속이 뒤집혔다.

그는 평생 동안 딱 한 번 남의 것을 훔쳐 보았다. 카페가 개업하던 날 찍었던 루스의 사진이었다. 그녀는 카페 앞에서 한 손으로 아기를 안고 다른 손으로는 눈부신 햇빛을 가린 채 서 있었다. 그 사진은 그와 함께 곳곳을 여행했다. 그는 사진을 잃어버리지 않으려고 봉투에 넣은 다음 셔츠 안쪽에 핀으로 고정시켜 간직했다.

죽은 뒤에도 그녀는 여전히 그의 가슴에 살아 있었다. 그에게 그녀는 결코 죽을 수 없는 사람이었다. 이상하게도 루스는 그 오랜 기간 동안 그 사실을 알지 못했다. 이지는 알았지만 한마디도 입 밖에 내지 않았다. 이지는 결코 사랑하는 것을 부끄럽게 여기게 만드는 사람이 아니었으니까.

루스가 병이 났을 때 이지는 스모키를 찾으려고 무척 애를 썼다. 하지만 그는 기차를 타고 멀리 떠돌고 있었다. 스모키가 돌아오자 이지는 그를 그곳으로 데려갔다. 그들은 상대방의 심정이 어떠할지를 서로 잘 알았다. 대놓고 말하지는 않았지만 그때 이후로 그들 두 사람 사이에는 슬픔의 공감대가 형성된 것 같았다. 가장 많이 상처를 입은 사람은 언제나 가장 적게 말하는 법.

루스 제이미슨

1898~1946

하나님께서 집으로 불러들이시다.

《버밍햄 뉴스》

1969년 1월 26일 화요일, 38쪽

신원 미상 백인 남성, 동사하다

수요일 새벽, 75세가량의 신원 미상 백인 남자 시체가 휘슬스톱 남쪽 1마일 지점의 철로변에서 발견되었습니다. 사망자는 오버올에 얇은 재킷을 입었는데 밤사이에 얼어 죽은 것으로 보입니다. 여자 사진 한 장 외에는 아무런 신분증도 발견되지 않은 것으로 보아 뜨내기 노동자로 추정됩니다.

《윔스 통신》

앨라배마주 휘슬스톱 주간 소식지

1956년 12월 9일

우체국 폐쇄

카페와 미용실이 이미 문을 닫았으니 다음 차례는 저라는 걸 알아야 했습니다. 통고장을 받았습니다. 이제 우체국은 폐쇄되고 모든 우편물은 게이트시티 우체국으로 보내질 것입니다. 저에게는 이제 모두 슬픈 옛일이 되겠지요. 하지만 새로운 소식은 계속 수집하고 있으니 저에게 전화를 주시거나 저희 집에 잠깐 들러서 여러분이 가진 소식들을 전해 주시기 바랍니다. 마을 주변에서 저의 또 다른 반쪽을 만나면 그이에게 얘기해 주셔도 좋습니다.

에시 루는 북버밍햄의 드림랜드 롤러스케이트장에서 오르간 연주 일자리를 얻었다고 하며 남편 빌리와 함께 그곳으로 이사하는 것을 고려 중이라고 합니다. 이사 가지 않았으면 좋겠습니다만……. 줄리언과 오팔도 떠났고, 이제 우리 또래는 저와 니니 스레드굿 그리고 비디 루이스 오티스만 남게 될 것 같군요.

베스다 애드룩네 집에 토둑이 들어 진열장에 넣어 둔 새 입상들과 서랍 속의 푼돈 얼마를 모두 훔쳐 갔다는 안타까운 소식이 있습니다.

그뿐만이 아닙니다. 저는 크리스마스에 꽃을 바치러 어머니의 묘소에 갔는데 누가 제 차에서 지갑을 훔쳐 갔습니다. 시대가 변했어요. 대체 어떤 사람이 그런 짓을 하는지 참으로 궁금합니다.

그나저나 무덤 위에 놓인 장난감을 보는 것보다 더 슬픈 일이 있을까요?

닷 윔스

로즈 테라스 요양원

앨라배마주 버밍햄 올드몽고메리 하이웨이

1986년 10월 12일

에벌린은 아침 일찍 일어나 스레드굿 부인에게 가져갈 음식을 준비하기 시작했다. 그러고는 요양원으로 출발하기 직전에 접시를 뜨겁게 데우고 은박지에 싼 다음 보온 가방에 담았다. 그녀는 이번에도 에드에게 좀 더 속력을 내라고 성화를 부렸다.

노부인이 기다리고 있었다. 에벌린은 접시의 포장을 풀고 민트를 넣은 냉차 병의 뚜껑을 여는 동안 스레드굿 부인에게 눈을 감고 있으라고 했다.

"됐어요. 이제 보셔도 돼요."

에벌린이 접시에 담아 온 것을 본 스레드굿 부인은 크리스마스 선물을 받은 아이처럼 흥분을 감추지 못하며 손뼉을 쳤다. 그녀 앞에는 완벽하게 튀겨진 풋토마토와 신선한 크림 화이트 콘, 베이컨 여섯 장, 종지에 담긴 리마콩과 잘 부푼 큼직한 버터밀크 비스킷 네 개가 접시에 담겨 있었다.

461

친구가 행복해서 어쩔 줄 몰라 하는 모습을 보는 순간 에벌린은 하마디면 울 뻔했다. 그녀는 스레드굿 부인에게 따뜻할 때 먹으라고 말하고 나서 잠시 자리를 뜨겠다고 양해를 구한 뒤 지닌을 찾아 나섰다. 에벌린은 봉투에 넣은 100달러와 지닌 몫의 25달러를 주며 자신이 없는 동안 부인이 먹고 싶은 게 있거나 원하는 것이 있거든 알아서 챙겨 달라고 부탁했다.

지닌이 말했다.

"저에게는 주지 않으셔도 돼요. 저도 그분을 정말 좋아하니까요. 걱정 마세요, 카우치 부인. 제가 대신해서 돌봐 드릴게요."

에벌린이 돌아와 보니 친구의 접시는 깨끗이 비어 있었다.

"에벌린. 내가 한 게 뭐가 있다고 이렇게 내 버릇을 나쁘게 들여놓는지 모르겠네요. 카페가 문을 닫은 뒤로 먹어 본 음식 중 가장 맛있었어요."

"부인은 버릇이 나빠질 자격이 있으세요."

"글쎄요, 잘 모르겠군요. 왜 나한테 이처럼 잘해 주는지 모르겠지만, 어쨌든 정말 고마워요. 나는 매일 밤 주님께 감사드리면서 날마다 에벌린을 잘 돌보아 달라고 기도해요."

"그러신다는 거 알아요."

에벌린은 마침내 스레드굿 부인의 손을 잡으며 한동안 이 도시를 떠나게 될 거라는 말을 꺼냈다. 그러나 곧 돌아올 것이고 깜짝 놀랄 것을 가져오겠다고도 했다.

"어머나, 깜짝 놀랄 것이라니 정말 좋군요. 가져올 게 빵 담는 상자보다 큰가요?"

"그건 말씀드릴 수 없어요. 그럼 깜짝 놀랄 것이 아니잖아요?"

"짐작이 안 가네요. 아무튼 빨리 돌아오도록 해요. 궁금해서 견딜 수 없을 것 같으니까요. 조개껍데기인가요? 플로리다로 갈 거죠? 오팔하고 줄리언은 플로리다에서 조개껍데기를 보내 줬지요."

에벌린은 고개를 저었다.

"아뇨, 조개껍데기는 아니에요. 이젠 묻지 말아 주세요. 그냥 기대하며 기다리시기만 하면 돼요."

에벌린은 종이 한 장을 꺼내며 말했다.

"제가 머물 곳의 주소와 전화번호니까 혹시 제가 필요하시거든 연락 주세요. 아셨죠?"

스레드굿 부인은 그러겠노라고 말하며 에벌린의 손을 꼭 쥐었다. 떠날 시간이 다가왔다. 그들은 에드가 기다리는 현관문까지 걸어갔다.

에드가 물었다.

"오늘은 어떠십니까, 스레드굿 부인."

"네, 아주 좋아요……. 부인이 가져다준 풋토마토 튀김과 리마콩 덕분에요."

에벌린은 스레드굿 부인을 안으며 작별 인사를 했다. 그때 잠옷 바람에 여우털 목도리를 두른 새가슴의 여자가 그들 앞으로 씩씩하게 다가와 큰 소리로 말했다.

"당신들은 이제 여길 떠야 될 거야. 내 남편하고 내가 이곳을 사 버렸으니까 모두들 6시까지 떠나야 돼!"

그 여자는 계속해서 떠들고 돌아다니며 로즈 테라스 요양원 노인들을 불안하게 했다.

에벌린은 스레드굿 부인을 쳐다보았다.

"베스타 애드콕 부인이시죠?"

스테드긋 부인이 고개를 끄덕였다.

"맞아요. 내가 말한 대로죠? 저 딱한 사람은 물고기만큼도 지각이 없다니까요."

에벌린은 웃으며 손을 흔들었다. 그녀의 친구도 손을 흔들며 외쳤다.

"빨리 돌아와야 해요……. 아, 그리고…… 가끔 그림엽서 보내 주는 거 잊지 마요."

유나이티드 에어라인 763기

버밍햄발 L.A.X.행

1986년 10월 14일

7년 전이었다. 에벌린 카우치는 상점가에서 쇼핑을 할 때면 골드보로 라디오와 텔레비전 센터 앞을 지나치곤 했다. 그러던 어느 날 창을 통해 보이는 텔레비전 중 하나에서 어디서 많이 본 듯한 뚱뚱한 여자를 봤다. 에벌린은 그 여자가 누구인지, 어떤 프로그램에 나왔던 사람인지를 기억해 내려고 애썼다. 그 여자도 그녀를 똑바로 마주 보는 것 같았다. 에벌린은 문득 깨달았다. '맙소사, 저건 나잖아.' 텔레비전 모니터에 비친 자기 모습을 보고 있었던 것이다. 소름이 온몸을 훑고 지나갔다.

자신이 얼마나 뚱뚱한지를 깨달은 것은 그때가 처음이었다. 그런 일은 몇 년 동안 점점 더 자주 발생했다. 그리고 지금의 그녀는 어머니와 똑같은 모습을 하고 있었다.

그날 이후로 세상에 알려진 다이어트란 다이어트는 모조리 해 보았지만 어떤 방법도 제대로 해내지는 못했다. 심지어는 '마지막 기회 다이어트'도 실패했다. 두 번씩이나.

한동안 헬스클럽에 다니기도 했는데, 몸에 꼭 끼는 남색한 운동복을 입는 것만으로도 너무 지쳐서 집에 돌아가자마자 잠을 자야 했다.

《코스모폴리탄》에서 읽은 기사에 의하면 이제 지방 흡입술이 가능하다고 했다. 의사와 병원을 그토록 무서워하지 않았더라면 그 방법도 시도해 보았을 것이다.

모든 쇼핑은 스타우트 숍에서만 했다. 자기보다 더 뚱뚱한 그곳 여자들을 보는 것이 그녀의 즐거움이었다. 그런 기분을 즐기기 위해 늘 두 블록이나 떨어진 팬케이크 하우스에 가서 음식을 사 먹곤 했다.

음식은 에벌린이 추구하는 유일한 것이 되었고 사탕, 케이크, 파이는 그녀의 삶에서 가장 사랑스러운 것들이 되었다…….

그러나 매주 스레드굿 부인과 함께했던 근래의 몇 달 이후로 모든 것이 바뀌기 시작했다. 니니 스레드굿은 에벌린에게 젊다는 느낌을 갖게 해 주었다. 에벌린은 앞으로 살아갈 날이 반이나 남은 여자로 자신을 보기 시작했다. 그녀의 친구는 진심으로 에벌린이 메리 케이 화장품을 판매할 능력이 있다고 믿었다. 이전에는 에벌린이 뭔가를 할 수 있다고 생각하거나 믿는 사람이 한 사람도 없었다. 우선 그녀 자신부터가 그랬다. 스레드굿 부인이 그런 이야기를 자꾸 하자 에벌린은 점점 더 그에 대해 생각하게 되었다. 세상을 놀라게 만드는 마음속 토완다는 갈수록 유순해졌고, 에벌린은 어느새 분홍색 캐딜락 뒤에 서 있는 날씬하고 행복한 자신의 모습을 그리기 시작했다.

그러던 중 바로 그 일요일, 에벌린은 마틴 루서 킹 기념 침례교회에 갔고, 기적 같은 일이 일어났다. 몇 달 만에 처음으로 자살이나 다른 사람을 죽이는 생각을 멈추었으며 자신이 살고 싶어 한다는 것을 깨달았다. 그 교회에서 받은 고양된 느낌이 아직 살아 있는 데다 신경안정제 발륨 두 알의 도움으로 간신히 용기를 낸 그녀는 마침내 의사를 만나러 갔다. 그리고 의사가 매력적인 젊은이라고 판단했다. 어떤 검사를 했는지는 잘 모르겠지만 아무튼 그는 심각하게 잘못된 것은 전혀 없다는 결론을 내렸던 것이다. 스레드굿 부인이 짐작했던 대로 에스트로겐 수치가 낮은 게 문제였다. 바로 그날 오후 의사의 처방에 따라 프레마린 0.625밀리그램을 먹은 에벌린은 약을 먹자마자 바로 기분이 좋아지기 시작했다.

한 달 뒤 에벌린은 에드가 놀라 까무러칠 정도로 엄청난 오르가슴을 경험했으며, 그로부터 열흘 뒤 에드는 Y. M. C. A.의 운동 프로그램에 등록했다.

메리 케이 화장품 진열장을 받은 에벌린은 그로부터 2주가 지나기도 전에 「멋진 출발을 위한 지침서」를 마스터한 뒤 메리 케이 미용 상담원 계약서에 서명했으며, 피부 미용 교실을 열었다. 마침내 메리 케이 화장품 지부장이 에벌린을 위해 특별히 마련한 '멋진 출발 브로치'를 증정하기에 이르렀고, 그녀는 그것을 자랑스럽게 달고 다녔다. 그녀는 점심 먹는 것을 잊기까지 했다. 딱 한 번뿐이었지만.

일은 빠른 속도로 진행되었다. 그러나 에벌린의 성에 찰 만큼 빠르지는 않아서 여비 5000달러는 저축한 돈 중에서 찾아 마련해야 했다. 오늘 그녀는 캘리포니아의 체중 감량원으로 향하는 비행기에 앉아 그곳에서 보내온 팸플릿을 읽고 있었다. 처음 학교에 갔던 날처럼 잔뜩 흥분한 채로.

일정표

오전

7:00 한 시간 동안 활기찬 산책. 동네와 자연을 번갈아 가며 산책.

8:00 커피와 무설탕 토마토 주스 80그램.

8:30 포인터 시스터스의 「난 굉장히 흥분했어요」에 맞춰 아침 체조.

9:00 스트레칭과 유연성 운동. 공과 휘는 막대 그리고 보조 기구로 후프를 사용.

12:00 점심. 250칼로리.

오후

1:00 마사지를 위한 자유 시간. 손과 발을 위한 뜨거운 오일 트리트먼트. 부츠와 긴 장갑 제공.

6:00 저녁 식사. 275칼로리.

7:30 공예 시간. 제이미 히그던 부인의 정물화 그리기 강좌.(인조 과일만 사용.)

금요 특강

알렉산더 베이지 부인의 밀가루 반죽(비식용)으로 바구니 모양의 화분 만들기.

앨라배마주 휘슬스톱

1967년 11월 7일

행크 로버츠는 이제 막 스물일곱 살이 된 건설회사 사장이었다. 오늘 아침 그는 친구 트래비스와 새로운 일을 시작하는 참이었다. 커다란 노란색 불도저가 1번가에 있는 옛 스레드굿 가 주위의 공터를 파헤치며 요란한 소리를 냈다.

오늘 아침 들어 벌써 마리화나를 두 대나 피운 트래비스는 장화 신은 발로 땅바닥을 걷어차며 여기저기 돌아다니다가 혼잣말을 중얼거리기 시작했다.

"어라, 이 빌어먹을 것 좀 보게. 흉측하군……."

잠시 후 행크가 점심을 먹으려고 일을 중단하는데 트래비스가 소리쳤다.

"어이, 이것 좀 **보게나!**"

행크는 트래비스가 파헤쳐 놓은 곳으로 다가갔다. 거기엔 말라비틀어진 머리뼈에 작고 날카로운 이빨들이 가지런한 생선 대가리가 수북했다. 잊힌 지 오래된 사람들의 먹이가 되었던 돼지와 닭의 뼈들도 있있다.

시골 출신으로 그런 광경에 익숙했던 행크가 무심하게 말했다.

"음, 볼만하군."

행크는 제자리로 돌아가 도시락 통을 열고 샌드위치를 먹기 시작했다. 트래비스는 아직도 충격에서 헤어나지 못한 채 계속해서 여기저기를 들쑤시고 다니다 뼈다귀들 위에서 환각 증세에 빠졌다.

"제기랄! 헤아릴 수도 없군! 대체 여기서 뭘 한 거야?"

"그걸 누가 알겠나?"

"빌어먹을, 으스스하군."

역겨움을 느끼기 시작한 행크가 소리쳤다.

"돼지 대가리 천지로군. 젠장! 그만 좀 해. 나까지 기분이 이상해지잖아!"

뭔가를 발로 차던 트래비스가 얼어붙은 듯 우뚝 섰다. 잠시 후 그가 기묘한 목소리로 말했다.

"어이, 행크."

"왜?"

"혹시 유리 눈알을 박은 돼지가 있다는 말을 들어 본 적 있나?"

그곳으로 다가간 행크가 말했다.

"이런, 정말 놀랍군."

휘슬스톱 카페

앨라배마주 휘슬스톱

1930년 12월 13일

루스와 이지는 카페를 나와 병환 중인 엄마를 보러 갔다. 십시는 종종 그랬던 것처럼 손자를 데리고 와서 거기에 머물고 있었다. 오늘 밤에는 열한 살 난, 잇몸이 푸른 쌍둥이 아티스를 길동무 삼아 데려왔다. 아티스는 말썽꾸러기였지만 그냥 내버려 두는 수밖에 없었다.

8시가 되자 아티스는 잠이 들었다. 십시는 라디오를 들으며 먹다 남은 당밀빵을 먹고 있었다.

바깥은 조용했다. 조지아주 번호판을 단 검은 픽업트럭이 불을 끈 채 카페 뒤편으로 지나가며 낙엽 부스럭거리는 소리를 낸 것 외에는.

2분 뒤 술에 취한 프랭크 베넷이 뒷문을 발로 차서 열고 부엌을 통해 뒷방으로 들어왔다. 그는 십시에게 총을 겨누며 아기 침대로 다가갔다. 십시가 일어나 아기에게로 가려 하자 그가 뒷덜미를 잡아채서 방 한쪽 구석으로 힘껏 밀쳐 버렸다.

십시는 벌떡 일어나 그에게 소리쳤다.

"아기에게 손대지 마요! 루스 아씨의 아기란 말이에요!"

"썩 꺼져, 이 깜둥이 년아."

프랭크가 총의 넓은 면으로 십시를 내리쳤다. 어찌나 세게 쳤던지 십시는 그 자리에서 쓰러졌다. 귀에서 피가 흘렸다.

아티스가 잠에서 깨어 비명을 질렀다.

"할머니!"

아티스가 십시에게 달려가는 사이에 프랭크 베넷은 아기를 안아들고 뒷문으로 향했다.

초승달이 뜬 밤이었다. 트럭으로 돌아가는 길을 비추기에는 부족함이 없었다. 프랭크는 트럭 문을 열고 아기를 앞 좌석에 내려놓았다. 아기는 아무 소리도 내지 않았다. 프랭크가 차에 올라타는데 갑자기 뒤에서 소리가 들려왔다. 묵직한 물체가 천으로 감싼 몽둥이 같은 것을 치는 소리 같았다. 프랭크가 들은 소리는 2킬로그램짜리 냄비가 그의 숱 많은 머리를 칠 때 난 소리였다. 머리통이 깨진 건 순식간이었다. 땅바닥에 쓰러지기도 전에 그는 숨이 끊어졌다. 십시는 아기를 데리고 집 안으로 들어갔다.

"이 아기는 아무도 못 데려가. 어림없지. 이렇게 내가 살아 있는 한은."

프랭크 베넷은 쓰러졌던 십시가 다시 일어설 수 있으리라고는 생각지도 못했다. 비쩍 마른 조그마한 흑인 여자가 2킬로그램이나 나가는 냄비를, 그것도 한꺼번에 두 개를 손쉽게 다루리라는 생각 역시 하지 못했다. 완전히 잘못 짚었던 것이다.

한동안 얼어붙은 듯 서 있던 아티스는 할머니의 눈에서 이글

거리는 분노를 보았다. 십시가 말했다.

"가서 아버지를 데려오너라. 내가 백인 남자를 죽였다. 내가 이놈을 죽였어."

아티스는 발끝으로 살금살금 걸어서 트럭 옆에 누워 있는 프랭크에게로 다가갔다. 자세히 보려고 몸을 수그리자 달빛을 받아 빛나는 유리 눈이 보였다.

숨 쉬는 것도 잊을 만치 빠른 속도로 철길을 달리던 아티스는 자기 집마저 지나칠 뻔했다. 아티스는 아픈 옆구리를 움켜쥐고 숨을 헐떡이며 문을 왈칵 열었다.

"아빠, 어디 계세요!"

온젤이 말했다.

"깨우지 않는 게 좋을 거다. 죽도록 혼나고 싶지 않으면……."

그러나 아티스는 벌써 침실로 들어가 아버지를 흔들었다.

"아빠! 아빠! 일어나세요! 저랑 함께 가셔야 돼요!"

빅 조지가 놀라서 깼다.

"뭐야? 무슨 일이냐?"

"말씀드릴 수 없어요. 할머니가 카페로 오라고 하셨어요!"

"할머니가?"

"예! 지금 **당장요**! 지금 당장 오라고 하셨어요!"

빅 조지는 바지를 입었다.

"장난치는 건 아니겠지. 그랬다간 볼기짝을 때려 줄 테다."

그들의 말을 들으며 문간에 서 있던 온젤이 함께 가려고 스웨터를 가지러 가자 빅 조지가 말리며 집에 있으라고 했다.

"아프신 건 아니겠죠?"

온젤이 말했다.

"아니야. 아프신 건 아냐. 당신은 그냥 여기 있어."

재스퍼가 반쯤 잠든 상태로 서실에 늘어졌다.

"무슨 일이에요……?"

온젤이 말했다.

"아무 일도 아니다, 애야. 가서 자라. 그리고 윌리 보이가 깨지 않도록 하렴."

집을 나오면서 아티스가 말했다.

"아빠, 할머니가 백인 남자를 죽였어요."

달은 구름 뒤에 있었다. 빅 조지는 아들의 얼굴을 볼 수 없었다.

"사실이 아닌 걸로 밝혀지면 죽을 줄 알아라."

그들이 도착했을 때 십시는 마당에 서 있었다. 빅 조지는 십시가 덮어 놓은 홑이불을 들추고 프랭크의 차가운 팔을 만져 보았다. 그러고는 다시 허리를 펴고 서서 엉덩이에 손을 짚었다. 그는 다시 시체를 바라보며 머리를 흔들었다.

"으음, 음. 이번엔 진짜로 일을 내셨군요."

빅 조지는 머리를 흔들면서 한편으로는 결단을 내리고 있었다. 앨라배마에서는 백인을 죽인 흑인은 절대 변호를 받을 수 없었다. 따라서 그가 할 수 있는 일은 한 가지뿐이었다.

빅 조지는 프랭크의 시체를 어깨에 둘러메고 뒤뜰 헛간에 내려놓았다. 그는 땅바닥에 시체를 눕히며 아티스에게 말했다.

"내가 돌아올 때까지 여기 있어라. 어디 가지 말고. 저 트럭부터 치워야겠다."

한 시간 뒤 이지와 루스가 집에 돌아왔을 때 아기는 다시 침대에서 곤히 자고 있었다. 이지는 십시를 차로 데려다 주며 엄마가 너무 많이 아파서 걱정이라는 말을 했다. 십시는 하마터면 아기를 잃을 뻔했다는 얘기는 꺼내지도 않았다.

아티스는 밤새도록 헛간에 있었다. 긴장과 초조에 사로잡힌 그는 웅크리고 앉아 연신 몸을 앞뒤로 흔들었다. 4시쯤 되었을까 그는 더 이상 주체하지 못하고 칠흑 같은 어둠 속에서 주머니칼을 꺼내 들고 홑이불에 덮인 시체를 마구잡이로 찔렀다. 한 번, 두 번, 세 번, 네 번⋯⋯.

동틀 무렵 삐걱하며 문이 열렸다. 아티스는 찔끔 오줌을 지렸다. 아버지였다. 트럭을 몰고 웨건휠에서 멀지 않은 강으로 가서 물속에 빠뜨린 다음 16킬로미터를 걸어서 돌아왔던 것이다.

빅 조지가 홑이불을 걷어 내며 말했다.

"이 사람 옷가지들을 태워 버려야겠다."

그들은 둘 다 멈칫하며 시체를 노려보았다. 나무들 사이로 햇빛이 새어 들어왔다. 휘둥그레진 눈으로 입을 딱 벌린 채 아티스가 말했다.

"아빠, 저 백인은 머리가 없어요."

빅 조지는 다시 머리를 흔들었다.

"으음, 음, 음⋯⋯."

그의 어머니 십시가 시체의 머리를 잘라서 어딘가에 묻어 버렸던 것이다. 그 끔찍한 사실을 깨닫고 한동안 멍하니 있던 빅 조지가 이내 정신을 차리고 말했다.

"애야, 옷 벗기는 것 좀 도와라."

아티스는 벌거벗은 백인을 본 적이 없었다. 그 백인의 몸은 온통 불그스름한 색이 도는 흰색이었다. 꼭 털을 뽑아 삶아 놓은 돼지 같았다.

빅 조지는 아티스에게 홑이불과 피 묻은 옷을 건네주며 숲에 가서 깊이 파묻고 오고 사람들에게는 아무 말도 하지 말라고 얘기했다. 어느 누구에게도. 어디 가서도. 언제까지나.

구덩이를 파면서 아티스는 자꾸만 웃음이 나왔다. 비밀이 하나 생긴 것이다. 평생 간직하게 될 엄청난 비밀이. 기운이 없을 때 힘을 줄 그 무엇. 자신과 악마만이 아는 그 무엇. 생각만 해도 웃음이 나왔다. 그는 더 이상 다른 사람들 때문에 화나고 상처 받고 수치스러워할 필요가 없을 것이었다. 이제 다시는. 그는 달라졌다. 늘 초연할 수 있을 것이었다. 그는 백인을 칼로 찌른 사람이었다…….

그 이후 백인에게 괴롭힘을 당할 때면 아티스는 속으로 웃을 수 있었다. '난 너희 같은 놈 하나를 찔렀어, 이미…….'

7시 30분 빅 조지는 벌써 돼지들을 잡아 커다란 무쇠솥에 넣어 삶고 있었다. 연중으로 보면 좀 이르지만 그렇게 많이 이른 시간은 아니었다.

그날 오후 그레이디와 조지아에서 온 두 형사가 아버지에게 실종된 백인 남자에 대해 질문하고 있을 때, 그중 하나가 다가와 솥 안을 들여다보는 순간 아티스는 너무 놀라 기절할 뻔했다. 끓는 돼지들 틈에서 오르락내리락하는 프랭크 베넷의 팔을 그 남자가 보았을 것만 같았다. 그러나 분명히, 그는 보지 못했다. 이틀 뒤 그 뚱뚱한 조지아 남자가 빅 조지에게 그날 먹은 게 자신이 먹어본 것 중 가장 맛있는 바비큐였다며 비결을 알려 달라고 했던 것이다.

빅 조지는 웃으며 말했다.

"감사합니다. 비결은 소스에 있습지요."

《윔스 통신》

앨라배마주 휘슬스톱 주간 소식지

1967년 11월 10일

정원에서 발견된 두개골

상대 후보에게 압도적으로 승리한 신임 여주지사 룰린 월리스 부인께 축하의 인사를 드립니다. 취임식에서 본 주지사님, 아주 멋져 보였습니다. 주지사님은 부군 조지에게 일등 조언자가 되어 달라며 연간 1달러를 지급하겠다는 약속을 했습니다. 행운을 빕니다, 룰린.

신임 주지사 건만큼이나 흥미로운 소식이 있습니다. 화요일 아침에 옛 스레드굿 가 집터 부근의 공터에서 사람의 두개골이 발견되었습니다.

버밍햄의 검시관에 의하며 그것은 인디언의 두개골이 아니라고 합니다. 그리 오래된 것도 아니며 유리 눈이 박혀 있다고 하는데, 시체의 신원은 알 수 없지만 머리가 잘려 있었다고 합니다. 검시관은 살인이 행해졌던 것 같다고 말했습니다. 유리 눈을 가진 행방불명자를 찾고 싶으신 분은《버밍햄 뉴스》로 문의하시기 바랍니다. 저에게 전화 주시면 제가 알아봐 드릴 수도 있습니다. 유리 눈은 푸른색이었습니다.

제 또 다른 반쪽이 지난 토요일에 외출했다가 심장발작을 일으키는 통에 가엾은 그의 마누라는 놀라서 죽을 뻔했답니다. 의사 말이 증상은 그다지 심각하지 않지만 담배를 끊어야 될 거라는군요. 덕분에 집에 커다란 투덜이 곰 한 마리를 들여놓게 되었습니다. 저는 그 사람을 어린 아기 다루듯 하고 있고, 윌버 윔스 씨는 지난 한 주 동안 침대에서 아침을 먹고 있답니다. 그이에게 기운 내라고 격려해 주고 싶은 얼빠진 양반 계시면 오세요. 하지만 담배는 가져오시면 안 됩니다. 그이가 뺏으려 들 테니까요. 알고 보니 제 담뱃갑도 훔쳤더군요. 저도 이제 담배를 끊어야 할까 봅니다.

그이의 건강이 회복되는 대로 같이 휴가를 떠날 생각입니다.

닷 윔스

딜럭스 호텔
앨라배마주 버밍햄 북부 8번로

1979년 7월 2일

한 흑인 신사가 로비에 앉아 웃고 있는 다른 흑인 신사에 관해 물었다.

"저 깜둥이 미친 거 아닙니까? 왜 웃죠? 누구와 얘기를 나누는 것도 아닌데 말입니다."

마맛자국이 있는 데스크 뒤의 갈색 피부 남자가 대답했다.

"아, 그 사람은 얘기 상대가 필요 없어요. 오래전에 머리가 어떻게 됐거든요."

"여기서 뭐한답니까?"

"2년 전에 어떤 여자가 여기로 데려왔지요."

"돈은 누가 대고요?"

"그 여자가요."

"음……."

"매일 아침에 와서 옷을 입혀 주고 저녁이면 잠을 재우죠."

"팔자 좋네요."

"그러세나 말입니다."

이들 대화의 주인공인 아티스 O. 피베이는 붉은색 소파에 앉아 있었다. 수년에 걸쳐 찢겨지고 갈라져 속에 든 솜이 여기저기 비어져 나온 소파였다. 그의 흐릿한 갈색 눈은 주위에 분홍색 네온 테가 둘러진 벽시계에 고정되어 있는 듯했다. 시계 외에 벽에 걸린 것이라곤 세일럼 담배를 피우는 매력적인 흑인 커플 사진에 "연기가 깊은 산속 샘물처럼 시원하다."라는 문구가 적힌 담배 광고가 전부였다. 아티스는 다시 머리를 뒤로 젖히며 웃었다. 한때는 여러 금니로 반짝였던 완벽한 푸른 잇몸이 드러났다.

피베이는 퇴락한 싸구려 호텔 로비에 앉아 있었다. 그가 앉아 있는 자리에는 호텔 측이 제공한 수건이 깔려 있었다. 매일 아침 그 여자가 입혀 주는 바지에다 가끔 오줌을 싼다는 소문이 있었기 때문이다. 어쨌든 아티스 O. 피베이에게 시간은 다시 1936년이었고, 당시로 돌아가 8번가를 걷는 중이었다. 자주색 샤크스킨 직물 양복에 50달러짜리 연두색 구두를 신었고, 방금 반듯하게 펴서 포마드를 발라 빗어 내린 머리는 검은색 얼음처럼 반들거렸다. 이번 토요일 밤 그에게 팔짱을 낀 여자는 베시 시먼스 양이었다. 《슬래그타운 뉴스》의 사교 칼럼에 따르면 그녀는 버밍햄의 검은 보석들 중에서도 단연 으뜸이었다.

그들은 마소닉 홀을 지나치고 엔슬리를 지나 심야 전차 위의 턱시도 교차로 무도장으로 향했다. 그곳은 카운트 배시가 가끔 연주를 하는 곳이었다. 아니, 캡 캘로웨이였던가?

피베이가 웃는 것도 무리는 아니었다. 불행했던 시절을 기억하지 못하게 된 것은 그에게 축복이었다. '깜둥이'에게 토요일 밤은 재미있지 않았으니까. 교도관들과 다른 죄수들에게 얻어맞고 발길질당하고 칼에 찔렸던 킬베이에서의 그 길고 힘든 밤들, 그곳은 한쪽 눈을 뜨고 자야 하고, 언제든 죽이거나 살해당할 준비를 해야 하는 곳이었다. 요즘 들어 아티스의 마음은 가벼운 코미디물이나 로맨스물들만을 상영하던 프롤릭 극장처럼 되어 갔다. 주연은 자신과, 엉덩이를 흔들며 눈을 반짝대는 갈색, 황갈색, 적갈색 피부의 수많은 미녀들이었다…….

아티스는 한때 빛났지만 지금은 흐릿해진 도금된 소파 팔걸이를 힘껏 내리치며 다시 웃었다. 지금 그의 마음속에서 상영하는 영화도 그가 주연이었다. 시카고에 머물 때 보았던 에설 워터스, 잉크스팟스, 레나, 루이스 등등의 유명 연예인들 이야기를 몇 번씩이나 들려줌으로써 그는 어느덧 중요한 인물이 되어 있었다. 그렇게 하면서 그는 백인들에게서 받은 멸시와 수모를 잊을 수 있었다.

백인 여자를 원하느냐고?

나는 백인 여자를 동경해 본 적이 없어! 기껏 바랐던 게 밝은 황색 정도였는걸.

사실 그는 몸집이 큰 흑인 여자를 좋아했다……. 딸기도 검을수록 달지 않은가. 그는 자기가 받아 줄 수 있는 것보다 더 많은 여자들이 따르게 만들 수 있었고, 미소를 지으며 이리저리 휘젓고 다닐 수도 있었다. 그러나 그를 괴롭히는 것은 없었다. 왜냐하면 그에게는 비밀이 있었기 때문이다…….

그렇다. 인생은 달콤했다. 여자들, 중요한 이야깃거리, 남성용 고급 향수, 복숭아 빛 공단 가운과 보석이 총총히 박힌 바닥에 끌리는 드레스를 입은 여자들, 갈색 중절모와 옷깃에 자주색, 갈색,

녹색 털을 붙인 코트들, 작별 키스를 하는 밤처럼 까만 여자들, 쿠비스 시기, 시간을 보려고 흑은 남에게 보이려고 끼내 흔들어 보이는 금시계…… 블랙 섀도 라운지에서 보낸 즐거웠던 시간들. 당신이 백인이라면, 좋아! 갈색이라면, 저만치 있어. 황색? 괜찮은 녀석이군. 하지만 흑인이라면, 뒤로 물러서……. 물러서라고.

이제 영화는 1950년대로 휙휙 넘어갔다. 아티스는 주머니 속 동전을 짤랑거리며 마소닉 템플 약방 앞에 서 있었다. 접힌 돈의 감촉이나 소리는 그에게 아무런 감흥도 일으키지 않았다. 지폐를 벌기 위해 힘겨운 일을 할 욕심 따위는 없었다. 뒷골목에서 갤로핑 도츠, 세븐컴일레븐, 스네이크 아이스로 알려진 교묘한 게임에서 딴, 주머니 가득한 반짝이는 동전만으로도 더없이 행복했다.

아티스의 나이 여든 살, 마침내 그가 몸이 늙고 기력이 다해 활동을 못하게 되자 슬래그타운의 많은 여자들은 실의에 잠겼다. 그처럼 그는 귀하고 소중한 것, 즉 여자의 남자였던 것이다.

영화는 속도를 높였다. 장면과 음향이 점점 빨라졌다. 130킬로그램이나 나가는 여자들, 교회에서 몸을 흔들며 비명을 지른다……. 그리고 침대에서…… "오 주여, 제가 갑니다!"……아티스 O. 피베이 군과 수많은 여자들이 결혼 서약을 교환한다……. 아케이트 카페에 앉아 그의 친구 베이비 셰퍼드에게 말한다. "저 여자가 내 머리를 쳤어."…… "그것이 남편이었다는 얘기를 들었어."……"여기 족발 하나하고 맥주 한 병 주세요."……"난 잔 속에 세상을 담고 손에는 마개를 들고 있지."……"넌 스튜 속에 들어 있는 유일한 굴이 아냐!"…… 블루 섀도 앤드 화이트 가디니어…… 호박색 플라스틱 궐련 물부리…… 페스 와틀레이 교수의 재즈 데몬스…… 고통스러운가요? 피나 민트. …… 피 위 샘 왕자와 스크램…… 페리랜드 파크 무도회장…… 버스에서 살해당한 하틀리 투츠…… 그녀와 내키지 않는 결혼을 했어. 말하자면…… 그 여자는 나를 지배했어. …… 빈털터리일 땐 다들 모르는 척하지……. 조심해……. 이쪽으로 내려오지 마……. 아, 안 돼. 넌 백인들을 화나게 하고 있어……. 다들 짜증 낸다고……. 아닙니다. 전 그들 패거리가 아닙니다. 그들은 골칫덩어리일 뿐입니다요……. 네, 선생님……. "버스에서 내려!"

아티스는 발로 마루를 세 번 굴렀다. 그러자 신기하게도 영화가 바뀌었다. 그는 이제 어린 소년이었고 그의 어머니는 카페 뒤쪽에서 요리를 하고 있었다. **엄마를 방해하지 마라**, 엄마가 그의 등짝을 때리며 문밖으로 밀어냈다……. 노티 버드와 월리 보이가 있다. 인정 많은 재스퍼도 있고…… 할머니는 옥수수 빵을 꿀에 적시고 있다. 이지 아씨와 루스 아씨…… **그들은 날 백인하고 똑같이 대해 주었지**……. 그리고 스텀프…… 그리고 스모키 론섬…….

그러더니 조금 전까지만 해도 잔뜩 흥분해 있던 노인이 느긋하게 미소를 짓기 시작한다. 그는 카페 뒤쪽에서 바비큐를 하는 아버지를 돕고 있다……. 그는 행복하다……. 우리에겐 비밀이 있지.

아버지가 바비큐와 그래피코 음료를 준다. 아티스는 그걸 먹기 위해 숲 속으로 뛰어간다. 그곳은 시원하고 푸르며, 소나무 이파리는 부드럽다…….

마맛자국이 있는 호텔 로비의 남자가 다가와 웃고 있는 아티스 O. 피베이를 흔들었다. 이제 그는 조용하고 고요했다.

"무슨 일이오?"

남자는 펄쩍 물러섰다.

"밉소사! 이 쌍둥이가 죽었네!"

그는 카운터의 동료를 보며 말했다.

"바닥에 온통 오줌까지 싸 놨구먼!"

그러나 아티스는 아직도 숲 속에 있었다. 바비큐를 먹으며.

포에버 슬림 체중 감량원

캘리포니아 주 몬테시토

1986년 12월 5일

에벌린이 체중 감량원에 온 지도 이제 거의 두 달이 되었다. 체중도 10킬로그램이나 줄었다. 그러나 얻은 것도 있었다. 평생 찾아다녔던 그녀의 그룹을 찾은 것이다. 그들이 이곳에 있었다. 사탕 도둑, 뚱보 주부, 이혼녀, 독신 교사, 사서……. 모두 날씬하고 건강한 사람으로 인생을 새 출발하고 싶어 하는 사람들이었다.

에벌린은 그들과의 만남이 이토록 재미있으리라고는 미처 생각하지 못했다. 외부 출입이 금지된 그곳에서 에벌린 카우치와 그녀의 친구들에게 가장 중요한 것은 오늘 밤에는 어떤 저칼로리 디저트가 나올까 하는 것이었다. 55칼로리 시폰 호박 파이일까? 아니면 겨우 50칼로리밖에 안 되는 탈지 과일 휩*일까? 그것도 아니

---

* 크림, 달걀, 설탕, 과일을 섞어 만든 디저트.

라면 아마도 내가 가장 좋아하는 80칼로리의 건강 플랜*을 먹게 되겠지.

에벌린은 자신이 물놀이 시간에 늘 앞장서는 사람이 될 줄은, 장화와 장갑의 날이라는 것을 아는 것만으로도 가슴이 뛰게 될 줄은 생각조차 해 본 적이 없었다.

그 외에도 꿈도 꿀 수 없었던 일들이 일어났다. 주위에 사람들이 몰려드는 인기인이 된 것이다! 감량원에 새로 도착한 사람들은 이런 질문을 받았다.

"앨라배마에서 온 그 멋진 분을 만나 보셨나요? 조금 이따 그 분이 얘기하는 걸 들어 보세요. 악센트가 정말 사랑스러워요. 멋진 분이죠!"

에벌린은 자신이 재미있는 사람이라거나 악센트가 사랑스럽다는 생각을 해 본 적이 없었다. 그런데 이곳에서는 그녀가 무슨 말만 하면 여자들이 소리를 지르고 웃었다. 에벌린은 새롭게 드러난 자신의 인기를 즐겼다. 사우전드옥스에서 온 세 주부들과는 각별한 친구 사이가 되었다. 도러시와 두 스텔라가 그들이었다. 그들은 그들만의 비밀 뚱보 클럽을 만들어 죽는 날까지 1년에 한 번씩 만나기로 맹세했다.

스트레칭과 준비 운동 시간이 끝나고 감청색 새 조깅복으로 갈아입은 에벌린은 우편물을 받으려고 접수처 앞에 멈춰 섰다. 에드는 잡다한 우편물들을 빠짐없이 그녀에게 전송했는데 중요한 우편물은 별로 없었다. 그런데 오늘은 앨라배마주 휘슬스톱의 소인이 찍힌 편지가 보였다. 그녀는 누가 이곳까지 편지를 보냈을까

---

* 달걀, 치즈, 과일 등을 넣은 파이.

의아해하며 봉투를 열었다.

친애하는 카우치 부인께

대단히 안타깝게도 지난 토요일 오전 6시 30분에 부인의 친구 클리오 스레드굿 부인께서 자택에서 별세하셨음을 알려 드립니다. 부인께서 간직해 주기를 바라셨던 물건들이 있으며, 제가 보관하고 있습니다. 제 남편과 제가 그것들을 기꺼이 버밍햄으로 갖다 드리겠습니다. 아니면 편한 시간에 오셔서 가져가셔도 좋습니다. 555-7760으로 전화 주십시오. 저는 하루 종일 여기에 있습니다.

조니 하트먼

에벌린은 갑자기 더 이상 귀엽고 싶은 생각이 들지 않았다. 집에 가고 싶었다.

앨라배마주 휘슬스톱

1987년 4월 8일

에벌린은 따뜻한 봄날이 되기를 기다렸다가 하트먼 부인에게 전화를 했다. 얼어붙은 겨울에 처음으로 휘슬스톱을 찾으려니 어쩐지 견디기가 힘들었던 것이다. 에벌린이 초인종을 누르자 명랑해 보이는 갈색 머리 여자가 문을 열었다.

"오, 카우치 부인, 들어오세요. 만나서 정말 반가워요. 스레드굿 부인께 얘기 많이 들었어요. 꼭 아는 사람을 만나는 기분이군요."

그녀는 에벌린을 티끌 하나 없이 말끔한 부엌으로 데려가서 커피 두 잔과 갓 구운 파운드 케이크를 초록색 접시에 담아 내왔다.

"그런 편지를 드리게 돼서 정말 마음 아팠지만 알고 싶어 하실 거라 생각했답니다."

"그렇게 해 주셔서 정말 감사합니다. 전 로즈 테라스 요양원에서 나오신 것도 몰랐어요."

"그러실 줄 알았어요. 부인께서 떠나고 나서 일주일 뒤에 그분 친구인 오티스 부인께서 돌아가셨지요."

"아, 저런. 그랬군요……. 저한테 왜 말씀을 안 하셨는지 모르겠네요."

"글쎄요, 내가 얘기를 해야 한다고 하니까 부인께서 휴가 중이라며 걱정을 끼치고 싶지 않다고 하시더군요. 그래서 그랬어요. 늘 상대방을 배려하시죠…….

그분 남편이 돌아가신 직후에 우리는 그분의 옆집으로 이사했어요. 30년 넘게 알고 지낸 사이인데 난 그분이 불평하시는 걸본 적이 없어요. 그저 편하게만 사시려는 분이 아니었어요. 아들 앨버트는 어린애 같았어요. 날마다 씻기고, 면도시키고, 파우더를발라 주고, 탈장 치료 보조 벨트를 매주고……. 다 큰 뒤에도 아기처럼 다루었죠. 앨버트 스레드굿만큼 사랑을 많이 받은 아들도 없을 거예요. 그분이 너무나 그립군요. 부인께서도 그러시겠지요."

"네, 저도 그리워요. 게다가 제가 거기 없었다는 게 괴로워요. 뭔가를 할 수 있었을 텐데. 병원에 모셔 간다거나 뭐 그런 거요."

"아니에요. 부인께서 할 수 있는 일은 아무것도 없었어요. 아프시진 않았거든요. 일요일이면 우리가 그분을 모시고 교회에 함께 갔는데, 늘 옷을 곱게 차려입고 문 앞에 나와 앉아 기다리고 계셨지요. 그런데 그 일요일 아침에는 안 보이시는 거예요. 좀처럼 없던 일이라 남편 레이가 가서 문을 두드렸는데 대답이 없었어요. 그래서 레이가 안으로 들어갔는데 잠시 후에 혼자 나오더군요. '레이, 스레드굿 부인은 어디 계세요?' 하고 물었더니 그이가 그러더군요. '여보, 스레드굿 부인이 돌아가셨어.' 그러더니 계단에 주저앉아 흐느꼈지요. 그분은 주무시던 중에 돌아가신 거랍니다. 더 없이 편안하게요. 때가 되었다는 것을 아셨던 것 같아요. 내가 거기 갈 때마다 그러셨거든요. '조니, 나한테 무슨 일이 생기면 이것들을 에벌린에게 전해 주었으면 좋겠어.' 부인 생각을 많이 하셨어요. 늘 부인 자랑을 하면서 언젠가는 부인이 새 캐딜락을 몰고 와서 당신을 태워 줄 거라고 하셨답니다. 가엾은 분 같으니. 그분은 돌아가시는 날까지 자질구레한 몇 가지 것 말고는 당신 이름의 소유물을 거의 지니지 않았어요. 그러고 보니 생각났는데, 부인께 드릴 것들을 가져올게요."

하트먼 부인은 푸른 비눗방울을 배경으로 그네를 타고 있는 벌거벗은 여자아이의 그림과 구두 상자 하나, 돌멩이처럼 보이는 것들이 들어 있는 병 하나를 가지고 돌아왔다.

에벌린이 병을 받아들며 말했다.

"대체 이게 뭔가요?"

하트먼 부인이 웃으며 말했다.

"그분의 담석이에요. 왜 부인이 이걸 갖고 싶어 할 거라 생각하셨는지는 하나님만 아시겠죠."

에벌린은 구두 상자를 열었다. 앨버트의 출생증명서, 클리오의 1927년 아이오와주 대븐포트 팔머 지압요법 학교 졸업증 그리고 장례식 식순표 열대여섯 장이 들어 있었다. 그러다 사진이 가득 든 봉투 한 장을 찾아냈다. 첫 번째는 선원복을 입은 남자와 어린 남자아이가 반달 위에 앉아 있는 사진이었다. 다음은 1939년에 찍은 금발 꼬마의 학교 사진이었다. 뒷면에는 "스텀프 스레드 굿, 10세."라고 적혀 있었다. 이어 스레드굿 가의 가족사진을 집어 들었다. 1939년에 찍은 것이었다. 에벌린은 그들이 오랜 친구들처럼 느껴졌다. 그녀는 눈을 빛내며 환하게 웃고 있는 버디를 금방 알아보았다. 에시 루와 쌍둥이, 여왕처럼 포즈를 취하고 있는 리오나가 있었고…… 장난감 수탉을 들고 있는 어린 이지가 있었다. 그리고 뒤쪽에는 십시가 흰색 긴 앞치마를 두른 채 아주 심각한 표정을 짓고 있었다.

그 밑의 사진은 흰옷을 입은 젊은 여자의 사진이었다. 그녀는 앞의 사진에서 본 마당에 서서, 손으로 눈부신 해를 가리고 사진 찍는 사람을 향해 웃고 있었다. 긴 속눈썹과 아름다운 미소를 지닌 그녀는 에벌린이 지금까지 보아 왔던 가장 아름다운 사람들 중 하나였다. 그런데 누군지는 짐작이 가지 않았다. 에벌린은 하트먼 부인에게 그 사람이 누군지 아느냐고 물었다.

하트먼 부인은 목에 걸고 있던 안경을 쓰고 잠시 사진을 들여다보며 기억을 더듬었다.

"아, 알겠어요! 여기서도 잠시 살았던 그분의 친구지요. 조지아에서 온 분인데…… 이름이 루스 뭐라든가 그랬어요."

'맙소사, 루스 제이미슨이로군. 휘슬스톱에 왔던 첫해 여름에 찍은 사진이 틀림없어.' 에벌린은 다시 사진을 들여다보았다. 루스가 그처럼 아름다우리라고는 미처 생각하지 못했던 것이다.

다음 사진은 사냥 모자를 쓰고 산타클로스의 무릎에 앉아 있는 잿빛 머리 여자 사진이었는데 배경에 "1956년, 성탄을 축하합니다."라는 문구가 적혀 있었다.

하트먼 부인이 그 사진을 집어 들며 웃었다.

"이게 바로 이지 스레드굿이에요. 여기서 카페를 했죠."

"그녀를 아세요?"

"모르는 사람이 있겠어요! 아, 정말이지 괴짜였어요. 다음 순간 무슨 짓을 할지 아무도 몰랐으니까요."

"이것 좀 보세요, 하트먼 부인. 여기 스레드굿 부인의 사진이 있네요."

20여 년 전에 시내의 러브맨 백화점에서 찍은 사진이었는데 그때 벌써 머리가 희어서 에벌린이 마지막으로 보았던 모습과 거의 같아 보였다.

하트먼 부인이 그 사진을 집어 들며 말했다.

"그 옷이 생각나는군요. 흰 물방울무늬가 있는 짙은 남색 옷이었지요. 한 30년은 입으셨을 거예요. 죽고 나면 당신 옷가지들을 어려운 사람들에게 보냈으면 좋겠다고 하셨어요. 낡은 코트 한 벌과 평상복 몇 벌 말고는 정말이지 이렇다 할 옷이 하나도 없었답니다. 세간은 사람들이 와서 다 골라 가져갔지요. 현관 앞에 있는 그네 의자만 빼고요. 그건 다른 사람이 가져가게 하기 싫더군요. 그분은 지나갈 기차를 기다리며 밤이고 낮이고 그 의자에 앉아 계시곤 했어요. 모르는 사람이 그걸 갖게 하는 건 왠지 옳지 않은 일 같았어요. 집은 우리 딸 테리에게 남겨 주셨답니다."

에벌린은 계속해서 상자에서 물건들을 꺼냈다.

"보세요, 여기 휘슬스톱 카페에서 쓰던 메뉴가 있네요. 1930년대 메뉴가 분명해요. 이 가격들 믿어지세요? 바비큐가 10센트…… 게다가 35센트면 완벽하게 차린 식사를 할 수 있었고요! 파이는 5센트네요!"

"정말 쌌지요. 요즘엔 카페테리아에서도 좀 괜찮게 먹으려면 5~6달러는 들잖아요. 게다가 음료수나 파이는 돈을 따로 받고요."

다음은 안경을 쓰고 가짜 코를 붙인 이지의 사진이었는데, 정신 나간 듯한 옷차림에 얼뜨기 같아 보이는 네 남자와 함께 서 있었다. 하단에는 "1942년, 딜 피클 클럽…… 누가 누가 썰렁한가."라고 적혀 있었다. 그리고 클리오가 보낸 부활절 카드 한 장, 에벌린이 캘리포니아에서 보냈던 엽서들, 1950년대의 남부 철도사 침대차 식당 메뉴 한 장, 반쯤 쓴 립스틱, 시편 90장 등사본, "클리오 스레드굿 부인, 86세"라고 적힌 밴드, 그리고 맨 밑에는 수신인이 에벌린 카우치 부인으로 되어 있는 봉투 하나가 있었다.

"이것 좀 보세요. 저에게 편지를 써 놓으셨네요."

에벌린은 봉투에서 쪽지를 꺼내 읽었다.

에벌린

여기 십시만의 조리법 몇 가지를 적어 놓았어요. 그 음식들은 나에게 더없는 즐거움을 주었기에 에벌린에게 일러 주어야겠다고 생각했죠. 특히 풋토마토 튀김 조리법은 꼭 전해 주고 싶었어요.

사랑해요, 내 소중한 에벌린. 행복해야 해요. 난 행복해요.

당신의 친구, 클리오 스레드굿 부인

하트먼 부인이 말했다.

"그분께 축복이 있기를. 그분께서는 부인이 그걸 갖기를 원하셨어요."

쪽지를 조심스럽게 접어 제자리에 돌려놓으려니 슬픔이 밀려왔다. '세상에, 이 땅에서 86년이나 살아 숨 쉬던 사람이 남긴 게 이게 전부라니. 고작 묵은 종이들만 가득한 구두 상자 하나라니.'

에벌린은 하트먼 부인에게 카페가 있던 곳으로 가는 길을 알려 줄 수 있느냐고 물었다.

"두 블록밖에 안 돼요. 원하시면 안내해 드릴게요."

"그럼 정말 좋죠. 괜찮으시나면요."

"물론이에요. 콩 요리를 올려놓은 불 좀 끄고, 양념해 놓은 고기를 오븐에 넣고 금방 돌아올게요."

그림과 구두 상자를 차에 실어 놓고 에벌린은 기다리는 동안 스레드굿 부인의 마당을 거닐었다. 위를 쳐다보던 그녀는 웃음을 터뜨렸다. 1년 전쯤에 스레드굿 부인이 찌르레기들에게 던졌을 빗자루가 흰자작나무 높은 곳에 걸려 있고, 전화선 위에는 스레드굿 부인이 전화를 엿듣는다고 생각했던 그 찌르레기들이 앉아 있었던 것이다. 집은 스레드굿 부인이 묘사했던 그대로였다. 베란다의 까마귀밤나무들 밑에는 제라늄 화분들이 있었다.

하트먼 부인이 나왔다. 그들은 집에서 두 블록 떨어진 곳으로 차를 몰고 갔다. 하트먼 부인은 에벌린에게 카페가 있던 곳을 보여 주었다. 철로에서 스무 발짝도 안 떨어진 곳이었다. 그 옆에는 역시 버려진 작은 벽돌 건물이 있었다. 무너져 가긴 했으나 창문에 걸린 빛바랜 간판은 읽을 수 있었다. 오팔 미용실이었다. 모든 것이 에벌린이 상상했던 대로였다.

하트먼 부인은 스레드굿 가의 아빠 가게가 있던 곳을 보여 주었다. 지금은 2층에 엘크스 클럽이 있는 렉스롤 약방이었다.

에벌린은 트라우트빌도 가 볼 수 있는지 물었다.

"갈 수 있고말고요. 선로만 건너면 바로인걸요."

차가 흑인 구역에 들어섰을 때, 에벌린은 그곳이 너무도 작은 것에 놀랐다. 작고 허름한 오두막집들이 옹기종기 모여 있는 블록 몇 개가 전부였던 것이다. 하트먼 부인은 현관 앞에 빛바랜 녹색 양철 의자들이 놓인 작은 집을 가리키며, 그곳이 빅 조지와 온젤이 아들 재스퍼와 함께 살기 위해 버밍햄으로 이사하기 전까지 살았던 집이라고 말했다.

조금 더 가다 보니 오시네 잡화점이 보였는데, 한때 연한 밝은 청색이었을, 쓰러져 가는 목조 총포상 건물 한 귀퉁이에 딸려 있었다. 가게 앞에는 1930년대의 낡은 간판이 붙어 있었다. 바팔로 락 진저 에일을 드세요……. 백만 분 이상 계속되는 부드러운 맛…….

에벌린은 문득 어린 시절 기억을 떠올렸다.

"하트먼 부인, 혹시 저곳에 딸기 소다수가 있을까요?"

"분명히 있을 거예요."

"들어가 봐도 괜찮겠죠?"

"그럼요. 백인들도 많이 드나드는걸요."

그들은 차를 세우고 가게 안으로 들어갔다. 하트먼 부인은 흰 셔츠에 멜빵바지를 입은 노인에게 다가가 귀에 대고 소리를 질렀다.

"오시, 이분은 카우치 부인이에요. 니니 스레드굿의 친구죠!"

스레드굿 부인의 이름을 들은 오시의 눈이 반짝 빛났다. 그가 벌떡 일어나더니 달려와 에벌린을 끌어안았다. 흑인 남자의 포옹은 받아 본 적이 없었는데 얼떨결에 당한 포옹이었다. 오시가 뭐라고 빠른 속도로 얘기했지만 에벌린은 한마디도 알아들을 수 없었다. 그에겐 이가 하나도 없었던 것이다.

하트먼 부인이 다시 소리쳤다.

"아니에요, 그분 따님이 아니에요! 버밍햄에서 오신 카우치 부인이라는 친구세요."

오시는 여전히 싱글거리며 에벌린을 쳐다보았다. 하트먼 부인은 냉장고를 샅샅이 뒤져 딸기 소다수 하나를 꺼냈다.

"릿있이요! 이거 드세요."

에벌린이 값을 치르려 하자 오시는 여전히 알아들을 수 없는 말을 계속했다.

"돈은 그만두시래요, 카우치 부인. 저 양반이 대접하고 싶으시답니다."

에벌린은 좀 난감했지만 고맙게 받아들였다. 그는 여전히 웃는 얼굴로 말을 하면서 차가 있는 곳까지 배웅을 나왔다.

하트먼 부인이 소리쳤다.

"안녕히 계세요!"

그러고는 에벌린을 향해 말했다.

"귀가 전혀 안 들리거든요."

"짐작은 했어요. 어찌나 세게 껴안던지 정말 놀랐지 뭐예요."

"그게 말이죠. 그 양반은 스레드굿 부인을 생각했던 거예요. 아주 어릴 적부터 알고 지낸 사이였으니까요."

그들은 다시 선로를 넘어 되돌아왔다. 하트먼 부인이 말했다.

"에벌린, 다음 거리에서 우회전하면 스레드굿 가의 옛집을 볼 수 있어요."

모퉁이를 돌자 바로 그곳이 보였다. 앞 현관이 집을 둘러싸며 길게 이어진 흰색의 커다란 이층 목조 가옥으로, 사진에서 보았던 집이었다.

에벌린은 집 앞에 차를 댔고, 그들은 차에서 내렸다. 창문 유리는 거의 깨지고 판자가 덧대어져 있었다. 현관 바닥의 마루는 판자가 썩고 움푹 꺼져 있어서 올라설 수도 없었다. 집 전체가 금방이라도 무너져 내릴 것 같았다. 그들은 집 뒤쪽으로 돌아갔다.

에벌린이 말했다.

"이런 곳을 이렇게 버려두다니, 정말 너무하군요. 한때는 정말 아름다웠을 것 같은데."

"한때는 휘슬스톱에서 가장 예쁜 집이었죠. 하지만 지금은 모두 떠나갔어요. 조만간에 헐리지 싶어요."

뒤뜰에 이른 에벌린과 하트먼 부인은 눈앞에 펼쳐진 광경에 깜짝 놀랐다. 집 뒷벽에 기대 세워진 격자 살 시렁이 흐드러지게 핀 조그만 분홍색 장미들로 완전히 뒤덮여 있었던 것이다. 장미는 그곳에 살던 사람들이 오래전에 떠났든 말든 무심하게 꽃을 피우고 있었다.

에벌린은 깨진 유리창을 통해 안을 들여다보았다. 금이 간 흰색 테이블이 보였다. 수년 동안 저 위에서 얼마나 많은 비스킷이 잘렸을까 하는 생각이 들었다.

하트먼 부인을 집까지 데려다 준 에벌린은 그곳에 같이 가 준 데 대해 고마움을 표했다.

"즐거웠는걸요. 이젠 찾아오는 사람도 거의 없답니다. 기차 운행이 중단된 이후로는 말이죠. 이렇게 슬픈 일로 만나게 된 게 안타깝긴 하지만 어쨌든 만나서 정말 즐거웠어요. 언제든 오고 싶으면 또 오세요."

시간이 늦긴 했지만 에벌린은 다시 그 옛집 옆을 지나서 돌아가기로 했다. 날이 점점 어두워지고 있었다. 길을 따라가는 동안 그녀의 차 불빛이 창문을 비추었다. 마치 집 안에서 사람들이 여기저기 돌아다니는 모습이 보이는 것만 같았다……. 문득 응접실에서 에시 루가 두들겨 대는 피아노 소리가 또렷하게 들려오는 듯도 했다.

"버팔로의 아가씨여, 오늘 밤 나오지 않을 건가요. 오늘 밤에……."

에벌린은 차를 세우고 가만히 앉아 있었다. 설움에 복받쳐 흐느끼면서. 왜 사람은 늙고 죽어야만 하는 걸까.

《웜스 통신》

앨라배마주 휘슬스톱 주간 소식지

1969년 6월 25일

어려운 작별 인사

마음 아프게도 이것이 제가 보내 드리는 마지막 보도가 될 것 같군요. 저의 또 다른 반쪽과 함께 남부 앨라배마로 휴가를 갔는데 그 이후로 그이는 그곳 생활에 적응해 가고 있습니다. 우리는 바닷가 마을에서 우리에게 딱 맞는 장소를 찾아냈답니다. 그래서 2~3주 내로 이사하려고 합니다. 이제 그 얼뜨기 양반은 원하기만 하면 밤이건 낮이건 낚시를 할 수 있게 되었습니다. 제가 그 사람을 버려 놓았다는 건 알지만, 그 별난 성질에도 불구하고 그이는 여전히 꽤 괜찮은 사람이지요. 떠나는 마당에 무슨 말을 해야 좋을지 모르겠군요. 그러니 여러 말은 하지 않으렵니다. 우리는 둘 다 바로 이 휘슬스톱에서 나고 자랐으며 무수히 많은 멋진 시간들을 보내며 수많은 친구들을 만났습니다. 그런데 그들 대부분은 다른 곳으로 떠나고 없습니다. 이곳이 이제 예전 같지 않네요. 넓은 고속도로가 여기저기로 뚫리면서부터 비밍햄은 어디서 끝나며 휘슬스톱은 어디서 시작되는지조차 알 수 없어졌지요.

지금 와서 돌이켜 보면, 카페가 문을 닫은 뒤로 이 마을의 심장이 박동을 멈춰 버린 것만 같습니다. 그처럼 작은 공간 하나가 그토록 많은 사람들을 불러 모았다니 참 이상한 일이지요.

어쨌든 우리 모두는 우리의 기억을 간직하고 있고, 제 곁에는 여전히 저의 오랜 연인이 함께하고 있습니다.

닷 윔스

추신 — 누구든 앨라배마 페어호프에 오시거든 우리를 찾아 주십시오. 저는 아마도 집 뒤뜰에 앉아 물고기를 손질하고 있을 겁니다.

휘슬스톱 공동묘지

앨라배마주 휘슬스톱

1988년 4월 19일

스레드굿 부인이 세상을 뜨고 난 뒤 두 번째 부활절을 맞아 에벌린은 묘지에 가 보기로 했다. 그녀는 부활절 장식용으로 나온 예쁜 흰 백합 한 묶음을 사 들고 분홍색 새 캐딜락을 몰고 달렸다. 역시 상으로 받은, 에메랄드 눈이 박힌 14캐럿 말벌 브로치도 옷에 달았다.

오늘 에벌린은 좀 이른 시간에 메리 케이 동료들과 점심을 먹었다. 지금은 늦은 오후였다. 사람들이 대부분 이미 다녀간 뒤였지만 공동묘지는 부활절을 맞아 참배객들이 놓고 간 색색의 꽃들로 장관을 이루고 있었다.

에벌린은 주위를 한참이나 돌다가 스레드굿 가의 가족 묘지를 찾아냈다. 제일 먼저 눈에 띈 것은 루스 제이미슨의 무덤이었다. 줄지어 선 무덤을 따라 내려가자니 천사가 새겨진 큼직한 2인용 묘석이 보였다.

앨리스 리 클라우드　　　　　　윌리엄 제임스
스레드굿　　　　　　　　　스레드굿
1856~1932　　　　　　　　　1850~1929

사랑하는 부모님
잃은 것이 아니라 먼저 가셨으니
그곳에서 우리 다시 만나리.

그 옆의 묘석에는 이렇게 적혀 있었다.

제임스 리 (버디) 스레드굿
1898~1919
피기도 전에 시든 청춘
우리 가슴속에 언제까지나 살아 있으리.

에벌린은 에드워드와 클리오 그리고 밀드레드의 무덤들을 보았다. 그런데 친구의 무덤은 보이지 않았다. 마음이 초조해졌다. 스레드굿 부인은 어디에 있는 걸까?

부인의 무덤은 오른쪽 줄 아래쯤 앨버트의 무덤 곁에 있었다.

앨버트 스레드굿
1930~1978
지상의 천사
이제 주님의 품안에서 평안하기를.

버지니아 (니니) 스레드굿

1899~1986

집으로 돌아가다.

순간, 노부인에 대한 달콤한 기억이 물밀 듯 밀려왔다. 에벌린은 자신이 그녀를 얼마나 그리워하는지 깨달았다. 꽃을 내려놓는데 눈물이 흘러내렸다. 그녀는 묘석 주변에 자란 잡초들을 뽑기 시작했다. 적어도 한 가지만은 확실하다는 생각으로 마음을 달래면서. 천국이라는 게 정말 있다면 스레드굿 부인은 틀림없이 거기 있을 거라는 생각이었다. 이 세상에 그녀처럼 순수하고 때 묻지 않은 영혼이 또 있을까……. 아마 없을 것 같았다.

스레드굿 부인을 알고 나서 에벌린은 이상하게도 늙거나 죽는 일이 전처럼 두렵지 않았고, 죽음도 그렇게 멀게만 느껴지지 않았다. 오늘은 마치 스레드굿 부인이 어떤 보이지 않는 문 뒤에 서 있는 것 같은 느낌까지 들었다.

에벌린은 친구에게 나직이 말을 걸었다.

"좀 더 일찍 찾아 뵙지 못해서 죄송해요. 제가 부인 생각을 얼마나 많이 했는지, 함께 얘기를 나누고 싶어 했는지 모르실 거예요. 돌아가시기 전에 오지 못해서 정말 속상하네요. 다시는 못 보게 될 줄은 꿈에도 생각하지 못했어요. 감사의 마음조차 전하지 못했는데. 부인께서 그처럼 매주 해 주셨던 말씀이 아니었더라면 전 제가 무슨 일을 할 수 있는지도 몰랐을 거예요."

에벌린은 잠시 뒤에 말을 이었다.

"저는 우리를 위해 분홍색 캐딜락을 받았어요, 스레드굿 부인. 그걸 손에 넣으면 행복할 줄 알았는데, 함께 탈 부인이 안 계시니 별로 재미가 없네요. 부인을 차에 모시고 일요일에 드라이브를 하시거나 올리에 가서 바비큐를 먹는 게 꿈이었거든요."

에벌린은 자리를 옮겨 가며 잡초를 뽑았다.

"대학병원으로부터 그곳 정신과 환자 그룹을 대상으로 어떤 일을 해 달라는 요청을 받았어요……. 그렇게 할 생각이고요."

에벌린은 웃으며 덧붙였다.

"제가 에드에게 그랬죠. 차라리 내가 앓았던 병이나 연구해 볼까, 라고요.

그리고 믿기지 않으시겠지만, 저 이제 할머니가 됐어요. 재니스가 쌍둥이 딸을 낳았답니다. 그리고 저의 시어머니 기억하시죠? 메도락 요양원으로 옮기셨어요. 어머니도 그곳이 더 좋다고 하시고 저에게도 다행이에요……. 부인께서 돌아가신 뒤로는 로즈 테라스에 가는 게 싫었거든. 마지막으로 갔을 때 지닌한테 들었는데, 베스타 애드콕 부인은 여전히 제정신이 아니고 더너웨이 씨가 떠나 버린 것 때문에 계속 상심해 계시다고 하네요.

모두 부인을 그리워해요. 지닌, 부인의 이웃 하트먼 부인……. 거기 가서 부인께서 남기신 물건들을 가져왔는데 매번 그 조리법들을 활용하고 있어요. 아, 그리고요, 부인께서 마지막으로 보신 이후로 살을 20킬로그램이나 뺐어요. 이제 2킬로그램만 더 빼면 될 것 같아요.

음, 그리고 부인의 친구 오시 할아버지께서 지난주에 돌아가셨어요. 다 아시겠지만요. 참, 말씀드려야 할 게 하나 더 있네요. 푸른 물방울 무늬가 있는 옷을 입은 사진 기억나세요? 러브맨 사진관에서 찍은 거요. 그걸 액자에 넣어서 거실 테이블에 올려놓았는데 제 고객 중 한 분이 보더니 그러시는 거예요. '에벌린, 어머니를 쏙 빼닮으셨군요!' ……정말 놀랍지 않으세요?"

에벌린은 지난 일들을 생각나는 대로 모두 얘기했다. 그리고 자신이 정말 잘 지내고 있다는 것을 스레드굿 부인이 안다는 느낌을 받고서야 자리를 떴다.

기쁜 마음에 차로 돌아가는 발걸음이 가벼웠다. 그러나 루스의 무덤 곁을 지나다가 걸음을 멈추었다. 좀 전까지도 없었던 무엇이 있었던 것이다. 묘석 위에 올려져 있는 것은 유리병에 담긴, 방금 꺾은 듯한 조그마한 분홍 장미꽃들이었다. 병 옆에는 봉투가 하나 놓여 있었는데 희미하게 흘려 쓴 글씨로 뭔가 적혀 있었다.

루스 제이미슨을 기리며.

에벌린은 놀라며 봉투를 집어 들었다. 안에는 색색의 계란이 담긴 바구니를 든 어린 소녀 그림이 있는 구식 부활절 카드가 들어 있었다. 그녀는 카드를 펼쳤다.

내 각별한 사람에게
매사에 사려 깊고 인정 많은 사람,
더없이 바르고 반듯한 사람,
사랑이 넘치고 진실한 사람,
그 모든 것의 화신인
멋진 그대!

그리고 이렇게 서명되어 있었다.

언제까지나 기억할게요.

당신의 친구,

꿀벌 조련사

에벌린은 카드를 들고 서서 공동묘지를 샅샅이 둘러보았다.
그러나 아무도 보이지 않았다.

《버밍햄 뉴스》

1988년 3월 17일

노부인 실종

로즈 테라스 요양원에 거주하는 베스타 애드콕 부인(83세)이 어제 시원한 바람을 쐬겠다고 말하고 나간 뒤 돌아오지 않았습니다. 아마도 요양원 구내를 벗어난 것으로 보입니다. 마지막으로 본 사람 말에 따르면 그녀는 여우털이 달린 분홍색 긴 원피스에 감청색 슬리퍼 차림이었으며, 어쩌면 빨간색 원뿔 모양의 털실 모자를 쓰고 구슬로 장식된 검정 지갑을 들고 있을지도 모른다고 합니다.

이러한 인상착의에 맞는 사람을 보시면 전화 555-7607번으로 요양원 책임자인 버지니아 메이 슈미트 부인에게 연락 주시기 바랍니다.

뉴올리언스에 사는 부인의 아들 얼 애드콕 씨는 아마도 어머니가 길을 잃은 것 같다고 말했습니다.

《버밍햄 뉴스》

1988년 3월 20일

노부인, 사랑의 보금자리에서 발견

나흘 전, 로즈 테라스 요양원에서 실종되었던 베스타 애드콕 부인(83세)이 이스트레이크의 바마 모텔에 기거하는 것으로 밝혀졌습니다. 같이 머물던 그녀의 친구 월터 더너웨이 씨(80세, 버밍햄)는 오늘 아침 가벼운 심장마비 증세를 보여 검사를 받으러 대학 병원에 입원했습니다.

요양원 측은 애드콕 부인에게 요양원으로 돌아오기를 요청했습니다. 애드콕 부인은 매우 낙심해 있는데 그녀 말에 따르면 "월터는 내가 생각했던 그런 사람이 아니었"기 때문이라고 합니다.

더너웨이 씨는 현재 건강을 회복했습니다.

90번 하이웨이

플로리다 주 마리애나

1988년 5월 22일

빌과 메리언 닐 그리고 그들의 여덟 살 난 딸 팻시는 하루 종일 차를 타고 달리는 중이었다. 그러던 중 "신선한 계란, 벌꿀, 성싱한 과일과 채소, 신선한 메기, 시원한 음료"라고 적힌 입간판 곁을 지나쳤다.

그들은 목이 말랐다. 빌은 차를 돌려 그곳으로 되돌아갔다. 차에서 내려 보니 그곳에는 아무도 없었다. 그런데 입간판 뒤쪽 커다란 떡갈나무 밑에 오버올을 입은 할아버지 두 명이 앉아 있었다. 그중 한 사람이 일어나더니 그들을 향해 다가왔다.

"안녕들 하십니까. 오늘은 뭘 도와 드릴까요?"

메리언은 목소리를 듣고서야 그 사람이 할아버지가 아니라 눈처럼 흰 백발에 살갗이 검게 탄 할머니라는 것을 깨달았다.

"코카콜라 세 개 주세요."

팻시는 선반 위에 가지런히 놓인 꿀단지들을 쳐다보았다.

할머니가 물방울이 맺힌 콜라병 세 개를 따는 동안 팻시가 꿀 난시를 가리키며 물었다.

"저 단지에 뭐가 들어 있어요?"

"아, 그건 벌집이란다. 벌통에서 바로 꺼낸 거지. 그런 거 본 적이 있니?"

팻시가 신기해하며 말했다.

"없는데요."

"그런데 어디서 오신 분들인가요?"

메리언이 말했다.

"버밍햄에서 왔어요."

"그러시군요. 저도 거기서 가까운 작은 읍내에 살았어요. 아마 못 들어 보셨겠지만 휘슬스톱이라는 소도시였죠."

빌이 말했다.

"잘 압니다. 철도 조차장이 있던 곳이죠. 제 기억으로는 바비큐를 하는 카페도 있었고요."

할머니가 빙긋이 웃으며 말했다.

"맞아요."

빌이 간판을 가리키며 말했다.

"이런 하류에서도 메기가 잡히는 줄은 몰랐네요."

"잡힌답니다. 바다 메기죠. 그런데 오늘은 한 마리도 못 잡았어요."

할머니는 금발 소녀가 잘 듣고 있는지 살피며 말했다.

"지난주엔 한 마리를 잡았는데 어찌나 크던지 물 밖으로 건져낼 수가 없었답니다."

팻시가 말했다.

"정말요?"

할머니의 푸른 눈이 반짝 빛났다.

"그럼, 정말이고말고. 사실은 말이다, 그 메기가 너무 커서 사진을 찍어 놓았어. 그런데 그 사진 무게만도 18킬로그램이나 나간단다."

아이는 그 메기를 상상하느라 고개를 갸우뚱거렸다.

"진짜예요?"

"그럼, 진짜지. 그래도 못 믿겠다면……."

할머니는 몸을 돌려 마당에 있던 할아버지에게 소리쳤다.

"줄리언! 안에 들어가서 지난주에 우리가 잡았던 메기 사진 좀 가져다줘."

할아버지가 심드렁하게 대꾸했다.

"곤란해……. 그건 내가 들고 다니기엔 너무 무겁거든. 그러다 허리를 다칠지도 몰라……."

"그거 봐라. 내가 그랬잖니."

빌이 소리 내어 웃었고 메리언은 음료수 값을 치렀다. 막 떠나려는데 팻시가 자기 어머니의 옷자락을 잡아당겼다.

"엄마, 저 꿀단지 하나만 사면 안 돼요?"

"집에도 꿀은 많아."

"엄마, 제발요. 벌집은 없잖아요?"

메리언은 잠시 딸을 쳐다보다가 하는 수 없다는 듯 말했다.

"꿀은 얼마인가요?"

"꿀요? 가만 있자……."

할머니는 손가락으로 숫자를 세다가 말했다.

"믿기 어려우시겠지만 행운에 당첨됐어요. 왜냐하면 오늘은…… 벌꿀이 완전 공짜인 날이거든요."

팻시의 눈이 휘둥그레졌다.

"정말요?"

"그래."

메리언이 말했다.

"그냥 가져갈 수는 없어요. 조금만이라도 받으시면 안 될까
요?"

할머니는 고개를 저었다.

"아뇨, 공짜예요. 그러니 공정하게 얻으신 거죠. 부인은 모르
시겠지만 이 아이가 이달의 100만 번째 고객이랍니다."

"제가요?"

"그렇단다. 내 100만 번째 손님"

메리언은 할머니를 향해 미소 지었다.

"정 그러시다면요. 팻시, 이럴 땐 어떻게 해야 하지?"

"고맙습니다."

"오냐. 팻시, 이 할머니 말 잘 들으렴. 혹시 다음에라도 이 근
방에 오거든 꼭 이 할머니를 찾아오너라. 알겠지?"

"네, 그럴게요."

그들이 탄 차가 천천히 움직이기 시작했다. 빌이 경적을 울렸
고 아이는 손을 흔들었다.

할머니는 길가에 서서 차가 보이지 않을 때까지 손을 흔들
었다.

에벌린 카우치가 드리는 십시의 조리법

버터밀크 비스킷

밀가루 2컵, 소다 1/4티스푼, 베이킹 파우더 2티스푼, 크리스코 1/2컵, 소금 2티스푼, 버터밀크 1컵

재료를 한데 섞어 체로 친다. 거기에 크리스코를 넣고 고운 옥수수 가루처럼 될 때까지 잘 섞는다. 버터밀크를 넣어 반죽한다. 반죽을 얇게 밀어 원하는 크기로 자른다. 기름을 바른 오븐용 접시에 담아 230도에서 노릇노릇해질 때까지 굽는다.

노티 버드가 좋아하는 과자랍니다!

옥수수빵

베이킹 소다 1/4티스푼, 소금 1티스푼, 버터밀크 1컵 반, 계란 1개, 체 친 옥수수 가루 2컵, 베이컨 기름 1테이블스푼

소다를 버터밀크에 넣고 푼다. 옥수수 가루에 소금, 계란, 버

터밀크를 넣어 반죽한다. 뜨겁게 녹인 베이컨 기름을 첨가한다. 기름을 두른 무쇠 프라이팬에 반죽을 붓고 익을 때까지 190도에서 굽는다.

아주 맛있어요. 끝내준답니다.

코코넛 크림 파이

계란 노른자 3개, 설탕 1/3컵, 소금 1/4티스푼, 옥수수 전분 2와 1/2테이블스푼, 녹인 버터 1테이블스푼, 끓인 우유 2컵, 곱게 간 코코넛 1컵, 바닐라 또는 럼주 1티스푼, 육두구 1/4티스푼, 지름 22센티미터짜리 파이 껍질

계란을 휘저어 놓는다. 설탕, 소금, 옥수수 전분, 버터를 천천히 젓는다. 여기에 우유를 붓고 섞어 준다. 걸쭉해질 때까지 저으면서 끓인다. 코코넛을 넣은 다음 식힌다. 향신료와 육두구를 첨가한 뒤 파이 껍질에 붓는다. 머랭을 얹고 150도 오븐에서 15~20분간 굽는다.

냠냠.

호두 파이

지름 22센티미터짜리 파이 껍질, 잘게 부순 호두 2컵, 황설탕이나 백설탕 1컵, 묽은 옥수수 시럽 1컵, 밀가루 1테이블스푼, 바닐라 1티스푼, 소금 1/4티스푼, 계란 3개, 버터 2테이블스푼

잘게 부순 호두를 파이 껍질 바닥에 깔아 놓는다. 설탕, 옥수

수 시럽, 밀가루, 바닐라, 소금을 배합하여 잘 섞는다. 계란은 한 번에 한 개씩 휘저어서 배합물에 넣고 매번 잘 섞어 준다. 잘게 부순 호두를 깔아 두었던 파이 껍질에 반죽을 붓고 점을 찍듯 버터를 바른다. 175도 오븐에서 반죽이 딱딱해질 때까지 1시간 정도 굽는다.

사악할 정도로 맛있는 파이. 스텀프가 좋아하는 파이.

십시의 남부식 닭튀김
넉넉한 크기의 튀김 냄비, 소금과 후추, 우유, 체 친 밀가루 1과 1/2컵

닭은 먹기 좋은 크기로 자른다. 소금과 후추로 잘 문질러서 한동안 놓아둔다. 우유에 30분 정도 담가 놓는다. 자루에 닭고기, 밀가루, 소금과 후추 약간을 넣고 튀김옷이 고루 입혀지도록 흔든다. 205도 기름에 넣고 황갈색이 나도록 튀긴다. 큰 조각은 작은 것보다 조금 오래 튀긴다.

잘 가요, 꼬꼬댁 양반.

닭고기와 덤플링
흰 밀가루 2컵, 우유 1/2컵, 베이킹 소다 3티스푼, 크리스코 오일 1/3컵, 소금 1티스푼, 닭고기 스튜 1냄비

밀가루와 베이킹 소다, 소금을 한데 섞는다. 거기에 우유와 기름을 붓는다. 끓는 닭고기 스튜에 숟가락으로 반죽을 떠 넣는다.

가끔 반죽 덩어리를 뒤집으면서 15분 동안 조리한다.

떠 넣은 반죽이 잘 떠올라야 해요.

붉은 그레이비 소스를 곁들인 햄 구이

햄은 0.5센티미터 두께로 자른다. 두꺼운 프라이팬에 햄을 올리고 양면이 고루 잘 익어서 갈색이 될 때까지 약한 불에서 익힌다. 익는 동안 햄 양면에 설탕을 가볍게 뿌려 준다. 햄은 그릇에 옮겨 담아 따뜻하게 두고, 팬에 찬물 1/2컵이나 커피 1컵을 붓는다. 그레이비 소스가 붉은색이 될 때까지 끓인다. 그 국물을 햄 위에 붓는다.

맛있어요!

옥수수 죽

버터 2테이블스푼, 소금 1티스푼, 끓는 물 5컵, 곱게 간 옥수수 가루 1컵

끓는 물에 소금과 많은 양의 버터를 넣는다. 천천히 저어 준다. 뚜껑을 닫고 30~40분간 약한 불에서 끓인다. 원하는 묽기가 될 때까지 저어 준다.

규칙적인 생활을 할 수 있게 돼요.

메기 튀김

껍질을 벗겨 손질한 메기 1킬로그램, 소금과 후추 약간, 베이컨 기름 또는 크리스코 기름 3테이블스푼, 체 친 밀가루 1/2컵, 옥수수 가루 1/2컵

생선은 젖은 천으로 닦아 둔다. 밀가루, 소금, 후추, 옥수수 가루를 섞는다. 혼합한 가루에 메기를 넣고 굴린 다음 뜨거운 베이컨 기름에 넣고 황금빛 도는 갈색이 될 때까지 튀긴다. 뒤집어서 다른 쪽도 똑같이 튀긴다. 조리에 소요되는 시간은 8~10분 정도이다.

메기를 만드신 하나님께 감사를!

우유 그레이비 소스

닭고기나 돼지고기를 튀길 때 나온 뜨거운 기름을 사용한다. 밀가루 3테이블스푼에 기름 3테이블스푼을 섞어 휘저은 다음 연한 갈색이 될 때까지 저어 가며 익힌다. 거기에 뜨거운 우유를 1과 1/2컵에서 2컵 정도를 천천히 부어 가며 끓인다. 되직해질 때까지 저으면서 끓인다.

둘이 먹다가 하나가 죽어도 몰라요.

포크찹과 그레이비 소스

베이컨 4조각, 소금과 후추, 두껍고 큼직하게 자른 돼지고기 4조각, 우유 1과 1/2, 밀가루 1/3컵

먼저 베이컨을 튀긴 다음 소금과 후추로 간한 돼지고기를 밀기루에 담근다. 돼지고기를 베이컨에서 나온 뜨거운 기름에 올려 놓고 양면이 갈색이 될 때까지 튀긴다. 불을 줄이고 뚜껑을 덮은 다음 돼지고기가 부드럽게 잘 익을 때까지 약 30분간 익힌다. 쓰고 남은 밀가루를 베이컨 기름에 넣고 휘저어 갈색이 될 때까지 볶는다. 고기 위에 우유를 붓고 고기 국물이 걸쭉해질 때까지 약한 불에서 졸인다.

빅 조지는 한 번에 여덟 조각까지 먹을 수 있었어요.

깍지 콩

햄, 깍지 콩 1킬로그램, 황설탕 또는 과립형 설탕 1티스푼, 다진 붉은 피망 약간, 소금

냄비에 햄을 넣고 잠길 만큼 물을 부은 뒤 끓인다. 적당한 크기로 자른 콩을 넣고 저으면서 끓인다. 설탕과 다진 붉은 피망을 첨가한다. 중불에서 1시간 정도 끓인다.

행복한 콩…… 먹는 게 재미있어요.

십시의 동부콩

말린 동부콩 1과 1/4컵, 물 4컵, 소금에 절인 돼지고기 1조각이나 베이컨 8조각, 다진 양파 1개, 붉은 피망 약간

모든 재료를 한꺼번에 냄비에 넣고 부드러워질 때까지 3시간

정도 약한 불에 익힌다.

다음 날까지 먹어도 좋아요!

크림 옥수수

옥수수 6개, 우유 1/2컵과 물 1컵, 버터 2테이블스푼, 소금과 후추

옥수수 자루에서 옥수수 알을 떼어 낸 다음 칼등으로 자루에 남아 있는 것들을 훑어 낸다. 옥수수에 버터를 넣고 낮은 불에서 익히다가 서서히 우유와 물, 소금, 후추를 넣는다. 10분 정도 저어 가며 끓인다.

몸에 좋은 음식.

리마콩과 흰 강낭콩

신선한 콩 1리터, 소금에 절인 돼지고기 1조각이나 베이컨 6조각, 소금과 후추 약간

냄비에 콩을 담고 콩이 잠길 만큼 물을 붓는다. 콩이 부드러워질 때까지 끓인다. 소금과 후추를 넣어 간을 맞춘다.

승리 기원 텃밭 덕분에 가능했던 요리죠.

시럽 입힌 고구마

버터 1/3컵, 황설탕 2/3컵, 중간 크기 고구마 5개(싫어서 껍질을 벗기고 얇게 썬 것), 소금 1/2티스푼, 물 1/3컵, 계피 2자밤

두꺼운 프라이팬이나 솥에 버터와 황설탕을 넣고 가열하여 녹인다. 거기에 얇게 썬 고구마를 넣고 뒤집어 가며 시럽을 입힌다. 소금과 물, 계피를 넣고 뚜껑을 덮은 뒤 고구마가 부드럽게 익을 때까지 약한 불에서 조린다.

사탕보다 달콤하답니다.

오크라 튀김

오크라를 잘 씻어 꼭지를 뗀다. 깍지를 1센티미터 정도 길이로 잘라준다. 옥수수 가루 위에 굴려서 튀김옷을 입힌다. 베이컨 기름과 요리용 기름을 가열한 뒤 바삭해질 때까지 튀긴다. 그릇에 키친타월을 깔고 튀김을 담아 기름을 빼고 소금과 후추를 뿌린다. 뜨거울 때 먹는다.

팝콘보다 맛있어요.

순무 잎사귀와 케일

재료를 손질하여 씻어 놓는다. 돼지의 옆구리 위쪽 비곗살이나 베이컨을 끓인다. 채소와 피망 1개를 넣은 뒤 소금, 후추, 설탕으로 조미한다. 뚜껑을 닫고 채소가 부드러워질 때까지 익힌다.

국물을 뺀 뒤 큰 접시에 담는다. 국물은 남겨 두었다가 빵에 적셔서 먹는다.

만병통치약이죠!

풋토마토 튀김

중간 크기의 풋토마토 1개(1인분), 흰 옥수수 가루, 베이컨 기름, 소금과 후추

토마토를 0.5센티미터 두께로 잘라 소금과 후추로 간한 다음 양면에 옥수수 가루를 묻힌다. 큼직한 팬에 베이컨 기름을 두르고 가열한다. 토마토를 넣고 양면이 노릇노릇해질 때까지 튀긴다.

내가 지금 죽어서 천국에 있나 하는 생각이 들걸요!

우유 그레이비 소스를 끼얹은 풋토마토 튀김

베이컨 기름 3테이블스푼, 계란, 1센티미터 두께로 자른 풋토마토 4개, 마른 빵가루, 밀가루, 우유, 소금, 후추

두툼한 프라이팬에 베이컨 기름을 넣고 달군다. 토마토를 풀어 놓은 계란에 적신 다음 빵가루를 입힌다. 그것을 팬에 넣고 양면이 황금빛 나는 갈색이 될 때까지 튀긴다. 토마토를 꺼내 접시에 담는다. 팬에 남아 있는 기름에 밀가루 1테이블스푼을 넣고 잘 뒤섞는다. 거기에 따뜻한 우유 1컵을 붓고 계속 저으면서 걸쭉해질 때까지 끓인다. 식성에 맞게 소금과 후추를 넣는다. 토마토 위

에 소스를 붓고 뜨거울 때 식탁에 올린다.

단연 최고죠.

감사의 말

    감사드리고 싶은 분들이 있습니다. 이 책을 내기까지 많은 분들께서 보내 주신 성원과 격려는 너무도 소중했습니다. 우선 다른 누구보다도, 저에 대한 믿음을 저버리지 않았던 에이전트 웬디 웨일과 편집장 샘 본에게 감사드립니다. 샘은 배려와 보살핌을 아끼지 않았으며 고쳐 쓰는 과정에서도 제가 웃으며 일할 수 있게 도와주었습니다. 절친한 친구인 랜덤 하우스의 마사 레빈에게도 감사드립니다. 글로리아 사피어, 리즈 혹, 마거릿 카파렐리, 앤 하워드 베일리, 줄리 플로렌스, 제임스 '대디' 해처, 존 닉슨 박사, 게리 해너, 제이 소이어 그리고 프랭크 셀프에게 감사드립니다. 없는 시간을 내어 저를 보살펴 주신 드토마스 보보 앤드 어소시에이츠 사에 감사드립니다. 바나비와 메리 콘래드, 산타 바바라 작가협회, 조 로이와 버밍햄 공립 도서관, 제프 노렐, 버밍햄 남부 대학, 앤 하비와 존 로크, 옥스무어 하우스 출판사에게 감사드립니다. 타이피스트이자 제 오른팔인 리사 맥도널드, 그리고 저와 리사가 작업을 하는 동안 조용히 앉아서 「세서미 스트리트」를 보았던 그녀의 딸 제시아에게도 고마움을 전합니다. 과거에 살았던, 그리고 현재 살고 있는 앨라배마의 녓신 마을 사람들에게 각별한 감사 인사를 전합니다. 나의 사람들. 나의 고향.

옮긴이의 말

작가이자 배우, 쇼 프로그램 진행자로도 유명한 패니 플래그는 1944년 미국 앨라배마주 버밍햄에서 태어났다. 어렸을 때부터 다재다능하여 이미 초등학교 5학년 때 스스로 대본을 쓰고 연극 연출에 연기까지 한 그녀는 열아홉 살 때부터 텔레비전, 영화, 연극 등에서 극작가이자 연출가이자 배우로 활동하며 유명세를 떨쳤다.

극본이나 촌극을 주로 쓰던 그녀는 1980년대에 들어서면서부터 글쓰기에 대한 관심을 장편소설로 돌렸는데, 그중 가장 폭발적인 사랑을 받았던 작품이 바로 『프라이드 그린 토마토』(1987)다. 패니 플래그는 이 작품에서 자신의 고향을 배경으로 삼아 1920~1930년대 미국 남부 시골 마을의 따뜻한 풍경을 그대로 담아 냈다. 개성 넘치는 인물 묘사와 함께 여성들 간의 우정과 사랑을 낭만적이고도 감동적이고 유머 넘치게 그려 낸 이 작품은 36주간 《뉴욕 타임스》 베스트셀러에 오르는 놀라운 기록을 남겼고, 평단에서도 좋은 반응을 끌어냈다.

이 작품은 1992년에 존 애브넷 감독이 연출하고, 패니 플래그가 직접 각색에 참여하여 동명의 영화로도 제작되었는데, 역시 많은 이들의 사랑을 받았다. (패니 플래그는 영화에 잠시 카메오로 출연하여 팬들에게 즐거움을 선사하기도 했다.) 사실 패니 플래그는 스스로 레즈비언임을 공개한 작가로서, 원작 소설에서는 주인공 이지와 루스, 두 여자의 사랑을 매우 낭만적이고도 뚜렷하게 드러낸다. 하지만 작품이 좀 더 대중적이기를 원하는 영화 제작사의 우려로 영화에서는 그런 부분을 생략하고 몇 가지 설정을 약간 바꿔야 했다. 그럼에도 워낙 여성들의 우정이나 유대감이 중요한 주제였기 때문에 주인공 이지와 루스의 사랑은 미묘하게 표현이 되었고, 영화는 동성애자 차별 반대 연대에서 수여하는 최고의 레즈비언 영화상을 받기도 했다. 영화를 본 독자들은 원작 소설을 통해 또 다른 분위기를 느껴 보는 것도 좋을 것 같다.

1985년 버밍햄, 사회가 제시하는 모범적인 여성상에 따라 순응하며 살아온 에벌린은 자신이 아무짝에도 쓸모없는 인간인 것만 같아 우울하다. 세상은 쫓아갈 수 없을 정도로 빠르게 변화하고, 고집스럽고 따분한 남편은 부부 관계에서 새로운 돌파구를 찾아보려는 에벌린의 눈물겨운 노력에도 혼자만의 세계에 빠져 그녀에게 눈길도 주지 않으며, 자식들은 그녀가 넘을 수 없는 벽 너머에 존재한다. 뒤늦게 자의식에 눈뜬 에벌린은 여성 해방 운동이 자신에겐 너무 늦게 찾아왔음을 애석해하며 자신의 정체성을 찾으려 분투하지만 모든 게 혼란스러울 따름이다. 자신감이 없고 무기력하고 매사에 불만스러운 그녀는 먹는 것으로 스트레스를 해소하는데 그로 인해 불어난 체중이 다시 스트레스를 가중시키는 악순환이 이어진다.

어느 날 에벌린은 얼마 전에 요양원에 들어간 시어머니께 문안 인사를 드리러 남편과 함께 로즈 테라스 요양원을 방문했다가 그곳에서 생활하는 스레드굿 부인과 우연히 만난다. 이 80대 후반의 노부인은 초면의 에벌린에게 50~60년 전 자신이 살았던 휘슬스톱이라는 마을과 그곳 사람들의 이야기를 들려준다. 무심코 이야기를 듣던 에벌린은 점차 이야기에 빠져든다.

스레드굿 부인은, 스레드굿 집안의 막내딸이며 자신의 시누이인 말괄량이 이지를 중심으로 이야기를 펼쳐 나간다. 이지는 어렸을 때부터 늘 독특한 사고방식과 행동으로 주변 사람들을 놀라게 했지만 동시에 매우 매력적이었고 모두에게 사랑받는 아이였다. 그러던 어느 날 무척 좋아하고 따랐던 오빠 버디가 기차에 치어 죽자 이지는 마음에 커다란 상처를 입고 사람과 사랑을 거부하며 고독하게 청소년기를 보낸다. 그러다 루스를 만나면서 예전의 활기를 되찾기 시작하는데, 노부인은 이에 대해 이렇게 말한다. "하지만 나는 이지가 버디 문제를 진정으로 극복하지 못했다는 것을 알아요. 우리 모두가 그랬으니까요. 그렇지만 나는 슬픔에 잠겨 살고 싶지는 않아요. 그건 옳은 일이 아닐 테니까요. 이지가 루스를 만난 것처럼, 하나님이 한쪽 문을 닫으실 때는 반드시 다른 쪽 문을 열어 두신답니다. 나는 그분이 그해 여름 우리에게 루스를 보내 머물게 하신 데에는 필시 어떤 까닭이 있다고 믿거든요……."

루스는 조지아주 밸도스타 출신의 상냥하고 아름다운 스물한 살 가량의 처녀로 잠시 스레드굿 집에 머무는 중이었다. 당시 열대여섯 살이었던 이지는 루스를 보자마자 사랑에 빠진다. 루스 역시 거침없고 야성적인 이지와 시간을 보내며 그녀에게 이끌린다. 소설은 그 순간을 이렇게 묘사한다. "늘 가까이 있던 사람에게 점차 사랑을 느끼게 될 경우, 대부분의 사람들은 그것이 언제 시작되었는지 정확하게 알지 못한다. 그러나 루스는 그 순간을 놓치지 않았다. 이지가 환하게 웃으며 벌꿀이 든 병을 건네주려 했을 때, 그토록 억제하려 했던 감정들이 홍수처럼 밀려들었다. 이지를 마음속 깊이 사랑하고 있음을 안 것도 바로 그때였다."

이들의 운명 같은 만남은 노부인의 말대로 '어떤 까닭이 있는' 만남이 된다. 약혼자 프랭크 베넷과 결혼하기 위해 자신을 떠난 루스 때문에 이지는 다시 크게 상심하지만, 루스가 남편에게 학대를 당하며 불행하게 살고 있음을 알고 루스를 그곳에서 구해 오는 사람이 이지이기 때문이다. 루스가 이지의 삶을 절망에서 구해 냈듯 이지 역시 루스를 끔찍한 삶에서 구해 내는 것이다. 그 후 두 사람은 휘슬스톱 카페를 열어 풋토마토 튀김을 특선 메뉴로 내걸고 부랑자나 흑인 등 차별받고 소외받는 이들을 따뜻하게 감싸 안으며 살아간다. 그들에게 위기가 닥치기도 하지만, 그들이 사랑하고 그들을 사랑하는 이들 덕분에 그 위기 역시 넘길 수 있게 된다.

청춘은 미래의 희망으로 살고 노년은 과거의 추억으로 산다고 했던가. 이제 스레드굿 부인에게는 괴로웠던 일도 행복했던 일도 모두가 아름다운 기억으로만 남은 듯하다. 그래서 그 기억을 잘 간직하고 공유하기 위해 친구를 찾고, 그 친구에게 쉴 새 없이 이야기를 풀어낸다. 에벌린 역시 자신을 걱정해 주고 많은 이야기를 해 주는 스레드굿 부인에게 진한 우정을 느끼며 요양원을 방문할 때마다 그녀를 찾아간다. 그리고 마치 어제 일인 듯 생생하게 펼쳐지는 스레드굿 부인의 이야기를 들으며 용기를 얻고 점차 삶을 변화시킨다. 인습의 굴레가 심하던 시절에도 과감하게 자기 의지대로 삶을 개척해 간 이지와 루스 두 여자의 이야기가 세월을 건너 에벌린의 삶까지 변화시킨 것이다. 에벌린은 중년의 위기를 극복하고 활력을 되찾는다. 스레드굿 부인의 조언대로 긍정적으로 자신을 바라보고 자신을 더 사랑하며 적성에 맞는 직업도 찾아 드디어 진짜 삶을 살게 된다.

우리가 살아가면서 마주치게 되는 그물망처럼 촘촘한 인연에는 모두 나름의 의미와 하늘의 섭리가 있을 것이다. 다만 우리가 지각하지 못할 뿐……. 비바람 맞아가며 오랜 세월 버텨온 한 그루 고목 같은 스레드굿 부인의 독백 같은 말이 여운으로 남는다.

"이지가 루스를 만난 것처럼, 하나님이 한쪽 문을 닫으실 때는 반드시 다른 쪽 문을 열어 두신답니다."

2011년 1월
김후자

옮긴이 김후자

한국방송통신대학교 영문학과를 졸업하고, 성균관대학교 사회교육원에서 영한번역전문가 과정을 수료했다. 역서로 『영원』, 『유언』, 『귀여운 악녀』, 『아리스토텔레스』, 『피아노 튜너』 등이 있다.

프라이드 그린 토마토

1판 1쇄 펴냄	2011년 1월 1일
2판 1쇄 펴냄	2024년 1월 15일
2판 2쇄 펴냄	2024년 8월 8일

지은이	패니 플래그
옮긴이	김후자
발행인	박근섭·박상준
펴낸곳	(주)민음사

출판등록	1966. 5. 19. 제16-490호
주소	(06027) 서울시 강남구 도산대로 1길 62(신사동)
	강남출판문화센터 5층
대표전화	02-515-2000	팩시밀리 02-515-2007
홈페이지	www.minumsa.com

한국어 판 © (주)민음사, 2011, 2024. Printed in Seoul, Korea

ISBN   978-89-374-5627-5 (03840)